Le secret de Platon

GILLES VERVISCH

Le secret de Platon

J'AI LU

Athènes, 8 novembre 2043.

L'Atlantide existe, vous savez.

Vous avez déjà vu ces dessins de style new age aux couleurs électriques, et pour tout dire, de mauvais goût, représentant les vestiges d'une cité antique sous-marine. Un temple grec envahi par les algues et visité par des bancs de poissons qui se faufilent entre les colonnes, comme si les ruines de l'Atlantide gisaient là, quelque part au fond de l'océan Atlantique ou de la Méditerranée. J'ai découvert le continent légendaire, la terre d'une civilisation disparue, balayée par le Déluge et qu'on croyait perdue. En fait, elle n'était pas perdue pour tout le monde. Et je l'ai retrouvée grâce à la philosophie. Vous me demanderez peut-être quel est le rapport entre l'Atlantide et la philosophie. Tout, en fait. Toute l'Atlantide est en rapport avec la philosophie, c'est le professeur Loeve qui me l'a révélé. C'est lui qui m'a montré le chemin, ou plutôt, ce sont les traces qu'il a laissées après avoir lui-même disparu.

J'ai commencé à m'intéresser au mythe de l'Atlantide après la disparition du professeur, survenue à la suite d'autres événements troublants. C'est arrivé lors de notre voyage à Santorin. Vous connaissez cette île grecque. Mais si ! Même sans le savoir, vous la connaissez. Le village blanc et bleu d'Oia, dans le nord de l'île, sert souvent d'image de carte postale avec ses petites rues typiques et ses maisons troglodytiques, agrippées au bord de la falaise qui plonge dans la mer. En fait, c'est l'île tout entière qui, un beau jour, a plongé dans la mer. Sa falaise a une histoire. Si Rome ne s'est pas faite en un jour, c'est en un jour que Santorin s'est défaite. On ignore quel jour exactement, quelle année, quel siècle même. Ce qui est sûr, c'est qu'au milieu du deuxième millénaire avant Jésus-Christ, donc il y a de cela trois mille cinq cents ans, Santorin a été le théâtre d'une éruption volcanique littéralement *diluvienne*. Peut-être la plus grande éruption volcanique de tous les temps. Après la catastrophe, le cœur de l'île s'est effondré dans la mer, laissant place à une plaie béante de roche déchiquetée. Aujourd'hui, il ne subsiste plus qu'une bande de terre aux falaises escarpées en forme de croissant de lune. À la place du centre de l'île, une baie. Au milieu de la baie, deux îlots volcaniques.

Ça permet de faire de belles photos, remarquez.

Mais ça permet aussi de faire des théories.

L'histoire de Santorin ressemble étrangement au récit de Platon qui évoque « l'île de l'Atlantide dont nous disions qu'elle était alors plus grande que la Libye et l'Asie réunies. Mais aujourd'hui, elle s'est enfoncée dans la mer à la suite de tremblements de terre ». Le mythe de l'Atlantide vient de Platon, en fait, et c'est peut-être lui qui a tout inventé. Vous connaissez Platon, le philosophe de l'Antiquité grecque, disciple de Socrate qui est mort en 399 avant Jésus-Christ, condamné par les Athéniens à s'exécuter lui-même en buvant la ciguë. Il avait été accusé de « corrompre la jeunesse ». Socrate avait l'habitude d'arpenter les rues d'Athènes, et de discuter avec ses concitoyens sur l'agora, le centre de la ville. Il leur disait à peu près : « Qu'en penses-tu ? Es-tu certain de ne pas te tromper ? » Et pour finir : « N'as-tu pas honte de te donner tant de soin à amasser le plus d'argent possible, à rechercher les honneurs et soigner ta réputation, alors que tu ne daignes même pas t'occuper de ce qu'il faudrait perfectionner sans cesse : ta raison, ton âme et la vérité ? » C'est pour cela qu'ils l'ont tué. Parce qu'il n'est jamais facile de s'entendre dire qu'on a tort. Socrate est mort sans avoir rien écrit, et les œuvres de Platon tentent de restituer les fameuses discussions de son maître martyr avec ses concitoyens. Des dialogues, donc, mettant en scène Socrate et différents personnages, réels ou imaginaires, donnant leurs noms aux titres de ces œuvres : Ménon, Phédon, Cratyle, ou Charmide et bien d'autres encore.

Le récit de l'Atlantide se trouve dans deux de ces dialogues, *Timée* et *Critias*. Platon y rapporte des événements qui se seraient déroulés neuf mille ans plus tôt. Au-delà des « colonnes d'Hercule », là où la mer Méditerranée se jette dans l'Atlantique, aurait existé une île gigantesque, l'Atlantide. Ce véritable continent aux allures de paradis perdu recelait toutes les merveilles qu'une nature luxuriante pouvait produire, toutes les essences d'arbres et de fleurs, toutes les espèces d'animaux et toutes les mines de métaux, dont un métal en particulier, fabuleux et mystérieux que Platon nomme *l'orichalque*. Mais personne ne sait ce que ce terme désigne, en dehors de ceux qui, comme moi, ont l'habitude de jouer à Final Fantasy. Ce qui est sûr, c'est qu'au milieu de cette nature généreuse vivait un peuple ingénieux, une civilisation manifestement très avancée, plus avancée même que celle de l'Antiquité grecque – et que la nôtre, peut-être. Les habitants de l'Atlantide auraient construit des ponts, des ports, des palais, et fini par installer l'eau courante dans leur capitale. Le degré de savoir et de savoir-faire de cette ancienne civilisation était tel que Platon lui-même fait dire à l'un de ses personnages : « Ce qu'on en dit est incroyable pour un ouvrage dû à la main de l'homme. » Mais s'agit-il bien de la main de l'homme ? Là encore, personne n'en sait rien : « Dans le temps qui suivit, il y eut des tremblements de terre effroyables et des cataclysmes. Dans l'espace d'un seul jour et d'une nuit terribles, l'île de l'Atlantide s'abîma dans la mer et disparut. » C'est tout.

C'est tout ce qu'on sait de l'Atlantide.

Mais il n'en fallait pas plus pour agiter les esprits, animer les fantasmes et enflammer les imaginations. Le récit de Platon est-il un mythe ou une réalité ? Toutes les théories ont été entendues sur le sujet. Beaucoup sont partis à la recherche de l'Atlantide, surtout depuis la Renaissance et la découverte du « Nouveau Monde » qui pouvait bien rappeler le continent perdu de Platon, situé là-bas, dans l'océan Atlantique. Peut-être le récit de l'Atlantide conservait-il le souvenir obscur d'une première découverte de l'Amérique par d'antiques explorateurs venus du vieux continent, il y a plus de dix mille ans. La première fois que j'ai entendu parler des habitants de l'Atlantide, j'ai moi-même pensé aux Olmèques dans *Les Mystérieuses Cités d'or*, le peuple précolombien à la technologie très développée. Qui étaient donc ces fameux « Atlantes » semblant disposer d'une science très avancée ? D'où venaient-ils ? Autant dire d'où venons-nous ? Si la civilisation de l'Atlantide a fait l'objet de tant de fantasmes, c'est qu'elle permettrait de comprendre les origines de l'humanité.

Le mythe de l'Atlantide, c'est le préquel de l'histoire humaine. Une civilisation primordiale disparue dans un déluge, et avec elle, toutes ses avancées techniques et scientifiques les plus modernes qui ne seront redécouvertes que bien plus tard. Nous serions tous des descendants de l'Atlantide, le Prometheus de l'humanité. Certains imaginent que tous les Atlantes ne sont pas morts au cours du fameux cataclysme. Quelques-uns auraient survécu, se réfugiant à différents endroits à la surface de la Terre. Mais l'histoire qui se raconte, surtout, c'est que les Atlantes auraient trouvé refuge dans un monde souterrain, dont la plupart des chercheurs espèrent découvrir l'entrée.

Géologiques, historiques et géographiques, océanographiques et bibliographiques, ésotériques même, et pour tout dire, « mythomaniques », toutes les recherches possibles ont été menées pour tenter de localiser le continent perdu. La dernière en date, et la plus sérieuse, se réfère au texte même de Platon, et situe l'île engloutie au large du détroit de Gibraltar, « au-delà des colonnes d'Hercule ». Au XIXe siècle, surtout, de pseudoscientifiques s'étant improvisés « atlantologues » supposaient que l'archipel des Açores, l'île de Madère et le triangle des Bermudes constituaient les derniers vestiges encore émergés du légendaire continent qui se serait ainsi étendu sur toute la surface de l'océan Atlantique – regardez sur une carte, c'est impressionnant. Au large du Japon, des Canaries ou de Cuba, à deux ou cinq mille mètres de profondeur, des chercheurs ont cru repérer, dans les fonds sous-marins, les ruines d'œuvres architecturales « incroyables ». Il n'y a pas un endroit sur terre qui n'ait été considéré, à un moment ou à un autre, comme le « vrai », l'« authentique » site antique de l'Atlantide. Mais le professeur Loeve avait une autre intuition : si le mythe de l'Atlantide vient de l'œuvre d'un philosophe, c'est la philosophie qui doit permettre de retrouver l'île perdue – une idée si évidente que je me demandais bien pourquoi personne n'y avait pensé avant. Et si Platon en savait plus que ce qu'il nous a légué ? Si les philosophes qui l'ont suivi connaissaient aussi la vérité ?

Platon n'a pas tout dit ou plutôt, il n'a pas tout écrit de ce qui devait être le récit de l'Atlantide.

Croyez-le ou non, le fameux dialogue intitulé *Critias* s'arrête au beau milieu d'une phrase, au moment même où les détails de la fin de l'Atlantide doivent être révélés. Platon n'aurait-il pas donné quelques informations essentielles dans la fin du texte manquante ? Finalement, le mythe de l'île perdue semble être lié au mystère de la parole perdue de Platon. A-t-il seulement écrit la suite ? Et si oui, pourquoi le texte n'est-il pas parvenu jusqu'à nous ? Le professeur Loeve était persuadé que la fin du *Critias* devait se trouver quelque part, sous la forme d'une tablette de cire ou d'un papyrus, cachée dans une bibliothèque poussiéreuse, sous une tombe ou dans un souterrain. Il recherchait cet objet *épiphanique* et j'avais bien cru comprendre qu'il l'avait trouvé. J'avais surtout le sentiment qu'il avait quelque chose à voir avec sa disparition.

*

* *

Ce matin-là, le professeur était parti très tôt pour rejoindre, en bateau, l'un des îlots qui se trouvent au milieu de la caldeira de la baie de Santorin, dont les eaux dissimulent un volcan englouti. Avec le temps, les éruptions successives ont fini par faire sortir de l'eau deux petites îles volcaniques. Des excursions quotidiennes sont organisées pour les touristes sur ces morceaux de terre brûlée. Il paraît que le paysage de désolation est fascinant. Les vapeurs s'échappant de la roche noire rappelleraient les champs Phlégréens près de Naples, que j'ai découverts plus tard. Il paraît aussi que la baignade est très chouette parce que les eaux sont chaudes autour de Paléa Kaméni, l'îlot le plus ancien de la baie de Santorin. Il paraît. Mais nous n'y sommes jamais allés parce que notre mentor, notre guide a disparu le matin même où il devait nous y emmener. Qu'est-ce qui lui avait pris de partir seul aux aurores pendant que tout le monde dormait ? C'était déjà un mystère. D'après Tahar, l'aubergiste qui nous logeait, le professeur avait voulu faire un tour de reconnaissance pour organiser notre excursion. Il devait nous trouver un bateau et un skipper. Mais c'était quand même difficile à croire. S'en occuper le jour même ? Il n'avait pas pu y penser avant ? Quand j'ai fait la remarque à Tahar, il a un peu changé sa version en prétendant qu'il fallait s'assurer que nous aurions une place pour amarrer notre bateau aux abords des îlots. En fait, si le professeur avait l'habitude d'accompagner des touristes dans l'île depuis plusieurs années, il n'était pas un « professionnel », et devait à chaque fois composer avec les agences de voyages locales. Il connaissait du monde sur l'île mais restait une sorte de guide touristique de contrebande. Jusqu'au dernier moment, il y avait toujours quelques arrangements à prendre. C'est ce qui l'aurait occupé ce matin-là.

Le professeur serait ainsi parti à bord d'une étroite barque en bois, un caïque, comme on les appelle du côté de chez moi, dans le pays de Caux. Mais il n'est jamais arrivé, ni revenu. Plusieurs témoins présents sur le vieux port disent l'avoir vu monter dans son petit bateau, et s'éloigner. En revanche, personne n'a pu dire s'il était seul ou accompagné. Bien sûr, il n'était pas très compliqué de manœuvrer ce genre d'embarcation. Mais le professeur Loeve n'avait pas loin de soixante-cinq ans, et pour l'avoir fréquenté les jours précédents, je ne le trouvais pas très alerte. À moins qu'il n'ait disposé de forces insoupçonnées – surhumaines ? Sinon, qu'est-ce qu'un rat de bibliothèque était allé faire dans cette galère ? Tout ça pour se volatiliser corps et biens au beau milieu de la baie. Personne ne sait si le bateau a été victime d'un abordage ou tout simplement d'un naufrage. Le vent n'est pas toujours très calme dans les Cyclades, vers la fin de l'été. Quant aux pirates qui l'auraient abordé dans la baie de Santorin, c'était difficile à croire. Qui aurait voulu aborder une barque ? À moins que le professeur ne se soit fait enlever. Mais à ce moment-là, on aurait au moins retrouvé son bateau, vide. C'est ce qui nous intriguait le plus. Et si le professeur avait tout bonnement trouvé le fameux refuge des Atlantes ? L'entrée d'un monde souterrain sous le volcan sous-marin de la baie de Santorin…

La police avait bien d'autres choses à faire que de s'intéresser à cette affaire. Un vieux monsieur parti en mer pour changer de vie ? Et si c'était son choix ? Alors, nous sommes allés à sa recherche. Je suis parti à sa recherche, et je *me* suis trouvé. En suivant la trace du professeur Loeve, j'ai moi-même découvert les indices *philosophiques* qui m'ont mené vers l'Atlantide.

Tout a commencé en cherchant l'origine de ce mythe *diluvien* de Platon. À partir de là, j'ai découvert que la philosophie offrait une clé pour ouvrir la porte permettant d'accéder à l'île perdue. Je peux vous y emmener si vous voulez, et vous raconter comment, parti à la recherche du professeur, j'ai été amené à me plonger dans la vie et les œuvres des philosophes de l'Antiquité, grecque ou romaine. Comment ils m'ont conduit à l'Atlantide.

Et comment j'ai rencontré Phalène.

PREMIÈRE PARTIE

SOLON

Crète, fin septembre-début octobre 2020

« Connais-toi toi-même. »

1
Le Labyrinthe

Avant de connaître le professeur Loeve, trois ans plus tôt, je n'avais pas la moindre idée de ce que pouvait être la philosophie. J'avais bien suivi des cours en terminale, mais j'en profitais plutôt pour finir d'autres exercices et devoirs, sans rien écouter. Ou alors, je discutais avec mon copain Cali. De toute façon, on ne comprenait rien à ce que le professeur racontait. Une espèce d'ahuri maigrichon qui passait son temps à caresser sa petite moustache et à glisser sa mèche de cheveux derrière l'oreille, compulsivement. Il parlait d'une voix inaudible, les yeux toujours fixés sur ses pieds, comme s'il ne remarquait pas notre présence. Il trimbalait un attaché-case trop encombrant pour les quelques feuilles jaunies qui se battaient en duel à l'intérieur. Manifestement, il répétait les mêmes cours depuis des années. Je n'ai strictement aucun souvenir de ce qu'il a pu nous enseigner. Je me rappelle seulement un titre de chapitre : « Dieu est mort ». Pourquoi ? Comment ? Je serais bien incapable de le dire. Le cours de philosophie ressemblait à un cours de langue étrangère, avec des mots incompréhensibles.

D'ailleurs, les philosophes eux-mêmes avaient souvent des noms à coucher dehors : Pyrrhon, Kierkegaard, Nietzsche ou Heidegger. La philosophie m'est alors apparue comme l'art de dire des choses simples de manière compliquée, en se payant de mots pseudo-savants. À la fin, j'ai eu six sur vingt au bac.

Il faut dire que le sujet était difficile : « Le matérialisme est-il un désenchantement ? » Dès le premier mot, j'avais décroché.

L'année n'avait pas été très bonne, de toute façon. Au milieu de l'hiver, j'ai été arrêté pendant un mois, victime de ce qu'on appelait autrefois une « crise de mélancolie », une dépression, en fait... à dix-huit ans. Comment la décrire ? Il arrive qu'on se réveille en pleine nuit, au beau milieu d'un cauchemar, ne sachant plus où l'on est. Pendant quelques instants, on se situe dans une zone grise de la conscience, sans parvenir encore à distinguer le rêve de la réalité. Mais en regardant les murs de cette chambre, en serrant les draps de ce lit, on se sent, on se *sait* enfin de retour dans le monde. La sensation de se réveiller, de revenir à la réalité en découvrant que *ce n'était qu'un rêve* peut être un grand soulagement. Mais pour moi, c'était une découverte effroyable. Chaque fois que je me réveillais, j'avais le sentiment de tomber dans un cauchemar. Mes rêves me paraissaient plus réels que la réalité. Au matin, je ne savais plus si j'étais vivant ou si j'étais mort. Mon existence même me semblait irréelle. À l'âge de dix ans, déjà, j'avais fait une expérience semblable, peu après que mon père était parti vivre à Grenoble, nous laissant seuls à Rouen, ma mère et moi.

Je devais être à l'arrière d'une voiture, avec ma mère. En jetant un coup d'œil à travers la vitre, j'ai vu le ciel noir menaçant, et j'ai eu cette même impression de me retrouver en plein cauchemar. Une bouffée d'angoisse m'a envahi, j'ai eu la nausée, et j'ai pensé à la mort. J'ai pensé qu'un jour, je m'endormirais pour toujours. Et je me suis dit que s'il peut être agréable de revenir à la réalité après une nuit de sommeil en se disant *ce n'était qu'un rêve*, un jour viendrait où je ne me réveillerais pas. Je ne sentirais plus rien, je ne penserais plus rien. J'oublierais le monde, les autres, et je ne me souviendrais même plus d'avoir jamais existé. Je ne serais plus rien. Alors, aurais-je réellement été quelque chose ? Que valent les quelques années d'une vie comparées à l'éternité que je passerais dans le néant ? Rien. En somme, c'était ma vie qui *n'était qu'un rêve*. Voilà ce que j'ai ressenti dès l'âge de dix ans, ce que j'ai éprouvé plus que je ne l'ai pensé. Cette angoisse de la mort ne m'a jamais vraiment quitté, et je la traînais encore avec moi à dix-huit ans.

J'ai quand même fini par décrocher un bac médiocre, et je me suis inscrit en droit à l'université, sans projet ni conviction, sans doute parce que ma mère était avocate. Comme l'année ne m'intéressait pas beaucoup, j'ai logiquement échoué aux examens – après en avoir séché quelques-uns, d'ailleurs. Et comme le droit n'était manifestement pas fait pour moi, j'ai « redoublé », en première année d'anglais cette fois. Pourquoi ? Aucune idée. Parce que les filles me paraissaient plus jolies qu'en droit. En fait, je passais mon temps à la bibliothèque universitaire pour faire semblant de travailler. Je m'asseyais, pas trop loin d'une fille, avec l'air concentré en espérant qu'elle me remarque, ce qui n'arrivait jamais. À la fin de cette deuxième année aussi inutile que la précédente, ma mère m'a dit :

— Décidément, tu rates tout ce que tu fais.

Merci maman.

J'ai fini par me retrouver en « troisième première » année de fac, en histoire, et les études ont commencé à m'intéresser. Surtout les cours de « maître » Castille. Henri Castille, en fait. Nous lui donnions ce surnom de « maître » parce qu'il était passionnant. Dans le fond, il pouvait parler de n'importe quoi. Il aurait pu lire le Bottin, j'aurais bu ses paroles, et les autres aussi. C'est grâce à lui que j'ai enfin réussi à obtenir une première année de licence. Ce jeune maître de conférences d'une quarantaine d'années était chargé de cours en archéologie grecque à l'université de Rouen, alors qu'il habitait à Paris. Un « prof-TGV », comme on dit. Et c'est justement lui qui avait organisé ce fameux voyage d'études en Crète dont je me réjouissais à l'avance. Je ne me doutais pas de tout ce qui allait nous arriver, à lui, à moi, à mon ami Cali, au professeur Loeve surtout, et à Phalène aussi.

*

* *

Le voyage avait lieu à la fin du mois de septembre, pour les deuxième année de sciences humaines, une trentaine d'étudiants en histoire ou en philosophie. Maître Castille avait donné au voyage un nom un peu racoleur, « De l'île du Minotaure à l'Atlantide ». Il avait réussi à convaincre Eugène Loeve de nous accompagner. Son nom s'écrivait avec un « e », mais il se prononçait « Love », comme « amour » en anglais. Une origine bretonne, peut-être. C'était l'ancien doyen de l'université, mais c'était surtout un professeur réputé, spécialiste de la philosophie antique. À ce moment-là, je ne l'avais encore jamais rencontré.

Quelques jours avant le départ, l'un des étudiants m'avait annoncé qu'il ne pourrait pas partir. Deux cents euros de participation, c'était trop cher pour lui. J'avais alors demandé à Henri Castille s'il acceptait d'emmener Cali à la place, même s'il n'était étudiant en rien du tout. Cali était mon meilleur ami et puis, j'étais sûr que le sujet l'intéressait. Tout ce que je savais de l'Atlantide jusque-là, c'est lui qui me l'avait raconté. Cali n'avait pas poursuivi d'études après le bac, préférant se trouver un travail alimentaire pour se laisser le temps de cultiver ses dons artistiques, en musique, littérature ou cinéma. Il touchait à tout, mais ne finissait rien parce qu'il passait son temps à fumer. Il passait aussi des heures sur Internet pour réagir sur les forums et dénoncer tout un tas de trucs. Il s'appelait Medhi, mais je l'appelais Cali comme Calimero parce qu'il s'insurgeait tout le temps contre tout. Ma mère me disait qu'il avait une mauvaise influence sur moi, et que c'était à cause de lui qui j'avais tout raté, peut-être parce qu'il était d'origine maghrébine. Mais bon, c'était mon meilleur ami.

C'est ainsi qu'à l'âge de vingt et un ans, je me suis embarqué pour ce voyage attendu, sans bien savoir ce que j'en attendais. J'étais tès content de partir. Content, pas heureux. Content de quitter maman. Comment parler de ma mère sans être trop injuste ? Elle n'avait jamais été vraiment méchante avec moi, mais disons qu'elle m'avait assez répété que c'était à cause de moi qu'elle avait dû arrêter ses études pour finir avocate, alors qu'elle se destinait à Sciences Po. Ses professeurs l'avaient encouragée à prendre cette voie, mais ma naissance avait ruiné ses projets. Selon elle, c'était à cause de moi qu'elle était passée à côté de sa vie, d'autant que mon père avait fini par la quitter quand j'avais dix ans.

— Je me suis sacrifiée pour toi, me disait-elle.

Et quand je rentrais de Grenoble après avoir rendu visite à mon père, vers l'âge de douze ans, elle me grondait si j'avais le malheur de lui dire que j'avais beaucoup aimé.

— Ah oui ! C'est tellement facile ! hurlait-elle. Lui, il t'en met plein la vue avec son argent ! Il a réussi, alors, forcément, on est mieux chez lui, avec sa piscine, sa belle maison et sa nouvelle femme avec laquelle il m'a trompée, cette traînée !

C'est maman qui nous a conduits en voiture à l'aéroport, Cali et moi. Pendant le trajet, il a essayé de se montrer agréable avec elle, mais elle est restée froide, lui faisant bien comprendre qu'il la dérangeait. Il faut dire que ces deux-là s'entendaient mal, même si ça n'avait pas toujours été le cas. J'avais rencontré Cali au collège. Il venait d'un quartier « sensible », comme on dit, la Sablière. Ses parents, des immigrés marocains, vivaient dans un petit appartement au milieu des barres d'immeubles. Alors, pour échapper un peu à la promiscuité, Cali avait pris l'habitude de venir dormir chez nous tous les week-ends. Il arrivait le samedi avec son sac à dos dans lequel il avait mis son oreiller. Deux ou trois ans le même rituel. Ma mère avait fini par s'attacher à lui. Mais un jour, alors qu'il était chez moi – chez elle –, Cali m'a reproché de réviser le bac au lieu d'aller faire un tour en ville. Ma mère lui a demandé de me laisser tranquille, il lui a répondu :

— Vous me faites chier, madame Van Langh !

Il a pris ses affaires, il est parti. Il avait quand même dit « vous » et « madame ». Mais depuis, les relations étaient tendues.

Ma mère nous a déposés à l'aéroport. Elle voulait nous accompagner un peu, mais je lui ai dit que ce serait mieux qu'elle nous laisse. Si les étudiants me voyaient arriver avec maman à vingt et un ans ! La honte…

Dans le hall de l'aéroport, nous avons aperçu notre groupe, au loin. Quelques étudiants en histoire, que je connaissais, et d'autres, que je n'avais jamais vus, en duffle-coat, pour la plupart binoclards. Sans doute des apprentis philosophes. Mais j'ai surtout reconnu monsieur Castille, qui devait avoir à l'époque l'âge que j'ai aujourd'hui, environ quarante-cinq ans, même s'il faisait un peu plus jeune. Il avait le physique de l'écrivain branché, le beau ténébreux au regard perçant, les cheveux noirs un peu longs, faussement décoiffés, et la barbe de trois jours impeccablement taillée. Comme d'habitude, il portait sa chemise blanche négligemment déboutonnée au niveau du col, sa petite veste noire et un jean, mélange de classe et de décontraction, de pop culture et d'érudition. Il souriait tout le temps d'un air charmeur, toujours content d'être là où il était. Des rumeurs persistantes prétendaient qu'il sortait régulièrement avec des étudiantes, au moins une par année.

Henri Castille semblait en grande conversation avec un vieux monsieur, sans doute le fameux professeur Loeve. Du moins, il me paraissait vieux. Et sage. J'avais la vague impression que son visage ne m'était pas inconnu, alors que c'était la première fois que je le voyais. Peut-être l'avais-je croisé sur le campus. Il arborait une superbe barbe blanche qui le faisait ressembler à un philosophe grec, avec des petites lunettes rondes laissant transparaître des yeux pétillants d'intelligence. Ses habits semblaient dater du XIXe siècle : une veste et un pantalon en velours marron, un gilet de costume, et même une montre de gousset tout droit sortie d'un roman de Jules Verne, qui jurait un peu avec le téléphone portable qu'il ne quittait pas des mains, ni des yeux. Cela dit, c'était un vieux modèle, Nokia peut-être. Le genre de téléphone qui permet seulement de téléphoner.

Et c'est là que je l'ai rencontrée.

Cali et moi nous approchions de la troupe quand monsieur Castille a lancé un sourire dans notre direction, mais il s'est adressé à quelqu'un d'autre qui se trouvait juste derrière nous.

— Phalène, vous êtes des nôtres ? C'est formidable !

Cali s'est tourné vers moi.

— Il a dit quoi ?

— Falaine, je crois.

— Falaine ? C'est quoi, ça ?

J'avais déjà jeté un œil par-dessus mon épaule pour voir la dénommée « Falaine ».

La fille de Jeanne-d'Arc typique.

Du côté de chez nous, à Rouen, « de Jeanne-d'Arc » signifie « du lycée Jeanne-d'Arc », plutôt spécialisé dans les études littéraires. Donc, les filles de Jeanne-d'Arc ont toujours un style d'étudiante en lettres. Phalène avait des cheveux longs, auburn, coiffés à l'antique avec un bijou de tête argenté, ce genre de petit bandeau très à la mode à l'époque qui lui donnait l'allure d'une déesse grecque, soulignée par un teint d'albâtre. Mais une déesse à lunettes. De grandes montures, elles aussi trendy, qui servaient manifestement plus à lui donner un genre qu'à corriger sa vue. Mais surtout, Phalène portait un petit pull à col en V, fait de losanges colorés et cintré à la taille, qui laissait deviner des courbes aphrodisiaques. Comme le professeur Loeve, elle avait un visage qui me semblait étrangement familier, alors que j'étais certain de ne l'avoir jamais vue.

À l'instant où monsieur Castille l'avait appelée, la fille lui avait lancé un sourire charmeur en inclinant légèrement la tête sur le côté, comme si elle posait pour une photo de magazine.

— Monsieur !

Elle a accéléré le pas jusqu'à nous dépasser pour rejoindre les deux professeurs, et s'est approchée de monsieur Castille, semblant hésiter entre lui serrer la main et l'embrasser. Finalement, c'est lui qui s'est penché pour lui faire la bise, en posant la main sur son épaule. Après, il s'est tourné vers le professeur Loeve pour lui présenter la jeune fille, qui lui a serré la main comme on saluerait la reine d'Angleterre, en pliant légèrement le genou dans une sorte de révérence.

J'ai entendu la fin de leur conversation en arrivant à mon tour au milieu du groupe.

— Ça ne vous dérange pas, Eugène ? disait monsieur Castille au professeur Loeve. Mademoiselle Mejor était l'une de mes élèves d'hypokhâgne. La meilleure, en fait.

Et moi ? Personne ne m'attendait, moi. J'avais l'impression de débarquer là comme un voleur, de ne pas être à ma place. De ne pas être légitime. Pourtant, il m'a bien semblé que la fameuse Phalène me regardait. Était-ce parce qu'elle me reconnaissait aussi ? Ou bien était-ce tout simplement pour flatter son ego ? « Elle regarde si on la regarde, me disais-je. Encore une que je n'aurai jamais, alors, inutile de se faire du mal. » Mais elle me regardait encore. Enfin, disons plutôt qu'elle avait l'air de se donner l'air d'écouter très attentivement ce que disait monsieur Castille, tout en jetant des regards furtifs dans ma direction. Je me suis dit que je devais « mythonner », mais Castille avait lui-même remarqué son petit manège. Quand il s'est rendu compte qu'elle jetait des coups d'œil vers moi, il a cherché ce qui attirait l'attention de la fille, et m'a reconnu.

— Ah ! Monsieur Van Langh !

J'étais ravi qu'il semble content de me voir, moi qui lui devais tant. J'avais vite eu de très bonnes notes avec lui, sans bien comprendre moi-même d'où elles sortaient. Monsieur Castille avait un rituel : il rendait les copies dans l'ordre croissant, de la plus mauvaise à la meilleure note. En plus, il appelait les étudiants les uns après les autres, et ceux-ci devaient venir chercher leur copie à son bureau pendant qu'il faisait des commentaires. C'est ainsi que je me suis retrouvé parmi les derniers appelés, et donc, les premières notes, le jour où il nous rendait un devoir de culture générale sur la chronologie de la préhistoire. Pendant que je descendais les marches de l'amphithéâtre pour rejoindre son bureau, il jeta un dernier coup d'œil sur ce qui devait être ma copie, avant de me la tendre.

— Vous avez de la chance, monsieur Van Langh ! Non pas pour votre note, elle est méritée. Non ! Vous avez de la chance d'avoir une si fine approche de la philosophie. Persévérez !

Entendre ça, moi qui me croyais si nul ! Je ne savais plus où me mettre. J'étais gêné, pris d'une crise d'angoisse même, et persuadé de passer pour un fayot devant la cinquantaine d'étudiants qui m'observaient. Mais depuis, au moins, maître Castille s'est toujours souvenu de moi.

— Vous connaissez monsieur le doyen ? m'a-t-il dit, avant de se tourner vers le professeur Loeve pour me présenter.

Le doyen avait la tête penchée sur son téléphone portable. Le sage qui devait avoir tout compris à la vie ne semblait rien comprendre à la technologie. Il m'a gratifié d'un sourire poli en me regardant rapidement par-dessus ses lunettes puis a baissé à nouveau les yeux sur son téléphone pour les relever aussitôt vers moi, marquant ce temps d'arrêt qu'on appelle *double take* au cinéma. C'était comme s'il était surpris de me voir, ou plutôt, comme s'il venait de me reconnaître.

Finalement, il s'est replongé dans son portable et s'est adressé à monsieur Castille, sans le regarder.

— Vous savez comment lire un message là-dessus ? Je n'arrive pas à l'ouvrir.

Maître Castille s'est occupé du téléphone du vieux professeur, et les deux m'ont tourné le dos tandis que Phalène était déjà tout occupée par son propre téléphone, dernier cri. Après quelques instants gênants à ne pas savoir quoi faire de moi, je les ai quittés pour revenir auprès de Cali.

Nous avons fini par nous diriger vers la salle d'embarquement en passant les portes de sécurité – toujours renforcée à l'époque, en septembre 2020, à cause des attentats. Dès que je suis entré dans l'avion, j'ai eu la nausée. Le vol s'est très mal passé, comme d'habitude. Je voulais rester seul dans mon coin, sans parler à personne. Le regard des autres, leur voix me donnaient mal au cœur. J'ai tout fait pour éviter de croiser Phalène, surtout. Enfermé pendant trois heures dans l'espace étouffant de ce fuselage, je savais que je n'avais aucun moyen de sortir pour m'échapper. Un instant, je me sentis tellement mal que je priai pour que l'avion s'écrase et me libère de ma souffrance. L'angoisse de la mort rendait ma vie si insupportable que j'en venais à vouloir mourir. Absurde. Comment faisaient-ils, les autres, pour supporter tout cela : ce voyage, le temps qui passe et leur existence même. Comment fait-on pour être normal ?

Je me souvins de ces mots d'Épicure : « La plupart des hommes tantôt fuient la mort comme si elle était le plus grand des maux, tantôt la choisissent comme une manière de se libérer des maux de la vie. » Moi, je faisais les deux en même temps.

Au lieu de s'écraser, l'avion a fini par atterrir, et comme d'habitude, mon malaise a disparu au moment où j'ai entendu le crissement des pneus sur la piste. Dès que nous avons touché le sol, j'ai remis les pieds sur terre. Nous venions enfin d'arriver en Crète, à l'aéroport d'Héraklion.

*
* *

Il faisait très beau. Le soleil était au zénith et le ciel bleu, ionosphérique. En sortant de l'avion, je me suis senti enveloppé d'une nappe de chaleur et j'étais bien. Il faisait au moins vingt-cinq degrés en cette fin septembre, bien loin du temps gris et maussade que nous avions laissé derrière nous, en France. Un bus nous attendait à la sortie de l'aéroport, et comme j'étais un peu anxieux, j'ai demandé à maître Castille si la route serait longue.

— Pas du tout ! Nous commençons par Cnossos. C'est à cinq kilomètres.

Je me suis quand même arrangé pour monter devant, et surtout, pour que personne ne vienne s'asseoir à côté de moi, et rester seul. Mais la route s'est plutôt bien passée. Je découvrais l'atmosphère des rues d'Héraklion. Des façades ocre jaune aux fenêtres habillées de persiennes en bois, de vastes demeures qui ressemblaient à des palais vénitiens, avec leurs belles portes d'entrée entourées d'encadrements en pierres. À tous les étages, des balcons de fer noir finement travaillés. Le dépaysement me réconfortait.

Nous avons longé la mer. Quelques vestiges de constructions antiques dormant au bord de l'eau regardaient paisiblement l'horizon, les restes d'un port grec ou vénitien. Après avoir laissé la ville derrière nous, nous avons suivi une route perdue au milieu de collines et de coteaux parsemés de vignes. Enfin, nous sommes arrivés à Cnossos. En descendant du bus, maître Castille a enlevé sa veste pour se retrouver en bras de chemise. Quelques étudiants en philosophie ont gardé leur manteau sous le bras, quant au professeur Loeve, il s'obstinait à porter son costume trois pièces, comme si la chaleur ne lui faisait aucun effet.

Nous avons un peu marché pour rejoindre l'entrée du site archéologique. C'est là que maître Castille allait nous initier aux mystères de la civilisation minoenne, et nous ouvrir ainsi la voie qui me mènerait jusqu'aux portes de l'Atlantide.

En entrant sur ce vaste champ de ruines en pierre, j'ai tout de suite aperçu le portique aux allures de temple grec qui trônait au milieu du site, avec ses trois colonnes d'un rouge vif remarquable. Comment pouvait-il être aussi bien conservé ?

— C'est parce que rien de tout cela n'est très authentique, nous a prévenus maître Castille. D'ailleurs, ce n'est pas vraiment un temple, c'est un palais, et puis... ce n'est pas grec, c'est minoen, construit à l'âge du bronze. Quelqu'un peut-il nous rappeler quand se situe l'âge du bronze ? Monsieur Le Guellec par exemple ?

Lauric Le Guellec, c'était quelqu'un de bien. Sans doute le meilleur d'entre nous en histoire. Il avait les cheveux un peu longs, comme moi, et s'habillait dans un style plus ou moins hippie, avec des chemises indiennes à rayures colorées. Il ne quittait jamais son keffieh non plus. Je le revois encore avec son paquet de tabac entre les doigts en train de se rouler une cigarette, l'air toujours serein. Il était agréable, on discutait souvent ensemble et Cali l'aimait bien. Lauric n'était pas du genre à étaler sa science pour se mettre en valeur, donc c'est d'une voix légèrement hésitante qu'il a répondu à monsieur Castille.

— L'âge du bronze ? Eh bien, je dirais, deux mille ans avant Jésus-Christ ?

— Exactement ! Enfin, à peu près... Le site sur lequel nous nous trouvons date de 1600 avant Jésus-Christ. Vous vous rendez compte ! Plus de mille ans séparent la civilisation minoenne de la Grèce classique de Platon. Il y a à peu près autant d'écart qu'entre nous et

Charlemagne. D'ailleurs, les Grecs ne savaient rien des Minoens. Croyez-le ou non, la civilisation minoenne n'a été découverte qu'au début du XXe siècle après avoir longtemps disparu...

Maître Castille avait à peine terminé sa phrase que Phalène, madame Je-sais-tout, a commencé à faire son numéro. « Madame Je-sais-tout », c'est le nom qu'avait fini par lui donner Cali au cours du voyage – ce qui amusait Lauric, et moi un peu moins. Je n'arrivais pas à m'ôter de l'idée que je connaissais cette fille et qu'un lien imperceptible existait entre nous. Mais il faut bien dire que depuis le début de la visite, Phalène se tenait à l'écart des étudiants, non loin de monsieur Castille, comme si elle était son assistante ou son attachée de presse. Elle avait un petit carnet dans une main, un crayon dans l'autre – quand elle parvenait à lâcher son téléphone – et prenait tout le temps des notes. En écoutant parler le jeune professeur, elle s'est mise à froncer les sourcils et a levé son crayon en l'air pour le questionner à la manière d'une première de la classe – ou d'une journaliste.

— Les Grecs ne savaient vraiment rien des Minoens ? Pourtant, à la fin de L'Odyssée, Homère parle bien de la Crète... De Minos... De Cnossos, non ?

— Bonne remarque, mademoiselle Mejor...

— Attendez, je vais retrouver...

Avant même que monsieur Castille lui réponde, Phalène avait déjà le pouce sur l'écran de son téléphone portable qui captait plutôt mal. C'était long, et tout le monde l'attendait.

— Continuez ! Continuez ! Je vais retrouver !

La plupart des étudiants avaient l'air très agacé. Mais en observant les réactions de tout le monde, j'ai aperçu le professeur Loeve, un peu en retrait, qui esquissait un petit sourire amusé – et plutôt indulgent. Nos regards se sont croisés d'ailleurs, et j'ai cru déceler dans ses yeux un signe étrange de complicité. De son côté, maître Castille – qui venait quand même de se prendre un vent – a repris la parole comme si de rien n'était, en nous faisant signe de le suivre pour nous avancer un peu plus au milieu des ruines.

— Un premier palais avait été construit vers 2000 avant Jésus-Christ avant d'être détruit par un tremblement de terre, et vers 1600, un nouveau palais a été rebâti sur les ruines de l'ancien. C'est pour cela qu'on parle des périodes « paléopalatiale » et « néopalatiale » à propos des constructions minoennes.

— Passionnant… me glissa Cali à voix basse, en soupirant.

— Au départ, c'est un voyage d'études. Donc, on fait des études… Tu devrais essayer, un jour.

Nous nous sommes retrouvés devant le buste en bronze d'un vieux monsieur en cravate qui, manifestement, n'était pas du tout de l'époque minoenne.

— Sir Arthur Evans ! nous annonça monsieur Castille. C'est lui qui a découvert le site de Cnossos en 1900, à la suite de premières fouilles effectuées en 1878 par un archéologue grec…

— Ça y est, monsieur ! J'ai trouvé !

— Oui, mademoiselle Mejor, et qu'est-ce que vous avez trouvé ?

— Le passage de *L'Odyssée*. Je vous le lis ?

— Allons-y, pourquoi pas.

Monsieur Castille avait un peu haussé les sourcils en signe de résignation. Mais je sentais bien qu'il avait une idée derrière la tête.

— Alors, reprit Phalène, c'est quand Ulysse retrouve sa femme Pénélope. Il lui dit : « Au large, dans la mer vineuse, est une terre, aussi belle que riche, isolée dans les flots : c'est la terre de Crète, aux hommes innombrables, aux quatre-vingt-dix villes. » Bon, je passe sur les détails... Après, il dit : « Parmi elles, Cnossos, grand-ville de ce roi Minos que le grand Zeus, toutes les neuf années, prenait pour confident. » Vous voyez !

— Je vois ! s'écria gaiement maître Castille en pointant son doigt vers Phalène. Voilà une civilisation qui n'a été découverte qu'au XXe siècle ! Alors, comment Homère pouvait-il en savoir autant ?

— Eh bien, je ne suis pas sûr, monsieur, se hasarda Lauric, mais n'est-ce pas tout simplement parce que les Minoens n'avaient pas encore disparu à l'époque d'Homère ?

— C'est impossible ! rétorqua maître Castille, très content de son effet. La civilisation minoenne a disparu vers 1500 avant Jésus-Christ, brusquement... mystérieusement, sans laisser aucune trace jusqu'à ce qu'Evans la redécouvre au XXe siècle. Homère, c'est le VIIIe siècle avant Jésus-Christ : à son époque les Minoens étaient déjà rayés de la carte depuis huit cents ans. C'est à peu près comme si vous me disiez que les hommes avaient rencontré des dinosaures ! Non... La découverte de Cnossos nous conduit bel et bien aux limites du mythe et de l'Histoire.

— C'est-à-dire ? lui demanda Phalène.

À voir la tête des autres étudiants, ils se posaient à peu près la même question, et moi aussi.

— C'est-à-dire que pour les Grecs… les Grecs de l'Antiquité je veux dire, ceux de l'époque de Platon, la Crète minoenne n'était sans doute qu'un mythe…

— Pourquoi il nous parle toujours de Platon ? me glissa Lauric.

— ça doit être à cause du thème de la visite… l'Atlantide.

— Et quel est le rapport avec Platon ?

— Eh bien le mythe de l'Atlantide vient de Platon.

— Ah… me fit Lauric, un peu dubitatif. Mais quel est le rapport avec la Crète ?

— Je ne sais pas ! Regarde sur Wikipédia… ou demande à Cali, tiens, il en sait plus que moi !

— Le rapport, lui dit Cali, c'est que le mythe de l'Atlantide vient peut-être de la Crète minoenne. Enfin, c'est une des hypothèses.

Entre-temps, le professeur Loeve avait quitté sa retraite pour se rapprocher discrètement du reste de notre groupe. Il est venu se placer à côté de moi, les mains derrière le dos, l'air de rien, attentif aux propos de maître Castille.

— Tout le monde connaît l'histoire du Labyrinthe et du Minotaure ? nous demanda ce dernier.

La plupart des étudiants levèrent les yeux au ciel, manière de dire : « Évidemment, vous nous prenez pour qui ! » Surtout les étudiants en philosophie – que je ne connaissais pas encore. Et parmi eux, surtout Denis Vincenti qui se croyait très fort et n'avait de respect pour personne, ni pour maître Castille qui n'était qu'un historien, ni même pour le professeur Loeve qu'il considérait comme un philosophe médiocre. Pourtant Denis Vincenti n'était qu'un étudiant de deuxième année. Un frisé grassouillet très précieux qui prenait tout le monde de haut, même s'il regardait les gens d'en bas, puisqu'il était tout petit. Une bande de trois ou quatre camarades le suivaient partout, comme s'il avait toujours quelque chose à leur apprendre, comme s'il était leur chef ou leur maître, alors que dans le fond, il ne savait pas grand-chose.

— Vous nous racontez l'histoire du Labyrinthe, mademoiselle Mejor ? reprit maître Castille. Je crois que vous avez eu l'occasion de faire quelques recherches sur le sujet… pour vos études littéraires.

— Si vous voulez, répondit-elle. Enfin, je n'en sais pas plus que ce qu'en dit Homère : le roi Minos avait fait construire un labyrinthe pour y enfermer le Minotaure, et puis Thésée, le héros de la mythologie grecque, a réussi à tuer le monstre avant de retrouver la sortie du Labyrinthe grâce au fil d'Ariane…

Tout en s'adressant à maître Castille, Phalène jetait quelques coups d'œil aux mines irritées des autres étudiants. Elle avait l'air un peu embarrassée finalement, et s'est empressée de conclure.

–… Mais bon, j'imagine que n'importe qui aurait pu le dire à ma place.

Maître Castille avait remarqué la gêne soudaine de Phalène. Il renonça à lui poser d'autres questions et se tourna vers le professeur Loeve.

— Vous voulez bien leur raconter cette histoire, Eugène ? Après tout, c'est vous le spécialiste.

— Je vous en prie Henri, continuez ! Vous faites cela très bien !

— Bon, je parle sous votre contrôle, alors... En des temps très obscurs et très lointains, des générations même avant l'odyssée d'Ulysse, Dédale, le plus grand architecte de son époque, s'était réfugié à la cour de Minos, un roi légendaire résidant dans le palais de Cnossos. Comme le roi délaissait beaucoup sa femme Pasiphaé pour faire la guerre dans les îles de la mer Égée, celle-ci s'était « consolée » avec un magnifique taureau blanc.

— Un taureau ! C'est dégoûtant ! l'interrompit « Momo », un étudiant attachant, mais un peu lourd.

— À l'époque des dieux, c'était une pratique tout à fait courante, monsieur Morice, lui rétorqua maître Castille avec sa repartie habituelle. Il n'empêche que de cette union contre nature naquit le fameux Minotaure, une tête de taureau sur un corps humain, symbole tout à la fois des fautes du roi et de celles de la reine. Il était leur punition. Minos demanda alors à Dédale de construire un labyrinthe pour y enfermer le monstre, et tous les neuf ans, les cités conquises par Minos devaient lui envoyer sept jeunes filles et sept jeunes garçons à « sacrifier » pour le nourrir.

Maître Castille nous raconta alors comment Thésée, le fils du roi d'Athènes, se porta volontaire pour le sacrifice, bien décidé à tuer le monstre pour libérer les Grecs de cet infâme tribut. Dès qu'il débarqua sur l'île de Crète, la propre fille du roi, Ariane, tomba amoureuse du héros athénien, et se proposa de l'aider. Dédale lui-même suggéra à la jeune fille de donner à Thésée un fil pour ne pas se perdre. Tout en suivant le « dédale » de couloirs, Thésée déroula donc son fil jusqu'à parvenir au centre du labyrinthe où se trouvait le Minotaure. Après l'avoir tué, il parvint à retrouver la sortie grâce au fil d'Ariane qu'il n'avait plus qu'à suivre dans le sens inverse. Tout finit comme une tragédie grecque : peu reconnaissant envers sa bienfaitrice, Thésée enleva Ariane avant de l'abandonner sur l'île de Naxos, au beau milieu des Cyclades. Et pour avoir trahi le roi Minos en aidant Thésée à sortir, Dédale fut enfermé dans son propre labyrinthe avec son fils Icare qui se brûla les ailes en volant trop près du soleil…

— Mais ça, c'est une autre histoire, conclut monsieur Castille.

Une fois encore, sa voix hypnotique et son style élégant d'écrivain télégénique avaient capté son auditoire. Je le voyais au silence qui régnait à présent dans le groupe et surtout, aux soupirs lascifs des filles qui se trouvaient là. Moi aussi, je l'avais trouvé passionnant, mais tout le monde n'était pas de cet avis.

— Et alors ? demanda Denis Vincenti d'un air un peu dédaigneux, provoquant les petits sourires complices de ses camarades.

— Alors, répondit maître Castille, c'est à peu près tout ce que les Grecs connaissaient de la Crète minoenne : les légendes des épopées homériques... Ils devaient croire qu'il ne s'agissait que d'un mythe, et nous aussi... Jusqu'à ce que le site de Cnossos soit découvert, et révèle l'existence d'une civilisation extraordinaire. Tout était vrai, ou presque ! Après tout, c'est déjà ce qui s'est passé avec la guerre de Troie, reprit maître Castille.

— Ah oui ! crut bon d'intervenir Momo. C'est le film avec Brad Pitt... *Troie*.

— Oui, enfin, c'est d'abord un livre, lui rétorqua Phalène. Une autre œuvre d'Homère... *L'Iliade*.

— Et là encore, reprit maître Castille, on pouvait croire qu'il ne s'agissait que d'une légende, avec tous les héros de la mythologie grecque. On y retrouve Ulysse, qui a l'idée du fameux cheval de Troie. Et aussi le roi Agamemnon ou Achille... C'est lui Brad Pitt, précisa-t-il à l'adresse de Momo, trop heureux de faire rire tous ses petits camarades.

C'était aussi ce qui faisait tout le charme de maître Castille pour des jeunes comme nous : non seulement il avait une culture classique infinie, mais en plus, il n'ignorait pas toutes nos références, passant tout naturellement de *Game of Thrones* à Homère, et de David Bowie à sir Arthur Evans.

— On s'est longtemps demandé si la guerre de Troie avait réellement eu lieu, poursuivit-il, ou s'il ne s'agissait que d'un mythe.

— Et alors ? demanda Cali cette fois, de plus en plus intéressé.

— Alors... croyez-le ou non, un archéologue amateur, Heinrich Schliemann, est parti en Turquie avec son exemplaire de *L'Iliade* sous le bras... et il a retrouvé le site historique de la guerre de Troie, en se fiant aux seuls indices laissés par Homère. Il est parvenu à localiser la cité à partir des descriptions contenues dans le texte. Là encore, on a découvert que le mythe était une réalité.

— Le mythe de l'Atlantide, alors, c'est peut-être vrai ? demanda Cali.

— C'est un peu ce que j'essaie de vous dire, lui répondit maître Castille en souriant.

— Moi aussi, c'est ce que j'essaie de vous dire, murmura Denis Vincenti en se tournant discrètement vers ses petits camarades, l'air narquois. Ce prof raconte vraiment n'importe quoi !

— Oh, bien sûr, je ne vous dis pas que tout est vrai dans le mythe de l'Atlantide, reprit maître Castille qui semblait avoir entendu Denis, le nain précieux. Mais on peut admettre que le mythe s'inspire lui aussi de l'histoire d'une civilisation qui aurait vraiment existé.

— Les Minoens ? a demandé Lauric.

— C'est cela, monsieur Le Guellec. Le mythe de l'Atlantide pourrait constituer le souvenir obscur que les peuples de l'Antiquité conservaient de la civilisation minoenne, sans le savoir...

— Mais alors, me suis-je permis d'ajouter, d'où viendrait ce souvenir obscur ? Je veux dire, si les Minoens avaient vraiment disparu, comment les Grecs en ont-ils entendu parler ?

— Ça, je ne saurais le dire, admit maître Castille.

Il jeta un regard inquiet, comme un appel à l'aide, à Eugène Loeve qui avait le sourire en coin.

— À en croire les dialogues de Platon, ce sont les Égyptiens qui auraient gardé ce souvenir, intervint finalement le vieux professeur qui prenait la parole pour la première fois. Dans le *Timée*, le philosophe insiste bien sur le fait que les Grecs avaient totalement oublié l'Atlantide... « Par l'effet du temps et de la mort des hommes », précise-t-il. Les Égyptiens, en revanche, s'étaient transmis cette histoire de génération en génération de manière orale, avant de l'écrire dans leurs archives. Ce seraient donc les Égyptiens qui auraient entretenu ce souvenir dont les Grecs auraient fini par entendre parler. Du moins, c'est ce que dit Platon...

*

* *

Maître Castille s'est remis en marche tout en continuant à parler, et l'ensemble du groupe lui a emboîté le pas pour entrer dans le palais de Cnossos. Pour l'essentiel, un champ de ruines à ciel ouvert, désordonné, reposant au sommet d'une colline. Le palais comptait de nombreux étages et sous-sols. Nous avons suivi plusieurs couloirs et corridors, en longeant des murs dont il ne restait que les fondations, des rangées de pierres qui ne dépassaient pas un mètre de hauteur. À un moment donné, alors que je faisais moi-même attention à mes pieds pour ne pas trébucher sur le sol caillouteux, j'ai senti une main me taper légèrement dans le dos. Je me suis retourné. C'était Phalène qui venait de s'appuyer contre mon épaule pour se retenir après avoir manqué de tomber, apparemment.

— Oh ! Pardon ! Désolée, je ne l'ai pas fait exprès.

Je ne savais pas si c'était vrai. Ou plutôt, j'espérais que ce ne soit pas vrai, sans m'en rendre tout à fait compte. Je croyais qu'elle m'énervait, mais dans le fond, j'étais content qu'elle se jette à moitié dans mes bras, comme par hasard. En fait, j'avais toujours la curieuse impression que cette fille ne m'était pas tout à fait étrangère, que nous étions liés, d'une manière ou d'une autre, comme si nous nous connaissions déjà, intimement.

Nous avons tourné plusieurs fois en suivant un corridor avant de déboucher sur une grande place dégagée, pavée de dalles de pierre, la cour centrale. Là, posée à même le sol, trônait une sculpture monumentale en forme de fer à cheval.

— Ce sont des cornes de taureau, nous indiqua maître Castille, des cornes de « consécration », plus précisément. On ne sait pas bien quelle était leur fonction, mais ce qui est sûr, c'est que les Minoens vouaient un culte particulier au taureau. On en trouve des traces à plusieurs endroits du palais, sur des fresques, notamment. Et c'est sans doute là l'origine du fameux mythe du Minotaure. À part cela, on ignore quelle religion les Minoens pratiquaient.

— Tu parles ! me dit Cali en aparté. Moi, j'ai lu qu'ils pratiquaient les sacrifices humains. On n'est peut-être pas du tout dans un palais, mon frère. Certains disent qu'il s'agirait plutôt d'un cimetière.

— Ah ? Et tu as lu ça où ?

— Sur Internet. Si ça se trouve, les cornes en pierre servaient aux sacrifices. Comme dans *Apocalypto*.

— Mais bien sûr !

— À ton avis, ajouta-t-il, d'où elle vient cette histoire de monstre et de labyrinthe ? Tu crois qu'un simple palais aurait inspiré tout ça ? Je te le dis, moi, il a dû se passer des choses pas très catholiques ici. Sur le Coran !

— Et ça, par contre, tu y crois, évidemment !

Finalement, nous sommes arrivés dans ce que maître Castille nous a présenté comme la « salle du trône ».

— Arthur Evans était persuadé d'avoir retrouvé le fameux palais du roi Minos, nous dit-il. C'est d'ailleurs pour cette raison qu'il a donné le nom de « minoenne » à la civilisation qu'il venait de découvrir. Mais il a restauré le palais de manière tout à fait hasardeuse, pour ne pas dire fantaisiste... Regardez bien le petit muret à la base des colonnes, vous verrez qu'il est en béton ! Vous admettrez que c'était difficile à trouver à l'époque minoenne. Et c'est comme ça un peu partout... des parties entières du palais reconstruites sans aucune rigueur scientifique. Dans le fond, on ne sait toujours pas grand-chose sur cette civilisation minoenne qui reste bien mystérieuse.

Pendant plus d'une heure, nous avons poursuivi nos circumambulations à travers le labyrinthe du roi Minos. Maître Castille était notre fil d'Ariane. Il voulait surtout nous montrer des preuves qu'une civilisation brillante et particulièrement avancée avait vécu dans ce colossal palais de Cnossos.

— Étonnant, quand on pense qu'il s'agit d'une civilisation vieille de plus de trois mille cinq cents ans.

Nous avons découvert des cryptes et des chambres du trésor creusées de fosses souterraines, qui devaient avoir contenu nombre de richesses et d'objets précieux.

— Les Minoens commerçaient avec tous les pays de la région. C'est ce qui faisait leur fortune. Et vous savez quoi ? Ils auraient même rapporté de l'ivoire d'Égypte !

Il nous montra encore les nombreuses fresques de style marin, comme ces dauphins bleus au milieu d'une mer ocre, représentés sur un mur dans les appartements de la reine.

— Il semble que les Minoens se soient rendus maîtres d'une grande partie de la Méditerranée. Là encore, c'est peut-être le souvenir de cette domination que conservaient les Grecs à travers le mythe du roi Minos qui exigeait un « tribut » tous les neuf ans.

Dans ces mêmes appartements, il y avait surtout un « lieu d'aisances » avec chasse d'eau. Des toilettes, comme s'est plu à le préciser Momo. Ce détail amusant révélait en fait l'étonnante maîtrise technique des Minoens, qui disposaient de l'eau courante. Le palais était alimenté grâce à un puits creusé un peu à l'extérieur.

— Ils s'offraient même le luxe d'aménager des jets d'eau ! nous précisa maître Castille.

Ils avaient aussi l'éclairage. Des puits de lumière étaient installés à différents endroits du palais : pour ne pas laisser dans l'ombre les salles creusées dans les étages inférieurs, une ouverture avait été pratiquée au sommet des cages d'escalier qui descendaient dans les sous-sols.

— Le mythique architecte Dédale est sans doute le symbole du savoir-faire étonnant de cette civilisation, conclut notre guide. Les Grecs tenaient probablement leurs propres techniques des Crétois. Maintenant, d'où les Minoens tenaient-ils eux-mêmes leurs connaissances ? Et surtout, pourquoi cette civilisation si brillante et si développée a-t-elle disparu si brusquement ? Je vous pose la question !

Monsieur Castille s'amusait beaucoup. Il était manifestement très content de l'étonnement qu'il avait provoqué chez nous. Mais il semblait aussi attentif aux réactions du professeur Loeve qui n'avait pas prononcé un mot depuis le début – ou presque. Monsieur Castille n'avait plus rien d'un « maître » lorsqu'il s'adressait au vieux professeur : il redevenait un petit garçon. D'ailleurs, durant toute la visite, il s'adressait en aparté au professeur Loeve chaque fois que le groupe se déplaçait d'un endroit à un autre, comme s'il le consultait, ou plutôt comme pour lui demander s'il avait bien appris sa leçon.

Même si le professeur Loeve était resté silencieux durant cette première journée, il semblait exercer une grande influence sur le jeune professeur d'histoire. Et je me demandais ce que le professeur Loeve lui-même cachait, car il semblait savoir et penser beaucoup de choses.

— Attends, je vais voir, me dit Cali.

Nous venions tout juste de terminer la visite, et le groupe rejoignait le car en ordre dispersé. Le professeur Loeve fermait la marche, les mains derrière le dos et les yeux vers le sol, semblant plongé dans une méditation sereine et solitaire. Je me trouvais à peu près au milieu du cortège avec Cali. Tout d'un coup, mon meilleur ami s'est mis à accélérer le pas pour remonter cette file indienne désordonnée jusqu'à parvenir à la hauteur de maître Castille qui ouvrait la marche avec Phalène à ses côtés.

— Non attends ! lui ai-je crié, un peu affolé par son initiative.

Je lui ai emboîté le pas pour ne pas le laisser seul, espérant le faire taire avant qu'il ne se ridiculise – et me fasse honte. Après tout, c'est moi qui l'avais emmené. Mais je n'en ai pas eu le temps.

— Excusez-moi, m'sieur ! demanda Cali à maître Castille avec son léger accent de banlieue.

Phalène le jaugea un peu de haut, comme si elle lui reprochait d'avoir brisé ce moment d'intimité avec son cher professeur. Et d'une certaine manière, c'était sans doute l'intention de Cali.

— Hé, m'sieur, c'est vraiment sûr que Cnossos est un palais ? J'avais lu que c'était peut-être un temple, ou même un sanctuaire où l'on faisait des sacrifices humains.

— Non mais, excusez-le ! ai-je lancé pour bien faire comprendre, et au professeur, et à la fille, que je trouvais l'idée tout à fait ridicule.

Phalène a levé les yeux au ciel avec une petite moue qui signifiait clairement : « N'importe quoi ! » Elle a quand même eu le temps de m'adresser un petit sourire complice pour m'indiquer qu'elle faisait bien la différence entre Cali et moi. Mais à notre grande surprise à tous les deux, maître Castille a fait une réponse déconcertante.

— Il n'y a pas de mal, monsieur Van Langh, répondit-il. Votre ami a une idée intéressante. Bon, j'imagine que vous avez trouvé cela sur un site d'amateurs. C'est une vieille théorie qui traîne chez les demi-savants. Et concernant Cnossos, c'est complètement faux.

Phalène a une fois de plus levé les sourcils, manière de dire à Cali : « Ah ! Tu vois ! Qu'est-ce que je disais. » Mais maître Castille a bien vite calmé les ardeurs de la jeune fille.

— Ça ne veut pas dire que vous avez complètement tort, dit-il. Et si vous aimez les histoires, je vais vous en raconter une autre. Vous voyez les collines, là-bas, parsemées de vignes ? Du *rosaki*. Il faut dire que la région fait un très bon vin.

Nous regardions désormais tous les trois dans la direction qu'il nous avait indiquée, vers le sud, étonnés et impatients.

— C'est là-bas, poursuivit maître Castille, sur une pente non loin du village d'Archanes, qu'un archéologue grec a exhumé un autre site minoen en 1979, le temple d'Anemóspilia. Il y a fait une découverte bien étrange : quatre corps, quatre cadavres laissant deviner une scène effroyable. Le premier se trouvait dans un corridor, un vase à la main, et les trois autres, dans la pièce à côté. Deux d'entre eux, un homme et une femme, avaient été écrasés par la chute du plafond. Le troisième corps était celui d'un jeune homme, étendu sur un autel, un poignard posé près de lui. Vous imaginez la scène ?

— Pas vraiment, répondit Cali.

— Apparemment, le jeune garçon poignardé sur l'autel avait été la victime d'un sacrifice rituel. Mais ses trois bourreaux ont été surpris par l'écroulement du temple, le premier cherchant à sauver ce qu'il pouvait, un vase en l'occurrence. Une catastrophe naturelle a semble-t-il détruit le sanctuaire en quelques instants... un séisme ou quelque chose dans le genre. Et c'est sans doute la même catastrophe qui a anéanti la civilisation minoenne sur toute la surface de la Crète.

— C'est bien ce que je pensais ! lança Cali, surexcité. Et on va y aller, là-bas ?

— Malheureusement non, répondit maître Castille. Nous devons partir directement pour ne pas arriver trop tard à Matala.

— Mais c'est bien ce séisme qui est à l'origine du mythe de l'Atlantide ? renchérit Cali.

— C'est ce que je crois. Mais le professeur Loeve n'est pas tout à fait de mon avis.

2

Le Déluge

Bien avant notre départ pour la Crète, déjà, Cali m'avait « initié » au mythe de l'Atlantide en me faisant part de toutes les « découvertes » qu'il avait pu faire sur Internet, ce Nouveau Monde de l'ignorance et de la crédulité, construit sur le sable d'articles et de reportages sensationnalistes au large de la science « officielle ». C'est ainsi que j'ai fait la connaissance d'un certain Ignatius Donnelly, homme politique américain soi-disant « historien », considéré comme le père du « diffusionnisme atlantéen », un titre ronflant censé donner une note scientifique à des élucubrations sans fondement. Dans un livre publié en 1882, *Atlantide, monde antédiluvien*, Ignatius Donnelly soutenait que le récit de Platon devait forcément garder le souvenir d'un événement réel, et que les vestiges de l'Atlantide étaient à chercher dans l'océan Atlantique, près du détroit de Gibraltar, conformément aux indications de Timée et Critias le situant « au-delà des colonnes d'Héraclès ».

— Yeap ! s'exclamait Cali en me faisant la lecture de ses sites « alternatifs ». Il ne faut pas croire tout ce que raconte la science officielle.

Ignatius Donnelly pensait disposer de « preuves » plus ou moins tirées de Platon. Il croyait avoir remarqué une ressemblance entre les pyramides d'Égypte et celles de l'Amérique centrale.

— Tu peux me dire, insistait Cali, comment deux civilisations séparées par un océan, et qui vivaient à des milliers de kilomètres l'une de l'autre, ont pu utiliser les mêmes techniques de construction, le même langage, aussi, alors qu'elles ne s'étaient jamais rencontrées ?

La « déduction » d'Ignatius Donnelly était que les cultures du Nouveau Monde et de l'Ancien Continent devaient avoir une origine commune et descendre d'une seule et même civilisation. L'Atlantide, bien sûr ! Si l'on admet qu'un continent était présent au beau milieu de l'océan Atlantique avant de disparaître sous un déluge, on comprend mieux les ponts culturels qui peuvent exister entre toutes ces cultures. Du moins, Cali le comprenait mieux, et moi, je n'y croyais pas. Mais c'était mon meilleur ami.

— Le texte du *Critias* s'arrête en plein milieu d'une phrase, me précisa-t-il. Juste avant que Platon ne raconte comment l'Atlantide a été détruite. Du coup, personne ne sait vraiment ce qui a pu se passer.

— Et si « vraiment », il ne s'était rien passé du tout ? lui répondis-je.

Cali était persuadé que tous les « Atlantes », les habitants de l'Atlantide, n'étaient pas morts pendant le Déluge. Cette idée lui venait aussi du fameux Donnelly, le premier « atlantologue » à imaginer des survivants de l'Atlantide qui se seraient réfugiés sur les différents continents, apportant ainsi leurs lumières aux différentes civilisations.

— Au moins, ai-je fait remarquer à Cali, voilà des migrants qui ont dû être bien accueillis ! Les temps changent effectivement. Aujourd'hui, on considère tous les réfugiés comme une menace pour la civilisation. Tu imagines si tes Atlantes s'étaient retrouvés à notre époque ? Ils auraient fini dans un camp de migrants, sous une tente en toile, dans un préfabriqué ou une baraque en tôle ondulée, à Lampedusa, Guantanamo ou dans la jungle de Calais. Tu admettras que pour apporter leurs « lumières » à la civilisation, ça n'aurait pas été très pratique !

Je me moquais un peu de Cali avec son Atlantide, un mythe du Déluge et des origines qui est aussi celui du refuge et du déplacement. C'est vrai si l'on y pense : un peuple qui fuit son pays détruit par un désastre et se réfugie chez des Indiens ou des Égyptiens qui comprennent immédiatement qu'ils ont trouvé leurs maîtres ? J'ai l'impression que les Incas étaient plus humains que nous finalement, même s'ils pratiquaient le sacrifice humain. Les Occidentaux eux-mêmes sont bien persuadés de devoir apporter leurs « lumières » aux autres peuples forcément « sous-développés », mais n'imaginent pas que l'inverse soit possible. Quand nous envahissons un pays étranger, c'est de la colonisation, et même une œuvre de « civilisation », mais quand ce sont les autres qui viennent « chez nous », c'est de l'immigration, une véritable invasion, et le risque d'un « Grand Remplacement ».

— Yeap ! m'a concédé Cali, amusé. Avec ma famille d'immigrés marocains, j'en connais un rayon ! N'empêche, les survivants de l'Atlantide expliqueraient beaucoup de choses...

— Et quoi donc ?

— Les statues de l'île de Pâques, Stonehenge, les pyramides, même ! s'écria-t-il comme si c'était une évidence. Tu connais le temple de Ggantija, à Malte ?

— De ? Euh... non.

— Je te montre, me dit-il aussitôt en cliquant sur sa souris pour me conduire sur d'autres sites internet, ses sites archéologiques à lui. *Ggantija*, en maltais, ça veut dire « tour des géants ». Tu vois, c'est un ensemble de mégalithes datant de 3500 avant Jésus-Christ. Les scientifiques ont même établi que ces constructions monumentales étaient l'œuvre d'une civilisation ayant brutalement disparu vers 2500 avant Jésus-Christ.

— Les « scientifiques » ? Quels scientifiques ?

— Eh bien, je ne sais pas, moi... des géologues, sans doute. Apparemment, une partie de l'île de Malte aurait été engloutie par les eaux.

— Ça fait beaucoup de civilisations englouties à la fin, remarquai-je, non sans ironie.

Mais Cali n'était pas sensible à l'humour quand il s'agissait de ses théories.

— Je ne te le fais pas dire ! s'est-il contenté de poursuivre. C'est bien la preuve que toutes ces civilisations n'en forment qu'une seule. Du moins, elles ont la même origine.

Cali croyait tout bonnement la théorie de Donnelly selon laquelle l'Atlantide constituait la civilisation mère, et le berceau de l'humanité.

— Tu connais les sphères mégalithiques du Costa Rica ? m'a-t-il encore demandé, avant de me montrer un reportage vidéo sur YouTube. « Las Bolas », on les appelle... Des sphères pouvant atteindre deux mètres de diamètre, parfaitement rondes et lisses, taillées dans le grès, une matière très difficile à travailler, et plus encore à l'époque !

— Quelle époque ?

— Les archéologues officiels prétendent qu'elles ne remontent pas au-delà de deux cents ans avant Jésus-Christ, mais j'en doute. Elles sont sûrement beaucoup plus anciennes ! Alors, tu peux me dire comment des hommes primitifs auraient pu maîtriser les connaissances techniques nécessaires à la construction de ces œuvres monumentales ? Comment des humains auraient pu déplacer sur des kilomètres des blocs de pierre aussi volumineux que les statues de l'île de Pâques ou les boules du Costa Rica ?

À force de naviguer sur Internet en cabotant de Charybde en Sylla, Cali pensait donc que l'Atlantide était la civilisation « mégalithique ». Les survivants se seraient réfugiés en Égypte pour y apporter leur science, avant de construire, aux quatre coins du monde, les monuments cyclopéens qualifiés de « mégalithes ». Si les pyramides et autres constructions titanesques ne peuvent être l'œuvre d'êtres humains, c'est que nos ancêtres les « Atlantes » doivent appartenir à une autre race – supérieure – dont les dieux des différentes mythologies se souviennent. Des géants peut-être, mesurant trois ou cinq mètres ? Ce qui expliquerait comment ils ont pu déplacer des blocs de pierre à la taille inhumaine. Et sinon, des extraterrestres.

— Pourquoi pas, tant qu'on y est ! ironisai-je.

En fait de preuves, Cali « démontrait » la réalité d'un mythe en le rapprochant d'un autre, et je me rendais compte que derrière l'impression d'un ensemble logique et cohérent, il n'y avait que de vagues associations d'idées. Mais que cherchait-il ? Pourquoi s'accrocher à tous ces mythes qui se réduisaient pour moi à des délires et des élucubrations ? Une citation de Donnelly reprise sur un site internet m'avait quand même intrigué. Il espérait que la découverte de l'Atlantide offre « une lumière nouvelle sur toute l'histoire du passé de la race humaine et sur tous les grands problèmes qui rendent perplexes les penseurs ».

*

* *

Le bleu du ciel était plus pâle et moins profond quand nous avons laissé derrière nous les ruines de Cnossos. Une lumière blanche annonçait le déclin de cette première journée, et la France était loin. Nous avions une heure de bus pour rejoindre Matala en traversant l'île du nord au sud. Je me suis une fois de plus arrangé pour être l'un des premiers dans le bus et m'asseoir à l'avant, au deuxième rang, sur le siège côté couloir pour bien faire voir à tout le monde que je ne voulais personne près de moi. Cali savait à quoi s'en tenir, et m'a simplement fait un petit signe pour m'indiquer qu'il partait s'installer au fond, avec Lauric. Quand Phalène est montée, j'ai fait semblant de consulter mon téléphone pour ne pas croiser son regard en priant pour qu'elle ne m'adresse pas la parole. Heureusement pour moi, Momo s'était assis sur la rangée d'en face, un peu après moi, près de la fenêtre, laissant le siège à côté de lui ostensiblement libre, pour elle. Il lui a fait un grand sourire quand elle s'est approchée. J'ai vu Phalène hésiter un peu. Elle a jeté un petit regard dans ma direction. Peut-être attendait-elle un signe de ma part. Mais comme je n'ai rien fait pour l'encourager, elle a fini par renoncer.

Une heure quinze de route, m'avait dit monsieur Castille. Il était 17 h 30, nous devions donc arriver vers 18 h 45. J'ai commencé le compte à rebours dans ma tête et dans mon cœur. C'est long quand chaque minute paraît une éternité. Autant mourir si toute ma vie ne devait ressembler qu'à cela.

Dans le silence angoissé de mes ruminations, j'entendais les tentatives d'approche désespérées de Momo, auprès de qui Phalène s'était bien assise.

— C'était vraiment intéressant, les taureaux, tout ça, lui disait-il. T'as l'air d'en savoir des choses, toi. *L'Odyssée*, Homère… Moi, je l'ai juste étudié en troisième, mais je ne l'ai jamais lu, en fait. Et toi, t'habites à Rouen ?

— Non, enfin… ma mère habite à Rouen, lui répondit Phalène très aimablement. Mais je vis à Paris, moi. Je suis un master de littérature à la Sorbonne.

À ma grande surprise, Phalène ne se montrait pas du tout distante avec lui, alors qu'un monde les séparait. Un trait de caractère qui atténuait largement son côté « je-sais-tout ». Contrairement à moi, Phalène semblait profiter de tous les moments agréables que lui offrait ce voyage, et je la trouvais généreuse, attentive et enthousiaste avec tout le monde.

— Et pourquoi tu es là, alors ? insista Momo. Tu connais quelqu'un ?

— Monsieur Castille, oui. C'était mon professeur d'histoire en hypokhâgne. Après, il a décroché un poste à la fac, mais on est restés en contact. Et si je suis là, c'est parce que je le lui ai demandé. L'Atlantide, tu vois ?

— Euh... oui ! Homère, tout ça, répondit-il, manifestement un peu dépassé par le nombre d'informations qu'il devait enregistrer.

— Homère, non. L'Atlantide, c'est de Platon. Mais c'est Pierre Benoit qui me l'a fait découvrir, poursuivit-elle.

— C'est un autre prof à toi ?

— Non, répondit-elle avec un rire bienveillant, séduisant, se permettant même de poser sa main sur le bras de Momo pendant un instant. Non, Pierre Benoit est un écrivain des années 1920, un académicien, même. Il a écrit un très joli roman qui s'intitule *L'Atlantide*, justement. C'est ce qui m'a donné le goût de la littérature, et l'envie de faire ce voyage.

— Et tu y crois, à toutes ces histoires de civilisations disparues ?

— Oh là, non ! Ce n'est que de la littérature.

Maître Castille et le professeur Loeve, eux aussi, étaient en grande conversation. Ils étaient assis l'un à côté de l'autre, juste devant moi. L'espace entre leurs deux sièges me permettait de les apercevoir, et j'ai remarqué quelque chose de bizarre. De près, le professeur Loeve semblait avoir la peau décrépite, avec une tache brune dans le cou. Je pouvais voir aussi sa main posée sur l'accoudoir et ses ongles un peu abîmés, dédoublés. Au final, il faisait plus vieux que soixante-quatre ans, l'âge inscrit sur sa fiche Wikipédia que j'avais fini par consulter. D'ailleurs, sa voix tremblait parfois légèrement, même s'il parlait toujours d'un air calme et serein.

— Ça va, Eugène ? lui demanda maître Castille. Je n'ai pas dit trop de bêtises ?

— Grand Dieu, non Henri ! répondit le professeur de sa voix lente et grave. J'apprends beaucoup de choses, vous savez, et puis, je n'ai certes pas les compétences pour juger de vos connaissances !

J'ai encore entendu Denis Vincenti, fidèle à lui-même, en train de donner une « leçon » de philosophie à ses camarades qui ne disaient rien. Il était le seul à parler.

— Entre nous, murmurait-il, la traduction que Loeve a faite de Platon est très mauvaise. Il n'a rien compris.

Mais pour qui se prenait-il ? Heureusement, tous les étudiants en philosophie n'étaient pas aussi prétentieux. Les filles, surtout, comme Sabine Simon, une petite blonde charpentée un peu masculine. Très intéressante. Et très en avance. Elle était aussi humble que douée, et appréciait autant la philosophie que le rock'n'roll.

Vaguement lassé par ces bribes de conversations, j'ai sorti mes écouteurs et j'ai regardé le paysage, finissant par m'oublier un peu en fixant l'horizon. Au cours des premiers kilomètres, la route ressemblait encore à ce que nous avions déjà vu, des collines et des vallons verdoyants sous un grand ciel bleu en résonance avec la musique que j'écoutais, *Big Blue Spanish Sky*. Mais à mesure que nous nous rapprochions du sud, les paysages se faisaient plus désertiques. Nous sommes enfin arrivés à l'hôtel, perdu au milieu de la garrigue, une auberge de jeunesse sans le moindre charme qui évoquait l'architecture de style Pailleron de l'université de Mont-Saint-Aignan.

*

* *

Nous avons déposé nos affaires, et maître Castille nous a proposé de rejoindre à pied le centre de Matala. Nous avons mangé dans une petite pension qui bordait la rue principale. La patronne ne parlait que grec ou allemand et ne prenait que l'argent liquide, alors que le distributeur le plus proche était très loin, dans une autre ville, à dix kilomètres. Un aperçu, sans doute, de cette économie souterraine qui pouvait expliquer pourquoi la Grèce était en crise puisque personne ne payait ses impôts, surtout pas les Crétois, reclus sur leur île, qui avaient toujours eu le sentiment d'avoir été « occupés », par les Mycéniens, les Romains, les Vénitiens, et maintenant, les Grecs.

Nous avons passé la soirée au bord de la mer qui offrait un spectacle géologique intrigant. Un mur de rochers percé de multiples cavités bordait la plage, des grottes qui, paraît-il, avaient servi de sanctuaire à l'époque romaine.

— Vous savez que c'est sur cette plage que Zeus aurait débarqué avec Europe après l'avoir enlevée, nous apprit maître Castille.

Cali est parti s'isoler avec Lauric pour fumer un joint, et je me suis assis seul sur le sable pour regarder le coucher de soleil, rouge, magnifique.

— Je peux ? m'a lancé une voix qui commençait à devenir familière.

Avant même que j'aie le temps de réagir, Phalène s'est installée à côté de moi, en tailleur.

— Tu t'appelles Étienne, c'est ça ?

— C'est ça, ai-je répondu laconiquement.

— Tu ne parles pas beaucoup depuis qu'on est partis.

J'ai tourné la tête vers elle, et j'ai découvert, à travers les verres de sa large monture, des yeux vert émeraude qui révélaient sa beauté discrète.

— C'est parce que je ne me sens pas très bien.

— C'est donc ça ton secret ! m'a-t-elle lancé avec un petit sourire charmant. Tu m'intrigues, tu sais. Depuis le début, j'ai l'impression que tu restes dans ton monde. Tu as... comment dire, un regard mystique... ou plutôt, non, un regard mystérieux.

— Un regard mystérieux ? ai-je répété, amusé. Il n'y a pas vraiment de mystère, tu sais. Juste un petit fond d'anxiété.

Je dois avouer qu'elle avait quand même réussi à me détendre un peu, et puis, j'aimais bien la sentir à côté de moi.

— Et donc, toi, tu t'appelles Phalène ? C'est la première fois que j'entends ce nom. Il vient d'où ?

— Une idée de mes parents, m'a-t-elle répondu, ou plutôt de ma mère, en souvenir de sa jeunesse. Je ne sais pas pourquoi, il faudrait lui demander. C'est le nom d'un papillon. Tu le sais, ça ?

— Non, je ne le savais pas, ai-je avoué. Par contre… enfin, ça fait un peu cliché mais… j'ai l'impression qu'on se connaît.

C'était la vérité ! J'avais la certitude confuse d'avoir déjà vu cette fille, mais j'étais incapable de savoir d'où me venait ce sentiment. Nous avons continué à parler, tandis que la nuit tombait. Je finissais par oublier qu'il y avait d'autres personnes autour de nous. J'imaginais que Phalène éprouvait la même chose. Elle me comprenait, et c'était un peu comme si nous nous connaissions déjà depuis longtemps. Un moment, elle a tourné la tête pour regarder, au loin, la grande paroi rocheuse creusée de grottes.

— Ton copain ne m'apprécie pas beaucoup, a-t-elle dit tout en gardant les yeux fixés au loin.

— Il a tendance à se méfier de tout et de tout le monde, mais ça lui passera. Tu veux que je te présente ?

Nous avons donc rejoint Cali et Lauric qui s'étaient installés, là-bas, dans l'une des cavités, pour fumer leur joint. Lorsqu'il m'a vu arriver avec Phalène, Cali n'a pas eu l'air très content, mais Lauric s'est montré plutôt accueillant. Son humeur légère et sereine a très vite détendu l'atmosphère.

— On monte ? nous a-t-il lancé tout d'un coup.

Et il a commencé à escalader la paroi rocheuse, à mains nues. Il était plutôt à l'aise, et quand il a relevé ses manches, j'ai vu qu'il avait des avant-bras impressionnants.

— Franchement, nous a-t-il dit tout en grimpant encore un peu plus, si on n'arrive pas à être heureux ici, c'est vraiment qu'on est des idiots !

On s'est bien amusés, finalement, et Cali aussi. En fait, j'ai longtemps pensé à cette soirée avec nostalgie, même si je suis devenu un peu plus sage aujourd'hui. La nostalgie, c'est ce drôle de plaisir pris à la tristesse quand on pense aux choses du passé qui sont mortes et ne reviendront pas. Depuis, je me suis souvent dit que j'aurais aimé revivre cette soirée parce que je l'ai mal vécue sur le moment, ou plutôt, je suis passé à côté, un peu trop pris par mes angoisses, sans me rendre compte, sinon de mon bonheur, du moins de la douceur de ces instants.

Le calme avant la tempête.

Les événements allaient se précipiter dès le lendemain.

*

* *

Maître Castille nous avait demandé de nous lever tôt ce matin-là, pour notre deuxième jour de visite. Nous allions voir deux sites importants,

Phaistos et Gortyne. Nous avons quitté notre auberge pour suivre en bus les lacets de la petite route qui menait au palais de Phaistos. Des carrés de champs d'orangers au quadrillage régulier donnaient un peu d'air et de vie à ce territoire aride. Les ruines de Phaistos reposaient sur une colline : des vestiges minoens vieux de près de quatre mille ans qui ne trichaient pas avec leur âge, ni avec le temps.

— C'est moins inspirant que Cnossos, nous avertit maître Castille, mais c'est plus authentique. Le site n'a pas été dénaturé par le bétonnage et les reconstitutions d'Evans.

Les bâtiments se réduisaient à des alignements de pierres posées au sol, si bien que le site offrait une belle perspective sur tous les environs. En longeant les gradins du théâtre antique, je sentais que je foulais de vieilles pierres venues d'un lointain passé, mille neuf cent cinquante ans avant Jésus-Christ.

— Sans doute le plus vieux théâtre du monde ! nous apprit maître Castille.

Nous avons laissé derrière nous le théâtre pour emprunter l'escalier monumental menant aux grands propylées, l'entrée principale du palais, ou plutôt ce qu'il en restait. Tous les murs et toutes les colonnes ne s'élevaient pas à plus d'un mètre, comme si la hache d'un Titan avait décapité l'ensemble des constructions au même niveau, à la manière d'un faucheur taillant à la serpe un champ de blé.

— Que s'est-il passé ? ai-je demandé.

— Ah ! C'est la question, monsieur Van Langh, me répondit maître Castille d'un air malicieux.

L'assemblée des étudiants formait à présent un arc de cercle autour de lui. Je me trouvais au centre de l'hémicycle, aux côtés de Phalène, Lauric et Cali. Le professeur Loeve se tenait au bout de la rangée, silencieux.

— La civilisation minoenne a brutalement disparu au XVe siècle avant Jésus-Christ, poursuivit maître Castille, alors même qu'elle était à son apogée. Qu'est-il arrivé, je vous le demande... Une invasion ? Peut-être. On sait que les Mycéniens venus de Grèce ont envahi la Crète vers 1450. Mais il a dû se passer autre chose avant. En fait, les palais minoens pourraient avoir été détruits par l'éruption volcanique de Santorin.

— Santorin ? s'étonna Lauric.

— Oui ! répondit maître Castille, c'est une théorie qui a été défendue dès les années 1930 par un fameux archéologue grec, Spyridon Marinatos. Il a découvert des traces de pierre volcanique ici même, en Crète, sur le site minoen d'Amnisos. Il se pourrait très bien que l'éruption de Santorin ait eu des répercussions jusqu'ici. Un tremblement de terre, peut-être, ou même un tsunami.

— Pourtant, l'île de Santorin, ce n'est pas vraiment à côté, ai-je remarqué à mon tour, surpris.

— Effectivement, admit maître Castille. C'est à soixante-quinze kilomètres au nord des côtes de la Crète... Une traversée de six heures en bateau, vous verrez cela dans trois jours...

Maître Castille avait réservé le clou de la visite pour la fin. Il nous a conduits vers la seule partie couverte du palais, le « mégaron » ou pièce de vie de la reine. Il fallait descendre quelques marches pour plonger dans des fondations légèrement en sous-sol, protégées du soleil par un large toit en métal. Des fouilles y étaient en cours. Après être passés sous la structure métallique, nous avons atteint les limites du site. Maître Castille nous a fait longer la clôture pour nous mener devant un dernier ensemble de bâtiments en ruine, un peu à l'écart du reste du palais.

— La salle des archives, nous a-t-il annoncé. C'est ici que l'on a retrouvé le mystérieux disque de Phaistos.

Maître Castille a fait glisser le long de son bras la lanière de son sac à dos avant de l'ouvrir, pour en sortir un petit objet plat et rond de couleur ocre.

— Vous avez déjà vu ceci, sans doute, reprit-il.

Il nous a tendu l'objet pour nous permettre de le regarder de plus près. Il s'agissait d'une galette d'argile rouge orangé, gravée de dizaines de signes d'écriture inscrits dans une spirale.

— C'est une reproduction, précisa-t-il. L'original se trouve au musée d'Héraklion. Les signes ont été marqués à l'aide de cachets... comme un sceau frappé sur un morceau de cire. Ce qui fait de ce disque, tenez-vous bien, le plus vieux texte « imprimé » de l'Histoire, daté de 1650 avant Jésus-Christ... donc, bien avant Gutenberg. Quand je vous disais que les Minoens étaient très avancés !

— C'est du minoen ? lui demanda Lauric.

— Effectivement. Du « linéaire A ». C'est le nom que les archéologues ont donné à cette écriture. Elle se lit peut-être en suivant la spirale, de l'extérieur vers l'intérieur, mais on n'en sait pas plus.

— Ce sont des hiéroglyphes ? poursuivit Lauric.

— Hélas, non. Des idéogrammes, sans doute possible, mais il s'agit d'une langue totalement inconnue que personne n'a jamais pu décrypter. Ni égyptienne, ni même indo-européenne... Une langue qui ne ressemble à aucune autre. En fait, on ne sait pas d'où venaient les Minoens. Ce qui est sûr, c'est qu'ils n'étaient pas grecs. Sumériens, peut-être, d'Iran ou de Babylone...

— On doit bien pouvoir lire quelque chose, avec tout ce qu'on sait en archéologie, reprit Lauric.

— On a seulement pu distinguer 45 signes différents sur les 242 qui sont imprimés, répondit maître Castille. Il y a donc des répétitions, comme des couplets et des refrains. Un chant religieux, peut-être, ou une prière.

— Des formules magiques ? interrogea Cali à son tour, un appel à des forces surnaturelles ?

— Je vois que votre ami ne manque décidément pas d'imagination, monsieur Van Langh, s'amusa maître Castille.

Il nous laissa sur notre faim après avoir excité nos esprits créatifs.

— Le bus nous attend. Voyons... quelle heure est-il ? 11 h 30. Je vous propose de nous retrouver à midi devant l'entrée pour rejoindre le parking.

Les étudiants s'éparpillèrent en petits groupes.

— Et si c'était des extraterrestres ? nous lança Cali alors que nous nous retrouvions tous les quatre, avec Phalène et Lauric.

— Qu'est-ce que tu racontes encore ? lui ai-je demandé.

— Les Minoens, précisa-t-il, avec leur langue inconnue sortie de nulle part... si c'était des extraterrestres ? Tu sais, comme dans *Premier Contact*.

— Moi, je dis pourquoi pas, acquiesça Lauric. Ce texte contient peut-être toutes leurs connaissances.

— Yeap ! renchérit Cali. Si on pouvait le déchiffrer, il nous dirait peut-être d'où viennent les Minoens... Bon, on va à la boutique ?

J'ai jeté un regard à Phalène.

— Moi, j'irais bien revoir un peu le site, m'a-t-elle annoncé, semblant m'inviter à la suivre.

— On se rejoint après, ai-je proposé à Cali, un peu gêné.

— Comme tu veux. Tu viens, Lauric ?

J'ai suivi Phalène qui m'a ramené au milieu des ruines, dans la cour centrale, une grande place dégagée, dallée de larges pierres qui avaient l'aspect du marbre. Nous avons aperçu, au loin, nos deux accompagnateurs en plein conciliabule. Maître Castille était accroupi devant un pan de mur en ruine. Il semblait montrer quelque chose au professeur Loeve qui se tenait debout derrière lui, légèrement penché, les mains croisées dans le dos.

— Viens, m'a dit Phalène avant de m'emmener auprès des deux professeurs.

Maître Castille laissait courir son index sur la pierre, comme s'il cherchait un indice. Quand il nous a vus arriver, il s'est relevé tout en se frottant les mains pour les dépoussiérer.

— Monsieur Van Langh ! Phalène ! nous a-t-il lancé avec un grand sourire. Le professeur Loeve me faisait remarquer quelque chose de très intéressant.

— Ah oui ? s'étonna Phalène.

— C'est sans doute un peu tiré par les cheveux, commença le professeur Loeve de sa voix de vieux sage, mais je faisais remarquer à Henri une petite curiosité au sujet du nom « Phaistos ».

— Une curiosité ? s'étonna Phalène.

— « Phaistos », ça ne vous évoque rien ? nous demanda le professeur Loeve.

— Phaistos... Phaistos, s'interrogea Phalène à voix haute. Voyons... Héphaïstos ? proposa-t-elle. C'est ça ?

— C'est tout à fait cela, jeune fille, la complimenta le professeur d'un ton un peu paternaliste. Héphaïstos. Dans la mythologie grecque, le dieu du feu, symbole du savoir-faire technique. Pour les Romains, le dieu du feu souterrain qu'ils appelaient Vulcain. Le dieu des volcans sous-marins, même.

— Alors, je me disais, reprit maître Castille, Héphaïstos pourrait-il illustrer le souvenir de cette fameuse éruption volcanique qui aurait mis fin à la civilisation minoenne ?

— Vous savez qu'il y a des problèmes de dates, Henri, lui répondit le professeur.

— Et sur le mur, qu'est-ce que vous avez vu ? demanda Phalène.

— Regardez vous-mêmes, nous proposa maître Castille.

Je me suis plié en deux pour tenter de voir un peu mieux ce qu'il voulait nous montrer. Phalène s'est penchée en même temps que moi pour inspecter le mur, son épaule a frôlé la mienne, et j'ai senti son souffle me caresser le visage. Il y avait là, gravé sur la pierre, le dessin d'une hache à double tranchant. Je me suis alors souvenu avoir vu le même motif sur un mur du palais de Cnossos, dans les appartements du roi.

— Une hache bipenne, nous révéla maître Castille, une double hache. Un symbole que l'on retrouve absolument partout sur les murs et les objets minoens. Et pourtant, son sens échappe aux historiens…

— Un emblème du pouvoir, peut-être, ai-je suggéré.

— Ah oui ! s'exclama Phalène. T'as raison. Ça ressemble beaucoup à l'emblème du fascisme italien. Mais quel est le rapport avec Héphaïstos ?

— C'est là que l'histoire devient intéressante. Eugène, vous leur dites ?

— À en croire la mythologie, expliqua le professeur Loeve, Héphaïstos se serait servi d'une double hache pour fendre le crâne de Zeus, d'où serait sortie Athéna, la déesse de la sagesse.

— Et qu'est-ce que ça veut dire ? ai-je demandé.

— La culture minoenne étonnamment avancée pourrait être à l'origine du « miracle grec », répondit-il. Héphaïstos donnant naissance à Athéna symboliserait la sagesse des Minoens transmise à la civilisation grecque. Maintenant, d'où les Minoens tenaient-ils eux-mêmes leurs connaissances à un âge si reculé ? Toujours pareil : mystère...

Je ne voyais vraiment pas où il voulait en venir. Mais maître Castille a coupé court à la conversation.

— Je pense que les autres vont nous attendre, dit-il. Nous y allons ? Il ne faut pas trop traîner : nous devons encore visiter Gortyne.

Nous sommes repartis en direction de la sortie. En chemin, maître Castille a un peu accéléré son pas pour retrouver tout le monde, nous laissant seuls, Phalène et moi, avec le professeur Loeve.

— Professeur ! Attention ! s'est-elle écriée.

Le professeur Loeve s'arrêta juste à temps pour éviter de se prendre les pieds dans la margelle en pierre d'un petit puits.

— Merci, mademoiselle Mejor, dit-il en s'amusant. Vous me sauvez la vie. Il faut croire que cela devait bien finir par arriver.

— Pourquoi ? lui demanda Phalène. Vous êtes distrait ?

— Grand Dieu, non ! répondit-il. Mais je suis philosophe. Vous connaissez la légende au sujet de Thalès ?

— Thalès, comme le théorème ? ai-je demandé.

— C'est tout à fait cela, monsieur... Van Langh ? En effet, Thalès passe pour être le premier géomètre et l'inventeur du fameux théorème. Mais il est aussi le premier philosophe. Contrairement à ce qu'on pourrait croire, la philosophie ne remonte pas à la nuit des temps. Elle est née au VIe siècle avant Jésus-Christ, avec Thalès. Or, vous allez rire, on raconte qu'un beau jour, ou plutôt, une nuit, en sortant de chez lui pour admirer les étoiles, Thalès est tombé dans un puits. Sa vieille servante s'est alors moquée de lui en disant : « Comment, Thalès, toi qui n'es pas capable de voir ce qui est à tes pieds, tu t'imagines pouvoir connaître ce qui est dans le ciel ? »

À ce moment-là, le vieux professeur restait pour moi une énigme. Il incarnait à merveille le mélange de fascination et de répulsion que m'inspirait la philosophie. Tout ce que j'en avais appris jusque-là m'avait paru compliqué, ennuyeux, inutile et incertain. La plupart des philosophes me semblaient à moitié fous, à l'image du fameux Thalès qui ne regardait même pas où il mettait les pieds à force de se perdre dans ses pensées. Et quand je me souvenais de Freud qui racontait que tous les petits garçons voulaient coucher avec leur mère, je me disais que les philosophes avaient un problème.

— Freud n'est pas un philosophe, m'avait pourtant précisé Sabine Simon dans le bus. C'est un psychologue.

Quelle différence ? Freud parlait bien du complexe d'Œdipe, un roi de la mythologie grecque. Dans le fond, je ne distinguais pas nettement les frontières entre les différents pays de leur monde d'idées, et pour moi, les philosophes ne faisaient que raconter des histoires. D'un autre côté, ils m'intriguaient. J'avais l'impression qu'ils en savaient plus que les autres. Le philosophe incarné par le professeur Loeve m'apparaissait tout à la fois fort et sage, un surhomme. Il semblait détenir des vérités cachées sur le monde que tous les autres ignoraient, avoir accès à des connaissances magiques lui conférant ce grand pouvoir qu'on appelle la sagesse. Comme si être philosophe permettait de prendre du recul sur les événements, et même, de se situer au-dessus du monde. La sérénité qui se dégageait de la personne d'Eugène Loeve, d'humeur toujours égale, un calme olympien mêlé de contentement, me laissait penser que la philosophie était un mode de vie plutôt qu'un ensemble de connaissances. Et finalement, je me posais toujours la même question : Qu'ont-ils compris qui échappe au commun des mortels, ceux qui sont doués du naturel philosophe ? Qu'ont-ils vu que les autres ignorent ?

*

* *

Tout a vraiment commencé dans la ville antique de Gortyne. À la fin de la visite, maître Castille nous avait laissé du temps pour flâner un peu au milieu du site qui reposait tranquillement à l'ombre d'une colline broussailleuse, des vestiges romains clôturés par un grillage bordé de cyprès. En compagnie du professeur Loeve, Phalène, Cali et moi nous étions un peu éloignés du reste du groupe pour nous promener aux abords de la basilique. Il ne restait pas grand-chose de cette église chrétienne du VIIIe siècle bien plus tardive que l'époque minoenne, les vestiges de l'édifice se réduisant à des alignements de pierres posées sur le sol, à une exception près : l'abside, qui constitue l'extrémité de l'édifice ou, si l'on veut, le derrière de la basilique, tenait encore debout. Elle était formée de trois sortes de chapelles mitoyennes, les deux plus petites étant situées de chaque côté de la plus haute. Elle avait une taille gigantesque, et conservait son toit en forme de voûte. Je me sentais tout petit, écrasé.

Tandis que nous errions au milieu de ce musée lapidaire à ciel ouvert, Phalène a brisé le silence en se tournant vers le professeur Loeve.

— Monsieur ? lui a-t-elle demandé.

— Mademoiselle, répondit-il en souriant. Je vous écoute.

— Professeur… n'allez pas croire… enfin, je veux dire, monsieur Castille est vraiment très intéressant, et tout et tout…

— C'est vrai. Vous avez beaucoup de chance d'avoir suivi son enseignement… mais ?

— Mais vous n'aviez pas l'air tout à fait d'accord, ce matin, au sujet de Santorin, des Minoens.

— Et pourquoi croyez-vous cela ? s'étonna le professeur.

— Vous avez parlé d'un problème de dates à propos de l'éruption.

— Eh bien, je ne sais pas vraiment si je peux avoir cette conversation avec vous, mademoiselle, lui dit-il calmement, sans se départir d'un ton bienveillant.

— Moi, j'ai lu que la thèse de Spyridon Marinatos ne tenait pas debout, intervint Cali. Apparemment, les archéologues ont établi que l'éruption de Santorin s'était produite vers 1500 avant Jésus-Christ, alors que les palais minoens ont été détruits en 1450. Cinquante ans, c'est long comme secousse, même si la Crète est située à soixante-quinze kilomètres.

— Ah oui ? lui demanda Phalène. Et tu as lu ça où ?

— Sur Internet.

— Ah, alors ! Si c'est sur Internet, ça doit être vrai ! ironisa-t-elle.

— Ce n'est pas vraiment la question, mes amis, trancha le professeur Loeve. Si vous voulez tout savoir, je n'ai pas vraiment de désaccord avec monsieur Castille. Nous ne parlons tout simplement pas de la même chose, voyez-vous. Lui, c'est un historien, un archéologue.

— Et vous ? lui demanda Phalène, intriguée.

— Moi, je m'intéresse plutôt aux idées.

Le professeur Loeve s'est tu un instant, caressant sa barbe, les yeux tournés vers le ciel, tandis que nous nous rapprochions des murs imposants de la basilique, monolithique.

— Avez-vous entendu parler de Gilgamesh ? reprit-il. Encore un personnage de la mythologie... sumérienne, cette fois. Monsieur Castille vous aura sans doute appris que ce sont les Sumériens qui ont inventé l'écriture vers 3300 avant Jésus-Christ.

— En Mésopotamie ?

— C'est cela, monsieur Van Langh ! Entre le Tigre et l'Euphrate, dans ce qui est devenu aujourd'hui l'Irak. À l'époque, une région habitée par les Sumériens qui y ont rayonné pendant près de mille ans. On y a retrouvé un texte daté de 2000 avant Jésus-Christ, écrit sur des tablettes d'argile, ce qui en fait, soit dit en passant… le plus vieux roman du monde. Il raconte la légende de Gilgamesh, un roi ayant régné sur la ville d'Uruk aux alentours de 2650 avant Jésus-Christ. Il serait lui-même le fils d'un dieu, mais comme d'habitude, on a du mal à distinguer le mythe de la réalité.

— Vous croyez qu'il a vraiment existé ? demanda Cali.

— Je n'en ai aucune idée. Mais ce n'est pas vraiment important. Le plus intéressant, c'est qu'au cours de son épopée, Gilgamesh rend visite à un sage nommé Utnapishtim. On raconte qu'à une époque plus ancienne encore, les dieux avaient voulu faire disparaître l'humanité en abattant sur eux le Déluge pour engloutir la Terre tout entière sous les eaux. Utnapishtim fabriqua un bateau pour sauver des eaux tous les animaux. Après le Déluge, le sage reçut des dieux le secret de l'immortalité qu'il finit par révéler à Gilgamesh.

— Ça ressemble beaucoup à l'arche de Noé, cette histoire, ai-je remarqué.

— En effet, monsieur Van Langh, me répondit le professeur Loeve. On voit donc bien que le mythe du Déluge ne date pas d'hier. Il n'est pas impossible que les forces de la nature se soient abattues quelque part il y a très longtemps… Éruption volcanique, raz-de-marée, déclenchant un tel cataclysme qu'il aurait laissé des traces dans les mythes et les religions de nombreuses civilisations.

— L'éruption de Santorin, alors ? se demanda Cali. J'ai lu que pour les vulcanologues, l'explosion du volcan avait été d'une force équivalente à six cents bombes atomiques !

— Ah, mais oui ! lui accorda Phalène (pour une fois). Un géologue avait même essayé de montrer que les dix plaies d'Égypte de l'Ancien Testament étaient les conséquences de l'éruption de Santorin. Le ciel qui noircit, la grêle…

— Et toi, tu as lu ça où ? lui lança Cali, certain de la coller.

— Moi, j'ai fait des recherches très sérieuses, pour un article… une pige pour un hors-série sur les civilisations disparues.

— Vous savez beaucoup de choses, mademoiselle, dit le professeur Loeve avec une pointe d'ironie teintée de bienveillance. Et qu'en pense monsieur Van Langh ?

J'avais bien l'impression qu'on me demandait mon avis pour la première fois, et je n'étais pas certain d'en avoir un. Je me suis rendu compte que j'avais vécu ce voyage en spectateur jusqu'ici, un peu comme j'avais vécu ma vie, d'ailleurs, sans me douter que dans une minute, tout allait changer.

— À vrai dire, monsieur, lui ai-je répondu, je me sens moi-même un peu perdu dans toutes ces histoires de Déluge, de mythes et de dates.

— Et je vous comprends ! me rassura le professeur. Si l'histoire de Gilgamesh remonte au troisième millénaire, il me paraît difficile qu'elle se réfère à l'éruption de Santorin qui s'est produite bien après. Dans son récit concernant l'Atlantide, Platon évoque un événement qui se serait plutôt produit neuf mille ans avant Jésus-Christ.

— L'Atlantide ? s'étonna Phalène. Mais c'est un mythe !

— Comme la légende de Gilgamesh, mademoiselle. Comme l'arche de Noé, les dix plaies d'Égypte, et tous les récits du Déluge. Alors, pourquoi ces différentes civilisations racontent-elles toujours la même histoire ? Je me le demande.

Le professeur sembla repartir dans ses méditations. Il s'est éloigné de nous en faisant quelques pas, pour s'arrêter sous la voûte imposante de l'abside. C'est à ce moment-là que j'ai entendu un gros fracas semblant venir du ciel, comme si un dieu forgeron frappait sur son enclume à grands coups de marteau. Puis un grondement sourd inouï, comme si cette fois le *Titanic* était en train de sombrer.

J'ai eu alors une vision, ou plutôt une prévision.

En apercevant le professeur Loeve qui se tenait sous la voûte de la basilique, j'ai vu des gros blocs de pierre lui tomber dessus. J'ai tout juste eu le temps de comprendre ce qui se passait en levant les yeux en l'air. Là-haut, juste au-dessus de la tête du professeur, la voûte en pierre monumentale était bel et bien en train de se fissurer.

— Professeur ! Attention ! ai-je crié tout en me jetant instinctivement sur lui pour le repousser en arrière.

Nous sommes tombés tous les deux à terre, au moment où un énorme bloc de pierre se fracassait au sol, à l'endroit même où se trouvait le professeur l'instant d'avant. Je ne sais pas ce qui m'a pris, mais je sais que je lui ai sauvé la vie, moi qui avais tant de mal à supporter la mienne.

— Vous allez bien ? lui ai-je demandé en essayant moi-même de reprendre péniblement mes esprits.

— Étienne ! Professeur ! s'est écriée Phalène en se précipitant vers nous.

Elle s'est accroupie auprès de lui, s'inquiétant de son état, l'air paniqué, et même éploré, comme si sa propre vie avait été menacée, et j'ai été vaguement étonné de la voir se montrer si démonstrative.

Cali m'a tendu le bras pour m'aider à me relever.

— Comment j'ai eu peur, Étienne ! La vérité, mon frère, ne me refais plus jamais ça !

Il m'a serré dans ses bras pour la première fois de sa vie, et s'est mis à pleurer sur mon épaule. Je ne l'avais jamais vu dans cet état, ni surtout me témoigner autant d'affection. Pendant les longs moments que nous avions passés ensemble durant toutes ces années, nous nous étions contentés de nous voir, discutant de choses et d'autres, sans jamais nous confier. D'ailleurs, Cali était la seule personne au monde que je ne touchais pas. Je ne lui ai jamais fait la bise ou serré la main. Parce que chaque fois que nous nous retrouvions, c'était comme si nous ne nous étions jamais quittés. C'était une évidence de nous voir, sans même avoir besoin de nous parler. C'était mon meilleur ami, mais c'était bien la première fois qu'il me le disait.

Le reste du groupe est vite accouru, et les autres visiteurs aussi.

— Professeur ? Mais c'est fou ! Ça va tout le monde ? s'inquiéta monsieur Castille, en tête de la délégation.

— ça va, Henri, répondit le professeur Loeve en esquissant un sourire rassurant. C'est monsieur Van Langh qu'il faut remercier !

— Mais que s'est-il passé ?

Nous nous posions tous la même question. Comment cette voûte de pierre avait-elle pu s'effondrer ? L'abside était restée debout pendant plus de mille ans, alors pourquoi s'écrouler aujourd'hui, à ce moment précis ? J'ai repensé aux quatre malheureux retrouvés morts dans le sanctuaire, écrasés. Étions-nous en train de revivre ce qu'ils avaient vécu ? Les prémices d'un tremblement de terre ou d'une éruption volcanique ? Le Déluge ?

— T'as vu quelqu'un là-haut ? m'a demandé Cali.

— Quelqu'un ? Pourquoi j'aurais vu quelqu'un ?

— Je ne sais pas, murmura-t-il, soupçonneux. Ils étaient où les autres, au moment de l'effondrement ?

— Les autres ?

— T'as entendu quoi, au juste ?

Effectivement, j'avais entendu des coups avant que la voûte ne s'écroule. Et j'avais vu *Mort sur le Nil*, aussi. Quelqu'un avait-il provoqué la chute du bloc de pierre ? Après tout, je ne connaissais pas bien tous ceux qui se trouvaient là. Les étudiants en philosophie, surtout. Mais qui ? Et pourquoi ? Y avait-il un lien avec ce que le professeur nous avait dit au sujet de l'Atlantide ? Le plus déroutant, c'était que j'avais bien cru voir exactement ce qui allait se passer.

En fait, j'ai ressenti cette impression qu'on a de déjà-vu lorsqu'on a la sensation de revivre une scène, si bien que l'on peut prévoir ce qui arrivera l'instant d'après. Et puis, l'impression s'évanouit, et l'on se sent recoller à un présent où l'on ne peut plus rien prévoir.

C'était la première fois que j'avais ce genre de vision. Mais pas la dernière.

3

L'ennemi intime

Après l'effondrement de la voûte de la basilique, évidemment, tous les visiteurs ont été évacués, et le site de Gortyne a été fermé. Nous avons attendu la police touristique sur le parking, peut-être pendant une heure. Finalement, comme ils n'avaient rien à nous demander, que nous n'avions rien à leur apporter, et que personne n'arrivait à se comprendre, nous sommes montés dans le bus pour retourner à l'auberge, où maître Castille a insisté pour que le professeur et moi soyons examinés par un médecin.

— Voulez-vous que je reste avec vous ? a proposé Phalène au professeur, m'étonnant une fois de plus par son extrême prévenance à l'égard du vieux sage.

— Ça ne me paraît pas nécessaire, lui objecta maître Castille. Il est inutile que nous restions tous ici à attendre.

L'ensemble du groupe est donc parti en direction de la plage de Matala pour dîner à la taverne Eleni, au bord de l'eau, nous laissant seuls à l'auberge, le professeur et moi. En attendant le médecin, nous nous sommes retrouvés tous les deux assis à une petite table carrée recouverte d'une nappe de couleur bordeaux protégée par une plaque de verre, au milieu du réfectoire vide, et le patron nous a servi un raki pour nous aider à nous remettre de nos émotions. Mais le professeur Loeve ne semblait pas ému le moins du monde, et déjà tout à fait remis, alors que le contrecoup de l'accident me donnait un peu la nausée, une fois encore.

— Buvez cela ! m'a-t-il dit. Vous irez beaucoup mieux après.

Me retrouver seul avec lui était pour moi un privilège et, cependant, je me sentais gêné. J'avais mille questions à lui poser, et en même temps, je ne savais pas quoi lui dire. Tout ce que je savais, c'était que je n'avais pas envie de lui servir des banalités.

— Je peux vous poser une question un peu spéciale, professeur ?

— Évidemment ! De toute façon, nous n'avons rien de mieux à faire, m'a-t-il répondu de sa voix grave et lente, en jetant un œil à sa montre de gousset à travers ses petites lunettes rondes.

J'ai pris un petit coup de raki avant de me lancer.

— Je me suis toujours demandé… Qu'est-ce que ça fait d'être un sage ?

— Un sage ?

— Oui, enfin, je veux dire… Vous n'avez pas l'air très perturbé par toute cette histoire.

— Je ne suis pas sage pour autant, monsieur Van Langh, vous seriez déçu.

— Mais quand on est philosophe, on est sage, non ? insistai-je. Quelle est la différence ?

— Elle est infinie, mon jeune ami. Un philosophe essaie d'être sage, tout en sachant qu'il n'y parviendra jamais, ce qui n'est déjà pas si mal.

— Et pourquoi est-ce qu'il n'y arrivera jamais ?

— Vous connaissez Cicéron, sans doute ? m'a-t-il répondu, semblant changer de sujet.

— Comme ça... de nom. Un orateur romain de l'époque de César.

— C'est cela, poursuivit-il. Un philosophe, aussi... Dans l'un de ses traités sur le bien et le mal, il utilise une belle image pour montrer la distance infinie qui existe entre les sages et les autres... Les sages ont la tête hors de l'eau et peuvent respirer, tandis que tous les autres sont plongés dans l'eau. Alors, ceux qu'on dit « philosophes » peuvent bien se trouver plus près de la surface, ils n'en restent pas moins noyés comme tous les autres. Parce que ce ne sont que des hommes, et moi aussi, je ne suis qu'un homme.

— Alors, qui peut être sage ?

— Les dieux... si tant est qu'ils existent.

Au cours de notre entretien, le professeur Loeve s'était peu à peu rapproché de moi, physiquement. Il me tenait le bras avec chaleur, comme un vieux compagnon, ou plutôt un vieil aïeul, familier et bienveillant, qui aurait mille histoires à vous raconter. Un grand-père m'inspirant un profond respect, mais dont je me serais senti en même temps très proche. J'étais vraiment très ému de l'attention qu'il me portait avec ses mots de vieux sage – qu'il le veuille ou non – qui offraient chacun une leçon de vie.

Tout d'un coup, le professeur Loeve s'est affaissé sur sa chaise, comme si toutes ses forces l'abandonnaient. Il a perdu son sourire, et s'est mis à fixer son verre de raki, les yeux vides.

— Ça ne va pas, professeur ? lui ai-je demandé.

Il ne m'a pas répondu immédiatement. Il a retiré ses coudes de la table pour ramener les mains sur ses cuisses, et les frotter, comme pour aider à la circulation du sang.

— Ce n'est rien. J'ai quand même fait une mauvaise chute tout à l'heure, à moins que je n'aie abusé de ce raki… Si nous allions marcher un peu ?

Je me suis levé avec le professeur qui est allé dire quelques mots à l'aubergiste, affairé derrière le comptoir du réfectoire à essuyer des verres.

— Nous sortons prendre un peu l'air. Prévenez-nous quand le médecin arrivera, nous ne serons pas loin.

Nous avons passé la porte arrière du réfectoire qui donnait sur le jardin intérieur de l'auberge. Au milieu, une piscine bordée de palmiers entourée d'un petit carré de gazon. Un préau en bois cernait ce jardin, évoquant le cloître d'une abbaye ou plutôt, le péristyle d'une demeure antique.

— Ça va mieux en marchant, a dit le professeur alors que nous commencions notre promenade à l'ombre des colonnes. Ça *pense* mieux aussi en marchant, a-t-il ajouté. Savez-vous qu'au Lycée, dans l'école de philosophie qu'il avait créée, Aristote enseignait à ses disciples en déambulant tout comme nous le faisons, dans un lieu pareil à celui-ci ? C'est pour cela qu'on les appelait des péripatéticiens, « ceux qui marchent autour ». C'est amusant...

Dans la douceur printanière de ce jardin d'hiver au cœur de l'été indien, le professeur retrouvait son attitude de vieux penseur à l'automne de sa vie, la tête en l'air, les yeux au ciel et les mains dans le dos.

— Vous voyez, je ne suis qu'un homme, a-t-il repris, prisonnier d'un corps qui n'en fait qu'à sa tête.

— Eh bien ! lui ai-je répondu, surpris. Je croyais pourtant être le seul à subir les caprices de mon corps... J'ai même fini par le considérer comme mon ennemi intime !

— En ce qui me concerne, je n'irais pas jusque-là. Mais Platon serait d'accord avec vous... Il considère le corps comme une prison et même, un tombeau. Alors, « ennemi intime », pourquoi pas...

— Merci pour le compliment, monsieur. Si seulement j'étais Platon... J'aimerais bien être aussi serein, être « philosophe », comme on dit, pour être un peu plus heureux... Mais je trouve que c'est difficile à vivre... la vie.

— Détrompez-vous, mon jeune ami. La philosophie ne vise pas à être plus heureux, mais à s'approcher de la sagesse.

Je ne savais pas vraiment quoi penser de cette leçon de vie que je ne comprenais pas bien, au fond. Alors, je souriais vaguement en fixant le ciel moi aussi, pour faire semblant de réfléchir.

— À propos de dieux, ai-je repris, je peux vous poser une autre question, monsieur ? Comment dire... Vous croyez que l'Atlantide est une histoire vraie ou bien qu'il ne s'agit que d'un mythe ?

— Ah ! C'est une question intéressante... Mais permettez-moi de vous en poser une autre : Pourquoi un mythe ne serait-il pas vrai ?

— Je ne sais pas... je pensais qu'un mythe était forcément une fiction, enfin... Quand on dit « c'est un mythe », ça signifie bien que ça n'a pas réellement existé.

— Oui, m'a répondu le professeur, mais cela ne signifie pas qu'une fiction ne contienne pas quelques vérités.

— Quelles vérités ?

— Eh bien, toutes celles qui intéressent les hommes. Comment a été créé le monde – et pourquoi. D'où nous venons, où nous allons. L'homme est-il seulement mortel ? Bref, l'existence a-t-elle un sens ? Et si oui, comment faut-il vivre ?

— Ce ne sont pas plutôt des questions « philosophiques », tout ça ?

— Bien sûr, bien sûr... Depuis la nuit des temps, sans doute, les hommes se posent les mêmes questions. Et les premières réponses qu'ils ont trouvées étaient des mythes... Des fables, des fictions, si vous voulez, racontant les épopées de dieux et de héros. Zeus, Ulysse ou Minos n'ont jamais existé, sans doute, mais leurs histoires contiennent toujours un fond de vérité. Et puis, elles donnent un semblant de sens à notre condition humaine. Sinon, vous l'avez dit vous-même, c'est difficile à vivre... la vie.

En un sens, j'étais flatté qu'une imperceptible complicité commence à s'installer entre nous, avec le sentiment privilégié de devenir le disciple d'un maître de sagesse, mystérieux. Mais je sentais bien qu'il ne voulait pas me dévoiler le fond de sa pensée, en s'efforçant de ne pas vraiment apporter de réponse à ma question. Alors, j'ai tenté de la poser autrement, au moment où nous nous retrouvions au bord de la piscine.

— Quel est donc le fond de vérité dans le mythe de l'Atlantide ?

— Vous pouvez le deviner, sans doute, m'a-t-il enfin répondu, les yeux dans l'eau. C'est l'histoire des origines de l'homme, un mythe « fondateur » de la civilisation que l'on retrouve dans bien d'autres récits. Le mythe du paradis perdu, comme le jardin d'Éden de la Bible, ou l'âge d'or décrit par Hésiode. En fait, dans son récit de l'Atlantide, Platon reprend des éléments bien connus déjà présents chez les grands faiseurs de mythes qu'il se contente d'imiter... Je me demande bien pourquoi, d'ailleurs, puisqu'il ne les apprécie pas beaucoup. Dans le fond, Platon est un peu comme vous, mon jeune ami, il ne comprend pas quelle vérité pourrait sortir d'une histoire qui ne serait qu'une fiction. Si vous saviez tout le mal qu'il peut dire du fameux Homère que nous considérons aujourd'hui comme un grand classique !

Le professeur s'est alors penché vers moi, comme pour me faire une confidence, alors que nous étions toujours seuls en ce jardin, sans aucun médecin à l'horizon.

— Mademoiselle Mejor, qui semble vouer une grande admiration à Homère, serait bien étonnée, m'a-t-il murmuré. Platon n'arrête pas de le critiquer, en lui reprochant de tromper le monde avec des fables. Et pourtant, il ne s'empêche pas d'en raconter lui-même.

— Comme l'Atlantide ? ai-je essayé une dernière fois. Ce n'est qu'une fable, donc ?

— L'histoire de l'Atlantide est non seulement l'histoire d'une civilisation exceptionnellement évoluée, mais aussi le mythe de la chute et de la punition infligée aux hommes quand ils veulent devenir l'égal des dieux... Une façon de donner sens à la malheureuse condition humaine. Pourquoi travaillons-nous ? Pourquoi sommes-nous pleins de désirs ? Pourquoi devons-nous tant souffrir et finalement, mourir ? Nous devons bien y être pour quelque chose ! Quelqu'un a sûrement commis une faute ayant entraîné un châtiment de Dieu ! Les fameux « Atlantes » auraient subi les foudres divines après être tombés dans la décadence, comme Adam et Ève ont été chassés du paradis après avoir cueilli le fruit défendu. Une histoire qu'on retrouve aussi dans le mythe de Prométhée ou le mythe de Babel.

— Prométhée... comme dans le film *Prometheus* ? lui ai-je demandé en tentant de faire appel à ma culture.

— Eh bien, je ne sais pas... sans doute. C'est l'une de ces fameuses fables de la mythologie reprise par Platon lui-même dans l'un de ses dialogues, *Protagoras*. Il raconte que les dieux avaient chargé deux frères de la race des Titans d'attribuer leurs caractéristiques aux différentes créatures qui peuplaient la Terre. Un mythe de la création, en somme, comparable à la Genèse... Le premier des deux frères,

Épiméthée – celui qui pense après –, avait ainsi distribué des plumes aux oiseaux, des écailles aux poissons, des crocs et des fourrures aux autres animaux. Mais il avait dépensé sans compter, si bien qu'il ne lui restait plus rien à donner aux hommes, qui se retrouvaient, pour ainsi dire, nus comme des vers. Alors, son frère Prométhée – celui qui pense avant – tenta de réparer ses bêtises, et se rendit sur l'Olympe, pour voler le feu à Héphaïstos… Héphaïstos. Vous connaissez ?

J'étais soulagé d'avoir la réponse pour une fois, même si je m'étonnais beaucoup que le professeur me pose la question.

— Si je le connais ? Bien sûr ! lui ai-je assuré. C'est vous-même qui nous en avez parlé ce matin.

— Je… Qui ? s'interrogea le professeur qui semblait pris d'une absence soudaine. Ah, oui ! Bien sûr ! Ce matin… Où ai-je la tête ! Prométhée, donc, vola le feu à Héphaïstos, et la science à Athéna, pour les offrir aux hommes, et leur donner le pouvoir de fabriquer, par eux-mêmes, leurs propres moyens d'existence.

— Ah oui ! Ça me revient maintenant ! me suis-je écrié. Prométhée, c'est celui qui a été condamné à se faire ronger le foie par un aigle ?

— C'est cela. Une sorte d'avertissement face à la menace que l'homme représente pour lui-même, à travers le développement de la civilisation… La petite histoire veut que Prométhée n'ait pas eu le temps de passer chez Zeus, voyez-vous, pour voler la sagesse, par peur de se faire attraper. Il a donc remis aux hommes un pouvoir qui peut les mener à leur perte…

À force de se prendre pour des dieux en jouant avec le feu... Ah ! Enfin !

Un petit homme moustachu en bras de chemise venait d'apparaître sous le préau, dans l'encadrement de la porte que nous avions nous-mêmes empruntée pour gagner le jardin. Il portait dans une main une mallette en cuir marron un peu usée, et de l'autre, se passait un mouchoir sur le front. Il était un peu débraillé, aussi, et sa chemise bleue était mouillée de transpiration à plusieurs endroits.

— Notre docteur, sans doute, m'a indiqué le professeur Loeve avant de poser sa main sur mon épaule, manière de me demander de le soutenir.

Je l'ai donc aidé à parcourir la petite distance qui séparait la piscine du préau pour aller à la rencontre du médecin. Le petit homme a prononcé quelques mots en anglais, nous pointant alternativement du doigt pour nous demander si nous étions bien les deux patients qu'il devait examiner. Le professeur Loeve lui a répondu en grec, et le médecin lui a souri, puis nous a serré la main à tous les deux d'un air amical. Le patron de l'auberge nous a suggéré d'utiliser la salle de télévision pour la consultation car il y avait un grand canapé en cuir, confortable.

— Je vous en prie, monsieur Van Langh, m'a proposé le professeur Loeve, passez le premier, j'attendrai là.

Dans la salle de télévision, le médecin m'a examiné de manière un peu rapide et superficielle, sans dire un mot, avant de me sourire pour me faire comprendre qu'il n'y avait rien à signaler. Je suis ressorti aussi vite que j'étais entré pour me rasseoir à la petite table que nous avions déjà occupée dans le réfectoire, tandis que le professeur prenait ma place auprès du médecin. La consultation m'a semblé beaucoup plus longue. J'ai d'abord pensé que le temps passait tout simplement moins vite quand on attendait. Et puis, j'ai appris la nouvelle.

Le professeur venait de sortir de la salle en reboutonnant sa chemise qui laissait apparaître ces mêmes taches brunes qu'il portait au cou. Le médecin lui a emboîté le pas pour venir s'installer à notre table. Il a sorti un papier de sa mallette, et s'est mis à écrire tandis qu'ils continuaient à discuter tous les deux, en grec, et je ne comprenais rien. Mais le professeur semblait avoir besoin d'éclaircissements.

— Une ordonnance ? lui ai-je demandé.

— Non, m'a répondu le professeur Loeve. C'est une prescription pour l'hôpital. Rassurez-vous mon jeune ami, vous n'avez rien. Mais monsieur, ici présent, veut m'envoyer faire des examens approfondis.

— Des examens ? Que se passe-t-il ?

— Je n'en sais pas plus que vous. Mais rien de très inquiétant… Non, a-t-il poursuivi tout en sortant son petit téléphone portable première génération, l'embêtant, c'est surtout qu'il va falloir que je trouve un taxi.

Le professeur s'est levé avant de se mettre à l'écart pour téléphoner. J'ai seulement compris qu'il appelait maître Castille. Le médecin s'est occupé de lui trouver une voiture qui n'a pas tardé à venir le chercher pour l'emmener à l'hôpital de Réthymnon.

— À demain, monsieur Van Langh ! m'a dit le professeur avant de fermer sa portière. Je vais passer la nuit en tête à tête avec mon ennemi intime. Prenez soin du vôtre.

Et il est parti.

*

* *

Je suis resté seul dans le réfectoire de l'auberge en attendant le retour des autres. Le patron m'a gentiment servi des mezze et du tzatziki accompagnés d'un excellent vin rouge de Gortyne, justement.

— *Ena helinikos kafés ?* m'a-t-il proposé à la fin du repas.

— *Parakalo...*

Je suis sorti prendre mon café dans le jardin, où deux ou trois autres petits groupes de clients buvaient un verre. Installé sous le préau sur un fauteuil en rotin, je regardais la piscine, rougeoyante sous le soleil couchant de cette agréable soirée d'été. Je luttais pour ne pas m'endormir parce que j'avais envie de revoir mon pote. J'avais bien envie de revoir Phalène, aussi. Mais après cette longue journée, le raki et le vin rouge aidant, je n'ai pas réussi à tenir, et je suis monté me reposer.

Tout le monde est rentré vers 10 heures du soir. Les bruits de pas et les éclats de voix m'ont réveillé, alors que je m'étais assoupi à moitié allongé sur mon lit. En ouvrant un œil, j'ai reconnu monsieur Castille qui se tenait debout sur le seuil de ma chambre, Sabine Simon juste derrière lui. J'ai vu dépasser quelques têtes, aussi, par l'embrasure de la porte ouverte : Cali, Lauric et Phalène me fixaient d'un air un peu ahuri comme s'ils venaient visiter un malade.

— Tout va bien ? m'a chuchoté maître Castille, comme pour ne pas trop me réveiller.

— Moi ça va, lui ai-je répondu en m'étirant un peu. Mais le professeur Loeve…

— Je sais, il m'a prévenu. Ne vous inquiétez pas, nous en reparlerons demain. Reposez-vous. Tout le monde va aller se coucher de toute façon.

Cali et Lauric sont entrés dans la chambre où nous dormions tous les trois, tandis que Phalène restait sur le pas de la porte.

— Tu es sûr que ça va ? m'a-t-elle demandé.

Elle était légèrement penchée en avant, si bien que sa tête passait un peu à l'intérieur de la chambre, comme pour me dire un dernier mot avant de nous laisser. Mais elle n'avait pas l'air d'être très décidée à partir, au grand désespoir de Cali. Il s'était assis sur l'unique chaise de la chambre, assez spartiate, devant la petite table en tek collée contre le mur, les yeux rivés sur son téléphone portable, histoire de faire comprendre à Phalène qu'elle nous dérangeait. Lauric, lui, n'en demandait pas tant, qui s'était installé sur son lit, comme moi.

— Quelle histoire de fou ! a poursuivi Phalène. Le professeur à l'hôpital ! Il t'a dit ce qu'il avait, au moins ? J'espère que ce n'est pas grave.

— Qu'est-ce que ça peut te faire, madame la dame ? l'a interrompue Cali. T'es amoureuse ou quoi ?

— Bouh ! Quel mauvais caractère ! lui a rétorqué Phalène en riant.

Je crois bien que c'était ce qui me plaisait chez elle, décidément. Elle était toujours de bonne humeur, enjouée, charmeuse, et diffusait autour d'elle un esprit léger.

— Je ne sais pas ce qu'il a, ai-je répondu à l'adresse de tout le monde. Mais c'est sûrement lié à ce qui nous est arrivé. Il s'est peut-être foulé un truc quand je l'ai jeté par terre, et je m'en veux.

— Mais non ! a protesté Phalène pour me rassurer. Tu n'y es pour rien. C'était un accident.

— Mais bien sûr ! lui a lancé Cali, ironiquement. J'ai pourtant du mal à croire que ce ne soit qu'un « accident » !

— Qu'est-ce que tu veux dire ? lui a demandé Lauric.

— Tu ne vois pas ce qui se passe, mon frère ? La voûte qui s'écroule juste au moment où le vieux passe dessous, comme par hasard ? Moi, je parie qu'on a cherché à le faire disparaître. Sur le Coran !

— Eh bien moi, je ne vois pas, lui a rétorqué Phalène.

— Moi, non plus, acquiesça Lauric.

— Mais si ! lui lança Cali. Je t'en ai parlé tout à l'heure. Étienne sait très bien ce que je veux dire, lui.

— Et qu'est-ce qu'il veut dire ? m'a interrogé Lauric.

— Attends, je vais te montrer, est intervenu Cali avant même que j'aie le temps de répondre.

J'ai levé les yeux au ciel parce que je savais très bien ce qui allait se passer. Cali s'est replongé dans son téléphone portable, appuyant et glissant son pouce sur l'écran, à la recherche d'Internet.

— Tiens ! Oh non ! Ça rame, et puis, on ne verra rien là-dessus.

— Qu'est-ce que tu veux voir ? lui a encore demandé Lauric.

— Des vidéos. T'as pas un ordinateur portable ? Avec le wifi de l'hôtel, ça devrait marcher.

— Euh... non.

— Moi j'en ai un ! est intervenue Phalène d'un faux air nonchalant, trop heureuse de se rendre indispensable.

— Tu... t'en as un ? a balbutié Cali.

— Je peux aller le chercher si tu veux... monsieur le monsieur.

Cali n'avait pas vraiment le choix. Phalène est revenue avec son ordinateur. Elle l'a tendu à Cali, avant de rappuyer son épaule contre l'encadrement de la porte, restant sur le seuil de la chambre, les bras croisés. Cali s'est rassis à sa table pour y poser l'ordinateur, tandis que Lauric se levait de son lit pour se rapprocher de l'écran. Cali lui a raconté l'Atlantide, Platon, Donnelly, les survivants du Déluge, la civilisation mégalithique, l'île de Pâques, les géants et les extraterrestres, aussi. Dans le même temps, il lui montrait des reportages vidéo sur Internet.

Des images que j'avais déjà vues.

Au large de l'île japonaise de Yonaguni, des plongeurs auraient découvert les ruines d'une cité engloutie, vestige d'une civilisation ayant rayonné sur la Terre il y a plus de douze mille ans. Parmi elles, une « mystérieuse » pyramide de type « mégalithique » mesurant vingt-cinq mètres de haut et deux cents mètres de long qui ne peut être d'origine naturelle, et doit être l'œuvre d'un « peuple bâtisseur primitif », comme le précise la voix off.

— Bizarrement, les médias officiels ne parlent pas de cette découverte, regretta Cali, avant de faire voir à Lauric un autre reportage.

Au large des Canaries, cette fois, les images de Google Earth ont permis de mettre en évidence, par cinq mille mètres de fond, une « étrange » structure géométrique s'étendant sur cent cinquante kilomètres qui évoque aussi les vestiges d'une civilisation très ancienne.

— Alors, pourquoi pas l'Atlantide, commenta Cali.

Et puis, au large de Cuba, des sonars ont repéré en 2001 des alignements de pierres qui sont sûrement les ruines d'une ville construite il y a plus de six mille ans, bien avant les pyramides d'Égypte. D'après les relevés géologiques, cet ensemble urbain a été inondé sous un déluge.

— Il paraît même, ajouta Cali, que le sous-marin envoyé sur place a permis de découvrir plusieurs sphinx, et sur les murs, une forme d'écriture ressemblant aux hiéroglyphes égyptiens. Si ce ne sont pas des preuves, ça, mon frère ! Mais bien sûr, personne n'ose en parler !

— Et pour cause ! intervint Phalène.

Entre-temps, elle s'était rapprochée de moi. Dégageant son épaule de l'encadrement de la porte, elle s'était redressée pour entrer finalement dans la chambre. J'étais assis en travers de mon lit, adossé au mur. Pendant que Cali et Lauric étaient plongés dans l'écran bleu de leur ordinateur, Phalène m'a lancé un petit sourire poli, avant de venir se mettre à côté de moi, dans la même position. Elle sentait tellement bon ! Un parfum très intense et très sucré, avec des notes de caramel.

— Tu devrais lire un peu plus de livres au lieu de passer ton temps sur Internet, a-t-elle dit à Cali. Tu saurais d'où viennent ces histoires de cités englouties.

— Et d'où ça vient, madame Je-sais-tout ?

— Jules Verne ! *20 000 Lieues sous les mers !* C'est le capitaine Nemo qui découvre les ruines de l'Atlantide au fond de la mer. Le roman a été publié en 1869, donc on voit bien d'où ton Ignatius Donnelly tire son inspiration... Ce n'est que de la littérature.

— T'as raison ! s'écria Lauric sans la moindre ironie. Je me disais bien que j'avais déjà lu ça quelque part... des vieilles civilisations très développées... Barjavel ! *La Nuit des temps !* En fait, j'ai lu la même histoire dans *Blake et Mortimer*.

— N'importe quoi ! se vexa Cali. L'Atlantide vient de Platon.

— Je sais, lui répondit Phalène, mais ce n'est qu'un mythe.

— Vas-y la meuf ! lui a rétorqué Cali. Qu'est-ce qu'une femme peut comprendre à ces choses-là ? Ton fameux professeur Loeve à l'air de penser le contraire, lui ! Tu te souviens de ce qu'il a dit avant de se prendre le toit sur la tête : « C'est une histoire vraie ! »

— Il a dit ça comme ça, insista-t-elle, avant de se montrer moins convaincue. Étienne, tu as passé du temps avec lui, toi, me dit-elle en posant sa main sur mon bras. Tu dois en savoir plus que nous. Il ne t'a rien raconté ?

— À peine…

J'avais bien du mal à me concentrer sur le débat, de toute façon. Son parfum m'obsédait, déjà. Au fil de la conversation, Phalène avait approché l'une de ses mains de manière imperceptible. Au début, elle les avait glissées entre ses jambes croisées, à moitié étendues sur le lit. Un moment, elle les a dégagées pour les poser sur ses cuisses, avant de les laisser retomber sur la couverture, l'air de rien. Sa main gauche avançait vers moi, régulièrement, de quelques millimètres, avec la lenteur de la dérive des continents. Quand elle a frôlé la mienne, j'ai ressenti des picotements dans le cou et des chatouillements dans le ventre, délicieux.

— Il m'a parlé du mythe, un peu… Mais je ne saurais pas dire s'il y croit ou non, ai-je fini par répondre, pour détourner l'attention de mes deux compagnons de chambre, surtout.

— Moi je dirais que la vérité doit se trouver quelque part entre les deux, nous fit remarquer Lauric, assez judicieusement.

— Entre les deux quoi ? lui demanda Cali.

— Entre les extraterrestres et la pure fiction. Maître Castille a l'air de penser que le mythe de l'Atlantide serait inspiré de la Crète minoenne… une sorte de souvenir d'un événement historique. L'idée me plaît bien, conclut Lauric.

Dans le fond, j'étais plutôt d'accord avec lui, à ce moment-là. Si j'avais su ce que j'allais découvrir plus tard…

— Ça se tient, reconnut Cali, rassurant. Si ça se trouve, les Minoens seraient les survivants de l'Atlantide qui se seraient réfugiés en Crète après la catastrophe !

— Non… lui ai-je répondu, un peu désespéré.

— Décidément, tu ne lâches rien ! a soupiré Lauric.

— Eh bien moi, j'en ai assez entendu ! conclut Phalène. Je vous laisse à vos délires, je vais me coucher.

Elle est partie, comme ça. J'en voulais à Cali parce que c'était forcément lui qui avait rompu le charme, à force de raconter toutes ses histoires.

Le lendemain matin, Phalène m'a dit poliment bonjour, d'un air tout à fait indifférent, avant d'aller déjeuner à une autre table. C'était comme si elle était devenue amnésique, ou plutôt, comme si la fille de la veille avait disparu. J'avais déjà vécu ce genre d'expérience. Le sentiment qu'une intimité équivoque existe, tissant les fils d'une relation tout à fait particulière. L'instant d'après, le fil est cassé, et celle qu'on sentait si proche apparaît comme une étrangère. Il est d'autant plus pénible de la voir indifférente. Ce matin-là, j'aurais préféré ne jamais avoir connu Phalène, qui ne m'a pas accordé le moindre regard, conversant et riant avec Momo, comme elle aurait pu le faire avec moi, la veille. Le supplice de Tantale, plutôt que de Prométhée. La seule vertu de cette désillusion, c'était que je ne me sentais plus du tout remué par l'émotion. « Qu'ils aillent tous se faire voir ! » Les Momo mythomanes, les Cali casseurs de coup et les Phalène transformées, allumeuses. J'en voulais à la terre entière. « Je suis seul au monde, personne ne m'aime, c'est dégoûtant ! » Du coup, j'avais mis mes angoisses de côté – parce qu'il n'y avait plus d'enjeu, je veux dire.

*

* *

Nous avons repris le bus qui devait nous conduire à Réthymnon en traversant l'intérieur de la Crète. Un voyage du sud au nord au milieu des paysages désertiques et montagneux de ce côté de l'île, sans arrêt prévu, sinon une pause pour manger. Maître Castille voulait arriver le plus vite possible. Il avait un peu changé le programme en annulant quelques visites, pour rejoindre le professeur Loeve qui n'était pas encore sorti de l'hôpital et nous attendait là-haut.

— Monsieur Van Langh ! Étienne ! m'a-t-il lancé au moment où je montais dans le bus. Venez donc à côté de moi !

La place du professeur Loeve était libre, bien entendu, et monsieur Castille semblait penser qu'elle me revenait de droit.

— Je veux bien, merci, lui ai-je répondu. De toute façon, je préfère être devant.

— J'ai cru m'en rendre compte. Vous êtes souvent malade ?

— À vrai dire, je ne pense pas, monsieur. Mais je me sens mal, j'angoisse.

C'était bien là mon problème. Je ne me souvenais pas d'avoir été malade dans aucun moyen de transport. En fait, je n'avais tout simplement jamais été malade de ma vie, sauf une fois, peut-être, à l'âge de six ans, pour je ne sais plus quelle raison. Une indigestion de paella, je crois, mais surtout, ma première crise d'angoisse existentielle. Et depuis, j'attendais le jour fatidique où je devrais revivre cette expérience, douloureuse forcément, tout comme je savais qu'un jour, je devrais mourir. Je n'avais pas non plus été confronté à la mort que je ressentais comme une inquiétante étrangeté. Ma mère n'était pas morte, et mon père était parti. Aucun de mes proches n'était mort, et je n'avais jamais vu de mort. Je n'avais aucune expérience de la mort, aucune habitude, aucune familiarité avec elle, si bien que je la redoutais, tout comme je redoutais toujours d'être malade alors que ça ne m'arrivait jamais. Donc, pour me punir de mes états d'âme, mon corps, mon ennemi intime, me donnait la nausée.

Mais après m'être confié à maître Castille, je dois dire que je me sentais mieux. Je n'avais rien à redouter, puisqu'il savait ce que j'éprouvais, et je m'étais soulagé du poids de devoir faire bonne figure.

— En tout cas, reprit-il, le professeur Loeve vous doit une fière chandelle. Merci encore pour ce que vous avez fait !

— Je ne sais pas s'il y a vraiment de quoi me remercier, lui ai-je répondu. Il avait l'air mal en point quand même, hier soir. Qu'est-ce qu'il vous a dit, à vous ?

— En fait, il ne voulait même pas voir le médecin, au début. J'ai dû insister pour qu'il accepte de se rendre à l'hôpital pour faire ces fameux examens...

— Vous pensez que c'est grave ce qu'il a ?

— Ça, je ne sais pas. Mais ce n'est pas vraiment ce qui m'inquiète...

— Et qu'est-ce qui vous inquiète, alors ?

— Peu importe...

Il eut l'air contrarié et changea tout de suite de sujet.

— Laissons cela. Est-ce que le voyage « De l'île du Minotaure à l'Atlantide » vous plaît ? Mis à part vos problèmes de transport, évidemment !

— Bien sûr ! J'apprends beaucoup de choses. À vrai dire, lui ai-je confié, si tous mes profs avaient été comme vous, je me serais sûrement intéressé aux études bien avant !

— Vous êtes gentil !

— D'ailleurs, je voulais savoir, monsieur... Pourquoi avez-vous mis « l'Atlantide » dans le titre de notre voyage d'études ? Vous voyez un rapport entre le mythe de l'Atlantide et les Minoens ?

— Ah ! Ah ! s'est amusé maître Castille. Je vois que vous suivez ! Vous aurez une bonne note ! Non, plus sérieusement, disons que c'est la thèse qui me paraît la moins fantaisiste. D'ailleurs, il y a quand même des découvertes archéologiques qui collent bien avec la description de l'Atlantide.

— Comme quoi par exemple ?

— Eh bien, je ne sais pas… La topographie pour commencer. Platon parle d'une île montagneuse avec une grande plaine qui ressemble assez aux paysages que nous avons traversés, m'a dit maître Castille en me montrant du doigt la garrigue baignée de soleil défilant à travers la vitre. Vous aurez aussi noté l'omniprésence du taureau dans la religion minoenne… On peut y voir l'origine du Minotaure, certes, mais Platon évoque aussi le sacrifice du taureau dans l'Atlantide. Il évoque encore une grande puissance maritime pareille à ce qu'a dû être la Crète minoenne, et une organisation politique qui pourrait lui ressembler : un pouvoir réparti entre dix rois régnant sur les dix parties de l'île de l'Atlantide, et dans la capitale royale, un grand roi régnant sur tous les autres. Vous admettrez que cela ressemble beaucoup à la civilisation minoenne, avec ses nombreux palais découverts aux quatre coins de l'île, et au milieu, Cnossos. De là à dire que le mythe de l'Atlantide serait un souvenir historique de la Crète minoenne, il n'y a qu'un pas que je veux bien franchir…

— Mais si j'ai bien compris, le professeur Loeve n'est pas vraiment d'accord avec vous, me suis-je empressé de lui demander, alors que sa description me rappelait surtout le royaume des sept couronnes de *Game of Thrones*.

— Vous avez bien compris ! s'est-il encore amusé. Je ne peux pas lui donner complètement tort, remarquez. Parce qu'il y a bien d'autres détails qui ne collent pas, ne serait-ce que les éléphants…

— Les éléphants ?

— Eh oui ! Selon Platon, il y avait aussi des éléphants sur l'Atlantide. Vous admettrez qu'ils sont plus rares que les taureaux, en Crète ! Cela dit, on sait que les Minoens importaient de l'ivoire d'Égypte, alors, pourquoi pas… Mais notre cher professeur Loeve est têtu, comme vous le savez. Il a les mêmes scrupules que mademoiselle Mejor – ne lui en parlez surtout pas, elle serait trop contente.

« De toute façon, il y a peu de chance que je lui parle, elle m'ignore », me suis-je dit, sentant monter en moi la feinte indifférence du dépit amoureux.

— Le professeur est persuadé que Platon ne pouvait pas connaître la civilisation minoenne, qui avait disparu depuis mille ans à son époque, poursuivit maître Castille. Pour lui, le mythe de l'Atlantide doit avoir une autre origine.

— Et laquelle ?

— Je ne sais pas. En tout cas, le professeur Loeve ne pense pas que ce ne soit qu'un mythe. Je ne peux pas tout vous dire, parce que j'ignore moi-même ce qu'il a en tête, mais il m'a chargé de faire quelques recherches… sur de vieux manuscrits et des papyrus… Cela étant, je ne vois vraiment pas ce qu'il peut en attendre.

Maître Castille s'est tu un moment pour détourner la tête et regarder à travers la vitre, perdu dans ses pensées inquiètes. Le ciel était bleu, encore, et la route, californienne. De ce côté de l'île, le paysage n'était plus le même. La bande de goudron marquée d'une ligne jaune qui serpentait au milieu de collines désertiques parsemées de poteaux télégraphiques avait des accents américains, ceux de Napa Valley, de San Francisco au lac Tahoe. J'en avais rêvé souvent. En m'imaginant là-bas, au bord du Pacifique, j'étais bien.

Nous allions bientôt arriver à Réthymnon.

4
Le sarcophage

— Ma chambre a été fouillée ! s'est écriée Phalène en sortant dans la rue, paniquée.

— T'as dit quoi ? lui a demandé Cali.

— Ma chambre a été fouillée ! a-t-elle insisté. Quelqu'un a dérangé mes affaires... elles n'étaient pas là où je les avais laissées ce matin.

— Et c'est arrivé quand ? lui ai-je demandé à mon tour.

— Je ne sais pas... Pendant le petit déjeuner, peut-être.

— Bon... réfléchis bien, lui ai-je dit. Qui aurait pu faire ça ?

*
* *

Nous étions arrivés la veille à Réthymnon, jolie ville aux couleurs bigarrées, elle aussi marquée par les occupations successives de la Crète. Au premier regard, elle avait des allures vénitiennes, avec ses rues bordées de façades ocre, ses fontaines et ses loggias. Mais c'était surtout la présence des Turcs et des Ottomans qui avait laissé des traces, avec les nombreuses mosquées que nous avons visitées.

Vers la fin de l'après-midi, alors que nous buvions un verre sur le port à la terrasse d'un charmant kafenion, un de ces cafés crétois typiques, maître Castille a reçu un appel. Il s'est levé pour répondre à l'écart.

— Notre cher professeur Loeve va pouvoir sortir, nous a-t-il annoncé quand il eut raccroché. L'hôpital n'est pas très loin, de l'autre côté du parc municipal. Vous n'avez qu'à faire un tour. Retrouvons-nous, disons, dans une heure ?

— Je peux venir avec vous ? a demandé Phalène, surprenant plus ou moins tout le monde.

— Eh bien, je ne sais pas, commença par lui répondre monsieur Castille. Si vous voulez, oui.

— Mais qu'est-ce qu'elle a, à la fin ? me glissa Cali.

De mon côté, je me posais moins de questions. Comme je me prenais pour le héros du film de ma propre vie, j'imaginais que le comportement de Phalène avait forcément quelque chose à voir avec moi, persuadé qu'elle faisait simplement tout pour m'éviter.

Durant leur longue absence, nous sommes allés nous promener, avec Cali, Lauric, Sabine Simon et son copain Fabien, un autre étudiant en histoire. Nous sommes revenus au bout d'une heure au port, mais nous avons dû attendre encore, tuant le temps en buvant du vin rouge ou des cafés frappés, pendant que Lauric se roulait des cigarettes. Phalène est enfin revenue, accompagnée du professeur Loeve et de maître Castille, mais elle faisait une drôle de tête. Je m'attendais à la revoir souriante, comme d'habitude, et l'air triomphant après avoir obtenu une « audience privée » auprès des deux professeurs, mais elle avait plutôt l'air troublée, et même perturbée. Elle restait silencieuse, et n'a même pas prononcé un mot durant une grande partie de la soirée.

À présent que le groupe était enfin au complet, maître Castille s'est empressé de nous emmener à notre hôtel.

— Bonjour, a-t-il lancé au propriétaire en arrivant dans l'établissement qui ressemblait à un vieux café des années 1950. Nous avons une réservation.

— Non ! lui a répondu sèchement le patron.

— Nous n'avons pas de réservation ? s'est étonné maître Castille.

— Non, non.

Après une vive discussion qui ressemblait à un dialogue de sourds entre les deux hommes, maître Castille a cherché à retrouver les mails qu'il avait envoyés, sur l'ordinateur du guichet de l'hôtel. Il s'est avéré qu'il n'avait pas renvoyé le message de confirmation. Nous étions déjà en train de nous voir dormir sur la plage quand le professeur Loeve est sorti du groupe pour s'avancer vers le tenancier. Manifestement, l'autre l'a reconnu. Après avoir échangé de chaleureuses salutations avec lui, il a changé de ton. Comme son hôtel était complet, il a passé quelques coups de fil pour mettre plusieurs établissements de la ville à contribution. Finalement, nous avons été dispersés dans différents hôtels et pensions.

— Eugène, vous nous avez sauvés ! le remercia maître Castille qui n'était pas passé loin de la catastrophe. Heureusement que vous connaissez du monde ici !

Je me suis retrouvé dans un hôtel avec Lauric et Cali, pendant que Phalène était logée ailleurs, avec deux autres filles. Le soir, nous avons dîné dans une toute petite rue, serrée entre des façades vénitiennes aux balcons décorés de bougainvilliers. Sur des nappes à carreaux rouges et blancs, nous avons mangé de grands plateaux de minuscules poissons frits. Un peu plus tard, j'ai enfin retrouvé Phalène.

Nous avons fini la soirée dans la ville animée de Réthymnon, en boîte de nuit, où je suis longtemps resté désœuvré, affalé sur un canapé avec Cali. J'ai regardé Phalène s'avancer sur la piste. Elle dansait en rythme sur un air de crooner, *A girl Like You*. La tête baissée, elle laissait ses cheveux retomber pour balayer son visage, et se déhanchait avec une classe folle. Plus que jamais, je ne voyais qu'elle, comme si elle avait été seule sur la piste. Son jean taille haute et son éternel petit pull cintré décolleté soulignaient plus que jamais ses formes érotiques, *with God given ass*. Plus que jamais, je la désirais. Elle semblait s'oublier elle-même, en transe dans sa danse chamanique, *voodoo child*. Tout d'un coup, elle a relevé la tête pour jeter son regard et son dévolu sur moi, directement. Elle m'a souri, avant de s'approcher de moi, toujours en mouvement, la main tendue pour m'inviter à la rejoindre. Je me suis exécuté, timidement. C'était moi Blanche-Neige, elle était le chasseur, ou plutôt, Diane la chasseresse, version romaine d'Aphrodite. C'était comme si la journée passée à nous ignorer l'un l'autre n'avait jamais existé.

— Je ne veux pas que tu te fâches avec ton meilleur ami, m'a-t-elle expliqué au moment où je la raccompagnais devant son hôtel. D'ailleurs, je crois bien qu'il t'attend.

Cali était effectivement resté sur le trottoir d'en face. J'ai laissé Phalène remonter sans que rien ne se passe, et je suis rentré me coucher en traversant les rues désertes avec mon meilleur ami qui commençait à me peser.

Le lendemain matin, tout le monde s'est retrouvé pour un petit déjeuner dans un *kafenion* situé sur une charmante petite place accueillant une jolie fontaine vénitienne. Le professeur Loeve est arrivé, il semblait aller beaucoup mieux.

— Alors professeur, ai-je enfin osé lui demander en venant m'asseoir à sa table, vos examens ?

— Rien d'inquiétant, monsieur Van Langh, me rassura-t-il. Voyez vous-même, ils ne m'ont pas gardé longtemps.

*
* *

Après le petit déjeuner, le groupe s'est à nouveau dispersé pour que chacun puisse aller récupérer ses affaires dans son hôtel. Avec Lauric et Cali, nous avons attendu Phalène au pied de sa pension, et c'est à ce moment-là que nous l'avons vue sortir, paniquée.

— Ma chambre a été fouillée !

— On t'a volé quelque chose ? lui ai-je demandé.

— Non, je ne crois pas... En tout cas, mon ordinateur est là, a-t-elle répondu en tapotant sur la housse qu'elle portait en bandoulière.

— Alors, comment tu sais qu'on a fouillé ta chambre ? s'est étonné Cali sur un ton sec.

— On a déplacé mes affaires ! Je sais bien comment j'avais laissé ma chambre en partant, quand même !

J'étais un peu perplexe. Et si Cali se montrait toujours méfiant envers elle, je ne pouvais pas lui donner tort, pour une fois. Mais pour lui être agréable, j'ai fait mine de la croire. Et comme il ne lui manquait rien finalement, nous avons pu attraper le bus pour faire la route vers notre prochaine destination, Héraklion, où nous sommes arrivés vers midi.

Cette dernière journée à Héraklion était comme un retour à notre point de départ, avant de quitter la Crète. Le lendemain, très tôt, nous devions prendre le bateau pour Santorin, et je ne pensais qu'à cela. Évidemment, j'allais avoir le mal de mer ! J'avais le sentiment de devoir profiter des derniers moments de vie avant le grand départ, et je n'en profitais pas.

En attendant, il faisait toujours beau : le ciel sans nuage demeurait d'un bleu laiteux en cette fin septembre. La journée était consacrée à la visite du musée archéologique, situé dans l'est de la ville, à deux pas de la gare routière où le bus nous avait déposés. Après avoir parcouru moins de deux cents mètres à travers un quartier sans charme en pleine reconstruction, un ensemble hétéroclite d'immeubles neufs mal façonnés et de terrains vagues en friche, nous avons atteint le musée. Un grand bâtiment à l'architecture moderne, constitué de différents blocs monolithiques aux murs jaunes, ouverts sur l'extérieur par de grandes baies vitrées. L'ensemble ressemblait à un entrepôt.

Notre parcours à travers les différentes salles du musée semblait reproduire, en miniature et en accéléré, l'ensemble de notre périple en Crète, et les différents objets exposés constituaient autant de souvenirs du voyage qui nous avait amenés jusqu'ici. Une maquette en bois du palais de Cnossos, reconstitué dans une première salle, permettait d'en saisir le caractère monumental et labyrinthique de manière impressionnante. Des céramiques qui y avaient été découvertes étaient aussi exposées. Phalène a repris, un peu, son rôle de madame Je-sais-tout, mais je l'écoutais avec tendresse, à présent. Même Cali avait l'air plus indulgent avec elle, désormais.

— Les motifs sur cette amphore, c'est bien ce qu'on appelle le style floral ? a-t-elle demandé à maître Castille. Et sur ce vase, c'est du style marin ?

Nous avons aussi pu voir, « en vrai », le fameux disque de Phaistos. Mais je me souviens surtout du sarcophage, l'un des objets les plus précieux du musée. Il avait été découvert sur le site d'Agia Triada, non loin de Phaistos, que nous aurions dû visiter si l'étrange accident survenu à Gortyne, au pied de la basilique, n'avait pas conduit maître Castille à changer ses plans.

— C'est bien dommage ! avait-il regretté. Agia Triada est un lieu tout à fait énigmatique. Aujourd'hui encore, on ignore quelle était sa fonction. Ce qui est sûr, c'est que le site était très riche et regorgeait de trésors. La résidence d'été des hauts dignitaires de Phaistos, peut-être... et sinon, la capitale administrative de la Crète, pourquoi pas. En tout cas, la découverte de cette pièce unique n'a fait qu'entretenir le mystère...

Le sarcophage était un grand coffre en pierre posé sur quatre pieds ornés de frises géométriques en forme de vagues. Chaque côté était décoré de fresques peintes dans des teintes ocre rouge et gris-bleu, mettant en scène des personnages à l'allure de prêtres égyptiens.

— Il date de 1340 avant Jésus-Christ, nous a précisé maître Castille. Donc, de la période mycénienne... Quelqu'un nous rappelle la chronologie ? Un peu de révision ne nous fera pas de mal... Tiens, au hasard, monsieur Le Guellec !

— Si vous voulez, commença Lauric, un peu hésitant, alors que sa mémoire ne le trahissait jamais. Si je me souviens bien, l'époque minoenne commence vers 2000 avant Jésus-Christ, avec la période « paléopalatiale », celle de la construction des anciens palais. Ils sont détruits par une première série de tremblements de terre, vers 1700 avant Jésus-Christ... Suit la période de reconstruction dite « néopalatiale », comme à Cnossos, qui commence vers 1600 avant Jésus-Christ, et se termine brusquement aux alentours de 1450 à cause de... euh... je ne sais plus.

— Et c'est bien normal, monsieur Le Guellec, le rassura maître Castille. Personne ne sait ce qui s'est passé.

— Oui, c'est ça, reprit Lauric. Peut-être l'éruption de Santorin…

— Quelle chance ! ironisa gentiment maître Castille. Nous y allons demain, justement !

— J'ai hâte ! me murmura Cali.

— Quoi qu'il en soit, poursuivit maître Castille, à partir de 1400 avant Jésus-Christ, la Crète est conquise par les Mycéniens venus de Grèce, et plus précisément du Péloponnèse. C'est ce qui rend ce sarcophage si intéressant ! Il nous montre que l'art des Mycéniens a quand même perpétué les traditions minoennes. Regardez le taureau sacrifié, au centre… Et là, vous voyez la double hache ?

Les scènes peintes sur le sarcophage semblaient représenter une sorte de rite funéraire. Des hommes et des femmes à la peau rouge en procession, apportant des offrandes à un personnage sans bras ni jambes, enroulé dans une tunique comme une chenille dans son cocon, une momie peut-être.

— Les Mycéniens semblent avoir été aussi influencés par l'art égyptien, précisa maître Castille. Les trois marches d'escalier situées devant le défunt pourraient bien représenter la montée vers sa dernière demeure, lui permettant de passer de la vie à la mort.

*

* *

Tandis que le groupe se désagrégeait progressivement pour passer dans l'autre salle, je restai un moment devant le sarcophage, penché sur la vitrine pour observer les détails. Alors que je croyais me retrouver seul, j'ai été surpris par une voix grave et désormais familière sortie de nulle part.

— Vous ne pouvez pas voir le plus intéressant, a commencé le professeur Loeve qui se tenait juste derrière moi.

— Ah bon ? Et qu'est-ce que c'est ?

— Ce qui se trouve au fond du sarcophage, me répondit le vieux sage. Si vous regardez dessous, vous apercevrez les cinq trous qui y ont été percés.

— Et alors ?

— Alors, ça change tout ! m'assura-t-il en des mots qui restaient pour moi tout à fait mystérieux. Les trous servaient à évacuer les restes liquéfiés du corps après sa décomposition. Rien à voir avec la conception que les égyptiens se faisaient de la mort !

— Quelle différence ? ai-je demandé au professeur qui me paraissait plus étrange que jamais.

— Platon l'évoque lui-même dans le Phédon, qui raconte la dernière nuit de son maître Socrate avant son exécution, me répondit-il. D'ailleurs, c'est dans ce dialogue qu'il assimile le corps à une prison, vous savez… votre « ennemi intime ». Il en parle même comme d'un tombeau… Il parle aussi de l'art d'embaumer les corps en Égypte… Manifestement, les égyptiens attachaient une grande importance au corps qu'ils s'efforçaient de conserver… Pour eux, le seul moyen d'assurer la vie après la mort. Aux yeux de Platon, on retrouve là une vision de la mort somme toute assez répandue. Quand un homme meurt, quand il a rendu l'âme et son dernier souffle, on peut avoir l'impression que tout ce qu'il reste de lui est un corps inerte et sans vie. Mourir, qu'est-ce que cela veut dire, pour vous ?

— Si seulement je le savais, j'irais sans doute beaucoup mieux, lui ai-je rappelé en me permettant de lui donner une petite tape amicale sur l'épaule.

— Alors, soyez heureux, monsieur Van Langh, m'a-t-il répondu avec un sourire complice. La plupart des gens croient sans doute que seul le corps subsiste après la mort, puisque c'est la seule chose qu'ils voient... un cadavre, étendu là, dans une tombe ou sur un lit. Ce qui semble avoir totalement disparu, en revanche, c'est la vie qui l'animait, appelez cela comme vous voudrez, l'âme ou l'esprit... Pourtant, tout le monde sait qu'après quelque temps, le corps lui-même se décompose... Les Minoens, eux, ne s'acharnaient pas à maintenir le corps en bon état. Au contraire, ils pratiquaient ces petits trous pour, disons, « l'évacuer ».

— Si je comprends bien, ils ne croyaient pas à une vie après la mort, ai-je tenté de conclure bien maladroitement.

— Au contraire ! me reprit-il, haussant les sourcils et levant son index en l'air. À la différence des Égyptiens, les Minoens ne semblaient pas considérer que la conservation du corps était nécessaire à la vie de l'âme dans l'au-delà. Ils devaient sans doute penser que la vie de l'âme était indépendante de celle du corps, et comme étrangère à lui. Et ça, monsieur Van Langh, c'est très platonicien !

— Qu'est-ce qui est platonicien ? lui ai-je demandé, m'agaçant moi-même d'avoir l'air si candide – mais il fallait bien admettre que je ne comprenais rien.

— De penser que l'âme est immortelle, et continue à vivre après avoir quitté le corps, me précisa le professeur.

— Est-ce qu'on n'est pas plutôt dans le domaine de la croyance religieuse, là... monsieur ?

— Ah ! lança-t-il d'un air tout à la fois compréhensif et embarrassé. Il est certain que dans notre époque si matérialiste, ce genre d'idée sur l'âme ou, comme on dit, la « spiritualité », peut sembler relever de la croyance religieuse. Mais chez Platon, il ne s'agit pas de cela. C'était bien l'esprit de la philosophie antique.

*

* *

Je sentais de manière confuse que le mystérieux professeur avait voulu me faire passer un message. Du moins, je me disais que s'il avait tenu à me raconter ces histoires d'âme immortelle et de corps en décomposition, ce n'était pas pour rien. J'ai même envisagé un moment que cela pouvait avoir un lien avec l'Atlantide, alors que je ne voyais pas bien le rapport. Une petite partie de la fameuse « vérité » que contiendrait le mythe ? Et sinon, un indice qui permettrait de le retrouver ? Je ne savais vraiment pas quoi penser.

Après la visite du musée, nous sommes passés à l'auberge de jeunesse, située à deux pas. Encore une modeste construction blanche un peu décrépite qui manquait de cachet, avec sa petite enseigne « Youth Hostel » qui évoquait plutôt la devanture d'un Lavomatic. Le soir, nous n'avons pas eu plus de chance, en atterrissant à la terrasse d'un restaurant touristique situé le long de la promenade du port. Nous avons mangé des plats « typiques » d'une qualité très médiocre, salade grecque, tomates, oignons, feta, puis des souvlakis, ces fameuses brochettes composées de morceaux de viande un peu suspects.

— On dirait un rat-burger, s'est amusé Momo.

Pour une fois, je m'étais plutôt installé à la table de Sabine Simon, d'autant que j'avais des questions à lui poser : elle était étudiante en philosophie, et j'espérais obtenir quelques éclaircissements sur ce que le professeur m'avait raconté au musée. Phalène a sans doute cru que j'allais me mettre à côté d'elle, mais cette fois, c'est moi qui l'ai ignorée. Au dernier moment, j'ai proposé à Cali de nous asseoir avec Sabine, et bien sûr, il n'était pas mécontent. Sabine Simon était avec son petit ami, Fabien. Beau gosse, semblait-il – même si j'ai toujours eu moi-même du mal à évaluer ce genre de choses –, Fabien écoutait beaucoup, parlait peu, mais toujours pour dire des choses intelligentes. En fait, mis à part maître Castille classé hors catégorie, Fabien Fuveau était sans doute le garçon qui plaisait le plus aux filles, et

Sabine les rendait toutes jalouses. Il avait une étrange passion pour le IIIe Reich, ou plutôt un intérêt historique, mais à part ça, il était très gentil. Sabine, elle, affichait un style garçon manqué et ne jouait pas de sa féminité. Elle considérait qu'une fille n'était pas qu'un corps, mais aussi un esprit. Elle voulait être prise au sérieux et considérée pour son intelligence, sans être réduite à un objet de désir. Il faut dire que de mon point de vue, elle y parvenait aisément.

— Les cours de Loeve, ils sont bien ? lui ai-je demandé, l'air de rien.

— Ouais… bien, m'a-t-elle répondu, à moitié avachie sur sa chaise à rouler une cigarette. Mais ce n'est pas vraiment ma tasse de thé.

— Le professeur, tu veux dire ? me suis-je étonné.

— Nan, nan, ses cours sont intéressants… Nan, c'est plutôt la philo antique. Les théories métaphysiques sur l'âme et le corps, je trouve ça un peu dépassé. Je préfère Wittgenstein, c'est plus moderne… plus rationnel…

— Tu sais que Wittgenstein était à l'école avec Hitler ? m'a précisé Fabien.

J'ai fait comme si je n'avais rien entendu.

— Donc, c'est vrai que les philosophes de l'Antiquité croient à l'immortalité de l'âme ? ai-je demandé à Sabine.

— Pas forcément, m'a-t-elle répondu d'un air nonchalant, tenant sa cigarette d'une main et sa tasse de café de l'autre. Démocrite par exemple… Tu connais Démocrite ?

— Pas trop.

— C'est un philosophe « présocratique », comme on dit, l'un de ceux qui ont écrit avant Socrate. Enfin, manière de parler, puisque Démocrite a vécu à la même époque que Socrate, milieu du Vᵉ, début du IVᵉ siècle avant Jésus-Christ... Et quand je dis « écrit », il faut savoir que la plupart des philosophes présocratiques n'ont pas laissé grand-chose... du moins, on a perdu une grande partie de leurs textes.

— Moi je connais, est intervenu Cali à qui, cette fois, je n'avais vraiment rien demandé.

— Oui, bon... a repris Sabine. Démocrite était plutôt « matérialiste ». Il ne croyait pas à l'immortalité de l'âme et pensait qu'elle mourait avec le corps. Pour lui, en fait, l'âme est aussi quelque chose de matériel, composée de particules élémentaires qui se décomposent au moment de la mort. Dans le fond, il n'est pas loin de penser que l'âme est le cerveau. C'est très moderne, finalement, bien plus que Platon...

— Moi, j'ai lu des histoires vraiment étranges sur Démocrite, a insisté Cali.

— Du genre ? lui a demandé Sabine.

— Du genre qu'il avait voyagé en Égypte et en Perse pour apprendre la science chez des prêtres, lui répondit Cali. Et qu'il en avait rapporté des connaissances occultes. Tu sais que Démocrite serait l'un des premiers alchimistes ? a-t-il ajouté en s'adressant à moi. Il ne faut pas croire tout ce qu'on raconte !

— Je suis bien d'accord, ironisa Sabine. Sauf que c'est toi qui racontes n'importe quoi !

— C'est la vérité ! a insisté Cali. Qu'est-ce que tu fais de ses étranges habitudes ?

— Quelles habitudes ? ai-je demandé à mon tour.

— Si tu veux tout savoir, mon frère, il paraît que Démocrite traînait dans les cimetières la nuit, et s'enfermait dans les tombes pour y dormir. Yeap ! a-t-il conclu, tout fier de sa démonstration.

— Je connais ces histoires, lui a rétorqué Sabine. Mais – à supposer qu'elles soient vraies – si Démocrite passait ses nuits dans des tombes, c'était justement pour montrer qu'il n'y avait pas à avoir peur des fantômes qui n'existaient pas. Et puisque tu aimes les histoires, écoute celle-ci. On raconte qu'une nuit, des jeunes voulant effrayer Démocrite se sont introduits dans le cimetière où il dormait, recouverts de draps pour se déguiser en fantômes. Mais ça n'a pas marché. Le philosophe leur a simplement lancé : « Arrêtez vos stupidités » ! Comme je vous le dis, il ne croyait pas à la vie de l'âme après la mort... Et apparemment, il était moins naïf et crédule que les gens d'aujourd'hui qui croient en même temps aux fantômes et aux Smartphones... Je veux dire, avec toute la place qu'ont prise la science et la technologie dans nos vies, on pourrait penser que les gens sont devenus plus rationnels ou cartésiens. Au lieu de ça, ils continuent à croire en Dieu, à la vie après la mort, et aux complots...

Cette fois, Cali n'a pas vraiment cherché à répondre, ou alors, il n'en avait pas les moyens. Mais la discussion a plutôt continué dans une bonne ambiance. Pour les autres en tout cas. Moi, je pensais déjà au voyage en bateau du lendemain qui sonnait vaguement comme la fin du monde. Je ne me trompais pas totalement, puisque c'est à bord de ce bateau qu'est sans doute survenu l'événement à l'origine de tout ce qui allait suivre.

5

Les Sept Sages

Dès le réveil, j'eus la nausée. Le ciel était bleu, je crois, mais j'avais l'impression qu'il était noir, et que de gros nuages cachaient le soleil. J'avais très mal dormi de toute façon. Je me sentais faible et fébrile, avec l'impression que je ne pourrais même pas me lever, et encore moins me traîner jusqu'au port. Au petit déjeuner, je n'ai rien pu avaler d'autre qu'un café. J'imagine que pour un observateur extérieur, je devais avoir l'air absent, ne répondant pas à ceux qui voulaient me parler. Je me suis senti encore plus anxieux en arrivant au port, lorsque j'ai vu la fusée maritime qui devait nous transporter, le Champion Jet 2 de la compagnie Sea Jets, un engin futuriste à la forme aérodynamique qui semblait voler au-dessus de l'eau.

— Normalement, la traversée dure six heures, a cru bon de préciser maître Castille pour nous rassurer. Mais grâce à ce ferry à grande vitesse, nous mettrons moins de deux heures. Tout le monde a son billet ? nous a-t-il demandé avant de balayer le port du regard. Où est le professeur Loeve ?

— Il est parti là-bas, a répondu Sabine.

Le professeur Loeve sortait d'un kiosque, un journal à la main.

— Vous allez nous mettre en retard, Eugène ! Dépêchez-vous !

— Mille excuses, Henri ! Mais j'aime bien lire mon journal sur le bateau.

Comment pouvait-il lire sur un bateau ? Comment peut-on lire en avion, dans un bus ou tout autre moyen de transport ? Tout ce que j'étais capable de faire, moi, c'était de regarder dans le vide, le plus loin possible, ou plutôt, à l'intérieur de moi pour me concentrer sur mon angoisse. Dès que je suis monté sur le bateau, je me suis réfugié sur le pont, seul, pour ne surtout parler à personne. Et puis, je me disais que sur le pont, à l'air libre et frais, j'aurais moins de risques de me sentir mal.

Les minutes ont passé, longues, interminables. La nausée est montée, et ne m'a pas quitté. Je m'accrochais au bastingage en essayant de me concentrer sur l'eau qui défilait, en essayant de prendre des éclaboussures dans la figure pour me donner un coup de fouet. Au moment où je croyais avoir calmé, un peu, mon ennemi intime, Phalène est apparue. Une violente nausée a accompagné cette vision, plus violente encore lorsqu'elle s'est approchée, diffusant son parfum sous mon nez. J'ai détourné le regard pour l'éviter.

— Ça ne va pas, Étienne ? m'a-t-elle demandé.

Je ne lui ai même pas répondu, me contentant de détourner la tête en lui faisant un signe de la main pour la repousser. Et puis, j'ai pris une grande inspiration. L'air qui est entré dans mes narines a déplacé mon mal du ventre jusqu'aux yeux, et j'ai pleuré. Toute mon angoisse se déversait désormais à travers mes larmes. J'ai pleuré comme un enfant, indifférent à l'impression que je pouvais donner.

— Quelle souffrance ! Quelle horreur ! ai-je crié. Je suis fatigué de vivre !

Phalène s'est approchée de moi. Elle a baissé la tête pour voir mon visage en pleurs, avant de me caresser le dos pour me consoler. Puis, elle a laissé glisser sa main jusque dans ma nuque, enfonçant ses ongles et ses doigts délicats dans mes cheveux. Nous sommes restés comme ça un moment. Moi pleurant, elle me caressant, sans rien dire, et j'ai su qu'elle me comprenait.

Après avoir relâché la pression contenue dans mes larmes, et m'être enfin ouvert à elle tel que j'étais, je me sentais mieux, d'autant que ce gros ferry ne bougeait pas beaucoup, finalement. Mais ça, je ne pouvais pas le savoir avant, enfermé que j'étais dans mon monde de cauchemars. Et voilà que grâce à Phalène, mon Ariane, j'étais sorti de mon labyrinthe intérieur.

— On retourne voir les autres ? m'a-t-elle proposé.

— Ouais, lui ai-je répondu dans un grand soupir de soulagement.

À l'intérieur de l'immense ferry, tous les étudiants étaient dispersés dans les différentes salles. Phalène m'a laissé un peu au moment où nous sommes entrés dans un grand salon au sol tapissé d'une épaisse moquette bleue. Là, assis dans un fauteuil confortable, seul à côté de la vitre, le professeur Loeve lisait son journal, d'un air tranquille. Je l'observais de loin, jaloux de sa sérénité. Mais j'avais pensé trop vite. Tout d'un coup, je l'ai vu pencher la tête pour examiner de plus près la page qu'il avait devant lui, comme s'il n'en croyait pas ses yeux. Immédiatement, il a semblé lui-même se sentir très mal et perdre toutes ses forces, comme cela lui était déjà arrivé dans le restaurant de l'auberge de Matala. Il a regardé autour de lui, comme s'il cherchait de l'aide, ou plutôt, comme s'il vérifiait que personne ne le voyait. Il est devenu blanc, livide, et s'est mis à transpirer. Au moment où il sortait un mouchoir pour le passer sur son front, Phalène s'est approchée de lui, comme une infirmière au chevet d'un malade. Son malaise a eu pour effet majeur de raviver mes angoisses. Je suis ressorti sur le pont avec la nausée, apercevant, au passage, l'île de Santorin, au loin. Ma délivrance.

J'ai compté les minutes, encore, à mesure que grandissait cette terre inouïe offrant un spectacle totalement nouveau pour moi. Un paysage lunaire ou martien. Des falaises grandioses et sublimes, dessinant des lignes rouges et noires volcaniques. Un paysage de désolation divine. Moi, j'essayais surtout de repérer l'embarcadère où notre galère pourrait accoster, signant ainsi la fin de mon calvaire. C'est au port d'Athinios que nous avons débarqué. Comme d'habitude, j'ai respiré un grand coup en posant le pied à terre, et je suis redevenu moi-même, enfin.

— T'as vu le professeur ? m'a demandé Phalène que je retrouvais enfin à la descente du bateau.

— Oui, lui ai-je répondu, heureux d'avoir retrouvé ma voix. Il a eu l'air de faire un malaise. Comme quoi, il n'y a pas que moi…

— Ça m'étonne quand même. Un genre de rechute, tu crois ?

— Pourtant, il avait l'air bien remis.

— Autre chose, peut-être, m'a-t-elle suggéré. Il m'a semblé que ça lui a pris en lisant son journal.

— Oui, j'ai eu l'impression qu'il avait vu un fantôme. Enfin... Façon de parler. Il a peut-être lu un truc. Mais comment savoir ce qu'il y avait dans ce journal ?

— Moi, je sais ! m'a-t-elle lancé avec malice en me montrant le journal qu'elle tenait dans les mains.

— Tu l'as récupéré ?

— Il l'avait laissé sur son fauteuil de toute façon, m'a-t-elle répondu. Pas encore eu le temps de le regarder...

Elle a glissé le journal dans l'étui de son ordinateur qu'elle portait en bandoulière. Ensuite, elle m'a pris par le bras, et nous nous sommes dirigés comme un vieux couple vers le reste du groupe qui se réunissait.

À la fin de la journée, nous sommes remontés vers Théra, la capitale de l'île, pour rejoindre l'hôtel Bellini, le vrai paysage de carte postale que nous attendions tous : une maison blanche taillée dans le ciel bleu, perchée au bord de la falaise, offrant une vue plongeante sur la mer. Pour le lendemain, le professeur Loeve et maître Castille nous avaient promis une excursion autour de la caldeira, le volcan sous-marin englouti dans la baie de Santorin.

En arrivant à l'hôtel, nous avons été accueillis par le patron qui semblait nous attendre dans le café qu'il tenait en bas de son établissement. Une vieille salle fleurant bon les années 1950, avec ses petits carrelages jaunâtres, au sol, qui me rappelaient le réfectoire de mon école primaire. Le patron était en bras de chemise, bleue, comme celle de notre médecin. Il avait les cheveux grisonnants, un peu longs, tirés en arrière, et faisait moins crétois que maghrébin.

— Bienvenue, mes amis, nous a-t-il lancé dans un français impeccable. Je suis Tahar !

En fait, il avait une petite pointe d'accent, grec ou turc. Il roulait curieusement les « r », et avait plutôt dit « Tahal ». La surprise est surtout venue du professeur Loeve qui, pour une fois, ouvrait la marche. Dès qu'il l'a aperçu, Tahar s'est jeté dans ses bras. Du moins, il lui a serré la main chaleureusement, tout en lui tapant dans le dos. Ils ont échangé quelques mots et quelques sourires, avant que le professeur Loeve s'adresse à « son » groupe.

— Je vous présente mon vieux camarade Tahar Marih, annonça-t-il.

Tahar a serré la main à tout le monde. J'ai pensé que le professeur venait souvent là au cours de ses voyages, et qu'il avait fini par se lier avec ce vieil aubergiste un peu rachitique, qui souriait toujours très poliment comme le font les gens simples devant des êtres plus savants qu'eux.

Mais je me trompais.

*

* *

Nous avons eu l'occasion de mieux connaître Tahar Marih le soir, à la fin du dîner qu'il nous avait servi dans son bar qui tenait aussi lieu de salle à manger de l'hôtel. Tandis que la plupart des étudiants avaient déjà quitté la salle, préférant passer la soirée sur la terrasse, en ville, au bord de la mer ou dans leur chambre, nous nous sommes réunis à quelques-uns autour d'une table pour prolonger la discussion. Lorsque Tahar Marih a eu fini ses tâches, il nous a proposé un café grec et s'est joint à nous.

— Eugène… mon frère, a-t-il dit au professeur Loeve en lui posant la main sur l'épaule d'un air infiniment bienveillant, rempli d'émotion.

— Tahar, mon vieil ami, a répondu le professeur.

Tahar s'est assis à ses côtés. Décidément, ces deux-là étaient heureux de se retrouver.

— Vous êtes installé là depuis longtemps ? a demandé maître Castille qui semblait lui aussi chercher à en savoir un peu plus sur cet étrange personnage.

— Oh, oui ! répondit Tahar. Eugène, ça fait combien… dix-huit ans ?

— Ma foi, oui, attends… Tu es arrivé là en 2002, je crois.

— Voilà, dix-huit ans.

— Et vous vous connaissez depuis longtemps ? a ajouté maître Castille. Eugène, depuis quand venez-vous ici ?

— Oh là ! Vous n'y êtes pas du tout, Henri ! lui a lancé le professeur Loeve. C'est à l'université que nous nous sommes rencontrés.

— Quelle université ? s'est étonné maître Castille qui semblait bien perdu. Athènes ?

— Je dirais plutôt la Sorbonne, a précisé Tahar Marih, non sans ironie, mais toujours avec son accent, en disant plutôt « Solbonne ». Nous avons étudié la philosophie ensemble, dans les années 1970. Et nous nous connaissons sans doute depuis quarante-cinq ans.

— Eh oui, mon cher Henri ! confirma le professeur Loeve en voyant la surprise dans ses yeux. Méfiez-vous des apparences ! En fait, ce monsieur que vous voyez là était sans doute le meilleur d'entre nous, bien plus sage que moi, à la vérité.

— Mais alors, Tahar... monsieur Marih, a demandé maître Castille, comment vous êtes-vous retrouvé ici ?

— C'est un choix, mon ami, lui a répondu notre aubergiste. Il faut dire qu'Eugène exagère un peu. Je n'étais pas très sage, en fait. La philosophie académique m'ennuyait, et tous ces professeurs satisfaits d'eux-mêmes aussi. À l'époque, j'ai publié un petit journal pour dénoncer toutes leurs impostures.

— Tahar était une sorte de Diogène, si vous voyez ce que je veux dire, Henri, a ajouté le professeur Loeve. Et croyez-moi, il n'a pas changé !

— J'ai quand même fini par me faire interdire d'entrée à la Sorbonne parce que je perturbais les cours. Après quelques années, je suis venu m'installer ici.

— J'adore ce mec, m'a glissé Cali.

— Alors, mes amis, comment trouvez-vous notre beau pays ? lança Tahar, manifestement peu habitué à parler de lui, en s'adressant à l'ensemble de la table.

— Je pense que le voyage leur plaît, lui a répondu maître Castille en sollicitant du regard les quelques étudiants qui se trouvaient là.

— Pour ma part, je trouve le voyage vraiment passionnant, se hâta de répondre Phalène.

— Oui, précisa maître Castille, j'ai voulu m'amuser à faire découvrir la Crète à nos étudiants à travers le mythe de l'Atlantide.

— Et c'est une très bonne idée, Henri ! souligna le professeur Loeve.

— C'est vrai, acquiesça Tahar. C'est un thème classique dans les visites touristiques à Santorin. J'imagine qu'Eugène a dû vous éclairer... Mais j'espère que tu n'as pas trop ennuyé ces jeunes gens avec toutes tes théories, mon vieux, a-t-il ajouté en se tournant vers le professeur Loeve.

— Pas assez, au contraire ! s'est permis d'intervenir Henri Castille qui paraissait moins « maître » que jamais, face aux deux vieux sages assis côte à côte. Pourtant, j'espérais l'entendre parler de ses idées à nos étudiants... Eugène, vous n'avez pas vraiment joué le jeu, a-t-il ironisé en agitant l'index en direction du professeur Loeve comme s'il faisait la morale à un enfant. Il faut dire qu'avec tout ce qui nous est arrivé...

— Oui, je sais, admit Tahar. Eugène m'a téléphoné de l'hôpital pour me raconter ses mésaventures, et l'acte héroïque de monsieur Van Langh. D'ailleurs, le fameux monsieur Van Langh est-il parmi nous ?

Maître Castille m'a désigné du doigt.

— Euh, oui… c'est moi, ai-je bredouillé, tout à la fois gêné et fier de me retrouver au centre de l'attention après ce que Tahar appelait mon « acte héroïque ».

— Et vous, vous devez être mademoiselle « Majol », a-t-il ajouté en s'adressant à Phalène.

Il ne restait en effet que deux filles autour de la table, Sabine Simon et Phalène. Mais je me demandais bien pourquoi le fameux Tahar s'intéressait à Phalène, ou plutôt, ce que le professeur Loeve avait bien pu lui raconter à son sujet pour qu'il lui porte autant d'attention. Et tandis que Phalène inclinait la tête d'un air charmeur pour se présenter, façon de dire « oui, c'est moi », j'ai remarqué un étrange échange de regards entre les deux amis de toujours. Tahar a légèrement tourné la tête pour esquisser un sourire entendu avec Eugène Loeve qui ne le lui a pas vraiment rendu. Le professeur a plutôt fait la moue en fermant les yeux l'espace d'un instant, et j'ai bien cru comprendre qu'il voulait dire « tais-toi » à son vieux camarade.

— Enfin, vous connaissez Eugène bien mieux que moi, mon cher Tahar ! lança maître Castille comme pour détendre l'atmosphère après ces instants de flottement. Je le soupçonne de ne pas être intervenu pendant nos visites pour éviter de me faire passer pour un idiot devant les étudiants.

— Mais non, Henri, voyons, protesta le professeur Loeve. Vous êtes un excellent guide et un très bon enseignant ! C'est votre voyage, et je ne vois vraiment pas ce que j'aurais pu dire de plus pour intéresser vos étudiants.

— Vous êtes trop gentil, Eugène, dit monsieur Castille. Mais nous savons très bien vous et moi que vous n'appréciez tout simplement pas ma théorie.

— Hum, intéressant, a réagi Tahar Marih d'un air énigmatique. Et quelle est donc votre théorie ?

— Celle de la Crète minoenne, justement, lui répondit maître Castille.

— C'est vrai ça, professeur ? ai-je demandé dans l'espoir d'en savoir enfin un peu plus. Pourquoi ne croyez-vous pas que l'Atlantide se trouve en Crète ?

— La question, mes jeunes amis, n'est pas de savoir où l'Atlantide a disparu, mais quand ! lança le professeur Loeve d'une manière énigmatique.

— Ah oui ! Je me souviens ! intervint Phalène. Vous nous avez parlé de problèmes de dates… Mais qu'est-ce que ça veut dire ?

— Tu le saurais si tu t'informais un peu plus sur Internet, lui a gentiment fait remarquer Cali. Les dialogues de Platon indiquent que l'Atlantide aurait disparu « il y a neuf mille ans ». Du coup, ça ne colle pas vraiment avec la date de l'éruption de Santorin.

— Mais pourquoi ne pas admettre que Solon ait fait une erreur, Eugène ? demanda Henri Castille.

— Comme je vous l'ai déjà dit, cette histoire me semble tirée par les cheveux, Henri, lui répondit Eugène Loeve.

— De quelle histoire parlez-vous ? ai-je demandé à mon tour à qui voudrait bien m'entendre.

— D'après Platon, me répondit finalement le professeur Loeve, le mythe de l'Atlantide viendrait d'Égypte, et c'est le sage Solon qui l'aurait rapporté.

— Mais encore une fois, le fameux Solon aurait pu faire une erreur, disons, de « traduction », insista maître Castille. C'est lors d'un voyage dans la région de Saïs qu'un prêtre égyptien lui aurait raconté cette histoire d'Atlantide, en précisant qu'elle était vieille de « neuf mille ans ». Mais il est possible que le prêtre se soit référé au calendrier lunaire dont se servaient les Égyptiens. Or, neuf mille « années » ou cycles lunaires correspondant à six cent soixante-treize années solaires, on peut supposer que la date de l'événement soit plutôt 1250 avant Jésus-Christ, ce qui correspond un peu mieux à l'éruption de Santorin, à deux cents ans près…

— Ça fait quand même beaucoup d'approximations, monsieur… se permit de remarquer Phalène. Moi, je continue à penser que l'Atlantide est un mythe, et c'est tout.

Mais j'avais moins de certitudes qu'elle.

— Le fameux Solon, c'est le même que l'homme politique athénien ? ai-je demandé, me souvenant de mes quelques connaissances historiques.

— Oh ! Ça, monsieur Van Langh, c'est à Eugène de vous le dire, me répondit maître Castille.

Il y eut un petit silence. Tout le monde se tourna vers le professeur Loeve en espérant qu'il nous ferait une révélation. Fidèle à son image, il a fini de boire son café avant de reposer sa tasse pour lever légèrement les yeux en l'air, à la recherche d'une sorte d'inspiration. Et puis, il a pris la parole.

— Il est vrai que l'Histoire a surtout retenu le rôle politique de Solon, monsieur Van Langh, commença le professeur. C'est bien lui qui a donné à Athènes la première Constitution digne de ce nom, même si Dracon avait déjà instauré quelques lois.

— Dracon, demanda Phalène, c'est de là que vient…

— Oui mademoiselle, l'interrompit le professeur. Les « lois draconiennes » viennent de Dracon. À la vérité, c'est Solon qui lui a donné une si mauvaise réputation parce qu'il jugeait ses lois trop dures, mais disons que Dracon a eu le mérite de faire des lois, alors qu'avant lui, il n'y en avait tout simplement pas. Cela dit, c'est bien Solon qui a vraiment « civilisé » Athènes en 592 avant Jésus-Christ, lorsqu'il dirigeait la cité. En un sens, c'est le père fondateur de la fameuse démocratie athénienne.

— Ce qui n'est pas rien ! intervint maître Castille.

— Tout à fait d'accord avec vous, Henri, acquiesça le professeur Loeve. Ce n'est pas rien, mais ce n'est pas tout ! Pour les Grecs de l'Antiquité comme Platon, Solon passait aussi pour être l'un des pères fondateurs de la philosophie, et pour tout dire, l'un des tout premiers philosophes de l'Histoire. D'ailleurs, ce serait l'historien Hérodote qui aurait inventé le mot « philosophe » pour parler de Solon, justement, lorsqu'il raconte son voyage à la cour du roi Crésus, dont le nom ne doit pas vous être inconnu.

— Ah oui, souligna Cali, « riche comme Crésus ».

J'ai posé ma main sur son bras pour lui faire signe de se taire et prendre la parole.

— Pardon professeur, ai-je demandé, mais je croyais que c'était Thalès le premier philosophe ?

— L'un n'empêche pas l'autre, monsieur Van Langh. La vérité, c'est que la tradition attribue la naissance de la philosophie aux Sept Sages.

— Les Sept Sages ? s'interrogea Phalène à voix haute.

— Eh oui, jeune fille ! lui répondit le professeur. Sept figures légendaires qui passent pour être les premiers philosophes et les pères fondateurs de la sagesse grecque.

— Et qu'est-ce que ça veut dire « philosophes », alors ? ai-je demandé.

— Cela veut dire, monsieur Van Langh, qu'ils sont les premiers à avoir abandonné les mythes pour répondre aux grandes questions de l'humanité d'une manière, disons, plus « scientifique ». À ce propos, Platon lui-même rapporte un épisode légendaire dans son dialogue *Protagoras*. Les Sept Sages, qui vivaient aux quatre coins de la Grèce, se seraient réunis un beau jour à Delphes, dans le temple d'Apollon, comme des cardinaux durant un conclave. Là, ils auraient fait graver les règles tirées de leur grande expérience, jetant ainsi les premiers principes de la philosophie, dont le plus fameux : « Connais-toi toi-même. »

— Ah oui ? s'étonna Phalène. Je croyais que c'était l'oracle de Delphes qui avait inventé cette formule.

— Moi, je croyais que c'était Platon, ai-je ajouté.

— Ni l'un ni l'autre, mes jeunes amis, nous annonça le professeur Loeve. Ou bien les deux, si vous voulez. Cette formule est bien écrite sur le fronton du temple d'Apollon à Delphes, là où l'on venait consulter l'oracle. Platon a fini par se l'approprier. Mais qui l'y a inscrite ? D'après la légende, il s'agirait des Sept Sages qui auraient, par là même, inventé la philosophie.

— Mais cette sagesse, ils la tiraient d'où ? ai-je insisté.

— Encore une bonne question, monsieur Van Langh, me répondit le professeur. Comme je vous l'ai dit, de leur propre expérience peut-être. Mais on devine aussi que ces Sept Sages étaient de grands voyageurs. Les auteurs de l'Antiquité rappellent souvent qu'ils ont tous voyagé en Égypte ou en Perse, où leur aurait été enseignée une sagesse primitive, et même magique, pourquoi pas.

Tout d'un coup, le professeur s'est arrêté. Alors qu'il avait les yeux au ciel, il s'est mis à nous regarder à nouveau, comme s'il sortait d'une sorte de transe pour revenir sur terre.

— Amusant, n'est-ce pas ? nous a-t-il dit d'un ton léger de petit enfant. Il s'agit quand même plutôt d'une légende, même si c'est Platon qui la raconte… Mais je me plais à penser que les Sept Sages ont voulu faire passer un message sur les murs de Delphes, et donner à voir aux autres hommes ce qu'ils avaient eux-mêmes appris. Peut-être Platon le suggère-t-il encore, lorsqu'il évoque le mythe de l'Atlantide rapporté par Solon. Peut-être…

*
* *

Les envolées lyriques et énigmatiques du professeur Loeve nous avaient laissés sans voix. Toute la table est restée silencieuse un moment, semblant méditer sur ce qu'elle venait d'entendre. Au bout d'un moment, maître Castille a quand même regardé sa montre.

— Mais il est tard ! Nous devons partir tôt, demain, pour aller voir le volcan.

Il s'est levé, non sans adresser un dernier mot aux deux sages.

— Merci encore pour votre accueil, monsieur Marih... cher Tahar, a-t-il commencé.

— Je vous en prie, l'interrompit le vieil aubergiste philosophe, d'une voix grave et sereine. Pas de merci pour le devoir accompli.

— Et donc... je m'en remets à vous pour demain, hésita un peu monsieur Castille.

— C'est cela, Henri, vous ne vous occupez de rien, répondit le professeur Loeve, Tahar et moi avons déjà tout préparé.

— Pour cela, je ne me fais aucune inquiétude, Eugène ! le rassura maître Castille. Après tout, c'est plutôt vous qui nous avez sauvé la mise plusieurs fois.

— Et puis, mon vieux Tahar est là, ajouta le professeur Loeve.

Maître Castille est parti. Les uns et les autres ont commencé à se lever.

— Je vais rejoindre Lauric sur la terrasse, m'a informé Cali. Ça te dit ?

— Non, excuse-moi, mais je vais plutôt aller me coucher.

— Eh bien moi aussi, a ajouté Phalène.

Nous avons gravi ensemble l'escalier. Mais quand nous sommes parvenus à notre étage, Phalène m'a saisi le bras, comme si elle avait une grande nouvelle à m'annoncer.

— Tu sais qu'on peut dormir sur le toit ? m'a-t-elle dit. J'irais bien voir à quoi ça ressemble, moi. Tu veux venir ?

Nous sommes montés sur le toit. Accoudés à la rambarde, nous avons un peu discuté en regardant la ville et la mer. Mais je ne me souviens pas bien de ce que nous avons dit. Ce dont je me souviens, c'est que nous étions de plus en plus proches au fil des mots, jusqu'à ce que Phalène pose la tête sur mon épaule. Je me suis penché vers elle pour sentir ses cheveux parfumés caramel sucré. Elle a relevé la sienne, et nous nous sommes enfin embrassés. Je la serrais contre moi, surexcité, croyant à peine vivre dans la réalité ce moment, trop heureux de sentir sous mes mains la cambrure hallucinante de ses fesses dont j'avais rêvé si fort. Je la serrais encore quand elle a croisé les bras sur son ventre pour aller chercher le bas de son petit pull, avant de le soulever et de le retirer. J'ai découvert, dessinée par un délicat soutien-gorge blanc en dentelle, une poitrine plus belle encore que je ne l'avais imaginée. Je n'en croyais pas mes yeux, ni mes mains, et j'avais surtout du mal à croire que ce corps, que cette peau, que ce désir, même, étaient pour moi. J'avais le sentiment d'avoir attrapé un papillon insaisissable et rare qui ne s'offrait à personne. Après les leçons érotiques de Phalène qui m'ont fait voir un monde que je ne soupçonnais pas, nous nous sommes endormis.

Si ma vie ne devait ressembler qu'à cela, je voulais vivre pour toujours.

6

La parole perdue

Le lendemain matin, réveillé par la lumière du soleil et surpris par la douceur matinale, j'ai ouvert les yeux pour découvrir le ciel bleu au-dessus de moi. Au petit jour, sur le toit, il faisait au moins vingt-cinq degrés, déjà. J'ai tourné la tête, me demandant quelques instants ce que je faisais là, puis j'ai vu et senti Phalène à côté de moi. Les effluves de la brise marine se mêlaient à son parfum. Pour une fois, j'avais l'impression de m'éveiller dans un rêve.

— Il est quelle heure ? lui ai-je murmuré.

— Six heures, m'a-t-elle répondu après avoir regardé son téléphone portable.

Nous avons un peu traîné avant de nous décider à nous lever pour descendre, surpris d'entendre des éclats de voix provenant du pied de l'escalier.

— Mais à quelle heure est-il parti ? demandait maître Castille d'un air inquiet.

— Malheureusement, je n'en ai aucune idée, mon ami, lui répondait Tahar. J'étais encore au lit.

— De toute façon, il devrait déjà être revenu.

— Je ne sais pas, j'imagine.

Phalène et moi avons fait irruption dans la salle du bar où nous avions passé la soirée, et découvert Tahar Marih, assis à une table devant une petite tasse de café, et maître Castille faisant les cent pas, l'air affolé, mal rasé.

— Que se passe-t-il ? a demandé Phalène.

— Eh bien, je ne sais pas encore, lui a répondu maître Castille. Et je ne sais pas comment vous l'annoncer, surtout... Mais il semble que le professeur Loeve ait disparu.

— Comment ça, disparu ? ai-je presque crié.

— Ne nous précipitons pas, est intervenu Tahar qui tenait sans doute à garder son calme. Il est un peu en retard, c'est tout.

— Il ne vous a vraiment rien dit hier soir ? insista maître Castille.

— Non. Du moins, rien qui permette d'expliquer son départ.

Les autres étudiants ont commencé à descendre les uns après les autres, apprenant la nouvelle au fil de leur arrivée dans la salle, mais j'étais un peu étonné de ne pas voir Cali et Lauric. Le petit déjeuner a été assez agité, tout le monde a parlé de l'affaire, maître Castille ne sachant pas lui-même comment gérer la situation. Fallait-il attendre désespérément que le professeur revienne ou partir à sa recherche en se rendant sur le port ?

— Nous nous sommes peut-être mal compris, a-t-il suggéré. Le problème, c'est qu'il est injoignable. Son téléphone est sur répondeur, et il ne me rappelle pas.

*

* *

Finalement, maître Castille a décidé de se rendre sur le port avec Tahar et deux ou trois étudiants. Phalène a encore une fois proposé de les accompagner. Maître Castille n'avait pas l'air très enthousiaste.

— Nous sommes déjà assez nombreux, je crois, lui a-t-il simplement répondu. Vous devriez plutôt rester là, au cas où il reviendrait.

— C'est cela ! acquiesça Tahar qui semblait étrangement insister pour retenir Phalène à l'hôtel. Et puis, il me faut bien quelqu'un pour garder la boutique !

Elle a fini par renoncer. Moi, je voulais rester avec elle, en espérant que la disparition du professeur, qui m'intriguait profondément, ne la peinerait pas trop. Mais l'absence de Cali et Lauric m'inquiétait tout autant. Et pourtant, il n'a pas fallu attendre longtemps pour les voir débouler tous les deux dans la salle, alors que Tahar et maître Castille venaient à peine de partir.

— C'est quoi ce sbeul ? nous a demandé Cali, à peine réveillé, en se grattant la tête tout en remettant ses lunettes – parce que oui, Cali portait des lunettes, du style années 1950, avec la monture en demi-cercle au-dessus des yeux, façon *JFK* ou *Mississippi Burning*.

— Mais qu'est-ce que vous faisiez ? lui ai-je lancé, un peu énervé.

— On s'est couchés tard.

Je lui ai appris la disparition du professeur Loeve et le départ de maître Castille.

— Qu'est-ce que je disais ! s'est-il exclamé en apprenant la nouvelle. J'en étais sûr !

— Eh bien, tu es plus malin que nous ! lui lança Phalène.

— La vérité ! C'est que vous, vous n'étiez pas là hier soir.

— Comment ça, hier soir ? ai-je demandé.

— Les trucs qu'on a entendus, intervint Lauric.

— Mais quels trucs ? Raconte !

— Comme on n'arrivait pas à dormir avec Lauric, on a voulu descendre pour bédave à la terrasse du bar, m'a répondu Cali. La terrasse, c'est mieux, parce qu'il n'y a pas de balcon à notre chambre, bref… On était à peine arrivés en bas de l'escalier qu'on a entendu des voix dans la salle du bar. Pour le joint sur la terrasse, c'était mort. Alors, on est restés dans l'escalier pour écouter. Pas vrai Lauric ?

— Vrai ! acquiesça celui-ci.

— Quelles voix ?

— Et bien, les deux vieux, me répondit Cali. Ton professeur et l'aubergiste. La vérité, il est pas net le reubeu !

— Bon, et ils disaient quoi ? ai-je insisté.

— Des trucs vraiment chelous, la vérité ! Le vieux disait un truc du genre : « Ils ne vont pas tarder à le retrouver. »

— Qui ça, « ils », ai-je ajouté ?

— Je ne sais pas.

— Je crois qu'il disait plutôt, « à *la* retrouver », corrigea Lauric.

— Retrouver qui ? a demandé Phalène.

— Aucune idée, comment veux-tu que je le sache ? lui répondit Cali.

— Ils ont dit autre chose ?

— Oui, m'a confirmé Cali. Il a dit aussi que « je-sais-pas-qui » était à sa recherche.

— En fait, il a dit : « C'est parce qu'ils ont besoin de moi qu'ils me cherchent », corrigea à nouveau Lauric. Et puis, il a ajouté : « ça ne peut pas être une coïncidence. »

— Voilà, c'est ça, a confirmé Cali. Maintenant, si vous comprenez, pas moi.

— Il faudrait peut-être interroger Tahar ? a proposé Phalène.

— Bah oui ! On n'a qu'à faire ça ! a ricané Cali : « Excusez-moi, monsieur le vieux sage reubeu, mais vous pouvez nous dire ce que vous avez comploté avec le professeur ? »

Phalène a balayé la salle du regard pour favoriser sa réflexion. Certains étudiants étaient assis autour des tables en attendant le retour de maître Castille, la plupart rivés à leur téléphone portable. Un groupe s'était installé sur la terrasse pour discuter, les yeux tournés vers la mer et les îlots volcaniques, au loin, qui nous attendaient. Phalène a semblé avoir une illumination au moment où son regard s'est arrêté sur la table abandonnée par Tahar. Il avait laissé là sa tasse de café et un journal.

— Le journal ! s'est-elle écriée tout en essayant de chuchoter pour ne pas trop attirer l'attention.

— Quel journal ? lui a demandé Cali.

— Étienne, tu te souviens ? Le journal… sur le bateau.

— Comment ça, le bateau ? a encore demandé Cali.

— Le professeur Loeve lisait un journal sur le bateau, lui a-t-elle répondu. Et il avait l'air perturbé.

— Comme s'il avait vu un fantôme, ai-je ajouté. Tu l'as toujours ?

— Attends, je vais le chercher.

Phalène est montée dans sa chambre pour récupérer le journal qu'elle avait rangé avec son ordinateur portable, tandis que Cali, Lauric et moi restions sur le pas de la porte, entre la salle de bar et la cage d'escalier. Quand elle est redescendue, nous avons formé un cercle pour inspecter l'objet, comme si nous avions quelque chose à cacher, alors que personne ne faisait vraiment attention à nous. Le journal avait été ouvert et replié sur l'une des pages du milieu, peut-être celle que lisait le professeur Loeve sur le bateau.

— Comment savoir que c'est bien cet article qu'il lisait ? ai-je insisté.

— Il n'y a qu'à regarder.

Phalène a un peu feuilleté le journal, avant de revenir à la page sur laquelle il était resté ouvert. L'un des articles, plus grand que les autres, a tout de suite attiré notre attention. Le titre même semblait intéressant.

« Vol d'un manuscrit rare à la bibliothèque Bodmer de Genève

Un codex d'origine italienne contenant diverses œuvres rhétoriques et datant du milieu du Xe siècle (!) a été dérobé le 24 septembre à la bibliothèque de la Fondation Martin-Bodmer, située à Cologny, une commune du canton de Genève. Un document d'une valeur inestimable (pas moins de 1,5 million d'euros) acquis par le riche philanthrope et bibliophile Martin Bodmer en 1962 pour sa fondation.

L'alerte a été donnée après qu'un professeur d'histoire a demandé à consulter le manuscrit. L'employé de la bibliothèque n'a pu que constater la disparition du précieux document conservé dans une pochette en cuir rouge-brun. Interrogé par la police genevoise, l'employé a fait savoir que la veille, trois étudiants "parlant français" étaient venus faire des recherches dans la salle des fonds anciens où se trouvait le manuscrit.

Cet ensemble de parchemins constitué de 38 feuillets en très mauvais état contient différentes œuvres rhétoriques, parmi lesquelles un De rhetorica *du fameux philosophe chrétien saint Augustin (354-430) et surtout,* Divisions de l'art oratoire *du célèbre rhéteur, consul et philosophe romain Cicéron (106-43 av. J.-C.), contemporain de César. Rédigé par un copiste au Xe siècle, le manuscrit a la particularité de contenir de nombreuses annotations du non moins célèbre humaniste François Pétrarque (1304-1374) auquel il a appartenu. Lui-même bibliophile, Pétrarque était passionné par Cicéron, dont il a retrouvé de nombreuses lettres en 1345 à la bibliothèque de Vérone.*

Aucune trace d'effraction n'a été constatée... Les criminels ont profité d'une défaillance du système d'alarme pour dérober le manuscrit.

Une enquête a été ouverte. Elle est toujours en cours. »

Après avoir lu l'article, nous sommes restés silencieux un moment, et j'étais moi-même un peu perdu.

— Et alors ? ai-je demandé à Phalène.

— Je ne sais pas, a-t-elle admis.

— Moi, je ne vois pas le rapport, a ajouté Cali. Cicéron, tout ça… c'est du charabia.

— Si ça se trouve, il lisait un autre article, a commenté Lauric. Et si ça se trouve, rien ne l'a perturbé. Vous avez peut-être eu une fausse impression.

— Qu'est-ce que vous avez dit qu'il avait eu comme réaction, déjà ? a voulu savoir Cali.

— Comme s'il avait vu un fantôme.

— Il parlait peut-être de ce manuscrit hier soir, a suggéré Phalène, quand il a dit : « Ils ne vont pas tarder à le retrouver. »

— « À *la* retrouver », lui objecta Lauric.

— « Le », « la », peu importe, lui répondit Phalène. Il voulait peut-être dire « la rhétorique » ou « l'œuvre de bidule ou machin »…

— Peut-être… peut-être pas, a rectifié Lauric d'un air sceptique. Comment savoir ?

— Il faudrait peut-être en parler à Castille, ai-je proposé. Il m'a raconté que le professeur lui avait demandé de faire des recherches sur des manuscrits.

— Et quand bien même, insista Lauric. Si ça se trouve, ça n'a rien à voir avec sa disparition. Si ça se trouve, les autres l'ont déjà retrouvé. Et puis, quoi ? On n'est pas Sherlock Holmes !

— Lauric a raison, ajouta Phalène qui semblait redevenue raisonnable après s'être fait un peu trop d'idées, ce qui ne lui ressemblait pas vraiment, dans le fond. C'est du délire ! On n'est pas dans un roman.

*

* *

Nous avons quand même attendu trois bonnes heures avant que maître Castille et Tahar Marih rentrent à l'hôtel, vers midi, accompagnés de deux policiers. Ils étaient plutôt jeunes, les cheveux noirs, courts, et portaient des lunettes de soleil de motard. Mais ils faisaient moins grecs que turcs ou roumains, et même syriens, pourquoi pas. Sans leurs tee-shirts de police bleu nuit marqués « *hellenikè astinomia* » sur leurs manches courtes, on aurait pu les prendre pour des migrants ou des réfugiés, comme ceux qui se pressaient encore à l'époque dans le camp de Moria, sur l'île de Lesbos, non loin de là. Ils parlaient surtout avec Tahar, en grec, même s'il leur arrivait de prononcer quelques mots en anglais pour se faire comprendre de maître Castille. Les deux policiers avaient un ton calme et rassurant, tandis que Tahar Marih semblait bien plus inquiet que lors de son départ. Les quatre hommes sont ainsi restés à discuter quelques instants au pied de l'escalier, avant que les deux policiers suivent Tahar à l'étage, laissant maître Castille au rez-de-chaussée, avec nous.

— Alors ? lui ont lancé, en chœur, tous les étudiants qui se trouvaient là et se pressaient déjà autour de lui.

— Alors, rien ! nous répondit-il, désolé. Il faut que j'appelle l'université… Il faut que j'aille au consulat, ajouta-t-il d'un air de plus en plus catastrophé.

— Mais vous avez fait quoi ? lui a demandé Phalène.

— Et nous, qu'est-ce qu'on fait ? ajouta Denis Vincenti, qui semblait plus préoccupé par son avenir que par le sort du professeur Loeve.

— Nous sommes allés à l'embarcadère, a commencé maître Castille. Tahar a essayé d'en savoir plus auprès de ceux qui se trouvaient là… il connaît tout le monde. Mais rien ! Nous sommes remontés vers le centre-ville pour nous adresser à la capitainerie. Apparemment, le professeur Loeve est monté sur un petit bateau…

— Seul ou bien…? a demandé Cali.

— Ils ne savent même pas, a répondu maître Castille. Il a négocié avec un certain Dimitris ou je ne sais qui pour lui louer un caïque, une petite embarcation en bois.

— On l'a vu partir ? a demandé Phalène à son tour.

— Oui. Un peu avant 6 heures, à la rame. Mais d'après ce qu'on nous a dit à la capitainerie, le bateau s'est purement et simplement volatilisé au beau milieu de la caldeira. Après, on est allés voir la police… heureusement, elle était à côté, sur la place principale… Au début, ils ne prenaient pas vraiment l'affaire au sérieux, mais comme Tahar et la capitainerie s'en sont mêlés, ils ont fini par nous croire. Là, ils sont montés pour fouiller sa chambre.

— Donc, on ne va pas pouvoir faire l'excursion ! a ronchonné Denis Vincenti.

Maître Castille s'est énervé.

— C'est tout ce qui vous inquiète ? Vous croyez vraiment que c'est le moment ? Non, on ne va pas faire l'excursion ! Évidemment ! Tout est annulé. Vous n'avez qu'à aller faire un tour ! Je vous donne votre après-midi.

*

* *

C'était l'heure du déjeuner. Les étudiants se sont dispersés pour essayer de profiter de cette dernière journée. La plupart d'entre eux se rendaient au port pour tenter une excursion aux Kaimenes, sur les volcans. D'autres partaient vers le centre de Théra pour prendre le premier bus venu qui les mènerait aux quatre coins de l'île, dans le petit village de Messaria ou sur une plage, à Kamari ou à Périssa. Quelques-uns sont restés à l'hôtel, inquiets, espérant des nouvelles ou le retour du professeur. En attendant, ils mangeaient sur la terrasse qui surplombait la falaise, ou se reposaient dans leur chambre avec vue sur la mer. Phalène, Cali, Lauric et moi étions de ceux-là.

— Et alors, vous n'êtes pas partis faire une belle balade ? nous lança méchamment maître Castille qui croyait devoir passer ses nerfs sur nous. Qu'est-ce que vous attendez ?

— Eh bien, on s'inquiète, monsieur, lui répondit Phalène avec bienveillance.

— Bien sûr… oui, évidemment, s'excusa-t-il à moitié.

— En fait, monsieur, on a peut-être une idée, lui dis-je.

— Vous avez vu ça ? lui a demandé Phalène en lui tendant le journal, le doigt pointé sur notre article.

Maitre Castille le saisit pour le lire à son tour. Nous imaginions sans doute le voir réagir dans une sorte d'illumination, espérant que ce qui nous avait échappé serait pour lui une évidence. Nous attendions des « Ah ! », des « Oh ! » peut-être, et pour finir, « Bon sang, mais c'est bien sûr ! »

Mais il avait plutôt l'air impassible, pour ne pas dire dubitatif.

— Je vois, a-t-il conclu en nous rendant le journal.

— Alors ? me suis-je empressé de lui demander.

— On espérait que vous pourriez nous aider, renchérit Phalène.

— Vous ne pensez pas que sa disparition peut avoir un rapport avec ça ? ai-je ajouté.

— Oh là ! Oh là ! réagit maître Castille pour calmer notre enthousiasme. Vous allez un peu vite en besogne.

— Vous m'aviez bien dit que vous recherchiez des manuscrits pour le professeur ? lui ai-je rappelé.

— Bien sûr ! me concéda-t-il. Mais rien à voir avec Cicéron ou saint Augustin… De toute façon, je n'imagine pas que cela puisse avoir un rapport avec sa disparition.

— Non, mais excusez-les, intervint Lauric. Ils sont partis dans une sorte de théorie du complot, tout ça…

— Au point où nous en sommes, je ne suis pas loin de leur donner raison, monsieur Le

Guellec, avoua maître Castille. Tout cela commence à faire beaucoup de coïncidences... Je suis vraiment très inquiet.

— Que cherchait-il alors ? me suis-je décidé à lui demander. C'est quoi, ces manuscrits dont vous m'avez parlé ?

— Ce qu'il cherchait, a-t-il commencé, ce qu'il cherche, plutôt... c'est la fin du *Critias*.

— La fin du *Critias* ? réprit Phalène.

— La fin du *Critias* ! s'exclama Cali. Wesh, ma fille ! lança-t-il à Phalène d'un petit air triomphant. La fin du *Critias* ! On ne l'a jamais retrouvée. C'est ce que je vous disais l'autre soir. Le dialogue s'arrête en plein milieu d'une phrase, juste avant que Platon ne raconte comment l'Atlantide a disparu. Yeap ! Le vieux est plus malin que je croyais !

— Ou pas ! T'as vu où il en est maintenant ? lui fit remarquer Lauric.

— Mais tu imagines ? s'enthousiasmait Cali. Peut-être que la fin du *Critias* donne la clé de l'énigme ! Peut-être que Platon révèle où se trouvait l'Atlantide ! Il parle même des survivants, si ça se trouve...

— Encore faut-il que cette fameuse suite existe ! objecta maître Castille pour calmer ses ardeurs. Je crois savoir que pour la plupart des hellénistes et des philosophes, Platon n'a tout simplement pas écrit la fin de son dialogue... C'est un texte inachevé.

— Mais bien sûr ! s'écria Cali d'un ton sarcastique. C'est tellement plus simple !

Il m'énervait tellement dans ces moments-là, quand apparaissait le côté obsessionnel de sa personnalité, insupportable. Cali était persuadé de cultiver, par ses doutes perpétuels, son esprit critique et sa liberté de pensée. Mais sa crédulité, au contraire, lui retirait tout esprit critique et emprisonnait cette pensée. C'est sans doute là la particularité essentielle de l'esprit conspirationniste. Il refusait de se fier aux paroles et discours « officiels », convaincu d'être plus prudent et mieux informé que les autres. Mais si la philosophie consiste à penser par soi-même, Cali n'a jamais été philosophe. Dans le fond, il était prêt à croire n'importe qui et n'importe quoi, alors même qu'il se méfiait des vérités les mieux établies. Un moyen pour l'ignorance de se prendre pour une forme de connaissance.

— Ainsi, le professeur Loeve croit vraiment à cette histoire d'Atlantide, conclut Phalène, manifestement très déçue.

— C'est indéniable, lui avoua maître Castille. Tous les spécialistes – enfin, les soi-disant « spécialistes » – qui ont jusque-là cherché à localiser l'Atlantide se sont toujours référés aux descriptions faites par Platon dans le *Critias*. Trois conférences internationales ont même eu lieu, dont la dernière, en 2010, ici même, à Santorin, pour établir une liste de vingt-quatre critères tirés des textes de Platon, permettant d'identifier l'Atlantide. D'après moi, c'est un peu l'auberge espagnole et finalement, tout le monde interprète le texte comme il veut. Mais j'imagine que notre cher professeur espérait... ou plutôt, espère trouver dans la partie manquante du *Critias* des informations plus précises, et pourquoi pas, des preuves que l'Atlantide a bel et bien existé.

— Si ça se trouve, s'enthousiasma encore une fois Cali, il a déjà mis la main sur le texte… sur la preuve ! C'est peut-être pour ça qu'il a disparu. Et si l'Atlantide était là, sous nos pieds, au milieu de la caldeira ? Il a peut-être découvert le refuge des survivants dans une caverne sous-marine ! La vérité, ce serait dar !

— Ne dites pas n'importe quoi ! s'agaça maître Castille. C'est une affaire très grave !

*

* *

Comme les élucubrations de Cali m'énervaient, que Phalène était là et que le jour avançait, nous avons finalement décidé nous aussi de prendre un peu l'air, histoire d'oublier un moment le reste et de nous retrouver. Nous sommes partis tous les deux pour une promenade romantique, trois heures à pied, de Théra à Oia, en longeant les falaises. Au milieu du paysage lunaire de l'île, rouge et noir, qui bordait la mer bleue, nous sentions le vent chaud. Après une heure au moins à marcher sans dire un mot parce que nous étions bien, je me suis adressé à Phalène.

— Toi aussi, tu avais l'air d'être perturbée l'autre jour… Qu'est-ce qui s'est passé ?

— Quand on a fouillé ma chambre, tu veux dire ?

— Ah oui, c'est vrai ! J'avais oublié ça aussi ! Décidément, ils ont raison les autres… Il en est arrivé des choses pendant ce voyage. Et ça commence à faire beaucoup de coïncidences, finalement !

— Des choses… Comme ce qui nous est arrivé à nous, par exemple ? me demanda-t-elle.

— Nous… oui. Ou plutôt, toi ! Tu m'es vraiment tombée dessus. Je veux dire… pourquoi ? Qu'est-ce que tu me trouves ?

— Je ne sais pas. Le physique peut-être… Avec tes cheveux longs, tu m'as tout de suite fait penser à ce chanteur, là… celui des Doors.

— C'est gentil ce que tu dis là, mais je suis très loin de lui ressembler. À la fac, les gens me disent plutôt que j'ai l'air d'une tortue, avec mes grands bras maigres et mon dos courbé.

— Une tortue à lunettes alors ! m'a-t-elle lancé en riant, avec cette folle légèreté qui faisait tout son charme.

Puis, elle a repris un peu son sérieux. Un tout petit peu.

— Dans le fond, je ne sais pas, m'a-t-elle confié. Mais c'est ce que je te disais l'autre soir sur la plage… tu as un regard mystique. Parfois, j'aimerais savoir ce qui peut bien se passer là-dedans, me dit-elle en venant pointer son doigt sur ma tempe, avant de me caresser la tête.

— Moi aussi, j'aimerais bien le savoir, lui ai-je répondu. Mais je ne crois pas qu'il s'y passe grand-chose… rien de mystique en tout cas.

— C'est ce que tu penses, moi pas. Et puis… tu n'avais pas l'air de t'intéresser à moi, surtout ! Tu restais dans ton monde. Je me suis demandé pourquoi tu ne me regardais même pas ! m'a-t-elle déclaré sur le ton de la plaisanterie.

Nous nous sommes embrassés, profitant de cette promenade. J'oubliais presque tout le reste, pour une fois. Et puis, ça m'est revenu.

— Quand je disais que tu avais l'air perturbée, je pensais plutôt au jour où tu es allée chercher le professeur Loeve à l'hôpital, ai-je repris. Tu faisais une drôle de tête. Je me trompe ?

— Ah, ça ? Oui, enfin… non, tu ne te trompais pas, a-t-elle admis. C'était par rapport à ce qu'il m'avait dit.

— Et qu'est-ce qu'il t'a dit ?

— Oh là ! Je t'arrête tout de suite, rien à voir avec ces histoires d'Atlantide et de disparition. Mais il m'a dit des choses un peu étranges, sur toi, sur moi, sur nous… Un moment, je me suis retrouvée seule avec lui… Je ne sais plus ce que faisait Castille. Il devait s'occuper des papiers de sortie, je crois. Enfin, bref… je me suis retrouvée seule avec le professeur, et il m'a demandé si je connaissais l'origine de mon prénom. Comme toi, justement, ce fameux soir, sur la plage de Matala.

— Et alors ? Tu lui as répondu quoi ?

— La même chose qu'à toi… que je ne savais pas. Enfin, je connais le papillon, bien sûr, mais le professeur m'a appris que « phalène » signifiait « papillon de nuit ». Ça vient du grec, apparemment, *phalos*, un mot qui veut dire « brillant », et même « lumière du jour éclatante ».

— Je trouve que ça te va bien, ai-je remarqué en partant dans une envolée qui se voulait romantique.

— Après, il m'a dit que la phalène représentait les amoureux qui se laissent consumer par le feu de la passion parce que c'est un papillon de nuit qui se brûle les ailes en s'approchant trop de la lumière. Il parlait de nous, je crois...

— Ça m'étonnerait. Comment aurait-il pu savoir... pour nous ?

— Je crois qu'il le savait, m'a-t-elle répondu. Après, il m'a dit qu'on retrouvait la même image dans le mythe d'Icare... Tu sais, le fils de Dédale, justement, qui s'enfuit du Labyrinthe avec son père, et se brûle les ailes en s'approchant trop du soleil.

— Intéressant... mais pourquoi il t'a parlé de ça ?

— Je ne sais pas. Le professeur a peut-être essayé de me l'expliquer, mais je n'ai pas bien compris la référence. Il m'a dit que le soleil représentait la vérité chez Platon... Icare, c'est celui qui se met en danger en s'approchant trop de la vérité.

— Je le reconnais bien là ! ai-je dit en riant. Du moins, pour autant que je le connaisse. Il voit Platon partout. En fait, je me demande si le professeur ne parlait pas de lui, finalement... s'il n'a pas essayé de te prévenir. Il se sentait peut-être menacé parce qu'il s'approchait trop de la vérité... au sujet de l'Atlantide, je veux dire.

— Ah non ! m'a-t-elle reproché d'un air charmant. Tu ne vas pas remettre ça ! Ne gâche pas ce moment. Là, tout de suite, je ne veux penser qu'à nous.

Nous avons fini par arriver à Oia qui valait vraiment le voyage. Un paysage de carte postale avec ses petites maisons blanches troglodytiques, aux volets bleus, accrochées au bord de la mer. Nous sommes rentrés en bus à Théra. Mais je me demandais quand même pourquoi tout le monde avait l'air de tourner autour de Phalène, même si c'était aussi mon cas. En fait de papillon de nuit, elle était plutôt la lumière éclatante qui attirait tous ceux qui l'approchaient, au risque, peut-être, de brûler les ailes des autres. Maître Castille, d'abord, qui jouait de toute façon avec le feu de ses attirances pour la gent féminine estudiantine un peu trop jeune pour lui. Et maintenant, le professeur Loeve qui semblait s'intéresser à elle. Je me suis rappelé l'étrange regard qu'il avait échangé avec Tahar lors du dîner, lorsque celui-ci avait fait allusion à Phalène. Que se disaient-ils en silence ?

*

* *

Quand nous sommes rentrés à l'hôtel, nous avons perçu une certaine agitation, alors même que le restaurant et tout le rez-de-chaussée étaient vides. Seul maître Castille était là, attablé au milieu de la salle, l'air très affairé devant plusieurs feuilles de papier éparpillées devant lui, son téléphone portable dans une main. Il ressemblait à un comptable.

— Où sont les autres ? a demandé Phalène en arrivant.

— Des nouvelles du professeur ? ai-je ajouté.

— Tout le monde est monté préparer ses affaires, nous a-t-il annoncé. Vous feriez mieux de faire pareil. Vous prendrez l'avion, avec les autres, comme prévu.

— Et vous ? lui avons-nous lancé d'une seule voix.

Il a fini par lever les yeux de sa paperasse pour tourner enfin la tête et nous regarder, tristement.

— Moi, je reste, a-t-il dit. Et non... aucune nouvelle. J'ai passé trois heures au consulat, mais ils ne peuvent pas faire grand-chose, ou plutôt... ils ne veulent pas ! C'est tout juste s'ils me prennent au sérieux. Pour eux, il s'agit d'une disparition volontaire, et comme le professeur n'a aucune famille, ils ne voient pas pourquoi lancer les recherches... Finalement, la police grecque est plus sérieuse. Qui l'eût cru ! L'université de Rouen a quand même prévenu « Brisout de Barneville », m'a-t-on dit. C'est comme ça que vous appelez la police à Rouen, non ?

Eh oui ! Maître Castille n'était pas de Rouen, et ne pouvait pas connaître « Brisout de Barneville ». Il ne s'agit pas d'un humaniste de la Renaissance, ni d'un archéologue. C'est un lieu. Comme « Jeanne-d'Arc » est un lycée, Brisout de Barneville, c'est le commissariat principal de Rouen, situé non loin de la prison Bonne-Nouvelle. Alors, les gens ne disent pas « la police », ils disent « Brisout ».

— Mais nous, on fait quoi ? insista Phalène.

— Que voulez-vous faire ? lui répondit sèchement maître Castille. Vous pouvez vous débrouiller sans moi ! Vous êtes des grands ! Vous êtes des adultes ! La visite est terminée, rentrez chez vous !

« Quel connard ! », me suis-je dit. Mais Phalène m'a vite calmé. Bien sûr, maître

Castille était mort d'inquiétude, et ce n'était certainement pas le moment de jouer aux devinettes, quand bien même il se serait agi de l'Atlantide et du berceau de la civilisation. Dans le fond, je le comprenais très bien. S'il avait fini, lui aussi, par voir le professeur Loeve comme une sorte de mentor, et surtout s'il considérait que ce voyage d'étude était son voyage, il ne pouvait que se sentir responsable et être catastrophé.

Nous sommes montés à l'étage pour plier nos bagages, non sans faire un détour par la chambre du professeur Loeve, mus par l'irrésistible curiosité que sa disparition avait fait naître en nous. La porte était entrouverte, d'ailleurs, et nous avons aperçu quelqu'un à l'intérieur. Là, au milieu de la chambre, Tahar tournait le dos à la porte. Nous l'avons reconnu à ses cheveux mi-longs grisonnants, légèrement gominés et plaqués en arrière. Il me faisait penser à Frankie Pentangeli, le vieil ami de Vito Corleone dans *Le Parrain 2*, autorisé à se tailler les veines à la fin du film pour s'offrir une sortie « honorable », comme le philosophe stoïcien Sénèque, poussé au suicide par Néron, en son temps. Même s'il avait l'air abattu, Tahar se tenait droit, les manches de sa chemise relevées, un livre à la main. Alors que nous nous trouvions tout juste sur le pas de la porte, Phalène et moi, il s'est retourné en agitant négligemment le livre : une édition de poche de Platon, *Timée-Critias*.

— Mes amis, nous a-t-il dit, c'est tout ce qu'il me reste. Je me demande bien ce qu'est devenu mon frère, et ce que je vais devenir sans lui.

Lui qui paraissait si serein la veille et le matin même, si calme, il semblait désemparé. Il a fait deux pas pour aller s'asseoir sur le lit, penché vers le sol, les coudes posés sur les cuisses, tenant toujours son livre. Phalène s'est avancée au milieu de la chambre, tandis que je restais un peu en retrait, sur le pas de la porte.

— Vous le connaissez bien mieux que nous, monsieur, lui rappela-t-elle. Vous ne savez pas ce qui lui a pris... ou ce qu'il a pu lui arriver ?

Tahar a esquissé un sourire rassurant.

— Je sais qu'il vous apprécie beaucoup, en tout cas, nous a-t-il confié sans que je comprenne bien si la remarque s'adressait à Phalène, à moi ou à nous deux. À vous, il ne vous a rien dit ?

— Rien, répondit Phalène.

— Et ça ? ai-je fini par suggérer en désignant le livre de Platon que Tahar feuilletait, machinalement.

— Ça... a-t-il soupiré. J'ai toujours eu du mal à le suivre... avec ça.

— Maître Castille nous a dit que le professeur y croyait, lui précisa Phalène.

— ...Qu'il cherchait à retrouver... l'Atlantide, ai-je risqué.

— Ce qui est sûr, mes jeunes amis, c'est que ce n'est pas un lieu qu'il espère trouver là-dedans, nous révéla Tahar en agitant à nouveau le livre.

— Et que cherche-t-il, alors ? Ai-je demandé.

— La vérité.

La réponse de Tahar faisait étrangement écho à ce que le professeur Loeve lui-même m'avait dit, une fois, à propos des mythes.

— Mais quelle vérité ? ai-je insisté.

— Eh bien, « la » vérité, me répondit Tahar. Pourquoi croyez-vous que les gens se passionnent pour ces histoires de civilisations disparues ? Au fond, c'est très simple. Ils aimeraient trouver la réponse à la question « Pourquoi ? »... « Pourquoi y a-t-il quelque chose plutôt que rien ? » « Pourquoi l'Univers existe-t-il ? » « Pourquoi existons-nous nous-mêmes ? » Je veux dire... quel est le sens de tout cela...

— C'est vrai, me suis-je rappelé à voix haute, le professeur m'avait dit des choses qui ressemblaient à ça...

— Si l'on rêve de vieilles civilisations « hautement développées », reprit Tahar, c'est pour comprendre l'origine de tout... La vérité... *alètheia*, dans le grec de notre cher Platon, ce qui veut dire « non-voilement ». Nous espérons sans doute « lever le voile » sur les raisons de notre présence sur terre et dans l'Univers. Alors, nous nous cherchons des dieux... des héros, des géants, des scientifiques, des extraterrestres même, qui nous auraient jetés dans le monde, mais dans le fond, c'est toujours la même question : « Que faisons-nous là ? »

— Et le professeur y croit, à ces histoires de géants et d'extraterrestres ? demanda Phalène.

— Je ne sais pas, lui répondit Tahar. En tout cas, Eugène a depuis longtemps une « intuition ». Je ne saurais pas vous dire précisément de quoi il s'agit... C'est ce qui nous manque... Enfin... c'est ce qui *me* manque. Je sais seulement que d'après lui, il existerait une sorte de vérité primordiale, ou primitive, je ne sais plus comment il appelle cela… une vérité connue des seuls philosophes, et transmise par Platon.

— Comme dans la légende des Sept sages ? a suggéré Phalène.

— C'est à peu près cela, reprit Tahar. « Platon a lu Descartes »…C'est la phrase que mon vieil ami Eugène me répétait souvent…

— Qu'est-ce que ça veut dire ? s'est exclamée Phalène.

— Cela signifie que ce que Descartes a découvert, Platon l'avait déjà compris. Que la pensée philosophique est toujours la même, une sorte de révélation, une voie d'accès privilégiée à la vérité, déjà présente dans les mythes. Pauvre fou… Quand on voit où tout cela l'a mené…

— Le professeur m'a parlé du mythe du Déluge à propos de l'Atlantide, ai-je ajouté en espérant d'autres éclaircissements du vieux maître Marih.

— Si seulement je savais ce qu'il entendait par là ! a-t-il soupiré. Mais ce que je sais, en revanche, c'est que pour lui, la « vraie » question était de savoir ce qui aurait provoqué la destruction de l'Atlantide, si tant est qu'il s'agisse d'une histoire authentique.

— C'est pour ça qu'il cherche à retrouver la fin du dialogue ? a demandé Phalène.

— Bien sûr ! Eugène la voit comme « la parole perdue » de Platon. S'il la retrouve, il pense qu'il accédera à la vérité. Mais en a-t-il seulement besoin ? conclut Tahar, étrangement. J'ai cru comprendre qu'il avait sa réponse de toute façon. Il croit savoir ce qui s'est passé. Il ne cherche plus qu'une preuve. L'a-t-il trouvée ?

Avec sa gentillesse habituelle, Phalène a réconforté Tahar autant qu'elle l'a pu. À la fin, nous avons dû retourner chacun à ses affaires. Lui, à son hôtel, et nous, à nos bagages. Nous avons pris l'avion le lendemain pour rentrer en France, tandis que maître Castille restait sur place. Tahar allait accueillir de nouveaux clients de l'hôtel. Quant au professeur Loeve, on ne le reverrait jamais.

En tout cas, c'est ce que je croyais.

DEUXIÈME PARTIE

PLATON

Rouen, octobre 2020-mars 2021

«La philosophie occidentale n'est rien d'autre
Qu'une série de notes en bas de page
des dialogues de Platon.»

Alfred North Whitehead

7

Sur les quais

Frédéric Schwartz était parti tôt ce matin-là, vers 6 h 30. Il habitait une maison cossue, perchée sur les hauteurs de Rouen dans le quartier bourgeois de Saint-Gervais. L'imposante façade en silex et briques rouges, surmontée d'un pignon aux poutres apparentes, dominait un vaste jardin en pente et les grandes fenêtres laissaient deviner un intérieur élégant et chaleureux. Malgré le temps maussade et pluvieux, fréquent sur la ville de Rouen souvent grise et détrempée, Frédéric Schwartz ne s'était pas dispensé des cinquante minutes de course à pied rituelle qu'il s'imposait trois fois par semaine. Ce n'était pas qu'il portait une attention excessive à sa forme, au contraire ! Cette discipline visait à s'épargner tout ennui de santé pour ne pas être perturbé par des troubles physiques, et rendre ainsi son esprit libre, disponible pour des questions plus essentielles. Mieux vaut prévenir que guérir, en conservant un esprit sain dans un corps sain. Manger peu, pas trop varié, dormir juste ce qu'il faut et pratiquer des exercices réguliers pour ne jamais tomber malade, surtout. Une philosophie de vie qu'il enseignait d'ailleurs à ses propres élèves et qu'il avait tirée de Platon. Comme les misères de l'homme et toutes ses inquiétudes viennent du corps et de ses caprices – fatigue, faim, souffrance, et désir sexuel aussi –, il faut le moins possible avoir affaire à lui. Platon disait qu'une société qui a besoin de bons médecins est une société malade, car si tout le monde est en bonne santé, il n'y a personne à soigner. Frédéric Schwartz ne courait donc pas pour développer ses aptitudes physiques. Il laissait ça aux sportifs, obsédés par leur corps et par ses performances. Mais en bon « platonicien », cet homme cherchait à développer ses qualités intérieures, et pour tout dire, spirituelles.

Cette philosophie de vie, il la diffusait aussi à travers ses nombreux livres aux titres évocateurs, *Personne n'est imparfait*, *Le Bonheur platonique*, ou encore *Sage et Heureux*. Des publications qui recevaient toujours un bon accueil. Forcément, dans une société en quête de sens, composée d'individus avides de clés pour leur développement personnel et la connaissance de soi-même ! Mais malgré la très bonne fortune de ses œuvres, Frédéric Schwartz avait toujours refusé de quitter sa ville natale, ce qui manifestait un goût pour un genre de vie simple, bien loin des honneurs que sa renommée lui offrait pourtant.

Certes, la plupart des philosophes considèrent que l'activité propice à la réflexion, c'est plutôt la marche, à commencer par les péripatéticiens du Lycée d'Aristote. Mais Frédéric Schwartz avait tiré de sa propre expérience l'idée que courir était aussi un excellent moyen de libérer son esprit, et de le stimuler. Vers la quarantième minute d'effort, le corps libère de l'endorphine, si bien que le coureur atteint un état d'euphorie qui met tous les sens en éveil, et donne de la suite dans les idées. Un genre d'état extatique, fugace mais fécond, qui crée une sorte d'illumination, comme une nouvelle perception de la conscience. Il courait donc de 6 h 30 à 7 h 20 pour que ces fameux exercices physiques mordent le moins possible sur son emploi du temps, et, si une idée nouvelle avait germé, il lui restait au moins une heure avant d'aller en cours, pour noter tout ce qui lui était passé par la tête.

C'est donc au petit matin que Frédéric Schwartz a longé l'église Saint-Gervais, à l'endroit où Guillaume le Conquérant est mort en 1087, avant d'aboutir place Cauchoise pour descendre le boulevard des Belges, désert, là où traînaient encore les prostituées en 2021. Des migrantes venues d'Afrique, pour la plupart. Il est enfin parvenu sur les quais de Seine, réaménagés quelques années auparavant, là où les courageux avaient l'habitude de courir. Mais il n'y avait presque personne en cette froide journée d'hiver.

Alors que Frédéric Schwartz arrivait à la hauteur du pont Gustave-Flaubert à un rythme soutenu, s'approchant comme d'habitude un peu trop près du bord, un autre coureur, sorti de nulle part, commença à le suivre. Frédéric Schwartz ne l'a sans doute pas entendu car il écoutait de la musique avec un casque dernière génération qui réduisait les bruits extérieurs. L'inconnu était plutôt jeune, même si son visage était dissimulé sous la capuche de son survêtement. Tout d'un coup, alors qu'il suivait Frédéric Schwartz depuis quelques mètres déjà, il s'est mis à accélérer pour se placer juste derrière lui. De la poche de sa tenue de sport, il a sorti une arme. Deux balles dans la nuque, avant de reprendre sa course au même rythme, comme si de rien n'était. Au moment de l'impact, Frédéric Schwartz s'est effondré vers l'avant, si bien que son corps a basculé dans la Seine. Des plongeurs l'ont repêché une heure plus tard.

*

* *

Voilà l'histoire que j'ai lue dans un *Paris Normandie* de novembre 2021. Le seul témoin était un certain Fabien D., gérant d'une petite entreprise de fret maritime qui courait aussi ce matin-là. Il avait tout vu et a tout raconté. L'assassinat de Frédéric Schwartz, son exécution même, a fait beaucoup de bruit à l'époque car il était assez connu. Ses livres étaient régulièrement en tête des ventes, et il passait souvent à la télévision. Moi, j'ai tout de suite su qui l'avait tué, ou du moins, qui avait pu donner l'ordre de le faire. Et pour tout dire, je m'y attendais. Quand c'est arrivé, j'avais retrouvé l'Atlantide depuis quelques mois déjà, et je me doutais bien que Frédéric Schwartz ne s'en sortirait pas.

Tout ce qui s'était passé depuis notre rencontre après mon retour à Rouen ne pouvait que le conduire à cette fin tragique.

8

Le cas étrange du docteur Eugène et de mister Loeve

Bien avant ces événements, quand je suis revenu de Santorin, en octobre 2020, j'avais retrouvé la morosité rouennaise, qui s'accordait très bien avec le vide intérieur de mes états d'âme. Je suis rentré chez maman, au dernier étage de la tour Panorama, un immeuble semi-récent situé sur la rive gauche, non loin des quais, avec vue sur les usines du port autonome. Je me sentais aussi désœuvré qu'avant mon départ, comme si rien n'avait changé, au fond. Comme si ce voyage n'avait été qu'un rêve. J'ai passé presque trois jours à errer dans les rues pour « tuer le temps », en croisant des tas de gens qui avaient l'air très occupé, ou du moins qui semblaient aller quelque part, tandis que je marchais sans aucun but à travers les étroites rues pavées du centre-ville, bordées de sombres façades médiévales en bois. Rouen est tellement triste, terne et grise qu'il semble y faire nuit constamment. Un brouillard de pollution enveloppe la ville comme une chape de plomb. Il pleut toute la journée. Jamais je ne m'y suis senti bien. Rouen, ville fantôme, semble être hantée plutôt qu'habitée. Après 7 heures du soir, les rues sont désertes. En ce mois d'octobre, il faisait froid et humide, la nuit tombait vite et tôt, et le ciel bleu de la Crète était loin. La mer me manquait.

Je me sentais seul au monde.

Je pensais à Phalène, surtout. Elle aussi me manquait. Du moins, l'aventure que nous avions vécue me manquait. À croire que ce n'était qu'un rêve, comme le voyage évanoui pour toujours et que je ne revivrais pas. Et depuis, je ne songeais qu'à elle. C'était elle que je cherchais en déambulant dans les rues comme une âme en peine, et j'avais l'impression de la voir partout, mais elle n'était nulle part. Je n'avais aucune envie de monter à la fac. De toute façon, maître Castille était resté là-bas et tous ses cours étaient annulés. Le soir, après avoir erré dans la ville, je restais allongé sur le canapé en attendant un appel de Phalène, improbable, qui me ramènerait à la vie. J'avais son numéro, bien sûr, mais je ne voulais pas l'appeler. Pourquoi ? Je voulais que ce soit elle qui le fasse. Alors, je restais immobile, incapable de me motiver pour quoi que ce soit, c'est tout juste si j'avais la force et l'envie de me lever pour aller ouvrir la porte du frigo. Je ne faisais rien d'autre qu'attendre et donc, je ne faisais rien. Je perdais mon temps à faire des calculs et des pronostics dans ma tête. Si je lui téléphone, elle va comprendre que je pense à elle et qu'elle me manque, que je suis amoureux et faible. Or c'était son désir que je désirais. Mais je me disais qu'elle était passée à autre chose et qu'elle était très occupée, plus que moi en tout cas. Mille fois, j'ai eu l'illusion que mon portable sonnait. Et comme je le gardais dans la main pour ne surtout pas rater son appel, j'ai même eu l'illusion qu'il vibrait. Platon avait raison, les sens peuvent être trompeurs.

— Étienne ! me reprocha ma mère en rentrant de son cabinet d'avocat le troisième soir. Tu pourrais te lever ! T'as vraiment une vie de patachon !

« Une vie de patachon ? Mais qui parle encore comme ça de nos jours ? », me disais-je. Comme depuis toujours, j'avais le sentiment d'être un moins que rien avec elle, sans avenir et sans contenu, alors qu'il m'avait semblé être enfin quelqu'un, là-bas, au bord de la mer. Mais ce n'était qu'un rêve. Après ce voyage qui m'avait un peu révélé à moi-même, j'avais encore plus le sentiment que ma mère ne me comprenait pas, ou plutôt, qu'elle ignorait qui j'étais vraiment. Je pensais avoir beaucoup plus de valeur et de profondeur que ce qu'elle croyait. Je n'étais pas ce cancre, ce bon à rien qu'elle avait devant elle et dans sa maison. Là-bas, j'avais été quelqu'un de bien, non ?

— Bon ! lui ai-je répondu en me levant. Puisque c'est comme ça, je vais voir Cali.

Depuis qu'il était parti de chez ses parents, Cali habitait à Sotteville-lès-Rouen, à vingt minutes à pied de chez ma mère. Il s'était installé dans une petite rue que j'avais baptisée « l'impasse du Chômage » et qui accueillait un ensemble de maisons modestes, de baraquements même, dont le toit se réduisait parfois à de la tôle ondulée. Une drôle de faune résidait là, à commencer par la voisine de Cali : elle l'invitait régulièrement à boire l'apéro dans son petit carré de jardin qui ressemblait à un emplacement de camping, même si Cali ne buvait pas d'alcool. Sa maison à lui, une maison de ville minuscule en briques rouges, était située au bout de l'impasse. Dès que je suis entré, j'ai immédiatement senti l'odeur caractéristique de son chat qui infectait l'air ambiant. Pas de couloir ni de vestibule, la porte d'entrée donnait directement sur le salon, sombre, qui occupait tout le rez-de-chaussée. Cali était assis au milieu, par terre, à côté de sa table basse, adossé à son vieux canapé, et regardait la télé. Lui qui était si familier des nouvelles technologies n'avait pu se résoudre à renoncer aux DVD parce qu'il considérait que des œuvres d'art devaient forcément s'incarner dans des objets matériels. Il en possédait des centaines, empilés les uns sur les autres contre le mur. Il faut dire que Cali avait pris depuis longtemps son indépendance, contrairement à moi. Après l'année du bac qu'il n'avait pas eu, il avait passé des concours administratifs et depuis, il vivait de son salaire d'agent d'assiette des impôts, un travail « alimentaire » aux horaires confortables qui lui offrait tout à la fois du temps libre et les moyens de son indépendance. Mon meilleur ami, le petit reubeu issu d'une banlieue difficile, était percepteur, en somme, et ça nous faisait bien rigoler.

Au moment où je suis arrivé, il regardait *Nouvelle Vague* de Jean-Luc Godard, insupportable pour moi. Pendant une bonne demi-heure, Cali m'a infligé ce film sans queue ni tête, avec une succession de scènes incohérentes, où les dialogues sont couverts par une voix off décalée. Une caricature de film d'auteur. Un moment, Alain Delon tombe dans une piscine, et Cali explosa de rire.

— Je ne comprends pas du tout comment tu peux supporter ça ! lui dis-je.

— Tu ne comprends pas ? se moqua-t-il. Pourtant, c'est évident, Delon représente Jésus-Christ !

Il avait une passion pour les films d'auteur que je n'avais jamais vus – de Tarkovski, de Kieślowki... –, son préféré restant *Mauvais Sang* de Leos Carax. La seule circonstance atténuante que je lui reconnaissais, c'était qu'il aimait vraiment ça. Devant ces films qui m'ennuyaient profondément au bout de cinq minutes, il jubilait littéralement. Ce n'était pas pour « faire » cultivé ou briller dans les soirées. De toute façon, il ne sortait jamais.

À la fin du film, nous sommes montés à l'étage qui recelait l'autre trésor de son musée personnel : une collection de deux mille bandes dessinées. Dans un coin, une guitare et une batterie, dans un autre coin, sa grande table inclinable de dessinateur, et dans un autre encore, son bureau qui croulait sous un capharnaüm indescriptible de feuilles blanches. Cali avait un talent fou et une culture infinie. Le seul problème, de mon point de vue, c'était qu'il s'en foutait complètement, et n'avait aucune ambition. En un sens, c'était une vertu, puisqu'il cultivait ses talents pour le seul plaisir esthétique. Il était complètement désintéressé dans tout ce qu'il faisait, ne cherchait absolument pas la gloire, ni l'argent. Il n'était pas matérialiste et dans le fond, il était beaucoup plus philosophe que moi, plus près de la surface de l'eau, comme aurait pu dire le professeur Loeve. Mais Cali ne terminait jamais ce qu'il avait commencé. Il avait écrit le début de plusieurs romans, bandes dessinées, scénarios, et il avait monté un groupe de musique, aussi. Au début, j'avais moi-même joué avec eux, à la basse, mais j'ai vite arrêté parce que je n'étais vraiment pas doué. Cali m'avait quand même fait découvrir un groupe de rock progressif des années 1970 qui m'avait vraiment plu : Van der Graaf Generator, et son leader Peter Hammill qui composait des morceaux hallucinants comme dans l'album *Still Life*. Je l'écoutais souvent.

Mais si Cali, lui, était doué en tout, il n'était jamais devenu ni romancier, ni dessinateur, ni musicien. Au regard de la société, il était contrôleur des impôts. Et ce qui l'empêchait de cultiver la partie la plus créative de lui-même, c'étaient sans doute ces heures passées sur Internet, dans les eaux troubles des communautés conspirationnistes que j'appelais la « mythosphère ».

— Tu sais que j'ai googlisé ton prof ? m'a-t-il révélé en allant s'asseoir devant son ordinateur qui parvenait péniblement à se faire une place sur le bureau.

— Quel prof ? Loeve ?

— Yeap, mon frère ! m'a-t-il confirmé.

— Et alors ? T'as appris des choses ?

— Tu vas voir. La vérité !

Comme d'habitude, je me méfiais beaucoup de « la vérité » telle que la voyait Cali à partir de sources toujours douteuses. C'est donc sans conviction, un peu amusé, et pour ne pas trop le contrarier surtout, que je l'ai d'abord laissé me faire part de ses « découvertes ». Mais ce que j'ai lu n'a pas manqué de me troubler, beaucoup. J'ai appris que notre cher disparu, Eugène Loeve, philosophe né en 1956, était considéré comme un spécialiste de Platon. Il avait enseigné à l'étranger, en Italie, en Égypte et en Grèce, avant de devenir maître de conférences à la Sorbonne au début des années 1990. En 2000, il avait fini par obtenir un poste de professeur à l'université de Rouen qu'il n'avait jamais quittée depuis, et dont il avait même été le doyen. Voilà pour la partie « officielle » ou institutionnelle. Mais au fil des pages, un curieux portrait a commencé à se dessiner. Le nom d'Eugène Loeve était associé à différents mouvements à la réputation sulfureuse, comme la « Nouvelle Droite ». Les théories du professeur que Tahar lui-même m'avait évoquées semblaient se rapprocher de courants de pensée mystiques, occultes, et pour tout dire, pas très catholiques, prônant un retour aux mythes et religions antiques, au nom d'une tradition remontant aux origines de la « race blanche ». Dès le début des années 1980, le professeur Loeve avait publié des livres et des articles plus ou moins récupérés par des courants d'extrême droite.

— La vérité, comment il est trop chelou, le vieux ! a commenté Cali.

Pour une fois, j'étais bien d'accord avec lui. Étonné, stupéfait, déçu même, par tout ce que je lisais. L'étrange personnage que je découvrais soudain ne ressemblait pas à celui que je croyais connaître. Derrière le visage rassurant de vieux sage se cachait peut-être une personnalité aux idées inquiétantes et dangereuses. docteur Eugène et mister Loeve. Se pouvait-il que sa disparition ait un rapport avec ses relations douteuses ? Je n'étais pas au bout de mes surprises... En approfondissant encore un peu nos recherches, nous avons découvert également que le professeur Loeve était lié à La Nouvelle Athènes, une association à la réputation sulfureuse elle aussi, située rue de Buffon. Elle était assez connue à Rouen. Quand on se baladait rue Cauchoise, le samedi après-midi, il y avait toujours des gens, plutôt jeunes, qui distribuaient des tracts pour proposer des conférences sur la philosophie antique, orientale ou occidentale. Mais je savais qu'il y avait souvent eu des polémiques autour des activités réelles de l'association qui pouvaient se cacher derrière les apparences. Le site internet de La Nouvelle Athènes annonçait justement un cycle de conférences intitulé « Les mythes platoniciens », avec un « atelier de présentation » prévu le jeudi suivant, animé par Frédéric Schwartz.

— Frédéric Schwartz ? me suis-je étonné. « Le » Frédéric Schwartz ? Celui qui passe à la télé ?

J'étais de plus en plus intrigué. Sur le point d'ouvrir encore d'autres pages pour en savoir davantage, j'ai entendu mon téléphone sonner. Ma mère, sans doute, qui me demandait de ne pas rentrer trop tard, alors qu'il était déjà minuit. Mais c'est un autre nom que j'ai vu s'afficher : Phalène.

— Étienne ! m'a-t-elle dit d'une petite voix plaintive. T'es où ? Pourquoi tu ne m'as donné aucune nouvelle ?

Elle n'avait pas attendu plus de trois jours pour me rappeler. Il m'avait semblé que c'était une éternité.

*

* *

Phalène arrivait par le train dès le lendemain. Depuis plus d'un an, elle s'était installée dans un petit appartement haussmannien à Montmartre, rue Lamarck, au-dessus du Refuge, à la sortie du métro, pour suivre ses études de lettres à la Sorbonne.

— Mais je rentre souvent le week-end, m'avait-elle dit. Ma mère habite à Rouen.

— Et ton père ?

— Il est resté en Espagne. Quand ils se sont quittés, je suis revenue vivre en France avec elle.

Suzanne, la mère de Phalène, était professeure de lettres classiques au lycée Flaubert. À Rouen, beaucoup d'endroits s'appelaient Flaubert, un lycée, une avenue et même un pont, alors que le fameux écrivain avait toujours décrit Rouen de manière peu flatteuse, comme dans *Madame Bovary*.

Je suis allé la chercher à la gare, impatient, surexcité. Dans une heure, dans une minute, dans un instant, je la reverrais, nous nous retrouverions et je renouerais avec la meilleure partie de moi-même, celle que j'avais commencé à découvrir là-bas. J'étais transporté par l'idée que mon rêve allait recommencer, même si je craignais de manière confuse que Phalène ne vienne pas. J'avais encore du mal à y croire. Quand le train est arrivé, je l'attendais dans le hall de la gare situé à l'étage au-dessus des quais, en guettant le sommet des escaliers qui déversaient les voyageurs. J'avais peur de ne pas la reconnaître. Comment serait-elle coiffée ? Comment serait-elle habillée ? Et si je la manquais ? Enfin, je l'ai vue, encore plus jolie que dans mes souvenirs qui remontaient pourtant à trois jours à peine. Elle avait détaché ses cheveux auburn, et portait une petite veste de tailleur noire aux manches relevées. J'avais le sentiment d'avoir devant moi la plus belle fille du monde, et elle était pour moi. Elle m'a cherché du regard. Je lui ai fait un signe, et elle a fondu sur moi pour m'embrasser, longuement. Je retrouvais avec délice son parfum.

— Alors, mon chou, a-t-elle fini par me dire quand elle a eu repris son souffle. Tu ne m'aurais jamais rappelée ?

— Je n'osais pas, lui ai-je avoué. Je ne savais pas.

— Idiot, va ! m'a-t-elle lancé d'un air charmant. Toujours dans ton monde, et dans tes pensées. Décidément, tu ne changeras jamais !

Elle avait raison. Je me demandais bien ce qui m'avait pris. J'étais rentré le mercredi après-midi à Rouen, et Phalène m'avait rappelé dès le vendredi, à minuit, chez Cali. En réalité, nous nous étions quittés depuis moins de trois jours que j'avais vécus comme des siècles. J'avais bien cru que je ne la reverrais jamais.

Nous nous sommes installés à la terrasse du Flo, rue Socrate – ça ne s'invente pas –, sur une place ornée d'une fontaine. C'est là que se retrouvait la jeunesse rouennaise qui voulait se faire remarquer le samedi après-midi.

— Ah ! Tiens, j'y pense, m'a lancé Phalène alors que nous venions de nous asseoir, est-ce que tu n'aurais pas oublié ça ?

Elle a sorti de son sac un jeu de clés, une petite ronde et l'autre plus grosse, du genre qu'on utilise pour les portes blindées, attachées à un porte-clés représentant un papillon blanc.

— Montre... Non, lui ai-je répondu. Ce n'est pas à moi du tout. Où est-ce que j'aurais pu l'oublier ?

— Je ne sais pas, quand on a dormi ensemble, m'a suggéré Phalène. À Santorin ? Bon... Je demanderai à ma mère si ce ne sont pas ses clés.

Nous sommes restés à parler là tous les deux un petit moment, jusqu'à ce que sonne mon téléphone, posé sur la table.

— Cali... ai-je annoncé à Phalène, attendant sa réaction.

— Eh bien, décroche ! m'a-t-elle dit sans hésiter.

J'ai parlé un peu avec Cali.

— Il pensait nous rejoindre, ai-je cette fois annoncé à Phalène, plus ou moins sous forme de question, sans bien savoir ce qu'elle en penserait.

— Bien sûr, m'a-t-elle répondu. De toute façon, il va bien falloir que je m'habitue à lui. C'est ton meilleur ami, alors, j'imagine que c'est la personne que je verrai le plus après toi… si l'on reste ensemble.

— Ok. Cool…

— Et puis, tu sais, malgré tous ses défauts et son petit fond de misogynie, je l'aime bien. C'est quelqu'un d'intéressant.

— Ne lui dis surtout pas ! lui ai-je recommandé en riant. Il serait trop content.

— Et toi, mon chou, tu ne serais pas jaloux, par hasard ?

Cali a fini par arriver à vélo, et nous avons discuté tous les trois. Lui aussi semblait commencer à s'habituer à elle.

— Alors, c'est bien vrai toutes ces histoires ? nous a demandé Phalène. Et si on allait voir à quoi ça ressemble, La Nouvelle Athènes ?

Nous nous sommes rendus à l'adresse indiquée sur le site, rue de Buffon, non loin des quais. Je m'attendais à découvrir un lieu plein de mystères et inspirant, comme une maison du Moyen Âge à colombages, ou même, une ancienne église. Mais l'association était située dans un immeuble semi-récent sans aucun cachet ni aucune activité. Sur la porte fermée, il y avait quand même une affiche annonçant l'« atelier de présentation » du jeudi 8 octobre à 19 h 30.

— On y va ? nous a proposé Phalène avec enthousiasme. Jeudi, j'aurai terminé ma semaine de cours à Paris. Je peux revenir.

Nous avons passé la soirée, la nuit même, chez Cali. Plus tard, Phalène m'a confié qu'elle avait failli prendre ses jambes à son cou en découvrant le capharnaüm de sa maison.

— Comment peut-il vivre là-dedans ? Il ne fait jamais le ménage ?

Elle est repartie le dimanche soir, mais cette fois, je savais que je la reverrais.

Ma vie avait un peu commencé à changer, finalement.

*
* *

En attendant, je suis retourné à l'université, où la disparition du professeur Loeve faisait beaucoup de bruit. J'ai retrouvé Lauric, et maître Castille aussi. Il était revenu pour reprendre ses cours dès le lundi.

— Tu savais que La Nouvelle Athènes avait été cataloguée comme secte dans les années 1990 ? ai-je demandé à Lauric.

— Ce sont de vieilles histoires, m'a-t-il répondu. Elle a été sortie de la liste noire depuis longtemps.

À la fin de l'heure, nous sommes allés aux nouvelles auprès de maître Castille, mais il n'en avait pas. Les quelques jours passés seul à Santorin ne lui avaient pas permis d'en savoir beaucoup plus.

— Vous serez sans doute convoqués à Brisout, nous a-t-il quand même appris. Je crois qu'ils veulent interroger tous les participants au voyage.

De mon côté, je me suis risqué à lui parler de l'étrange cas du professeur Loeve et des découvertes que j'avais faites avec Cali.

— Il est vrai qu'il y a eu des rumeurs, nous a-t-il confié. Certains ont insinué que l'élection du professeur comme doyen de l'université avait été rendue possible grâce à l'infiltration du conseil d'administration par des mouvements d'extrême droite. Mais ce ne sont que des rumeurs. Je le connais et croyez-moi, il est tout à fait étranger à ce genre d'idéologie.

— Il faudra peut-être en parler à la police, lui ai-je suggéré.

— Je l'ai déjà évoqué avec eux, évidemment, m'a-t-il assuré. Vous imaginez bien que c'est le genre de détail troublant qui peut les orienter. C'est une piste, bien sûr.

Décidément, le portrait d'Eugène Loeve apparaissait de plus en plus obscur, et je finissais par me demander si Denis Vincenti n'avait pas raison, lui qui s'était toujours montré si plein de défiance envers le professeur.

J'ai justement revu Denis à la bibliothèque universitaire, un grand cube en tôle mal conçu. À l'intérieur, le sol était couvert d'une moquette marron, sale et mal collée, et le toit composé de grandes plaques de verre n'isolait rien du tout. L'hiver, il y faisait froid, et l'été, une chaleur étouffante. Il était bien difficile de travailler dans cette atmosphère bruyante ouverte à tous les vents, mais la plupart des étudiants venaient plutôt là pour séduire et bavarder. Moi – pour une fois – j'étais venu pour me plonger, enfin, dans les fameux dialogues de Platon contenant le récit de l'Atlantide. À la première lecture, je me suis demandé comment ces textes avaient pu être à l'origine de tant de fantasmes, à commencer par le *Critias*. Il décrit sur une vingtaine de pages l'histoire et la géographie de l'île mythique, énumérant les noms de tous les rois qui s'étaient succédé pendant des générations, avant de donner les dimensions de chacune des parcelles de terre de ce foutu continent perdu. D'un ennui mortel... Mais cette description chirurgicale de l'île était quand même la meilleure preuve de la véracité du récit. À quoi bon se perdre dans tous ces détails sans intérêt si l'Atlantide n'avait jamais existé ? Or, Platon insiste à plusieurs reprises : « Qu'il ne s'agisse pas d'une légende fabriquée, mais d'une histoire vraie, voilà qui est considérable ! » Une histoire racontée par le personnage de Critias, celle d'une guerre légendaire entre la Grèce et l'Atlantide qui se serait déroulée neuf mille ans auparavant.

Neuf mille ans... Je me souvenais de la fameuse formule du professeur Loeve : « La vraie question n'est pas de savoir *où* a disparu l'Atlantide, mais *quand*. » S'il s'agit bien d'une histoire vraie, d'où Platon la tenait-il ? J'ai donc essayé de remonter le fil des événements à partir du texte et de quelques manuels de premier cycle, pour reconstituer une sorte de chronologie. Platon est né à Athènes vers le dernier quart du ve siècle, en 428 ou 427 avant Jésus-Christ. Il appartenait à l'une des familles les plus influentes de la cité. En 404, alors qu'il est âgé d'une vingtaine d'années, une dictature est instaurée à Athènes, le régime des Trente, dont fait partie le fameux Critias, le propre oncle de Platon, un tyran sanguinaire lui-même assassiné à la chute du régime qui a tenu moins d'un an. Le rétablissement de la démocratie n'empêche pas le procès et la condamnation à mort de Socrate, cinq ans plus tard, en 399. Après la mort de son maître, Platon renonce à toute ambition politique et fonde sa propre école de philosophie en 387, l'Académie. Sa vie oscille alors entre Athènes et la Sicile, où il fait plusieurs voyages pour conseiller Denys l'Ancien, le tyran de Syracuse. Platon est mort en 347 avant Jésus-Christ, à quatre-vingts ans. Un âge vénérable pour l'époque !

Le *Timée* et le *Critias* semblent avoir été rédigés vers la fin de sa vie, autour des années 360 ou 350. Et si les deux dialogues sont souvent associés, c'est qu'à l'origine, ils devaient faire partie d'une trilogie mettant en scène quatre personnages, Timée, Critias, Hermocrate et, bien sûr, Socrate. Le *Timée* décrit l'origine du monde et de l'Homme et le *Critias*, la création de la société. Mais le dialogue est inachevé, ou du moins, il manque la fin. Quant au dernier volet de cette saga philosophique qui aurait dû s'intituler *Hermocrate*, il n'a même jamais été écrit, si bien qu'on ignore de quoi il aurait pu traiter. La discussion évoquée dans le *Critias* se serait déroulée vers 425 avant Jésus-Christ, à l'époque même de la naissance de Platon. Le personnage nommé Critias y rapporte justement le récit que le fameux Solon aurait fait à l'un de ses aïeux, « Critias l'Ancien », quelque cent cinquante ans plus tôt. Vers 600 avant Jésus-Christ, lors d'un voyage en Égypte, un prêtre aurait raconté à Solon la légende de l'Atlantide, une histoire conservée dans les archives égyptiennes depuis huit mille ans.

Alors que je me perdais moi-même dans toutes ces dates, ces siècles et ces noms, une voix familière mais désagréable m'a sorti de mes livres.

— Cher Étienne ! Quelle surprise !

J'ai relevé la tête pour découvrir le visage poupin de Denis Vincenti. Il était seul pour une fois.

— Comment va ? m'a-t-il demandé d'un ton mielleux tout en restant debout à côté de moi.

— Ça va, lui ai-je répondu, un peu étonné qu'il m'adresse la parole.

— Je vois que notre cher disparu a fini par te convertir, m'a-t-il lancé en pointant du doigt le livre que je tenais dans les mains. Il n'y a bien que lui pour croire à toutes ces histoires. Le fait que la plupart des étudiants le considèrent comme un philosophe m'étonnera toujours ! Tout le monde sait que l'Atlantide est une pure fiction ! En tout cas, quand on prétend connaître Platon, il n'y a pas lieu d'en douter. À l'époque, ses propres disciples n'y croyaient pas, à commencer par Aristote. C'est ce que rapporte Strabon dans sa *Géographie*, en tout cas. Tu l'as lue bien sûr !

J'étais fasciné par la capacité de Denis Vincenti à se montrer toujours horripilant, quoi qu'il dise. D'un autre côté, s'il y avait bien une personne qui pouvait m'aider à explorer le côté sombre du professeur Loeve, c'était lui. Alors, j'ai fait comme si je n'avais rien entendu pour en savoir un peu plus.

— Bon, mais à part ça, lui ai-je demandé, qu'est-ce qui ne te plaît pas chez le professeur Loeve ?

— Oh ! s'est-il exclamé d'un air sarcastique. Le « professeur » Loeve ! Un titre bien ronflant pour un illuminé. Enfin, tant qu'il y en a qui y croient…

— Et pourquoi tu dis ça ?

— Eh bien, si mes lumières peuvent servir à quelqu'un, je t'apprendrai qu'Eugène Loeve a des conceptions philosophiques bien étranges, ou du moins, peu académiques. En fait, il est proche d'un courant de pensée traditionaliste que les Américains appellent « *perennialism* ». Un mélange nauséabond entre la philosophie, l'ésotérisme et pour tout dire, une idéologie réactionnaire.

— Comment ça ?

— Tu dois savoir que le mythe de l'Atlantide, c'est le credo des pensées d'extrême droite qui vivent dans la nostalgie d'un âge d'or, m'a-t-il répondu. Un âge d'or qui serait celui d'une race en or, une race pure, sans mélange, si tu vois ce que je veux dire.

— J'ai quand même du mal à imaginer qu'il puisse croire à ce genre de chose.

— Pourtant, il n'y a pas beaucoup d'efforts à faire. Le « professeur » Loeve, comme tu l'appelles, fait partie de ces gens qui dénoncent la décadence de la civilisation occidentale. Ils imaginent que le cours de l'histoire humaine est fait de cycles répétitifs, allant de l'âge d'or au déclin. Des ennemis de la modernité, en somme, qui te diront que l'humanité court à sa perte, que l'Histoire est une chute et que le Déluge nous attend. C'est la haine du progrès, du changement et du mélange – des races en particulier –, tout cela enrobé dans de vagues références mythologiques. Bref, c'était mieux avant !

Denis Vincenti avait beau être insupportable, je devais admettre que son résumé collait assez bien avec tout ce que le professeur Loeve m'avait raconté, l'air de rien. Était-il possible que je me sois trompé sur lui ? J'aurais pu, moi aussi, me laisser abuser par l'apparente sérénité du vieux sage qui cachait peut-être bien son jeu. Et tant mieux s'il avait disparu, alors.

Après cette discussion qui m'avait plutôt laissé un goût désagréable, j'attendais avec impatience le jeudi soir, pour découvrir La Nouvelle Athènes, et étudier de plus près le cas étrange du professeur Loeve.

9

La Nouvelle Athènes

Il faisait déjà nuit, ce jeudi soir, à 19 heures. Il faisait froid aussi. La porte de l'immeuble était ouverte. Passé le porche d'entrée, nous nous sommes retrouvés dans la cour intérieure. Il y avait un peu de monde, déjà, des gens de tous âges, une quarantaine, peut-être, des curieux, sans doute, plus ou moins agglutinés autour d'une longue table dressée contre le mur. Là, une demi-douzaine de jeunes servaient un pot d'accueil, se proposant d'offrir à boire, et un peu à manger. Nous sommes restés dans notre coin un moment, Phalène, Cali et moi, ne sachant pas trop à qui parler, avec le sentiment d'être là en tant qu'observateurs. Parmi les jeunes qui accueillaient les visiteurs, j'ai tout de suite remarqué la grande blonde. Elle était plutôt mal habillée, avec un long manteau couleur saumon entrouvert sur un petit haut blanc en dentelle assez transparent. Ses jambes étaient interminables et son jean serré laissait deviner qu'elle était très bien foutue.

— Ça va mon chou ? m'a demandé Phalène d'un ton sec, me sortant de mes pensées imagées. Je ne te dérange pas ?

— Mais… euh.

C'est tout ce que j'ai réussi à répondre.

— Fais attention, a-t-elle ajouté, tu vas marcher sur ta langue.

La blonde se prêtait à un drôle de manège. Elle faisait manifestement partie des jeunes de l'association. Je l'ai vue échanger quelques mots avec un type à lunettes assez quelconque. Mais elle lui parlait de très près, tout en lui posant la main sur l'épaule, comme s'ils flirtaient. Ensuite, elle s'est adressée à un autre garçon du groupe, en se collant aussi à lui, l'effleurant avec sa main, ici ou là. C'était le genre de fille très tactile qui semblait chercher à séduire, constamment. La sirène de La Nouvelle Athènes.

L'ambiance était vraiment bizarre. Je n'arrivais pas à savoir si j'étais mal à l'aise ou si je me sentais bien. Ces jeunes qui nous recevaient étaient très accueillants, chaleureux, et paraissaient très ouverts d'esprit. On se serait cru au milieu d'une fête de voisins ou, mieux, chez des étudiants en colocation, dans une ambiance détendue, un brin festive. Un moment, un autre jeune de l'association est arrivé. Il s'est jeté dans les bras de chacun des autres, comme s'ils ne s'étaient pas vus depuis des années. Ils se sont fait l'accolade, à l'américaine. Ils avaient tous l'air de se connaître depuis toujours et de s'apprécier, infiniment. Trop, peut-être. Il y avait un truc qui clochait dans cette débauche de signes d'affection et de témoignages d'amitié. D'autant qu'ils se montraient tout aussi enthousiastes envers les visiteurs comme nous.

— La vérité, c'est trop chelou ici, s'est dit Cali à voix haute.

Au bout d'un moment, ils nous ont invités à tous gagner la porte située dans le fond de la cour. Nous sommes entrés dans une pièce étroite sans aucune fenêtre, toute en longueur, aménagée en salle de classe, où avaient été disposées de nombreuses chaises. Une bibliothèque remplie de livres courait sur l'un des murs du côté, et sur celui d'en face étaient affichés quelques portraits, des photos de bustes antiques, des philosophes, sans doute. Tout le monde s'est assis face à la petite estrade située au bout de la pièce. Il y avait là une table, deux chaises et dans un coin, un paperboard. Phalène, Cali et moi nous sommes placés un peu devant, le plus près possible de la porte qui se trouvait sur le côté, entre l'estrade et les chaises. Les deux autres savaient que je préférais me mettre non loin d'une sortie. Je risque de paniquer sinon.

Nous avons attendu un petit peu, et puis, il est entré.

Frédéric Schwartz.

Je l'ai tout de suite reconnu, avec ses cheveux en bataille grisonnants et ses airs d'éternel adolescent alors qu'il devait avoir une cinquantaine d'années, le visage souriant, avenant, rassurant. Il portait un pull en lin à col rond et lâche, avec des manches qui bâillaient un peu, comme s'il n'avait pas voulu faire d'efforts pour s'habiller, ou plutôt, comme s'il n'attachait aucune importance à son apparence physique. D'une certaine manière, on percevait tout de suite, à travers son air négligé, l'exigence de la sobriété, et la ferme volonté d'apparaître comme un homme simple.

— Vas-y le faux mec ! m'a glissé Cali.

— Pourquoi tu dis ça ?

— Il a une fortune personnelle estimée à quatorze millions avec tous ses bouquins, m'a-t-il appris. Et là, il se met un pull à trois euros. Genre…

J'étais loin de partager les sarcasmes de Cali. De mon côté, j'étais plutôt impressionné par Frédéric Schwartz. Je ne savais pas bien comment Phalène le vivait, mais ça me faisait drôle de me retrouver dans la même pièce que ce personnage connu. Il avait toujours habité à Rouen, mais moi, c'était bien la première fois que je le voyais en vrai. Pendant un petit moment, il est resté dans son monde et dans son coin, semblant à peine avoir remarqué le public. Il faisait les cent pas sur l'estrade, regardant tour à tour son téléphone et le mur, comme s'il méditait, ou plutôt, comme s'il avait le trac et se concentrait avant d'entrer en scène, enfin.

— Bonsoir à tous, a-t-il fini par nous dire avec bonne humeur. Certains d'entre vous me connaissent, peut-être… Mais peu importe. Ce qui importe ce soir, ce n'est pas moi, c'est vous ! D'où le titre que j'ai voulu donner à cet atelier découverte : « Connais-toi toi-même ». Vous connaissez sans doute l'origine de cette célèbre formule… Oui, monsieur ?

Un homme au crâne dégarni, lunettes à grosse monture des années 1970, venait de lever la main.

— C'est de Socrate ? s'est-il risqué à répondre en regardant ses voisins, le sourire en coin, comme s'il était tout à la fois peu sûr de sa réponse et content de se faire remarquer.

— Je vois que nous avons affaire à un spécialiste ! s'est amusé Frédéric Schwartz, lançant un regard complice à l'homme à lunettes. C'est vrai que la tradition attribue cette formule à Socrate, mais elle n'est pas vraiment de lui, en fait.

— C'est une phrase inscrite sur le fronton du temple d'Apollon à Delphes, a tout à coup lancé Phalène en levant la main, avant de se trouver ridicule. Enfin, c'est ce que j'ai cru comprendre...

Cali et moi l'avons tous les deux fusillée du regard, manière de lui dire « Mais qu'est-ce qui te prend ? On n'est pas là pour ça ! » Chassez le naturel, il revient au galop...

— Mademoiselle a raison ! s'est exclamé Frédéric Schwartz en s'adressant à l'ensemble de l'assistance, pour flatter Phalène, sans doute. D'ailleurs, la phrase complète est plutôt : « Connais-toi toi-même... et tu connaîtras l'Univers et les dieux. » Et là, je vois monsieur qui se demande encore : « Mais qu'est-ce qu'il raconte ? » Et puis : « Qu'est-ce qu'on en a à faire ? » Des dieux, surtout...

Frédéric Schwartz m'a fait d'emblée une très bonne et très forte impression. Interpellant sans cesse son auditoire comme un humoriste, dans un style détendu, avec des mots ordinaires, il parlait toujours avec légèreté, bien loin des clichés du philosophe que nous pouvions avoir, les autres et moi-même. Il disait de manière simple des choses profondes, semblait-il, sans s'encombrer d'un jargon pour noyer le poisson.

Il faisait mouche à chaque fois, et autour de moi le public était conquis, à commencer par le fameux monsieur à lunettes.

— C'est vrai, ça ! poursuivit-il, « Dieu est mort », comme dirait Nietzsche. Grâce au progrès des sciences, les croyances religieuses ont reculé – et heureusement, me direz-vous. Quand il y a de l'orage, on sait que ce n'est pas Zeus qui lance un éclair parce qu'il est en colère ! La science et la technique nous offrent des moyens plus efficaces pour prévoir la météo. Et pour connaître l'Univers, il vaut mieux se servir d'un télescope, vous ne trouvez pas ?

Tout le monde s'est un peu regardé, et j'ai entendu un brouhaha monter dans le public qui faisait des remarques du genre : « Il a raison », « C'est tellement vrai », etc.

— Maintenant, reprit Frédéric Schwartz, cette accumulation de sciences et de technologies constitue-t-elle vraiment un progrès ? Nous rend-elle vraiment meilleurs ? Nous savons fabriquer des téléphones intelligents, mais pour nous dire quoi ? Nous construisons des trains à grande vitesse, mais pour aller où ? Où sommes-nous si pressés de partir ? Nous ne le savons même pas ! Ce que je veux dire, c'est que nous savons tellement de choses, et pourtant, la science ne nous apporte aucune réponse sur les questions essentielles : D'où venons-nous ? Où allons-nous ? Comment faut-il vivre ? La vie a-t-elle seulement un sens ? « Connais-toi toi-même… et tu connaîtras l'Univers et les dieux. » Cette phrase nous invite à réfléchir sur le sens même de notre existence, afin de découvrir, peut-être, des vérités inaccessibles à la science… Oui, monsieur ?

Cette fois, c'était Cali qui avait levé la main, à mon grand étonnement. Comme d'habitude, j'étais très inquiet de ce qu'il pourrait dire, et j'avais bien raison. Il a carrément mis les pieds dans le plat.

— 'Scusez-moi, m'sieur, a-t-il commencé, mais c'est quoi ces vérités ? Je veux dire… est-ce que La Nouvelle Athènes est une secte ?

Dans le genre mission d'infiltration discrète, c'était plutôt raté.

— Eh oui, monsieur ! Vous avez tout compris ! Je me rends ! J'avoue ! C'est une secte ! a répondu Frédéric Schwartz avec un grand sourire, emportant les rires de toute l'assistance. Après… tout dépend de ce que vous appelez une secte. Si vous pensez à un groupe qui manipule l'esprit de ses membres et les empêche de penser par eux-mêmes, je vous renverrai volontiers à notre société occidentale : les discours politiques qui nous disent pour qui voter, les médias qui nous disent quoi penser et les publicités qui nous poussent à la consommation…

Du coin de l'œil, j'ai vu Cali baisser sa garde, lui que je savais si sensible à ce genre de discours.

— Non, poursuivit Frédéric Schwartz qui avait pris un air plus sérieux. À l'origine, une secte n'est rien d'autre qu'un groupe de personnes qui ont en commun une certaine manière de vivre et de voir le monde. C'est le sens étymologique, d'ailleurs… Le latin *secta* signifie « ligne de conduite » ou « manière de vivre ». Il faut savoir que la plupart des philosophes de l'Antiquité avaient leur école. Platon a fondé l'Académie, Aristote, le Lycée, et les adeptes d'Épicure vivaient au sein d'une communauté appelée « le Jardin ».

— Et c'étaient des sectes ? a demandé Cali.

— Si vous voulez. Il faut dire que la philosophie de l'époque était bien différente de celle d'aujourd'hui. Il ne s'agissait pas seulement d'avoir une bonne note au bac puis de jeter tous ses cours à la poubelle et de passer à autre chose. Aujourd'hui, les gens se demandent : « à quoi ça sert, la philosophie ? », en se disant plutôt que ça ne sert à rien, d'ailleurs... Mais les philosophes de l'Antiquité comme Platon ne se posaient pas ce genre de question. Pour eux, « être philosophe » revenait à adopter un certain mode de vie, voire une certaine hygiène de vie au sein d'une communauté. Et c'est ce retour à une philosophie antique authentique que vous propose La Nouvelle Athènes... si vous le voulez, bien sûr.

— Et quel genre de vie ? a demandé le monsieur à lunettes.

— Des exercices « spirituels », comme la pratique de la méditation par exemple...

— Excusez-moi, l'a encore interrompu l'autre qui espérait sans doute se montrer critique, mais à quoi elle sert, cette méditation ?

— À votre avis ? répondit Frédéric Schwartz avec sa repartie habituelle. Votre but dans la vie, c'est quoi ? Pourquoi faites-vous tout ce que vous faites ?

— Eh bien je ne sais pas... Pour être heureux ? proposa l'homme à lunettes.

— Alors, soyez rassuré ! C'est le seul but de la philosophie antique : montrer la voie qui mène au bonheur. La « méditation », vous savez ce que ça veut dire ?

— C'est une sorte de réflexion... C'est réfléchir, hasarda l'autre.

— Bien, monsieur ! reprit Frédéric Schwartz. Mais réfléchir à quoi ? Sur quoi ? Là encore, je peux vous ramener à l'étymologie. Le terme « méditation » a la même origine que tout ce qui est médical... Ça vient du latin *medeor, meditor*, qui signifie « soigner ». Sauf que ce n'est pas le corps que l'on soigne, c'est l'âme ou l'esprit... Un genre de traitement spirituel pour atteindre la sérénité, être heureux... être « zen », comme on dit. D'ailleurs, le fameux Épicure préconisait ce qu'il appelait le « quadruple remède », *tetrapharmakon* en grec. Une sorte de prescription à suivre pour se guérir de ses angoisses « existentielles » et parvenir au bonheur. Alors, si vous voulez que je vous fasse une ordonnance, n'hésitez pas à me consulter, a-t-il conclu avec humour.

À la fin de la conférence qui s'était poursuivie encore un moment, la salle s'est peu à peu vidée et le public a rejoint la cour intérieure, où un « pot de l'amitié » était encore offert. Cali avait envie de partir, mais Phalène préférait rester un moment, « pour voir ». Frédéric Schwartz faisait le tour des différents groupes de visiteurs qui avaient encore beaucoup de questions à lui poser. Un moment, c'est l'homme à lunettes accompagné de sa femme qui lui a tenu la jambe. J'ai cru remarquer que Frédéric

Schwartz s'impatientait, ou plutôt qu'il semblait distrait. Pendant que l'autre lui parlait, il jetait des regards aux quatre coins de la cour, comme s'il cherchait quelqu'un. Il a fini par poser les yeux sur nous, de loin, pour ne plus nous lâcher, nous fixant d'un air impénétrable.

— Je crois qu'on est repérés, ai-je fait remarquer aux deux autres.

— C'est nous qu'il regarde ? a demandé Cali.

— Ah ça ! lui a reproché Phalène. Si tu n'avais pas encore cherché à faire le malin…

— Tu rigoles ! lui a-t-il répondu. C'est toi qui as refait ton numéro de madame Je-sais-tout.

À ce moment, j'ai vu Frédéric Schwartz nous faire un sourire en relevant les sourcils, de loin, comme s'il saluait de vieilles connaissances. Il a fini par s'excuser auprès de l'homme à lunettes pour s'approcher de nous. J'étais très perplexe devant le personnage, mais je me sentais quand même flatté qu'il veuille s'entretenir avec nous, en particulier. Finalement, c'est à Phalène qu'il s'est adressé.

— Bonsoir… J'ai cru deviner que ma petite présentation vous avait intéressée, lui a-t-il dit pour entamer la conversation. Je me trompe, mademoiselle… ?

— Mejor, a-t-elle répondu. Nous sommes des étudiants du professeur Loeve, en fait, a-t-elle lâché pour voir la réaction de Frédéric Schwartz.

— Oui… et ? s'est-il contenté de dire en évitant soigneusement de rentrer dans son jeu.

Je me disais moi-même qu'elle n'avait pas été très subtile.

— Et c'est le professeur qui nous a parlé de votre association, a poursuivi Phalène, espérant sans doute que Frédéric Schwartz se dévoile un peu plus.

L'effet fut désastreux.

— Et quand l'avez-vous vu ? lui a-t-il demandé avec un sourire malin. Le professeur Loeve a disparu… Mais vous le savez sûrement. Alors, je ne vois pas bien quand il vous aurait parlé.

D'un coup, j'ai senti un malaise, la peur chez Cali et Phalène qui perdait tous ses moyens.

— Non, mais ce n'est pas grave, a-t-elle balbutié. On ne va pas rester, de toute façon. Merci pour tout, c'était très intéressant…

Phalène a tourné les talons en nous faisant signe de lui emboîter le pas. Cali ne s'est pas fait prier.

— Voilà, a-t-il dit en s'enfuyant. C'est bon pour nous, on se connaît assez soi-même…

— Ne les écoutez pas trop, monsieur, ai-je ajouté à l'adresse de Frédéric Schwartz, de peur qu'il ait une mauvaise image de moi, allez savoir pourquoi.

Les deux autres étaient déjà sur le pas de la porte quand je me suis enfin décidé à les suivre. Trop tard.

— Étienne, c'est ça ? m'a lancé Frédéric Schwartz en me rattrapant au vol de sa voix douce.

— Euh… oui.

— Étienne, a-t-il repris en esquissant un sourire, paisible. N'hésitez pas à revenir… quand vous vous sentirez plus libre… Je vois que vos amis vous retiennent un peu. Ils ne peuvent pas comprendre. Mais vous, n'hésitez pas... j'aurai sûrement des réponses aux questions que vous vous posez...

*
* *

— La vérité ! Comment j'ai trop flippé ma mère ! répétait Cali.

Nous nous sommes réfugiés chez lui après avoir pris nos jambes à notre cou, nous retrouvant un peu comme à l'auberge de jeunesse en Crète, Cali installé à son bureau devant son ordinateur, Phalène et moi assis l'un à côté de l'autre sur le lit. Il ne manquait plus que Lauric.

— Vous avez vu ? a renchéri Phalène, il n'avait même pas l'air surpris quand on lui a parlé du professeur Loeve... Comme s'il s'y attendait, comme s'il nous attendait.

— C'est vrai, lui ai-je concédé. Il savait même comment je m'appelle... Il m'a proposé de revenir, vous savez.

— Et tu comptes y retourner ? m'a demandé Phalène.

Je leur ai montré le dépliant que j'avais emporté après la réunion. C'était la grande blonde qui me l'avait donné. « Un premier cycle d'ateliers d'une durée de quatre mois autour des mythes platoniciens, 200 euros. Pour ceux qui le souhaitent, un second cycle d'approfondissement après un entretien d'évaluation ».

— C'est un piège ! m'a prévenu Cali. Leur trip de méditation et tout et tout... c'est une société secrète, c'est évident ! Je suis sûr qu'ils font des sacrifices. Un jour, ils vont te proposer de les suivre dans la cave pour t'initier à un grade supérieur. Et là, bang ! Comme Joe Pesci qui croit passer caïd dans *Les Affranchis*.

— Il ne faut pas exagérer, nuança Phalène, on n'est pas dans un film.

— Mais c'est la réalité ! insista Cali. L'ordre du Temple solaire, tu connais ? La secte des années 1990 qui croyait descendre des Templiers et promettait à ses adeptes d'envoyer leur âme en « transit » vers la planète Sirius... Résultat : près de quatre-vingts morts dans des suicides collectifs, ou plutôt, des massacres perpétrés aux quatre coins du monde, en Suisse, en France et au Canada !

— C'est vrai, lui ai-je concédé, mais c'est un cas vraiment exceptionnel.

— Tu rigoles ! m'a-t-il répondu. Et Waco en 1993 ? Heaven's Gate en 1997 ? Trente-neuf morts. Et même sans aller jusqu'au meurtre, il y a des sectes qui font subir des sévices à leurs membres, sous couvert de leur apporter le bonheur.

— Comme quoi, par exemple ? lui ai-je demandé.

— Je vais te montrer, m'a répondu Cali en pianotant sur le clavier de son ordinateur. En quelques clics, il a ouvert une page intitulée « La Famille internationale ».

— Tu vois, nous a-t-il fait remarquer, on dirait vraiment une association de boy-scouts bien sous tous rapports et tout à fait inoffensive, qui vient en aide aux pauvres. En fait, « La Famille » s'appelait avant « Les Enfants de Dieu ». Elle a été fondée à la fin des années 1960 par un certain David Brandt Berg qui se faisait appeler David-Moïse... Et derrière les murs de cette gentille association chrétienne, on pratiquait le viol systématique de filles mineures.

— Et tu as lu ça où ? lui ai-je demandé.

— Eh bien là, sur Internet.

— Ça m'aurait étonné ! se moqua gentiment Phalène.

— Mais il n'y a pas que des bêtises sur Internet, madame Je-sais-tout ! lui répondit Cali.

Il a ouvert une nouvelle page intitulée « Miviludes », estampillée par le Premier ministre.

— « Mission interministérielle de vigilance et de lutte contre les dérives sectaires » ! nous a lu Cali, tout fier de sa trouvaille. Vous n'allez pas me dire que c'est un site conspirationniste ! C'est écrit là : « Certains mouvements à caractère sectaire ont une dimension internationale et ont adopté une structure hiérarchisée, à la fois supranationale et nationale, afin de développer leurs activités sur l'ensemble de la planète. »

— Non, mais La Nouvelle Athènes n'a rien à voir avec ça, lui ai-je objecté. On propose seulement des cours de philosophie ou de méditation...

— Étienne a raison, renchérit Phalène. Tu imagines Frédéric Schwartz, le roi du best-seller, en gourou de secte ?

— Bien sûr, mademoiselle ! C'est complètement idiot, ironisa Cali. On n'a jamais vu de star mondiale appartenir à une secte internationale et lui reverser dix pour cent de son salaire. Tu imagines Tom Cruise ou John Travolta dans une secte ?

Phalène et moi nous sommes regardés un instant, en silence, tout à la fois désemparés et convaincus.

— Oui, bon… faut voir, me suis-je contenté de répondre.

— Moi, ce que j'en dis, a ajouté Cali. C'est pour toi… Fais gaffe, c'est tout.

— Cali a raison, finit par admettre Phalène en se tournant vers moi. Dans le fond, moi aussi j'ai un peu de mal à croire ces histoires de méditation spirituelle ou je ne sais quoi… Je me méfie toujours de ce genre de discours. Alors, fais attention, mon chou… Tu veux bien ?

Elle s'est blottie tout contre moi pour s'accrocher à mon épaule et m'embrasser. Cali s'est endormi en bas, sur le canapé, devant un film, nous laissant son lit, encore une fois. Il était quand même généreux malgré ses airs de ne pas trop apprécier ma copine. Mais entre sa maison, celle de la mère de Phalène et l'appartement de la mienne, notre histoire manquait beaucoup d'intimité, à Rouen. Heureusement, le week-end promettait d'être un peu plus romantique. Pour la première fois, je devais partir avec Phalène, chez elle, à Paris.

— J'ai promis à ma mère de déjeuner avec elle avant de rentrer, m'a-t-elle annoncé le matin. Tu m'accompagnes ?

— Si tu veux, ai-je hésité, mais je ne sais pas trop… Ce n'est pas un peu tôt ? Qu'est-ce qu'elle va dire ?

Phalène a pris mon bras et m'a murmuré quelques mots à l'oreille, comme si elle avait un secret à me confier.

— Si tu veux tout savoir, m'a-t-elle avoué, c'est elle qui m'a proposé de t'inviter. Je crois qu'elle aimerait beaucoup te connaître. Tu l'intrigues parce que tu me plais…

— Alors, il ne faut pas décevoir belle-maman, me suis-je amusé, faisant rire Phalène.

Nous avons sonné vers midi à la porte d'une maison de ville en briques rouges située dans le quartier du Boulingrin, non loin de l'ancien Bateau ivre, un bar qui avait fait les belles nuits de Rouen, fermé depuis dix ans. La mère de Phalène nous a ouvert, très souriante, m'accueillant comme si nous étions familiers, déjà.

— Étienne, c'est cela ? m'a-t-elle gentiment demandé. Phalène m'a beaucoup parlé de vous.

Suzanne Mejor était encore une très belle femme. Elle avait quarante-cinq ans et beaucoup d'allure, si bien qu'elle en paraissait dix de moins. Ses longs cheveux bruns étaient impeccablement coiffés, et les traits fins de son visage soulignés par un maquillage léger. Elle semblait porter une grande attention à son apparence, et j'imaginais qu'elle avait dû être l'objet de tous les désirs. Phalène avait tout de sa mère.

Derrière la modeste façade qui donnait sur la rue, j'ai découvert une grande maison. La mère de Phalène nous a conduits à travers la salle de séjour remplie de livres et de bibelots pour nous faire emprunter un escalier en colimaçon qui menait au rez-de-jardin. Nous avons déjeuné sous la véranda, plutôt ensoleillée malgré la saison.

— Maman est prof de lettres classiques à Flaubert, m'a rappelé Phalène. Tu fais aussi les prépas, c'est ça, maman ?

— C'est cela, ma fille !

Elle disait toujours « ma fille » sur le ton de la plaisanterie. Durant tout le déjeuner, elle fut aux petits soins pour moi. Pendant un moment, je me suis mis à rêver qu'elle était ma mère, ou du moins que je trouvais ici l'affection maternelle que je n'avais jamais connue. En fait, au bout d'une heure à peine, je me sentais plus proche de Suzanne que de ma propre génitrice, avec laquelle j'avais si peu de points communs.

— Tu sais que maman connaît un peu Frédéric Schwartz ? m'apprit Phalène.

— Un peu, m'a confirmé Suzanne. On s'est croisés pendant nos études. Un type qui ne m'a jamais mise très à l'aise...

— Maman a connu le professeur Loeve, aussi ! m'a encore appris Phalène.

— Ah bon ? Mais tu ne me l'avais jamais dit !

J'étais vraiment très étonné. D'un autre côté, cela pouvait sans doute expliquer toute l'attention que Phalène avait portée au professeur, en Crète.

— Il ne faut pas exagérer, ma chérie, a nuancé sa mère. Je l'ai un peu connu. Nous nous sommes surtout vus en 1998 à l'occasion du colloque à Naples.

— Ah oui ! Le fameux colloque ! ajouta Phalène d'un air entendu.

— Pourquoi le fameux colloque ? lui ai-je demandé.

— C'est là que maman a rencontré papa ! m'a-t-elle glissé avec un petit clin d'œil. Mais le professeur Loeve… qu'est-ce qu'il faisait là ? a-t-elle quand même demandé, me laissant deviner que, manifestement, elle n'était jamais parvenue à en savoir beaucoup plus jusqu'ici.

— Je ne sais plus exactement, a répondu Suzanne un peu sèchement. Le colloque était consacré à la rhétorique antique. J'étais là comme doctorante, et le professeur devait parler des liens entre Cicéron et l'Académie de Platon, je crois… Tu veux autre chose, Étienne ? m'a-t-elle demandé, semblant se couper la parole à elle-même. Mais vous voulez peut-être y aller, tous les deux ?

— Ne t'inquiète pas, maman ! l'a rassurée Phalène. Notre train n'est que dans deux heures. Enfin… sauf si Étienne…

— Aucun problème ! ai-je assuré. Je me sens vraiment bien ici !

Après le déjeuner, Suzanne nous a proposé de prendre le café au salon, à l'étage. Comme à mon habitude, ma mauvaise habitude pour tout dire, j'ai jeté un œil sur les tranches des livres rangés dans la bibliothèque.

— Vous avez travaillé sur Cicéron ? ai-je demandé à Suzanne tout en continuant à regarder les rayonnages.

— Oh, c'était il y a longtemps, m'a-t-elle répondu d'un air rêveur, en regardant Phalène de la tête aux pieds. J'ai fait ma thèse de doctorat là-dessus. J'ai presque tout oublié, d'ailleurs… même si je garde une tendresse toute particulière pour Cicéron…

— Ne te fais pas d'illusions, mon chou, est intervenue Phalène, qui voyait très bien où je voulais en venir. J'ai parlé à maman du manuscrit de Genève, évidemment. Mais elle ne voit pas le rapport avec l'Atlantide, ni même avec Platon.

Suzanne semblait désormais un peu partie dans ses pensées, fixant un arbre par la fenêtre de son salon. Elle souriait.

— Allez, maman ! a lancé Phalène en se levant. On te laisse. Je t'appelle en arrivant.

— C'est ça, lui a répondu sa mère sans quitter son arbre des yeux. Au revoir, ma chérie...

Nous avons pris le train pour Paris, et j'ai passé le week-end chez Phalène, dans son appartement de la rue Lamarck, au pied de la butte Montmartre. Je sais que c'est un peu cliché, avec un côté « Phalène Poulain », mais que voulez-vous, c'est la vérité. Dans les deux ou trois bistrots des Abbesses où nous sommes allés, je n'ai rien réussi à manger, mon désir et la douceur du moment me tordaient encore l'estomac.

— Je crois vraiment que tu as une incapacité au bonheur, mon chou, m'a-t-elle affirmé.

Nous nous sommes offert une promenade à travers les rues pavées et les escaliers, à la lumière des lanternes typiques du quartier.

— Viens ! m'a-t-elle lancé au milieu de l'avenue Junot. Il faut que je te montre quelque chose.

Phalène m'a emmené villa Léandre, dans une petite impasse typiquement londonienne, perdue au milieu de Montmartre, avec ses façades anglaises et ses belles portes blanches évoquant le 10, Downing Street.

— Et maintenant, quelle est la suite du programme ? m'a-t-elle demandé d'un air coquin en se collant à moi lorsque nous nous sommes retrouvés assis sur son canapé.

J'avais le sentiment de vivre enfin, auprès d'elle.

10

La caverne

De retour à Rouen sous un ciel maussade, j'ai suivi les cours de monsieur Castille en passant l'essentiel de mon temps avec Lauric, dont je m'étais rapproché depuis le voyage en Crète. Sa présence désormais familière me rappelait de bons souvenirs et compensait un peu l'absence de Phalène, restée à Paris.

— Alors, vous êtes allés voir à La Nouvelle Athènes ? m'a-t-il demandé. Qu'est-ce que tu en as pensé ?

— Je ne sais pas trop, lui ai-je avoué. Il y a quelque chose de très louche, mais je ne sais pas quoi...

Pour tout dire, j'attendais avec impatience le jeudi soir pour retourner enfin rue de Buffon et percer un peu plus le mystère de cette Nouvelle Athènes. J'étais assez excité, persuadé que certains secrets me seraient révélés, sur le professeur Loeve, sur le mythe de l'Atlantide, et sur moi-même aussi. J'ignorais alors que j'allais pénétrer dans une caverne aux allures de labyrinthe souterrain pour commencer une véritable descente aux enfers.

*

* *

Quand je suis arrivé, la cour intérieure était déserte. J'ai aperçu la grande blonde qui faisait l'accueil sur le pas de la porte de la salle de classe.

— Bonjour ! m'a-t-elle lancé avec un grand sourire avant de poser la main sur mon épaule. Heureuse de te voir parmi nous.

Quand je suis entré, d'autres personnes étaient déjà là. Il y avait beaucoup moins de monde que la première fois, forcément. Ceux que les paroles de Frédéric Schwartz avaient séduits, sans doute. J'avais l'impression de me retrouver chez les Alcooliques Anonymes, ou quelque chose comme ça. Il y avait le vieux monsieur à lunettes qui, malgré ses efforts désespérés pour se donner l'air sceptique, était quand même revenu. Et sinon, plutôt des jeunes, d'une vingtaine ou d'une trentaine d'années, habillés avec des pulls démodés, sans goût, l'air un peu trop catholique et coincé. Une dizaine de personnes au total. « Des gens dont on devine qu'ils sont prêts à croire à n'importe quoi », ai-je pensé.

— Bonsoir, ai-je lancé d'une petite voix, espérant ne pas trop me faire remarquer.

Frédéric Schwartz était déjà là, sur son estrade, à faire les cent pas et se gratter la tête. Il a esquissé un sourire tout juste poli, comme s'il ne me reconnaissait pas vraiment, et dans le fond, j'étais un peu déçu, presque vexé.

— Bonsoir à tous, a-t-il commencé dès que je me suis assis. Merci d'être là. Enfin, j'imagine que si vous êtes là, c'est que vous cherchez tous quelque chose, ou du moins, vous sentez, au fond de vous, qu'il y a quelque chose à trouver. Mais quoi ? « Connais-toi toi-même », disions-nous... Donc c'est cela. Ce que vous cherchez, c'est vous-mêmes !

Se tenant debout sur le devant de l'estrade, Frédéric Schwartz a jeté un regard par-dessus son épaule, avant de saisir un livre posé sur la table.

— Et pour effectuer ce voyage initiatique, a-t-il repris en commençant à tourner les pages, pour ce voyage à la découverte de soi-même, je vous propose de parcourir les mythes platoniciens... Alors, pourquoi ne pas commencer par le plus connu...

Il a suspendu sa parole, attendant que quelqu'un trouve le nom du fameux mythe de Platon, et comme d'habitude, c'est Hubert, le vieux à lunettes, qui s'est manifesté.

— L'allégorie de la caverne ? a-t-il proposé d'un air faussement modeste, toujours à regarder si les petits camarades étaient bien impressionnés.

— Bien sûr ! le félicita Frédéric Schwartz avec un enthousiasme qui me laissait soupçonner une pointe d'ironie. L'allégorie de la caverne, que l'on appelle parfois le « mythe de la caverne », justement. Elle se trouve au livre sept de La République, a-t-il ajouté en exhibant devant nous le livre qu'il tenait entre ses mains. Platon fait dire à Socrate : « Figure-toi des hommes dans une demeure souterraine, en forme de caverne... » Mais peut-être quelqu'un peut-il nous raconter la suite… Je ne voudrais pas insulter votre culture… Oui, Hubert ?

Le vieux s'agitait sur sa chaise, bavardant vaguement avec sa voisine, une vieille fille coiffée d'un gros serre-tête sur des cheveux longs filasse. Il m'a fait penser à Phalène qui voulait toujours donner la bonne réponse, elle aussi, avec l'innocence et la spontanéité qui faisaient tout son charme. Mais chez le vieil Hubert gonflé d'un vide orgueil, ce même défaut devenait ridicule.

— Les prisonniers sont enfermés dans la caverne depuis qu'ils sont tout petits, commença-t-il. Ils ont le cou, les mains et les pieds attachés à des chaînes. Ils n'ont jamais bougé, et n'ont jamais rien vu d'autre que la paroi qui se trouve devant eux. Et comme ils ne sont jamais sortis, ils ne savent pas qu'ils sont dans une caverne, et qu'il existe un monde à l'extérieur.

— Je vois que monsieur connaît bien l'histoire, le flatta encore Frédéric Schwartz. Mais que signifie-t-elle, cette allégorie, cette image des prisonniers de la caverne ? C'est une métaphore de l'ignorance, en fait. Et le propre de l'ignorance, c'est de s'ignorer elle-même. Les prisonniers ignorent qu'ils sont enfermés, et qu'une autre réalité existe à l'extérieur. Comment pourraient-ils donc avoir envie de sortir ? Comment pourraient-ils même avoir l'idée de se libérer ? Il faut comprendre qu'ils se sentent bien dans leur caverne… Du moins, ils ne se sentent pas prisonniers. Ils n'ont pas l'impression d'être six pieds sous terre, dans l'obscurité. C'est comme tous ces gens qui ne sont pas revenus nous voir, en fait... Ils n'ont pas éprouvé le besoin de revenir parce qu'ils sont bien dans leur caverne d'ignorance. Mais vous qui êtes ici ce soir, vous sentez que vous êtes prisonniers et qu'une vérité vous échappe, ce qui est déjà un progrès.

Frédéric Schwartz a balayé la salle du regard. Comme je le craignais, ses yeux ont fini par se poser sur moi, et je me suis un peu senti obligé de dire quelque chose.

— Et cette vérité qui nous échappe, c'est quoi ? lui ai-je demandé après ces paroles qui me rappelaient décidément celles du professeur Loeve et de Tahar Marih.

— Platon lui-même nous donne la clé, m'a-t-il répondu. La caverne représente « le monde sensible », et la réalité située à l'extérieur de la caverne, « le monde intelligible ».

— Excusez-moi, est intervenu un jeune en dreadlocks et poncho. Mais qu'est-ce que ça veut dire, « monde sensible » et « monde intelligible » ?

— Tout Platon est là, monsieur ! s'enthousiasma Frédéric Schwartz. Le monde sensible, c'est le monde qui nous entoure, tout ce que nous percevons à travers nos cinq sens... Cette table par exemple, ajouta-t-il en tapant dessus, je peux la voir et la toucher, et c'est ce qui me prouve qu'elle est bien réelle, qu'elle existe, là, devant moi. Nous ne doutons pas une seconde de sa réalité. Même les plus prudents l'affirment : « Je ne crois que ce que je vois. »

— Et vous dites qu'il y aurait un autre monde que celui-là ? demanda encore le jeune aux dreadlocks. Nous ne serions pas dans la réalité ?

C'est un peu comme dans *Matrix* alors, et toutes ces histoires de réalité virtuelle...

— Mais si nous sommes dans la caverne, renchérit Hubert, si le monde qui nous entoure n'est qu'une illusion, c'est quoi le monde réel ?

— C'est ce que Platon appelle le « monde intelligible »...le monde « spirituel », si vous voulez, leur répondit Frédéric Schwartz. Maintenant, à quoi ça peut ressembler, un monde intelligible ou spirituel ? On ne sait pas. On pense tout de suite à quelque chose de religieux. Alors, on préfère en rester à la réalité concrète, comme cette table.

— Mais il est où ce monde spirituel ? demanda Hubert qui semblait un peu perdu, cette fois, comme moi, d'ailleurs.

— Rassurez-vous, s'amusa Frédéric Schwartz, il n'est pas loin. Il est en vous... Si vous fermez les yeux... Oui, tenez, fermez les yeux !

Tout le monde s'est regardé avec un petit rire et l'impression de participer à un jeu. Et moi, ce petit jeu me rappelait la messe où ma mère me traînait quand j'avais dix ans. Lorsque le curé nous demandait de serrer la main à nos voisins, des inconnus pour la plupart, pour leur souhaiter « la paix du Christ ». J'ai toujours éprouvé un sentiment de malaise à ce moment-là, comme si j'étais influencé, manipulé et pour tout dire, asservi. Alors, je n'ai fermé les yeux qu'à moitié pour observer le comportement des autres.

— Vous ne voyez plus le monde qui vous entoure, reprit Frédéric Schwartz devant une assistance aux yeux clos, docile. Est-ce à dire que vous ne voyez plus rien ? J'en doute. Vous êtes peut-être en train d'imaginer des choses, de faire appel à vos souvenirs, de ressentir des émotions, et sinon, vous pouvez même effectuer un calcul mental. En vous coupant du monde qui vous entoure, vous ne vous retrouvez pas nulle part, mais entrez plutôt en vous-mêmes, pour accéder au monde de l'esprit ou ce que Platon appelle « le monde des idées ». Vous pouvez ouvrir les yeux, maintenant.

Ils ont tous obéi, lentement. La plupart semblaient avoir les paupières lourdes, et plissaient les yeux comme s'ils avaient du mal à se réhabituer à la lumière.

— Il faut toujours un peu de temps, commenta Frédéric Schwartz, pour voir à nouveau dans l'obscurité de la caverne quand les yeux se sont habitués à la lumière du jour… « Connais-toi toi-même… et tu connaîtras l'Univers et les dieux. » Sortir de la caverne, c'est oublier le monde extérieur pour entrer en soi-même. C'est là, dans l'intériorité de votre esprit, que vous pourrez découvrir les vérités du monde intelligible ou spirituel. Des vérités insoupçonnables et bien supérieures à celles du monde visible. Je peux vous conduire, si vous voulez…

À la fin de cette première séance, je ne savais pas bien où Frédéric Schwartz comptait nous conduire, et je restais tout à fait sceptique au sujet de ces vérités « supérieures » qu'il prétendait nous faire découvrir.

— Je vois que vous êtes revenu, finalement, m'a-t-il dit d'un air nonchalant alors que j'étais sur le point de partir.

Tout le monde était déjà sorti, et nous étions seuls dans la salle, désormais.

— Pardon ? ai-je demandé d'une voix mal assurée.

— Vos amis n'ont pas voulu vous accompagner ? a-t-il poursuivi tout en rangeant ses livres dans son sac à dos. Mais je suis indiscret, peut-être. Excusez-moi…

— Non ! Non… ça va, ai-je répondu, craignant de rompre le fil que Frédéric Schwartz lui-même semblait vouloir tisser entre nous.

Maintenant, il fallait bien que j'invente quelque chose – je ne devais pas oublier pourquoi j'étais là – pour gagner sa confiance.

— Mes amis n'étaient pas très intéressés, ai-je alors ajouté.

— Vous voulez dire qu'ils se méfiaient, plutôt, a-t-il rectifié. Mais je comprends… La « spiritualité » ne peut pas parler à tout le monde. Cela dit, je me demande bien ce qui vous a amenés ici, tous les trois…

Je me suis senti vraiment mal à l'aise. Ses questions suspicieuses me donnaient l'impression d'être une pauvre petite bête, piégée dans les fils d'une toile d'araignée. Je repensais aux mises en garde de Cali, et je me sentais coincé.

— Ne vous inquiétez pas, je vous fais marcher ! s'est-il amusé avec un sourire bienveillant. Je connais bien la réputation de La Nouvelle Athènes depuis des années. En fait, je sais très bien ce qui vous a amenés ici. Eugène Loeve…

— Eh bien… euh…

— Détendez-vous ! Il n'y a pas de problème, m'a-t-il assuré. Je n'ai rien à cacher. Au contraire, ça me fait plaisir d'en parler.

— Alors, vous le connaissez bien ? me suis-je risqué à lui demander maintenant que je me sentais un peu plus en confiance.

— Très bien ! me répondit-il sans détour. Nous travaillons ensemble depuis longtemps. À une époque, j'étais son secrétaire particulier. J'étais son disciple, aussi, et c'est lui qui m'a tout appris. Quand je vous regarde, j'ai l'impression de me revoir il y a quelques années... Vous savez peut-être qu'il a été le parrain de l'association quand elle a été créée. C'est pour ça... Je trouve un peu dommage que vos amis s'en soient tenus aux rumeurs. S'ils connaissent le professeur Loeve, ils devraient avoir confiance...

— Oh, vous savez, lui ai-je avoué, les deux autres n'ont jamais vraiment accroché avec le professeur. Cali se méfie de tout le monde, et voit des complots partout, et Phalène ne croit que ce qu'elle voit, comme vous disiez. Elle a l'esprit un peu trop « scientifique » ou cartésien, si vous voyez ce que je veux dire...

— Je vois très bien, m'a-t-il assuré en posant une main amicale sur mon épaule. C'est ce que je disais tout à l'heure : dans notre société matérialiste, « spirituel » est un gros mot... Les gens ne comprennent pas. Mais je sais que vous, vous y êtes sensible. Vous avez le potentiel, si j'ose dire...

— Merci, me suis-je contenté de réagir, même si je ne voyais pas bien quel « potentiel » je pouvais avoir.

— Votre ami Cali, a repris Frédéric Schwartz, vous le connaissez bien ?

— Depuis toujours ! lui ai-je affirmé, un peu dérouté par la question. C'est mon meilleur ami ! Pourquoi ?

— Pour rien, oubliez ce que je viens de dire.

— Vous savez, ai-je ajouté pour le rassurer un peu, je sais très bien que Cali peut être borderline de temps en temps.

— Tout à fait entre nous, m'a murmuré Frédéric Schwartz, il m'a semblé un peu agressif.

— Je sais, mais ce ne sont que des mots tout ça, lui ai-je expliqué, à peine convaincu par moi-même.

— Si vous le dites. Seulement, il ne faudrait pas…

Il s'est arrêté d'un coup, semblant regretter les paroles qu'il venait de prononcer.

— Quoi ?

— Non, rien, a-t-il hésité. Non… Je me disais… Je trouverais dommage que l'esprit un peu étroit de vos amis vous empêche de progresser.

— Oh ! mais ce n'est pas ce que je voulais dire ! me suis-je empressé de préciser. Phalène… elle me remet les pieds sur terre, au moins. Elle me rassure, et j'en ai bien besoin.

— Alors tant mieux, m'a-t-il répondu. Mettons que je n'ai rien dit. Si vous êtes heureux, c'est l'essentiel. Mais je vous vois la semaine prochaine, au moins ?

— ça c'est sûr !

Après cette soirée un peu étrange, j'étais bien content de me rendre à Paris pour le week-end et de retrouver Phalène. À la terrasse du Refuge où nous avions pris l'habitude de boire un verre en amoureux, on a fait du *watching people*, comme disait Phalène, ce qui consistait à regarder sortir les gens de la bouche de métro. Et on s'amusait bien. Phalène m'a aussi demandé comment s'était passée ma visite à La Nouvelle Athènes, évidemment, et ce que j'y avais appris.

— Pour l'instant, pas grand-chose, ai-je admis. Mais je crois que Frédéric Schwartz est sur le point de me faire quelques révélations. Il faut attendre encore un peu.

— Et qu'est-ce qu'il a raconté dans son cours ? m'a-t-elle demandé.

Je lui ai parlé de la caverne et du monde spirituel que Frédéric Schwartz disait vouloir nous révéler.

— Franchement ! s'est-elle amusée. Il faut vraiment être perdu dans sa vie pour croire ce genre d'inepties. Je les plains un peu, remarque...

— Je ne sais pas, me suis-je contenté de lui répondre.

— En tout cas, a-t-elle ajouté, plus j'y pense, et plus je me dis que le professeur Loeve ne doit avoir aucun lien avec tout ça.

Qu'est-ce qu'elle en savait, ma Phalène ? Après tout, le professeur Loeve lui-même m'avait parlé de « vérité », d'« âme » et de « spiritualité ». Dans le fond, je la trouvais un peu dure, un peu injuste, même, et je me suis dit qu'elle ne pouvait pas comprendre. À moins que ce soit elle qui ait raison. Est-ce que je n'avais pas un peu trop écouté les délires de Frédéric

Schwartz ? Pour le moment, je me sentais tiraillé entre les deux.

Pour le moment.

*

* *

— Et c'est tout ? m'a demandé Cali.

Comme cela arrivait deux ou trois fois par semaine, j'étais venu passer la fin de soirée chez lui. Il s'étonnait un peu de ce que je lui rapportais au sujet de La Nouvelle Athènes, ou plutôt, il était déçu.

— L'allégorie de la caverne ? a-t-il poursuivi. Comme en terminale ?

— Oui… enfin, pas tout à fait, ai-je précisé. C'était quand même plus intéressant.

— Mais pourquoi il parle de ça ? insista-t-il.

— Ben… je ne sais pas trop, en fait. Je ne vois pas bien où il veut en venir.

— Si ça se trouve, la caverne de Platon… c'est le refuge des survivants de l'Atlantide ! m'a-t-il assuré.

— N'importe quoi !

— ça se tient au contraire ! m'a-t-il répondu, s'apprêtant à me sortir l'une de ses fameuses démonstrations. C'est bien ce que t'avait dit le reubeu, Tahar… Le professeur Loeve croit que les philosophes connaissent « la » vérité. Laquelle ? On ne sait pas, mais c'est peut-être ça le message, dans l'allégorie ! Il y a quelque part une caverne où se cachent les Atlantes, et c'est là-bas que Platon a tout appris… Les occupants de la caverne lui ont transmis toutes leurs connaissances.

— Hé ! Faut que t'arrête de fumer ! ai-je répliqué, un peu énervé. Et puis, l'allégorie de la caverne, c'est le contraire. Ceux qui sont prisonniers sont des ignorants. C'est une métaphore, en fait… Sur ceux qui s'enferment dans leurs certitudes et leurs préjugés, genre… qui voient des complots partout.

Je m'en voulais un peu, quand même, de m'emporter inutilement contre Cali, mon pote. Après tout, c'était mon meilleur ami, je le connaissais par cœur et jusque-là, je m'étais très bien accommodé de ses théories fumeuses. Ça faisait partie du personnage.

— Non… mais ce que je veux dire, me suis-je repris pour m'excuser, c'est que c'est juste une image, l'allégorie de la caverne. Moi, ça m'a permis de voir les choses un peu autrement.

— « Voir les choses autrement ? », a répété Cali qui ne semblait pas vouloir calmer le jeu. Et pourquoi tu veux voir les choses autrement ? C'est l'autre, le Frédéric Schwartz, qui te met des idées dans la tête ?

— Tout de suite les clichés ! Je pense que ça te ferait du bien aussi, de voir les choses autrement, au lieu de tourner en rond affalé sur ton lit. Toi, on peut dire que t'es bien dans le fond de la caverne ! Mais tu voudrais pas te bouger un peu ? T'as pas avancé d'un pouce en trois ans, depuis le bac !

— Vas-y, l'autre ! La vérité ! Mais t'es vraiment en train de te faire bouffer le cerveau !

— Bon, je me casse.

— Ouais, c'est ça! Va niquer ta mère !

Quand je me suis retrouvé dans la rue, les larmes me sont montées aux yeux, et j'ai pleuré.

C'était la première fois de notre vie que ce genre de drame arrivait. Je me sentais orphelin, plus seul que jamais. Cali me manquait déjà. En même temps, je lui en voulais à mort, je le haïssais, et je me promis de ne plus jamais le revoir.

J'étais d'autant plus impatient de retourner à La Nouvelle Athènes, avec le sentiment que là-bas, au moins, on me comprenait. J'avais envie de savoir…

— Revenons un peu sur la caverne, si vous voulez, nous a proposé Frédéric Schwartz pour commencer la séance. Il existe, avons-nous dit, un monde intelligible, spirituel. Mais comment l'atteindre ? Posons-nous seulement la question : Qu'est-ce qui empêche les prisonniers de sortir de la caverne ? Que représentent leurs chaînes ? Eh bien, c'est à leur corps qu'ils sont attachés. Comme dans ces publicités pour les cosmétiques qui nous disent : « prends soin de toi. » « Toi » ici, c'est ton corps, tes cheveux, ta peau, tes ongles, et tout ce que vous voudrez. Pourtant, est-ce que « moi », c'est mon corps ? Il est vrai qu'en se regardant dans la glace, on a tendance à s'identifier à son apparence physique, à se reconnaître dans les traits de son propre visage… Vous vous imaginez vous réveillant un matin avec la tête de quelqu'un d'autre ? Vous vous imaginez, Hubert, avec la tête de votre voisine ?

Frédéric Schwartz a bien fait rire tout le monde, à commencer par Hubert, tout fier de se retrouver au centre de l'attention, comme s'il était devenu la mascotte de la classe.

— Avec la tête de quelqu'un d'autre, reprit Frédéric Schwartz, vous auriez sans doute le sentiment de ne plus être vous-mêmes, et pourtant... Pourtant, tout le monde sait que ceux qui se préoccupent un peu trop de leur apparence physique sont des personnes « superficielles ». C'est bien parce qu'on devine que l'essentiel est ailleurs. Platon aussi dirait volontiers : « Prends soin de toi », mais de ce qui est vraiment toi !

— Et ce qui est vraiment moi, c'est quoi ? me suis-je permis de demander.

— Ah ! Ah ! s'amusa Frédéric Schwartz. C'est toute la question, Étienne, et pour tout dire, la tristesse de notre civilisation occidentale, décadente, dénuée de spiritualité. Les gens ne s'attachent qu'aux choses matérielles. Aux biens matériels d'abord, la belle maison, la belle voiture... qu'ils accumulent comme des signes extérieurs de richesse. Mais qu'en est-il de leur richesse intérieure ? Celui qui a beaucoup d'argent est-il quelqu'un de bien, au fond ? Aujourd'hui, on mange équilibré, on fait du sport, bref, on « se surveille » et « s'entretient » en prenant soin de son corps. Mais n'est-ce pas plutôt notre âme que nous devrions surveiller et entretenir ? Pour Platon, c'est notre âme que nous devons chercher à soigner. « Connais-toi toi-même », disions-nous... Or tout ce qui nous préoccupe, désormais, c'est ce que les autres pensent de nous, quand bien même nous serions vides à l'intérieur. Nous vivons dans l'illusion, comme les prisonniers de la caverne, attachés aux apparences.

— Et qu'est-ce que vous nous proposez pour sortir de la caverne ? demanda Hubert sur un ton un peu cynique.

Il finissait par m'agacer. Les paroles de Frédéric Schwartz avaient résonné en moi. En lutte perpétuelle avec mon ennemi intime, j'avais toujours eu le sentiment que mon corps n'était pas moi-même et qu'il me retenait prisonnier.

— Je doute que l'on parvienne à libérer Hubert de ses chaînes, m'a confié Frédéric Schwartz à la fin de la séance. C'est une image, bien sûr. Il me semble trop enfermé dans ses préjugés... contrairement à toi. Après tout, si Hubert est heureux dans son monde de certitudes... Platon n'a jamais prétendu que nous étions tous capables de nous remettre en question.

— Oui, je commence à m'en rendre compte, me suis-je surpris à ajouter. Cali et moi... enfin, on a de plus en plus de mal à se comprendre.

— Je m'y attendais un peu, m'a-t-il assuré. Même si c'est plutôt triste. C'était ton meilleur ami, c'est ça ? Mais que veux-tu, il n'est pas comme toi... comme nous.

Il a rangé ses affaires. Nous sommes sortis de la salle pour traverser la cour intérieure et nous retrouver dans la rue, devant La Nouvelle Athènes. Il faisait nuit. J'étais sur le point de m'en aller quand Schwartz m'a posé la question que j'avais tant attendue, au moment même où je ne l'attendais plus.

— Les secrets du professeur Loeve t'intéressent-ils toujours ? m'a-t-il demandé.

— Évidemment, lui ai-je répondu sans détour.

— Bien. Si tu n'as rien d'autre à faire, me proposa-t-il, tu peux m'accompagner. J'ai quelque chose à te montrer.

Nous avons longé la rue de Buffon pour remonter vers la place Cauchoise. Là, le téléphone de Frédéric Schwartz a sonné.

— Excuse-moi, m'a-t-il dit en décrochant, pourrais-tu tenir mon sac ?

— Bien sûr !

Nous avons poursuivi notre montée, Frédéric Schwartz pendu au téléphone avec je ne sais qui et moi, à côté de lui, portant ses affaires. Je me sentais fier, privilégié, un peu comme si le sac qu'il m'avait remis symbolisait sa confiance.

Aussi étonnant que cela puisse paraître, il ne m'est pas venu une seule seconde à l'esprit que je devenais, en réalité, son serviteur…

11

The servant

— Qu'est-ce que c'est ? lui ai-je demandé.

— Eh bien... c'est le manuscrit, m'a-t-il répondu le sourire en coin.

Il m'avait emmené chez lui, finalement, dans l'une de ces belles maisons du quartier Saint-Gervais, situé sur les hauteurs de Rouen, au pied de Mont-Saint-Aignan. Pendant tout le trajet qui n'avait fait que monter, j'avais eu l'impression d'être ce fameux prisonnier sortant de la caverne. C'est à peu près de cette manière que Platon raconte la libération, puis la découverte du monde extérieur. L'un des prisonniers est délivré de ses chaînes, puis conduit, ou plutôt tiré tout au long d'une route en pente menant vers la sortie.

— Pour ce prisonnier, c'est une vraie souffrance, nous avait précisé Frédéric Schwartz au cours de la séance. Parce qu'il est très difficile de remettre en question ses certitudes. Normalement, le prisonnier devrait remercier celui qui le libère. Au lieu de ça, il se moque de lui et le tue même, comme on a tué Socrate, condamné à mort par les citoyens d'Athènes.

Parce qu'on n'aime jamais s'entendre dire qu'on a tort. Ça dépend pour quoi, remarquez... Si je venais à découvrir que deux plus deux font cinq et pas quatre, ce ne serait pas bien grave. Je ferais mes comptes autrement, mais dans le fond, peu importe... De toute façon, je ne sais pas vous, mais moi, j'ai toujours été nul en maths...

Nouveaux rires dans la salle.

— En revanche, avait poursuivi Frédéric, si l'on m'apprend que mon père n'est pas mon vrai père, que mes amis ne sont pas mes vrais amis, ou encore que mes valeurs morales et politiques sont mauvaises ou fausses... que je me suis toujours trompé sur ce qu'il fallait faire ou penser, sur ce qui était bien ou mal... Dans tous ces cas de figure, ce qui est remis en cause, c'est tout ce en quoi j'ai toujours cru et donc, tout ce que je suis. Vous comprendrez qu'il est alors très difficile d'admettre qu'on s'est trompé, et pour éviter le choc d'une révolution intérieure, on préfère s'enfermer dans ses certitudes.

« Si l'on m'apprend que mon père n'est pas mon vrai père, avais-je pensé, peu importe. De toute façon, je n'ai jamais vraiment eu de père. »

Une fois passé le portail, il fallait encore gravir la pente du jardin et monter trois marches pour se retrouver enfin sur le perron, devant la belle porte d'entrée abritée sous un porche en briques et poutres apparentes. Nous avons traversé le vestibule au carrelage en damier blanc et noir qui menait au salon, magnifique. Frédéric m'a proposé de m'asseoir sur le gros canapé en cuir très confortable.

— Attends là, je reviens, m'a-t-il prévenu avant de disparaître derrière la petite porte du fond.

J'ai observé la pièce qui m'entourait. Derrière moi, une grande baie vitrée, ou plutôt un bow-window en bois blanc, avec vue sur le jardin, sombre et fantasmagorique, et les grands arbres aux feuilles très agitées, inquiétants. Devant moi, une belle cheminée en brique. Sur la tablette en bois étaient disposées trois ou quatre photos de Frédéric Schwartz lui-même. En y repensant, je me souvins que dans le vestibule aussi, un pan de mur entier était recouvert de portraits du maître de maison.

Après un moment passé seul dans cet intérieur chaleureux pavé de tomettes couleur brique, je l'ai vu revenir, avec un genre de dossier sous le bras. Frédéric s'est dirigé vers moi et a tiré de sa poche une paire de gants blancs.

— Mets ça, m'a-t-il dit.

— Pour quoi faire ?

— Tu verras.

Une fois que j'eus enfilé les gants, il m'a tendu la chemise en cuir rouge-brun.

— Qu'est-ce que c'est ?

— Regarde par toi-même.

J'ai ouvert la chemise, pour y découvrir des parchemins protégés par une pochette en Cellophane. C'était à peine si je pouvais dire de quelle langue il s'agissait, du latin sans doute, copié d'une belle écriture très serrée sur deux colonnes.

— C'est le fameux manuscrit, m'a révélé Frédéric.

J'ai observé attentivement le document, entendant à peine ce qu'il venait de me dire, avant de relever la tête pour solliciter, du regard, quelques explications.

— J'ai cru comprendre qu'il t'intéressait, s'est-il contenté d'ajouter.

— Vous voulez dire… C'est le manuscrit qui a disparu de la bibliothèque de Genève ?

— Oui, m'a-t-il avoué. Avec les textes de Cicéron et de saint Augustin.

— C'est vous qui l'avez… qui l'avez volé ? me suis-je écrié, stupéfait.

— « Volé », n'exagérons rien, a-t-il rectifié. Disons qu'il s'agit d'une découverte paléographique. Ceux qui la conservaient n'en faisaient rien de toute façon. Mais oui, j'ai envoyé les jeunes de chez nous le récupérer. C'est Eugène qui le cherchait.

— Le professeur Loeve ? Il vous a demandé de voler ce manuscrit ? C'est assez surprenant…

— Comme je te l'ai dit, la vérité est toujours difficile à admettre, m'a assuré Frédéric.

— Et qu'est-ce qu'il y a dans ce manuscrit ?

— D'après ce que m'a expliqué Eugène, l'une des pages indique où se trouve l'Atlantide.

— Ah… et alors ?

J'avais du mal à croire que Frédéric Schwartz était disposé à me faire une si grande révélation. Pourquoi moi ? Après tout, nous nous connaissions très peu. Comment pouvait-il me faire une telle confiance ?

— Pour être tout à fait honnête, m'a-t-il avoué, nous avons du mal à interpréter le texte. Eugène était convaincu que ce recueil contenait la preuve de la réalité de l'Atlantide, mais comme tu le sais, il a disparu... sans avoir le temps de me dire ce que j'étais censé y trouver.

— Donc, vous ne savez pas non plus ce qui est arrivé au professeur Loeve ? ai-je eu la présence d'esprit de lui suggérer, me rappelant tout à coup ce que j'étais venu chercher à La Nouvelle Athènes.

— Pas du tout ! m'assura-t-il. Ça, je peux te le jurer, et c'est une vraie perte ! Il aurait tellement voulu que je retrouve sa précieuse preuve pour lui...

— Vous parlez de la fin du *Critias* ? ai-je avancé naïvement.

— C'est ça qu'il... ? a-t-il failli réagir avant de se reprendre. C'est ça, oui, tout à fait... la fin du... *Critias*. C'est lui qui te l'a dit ?

— Pas exactement, mais c'est tout comme. Mais... et l'Atlantide... vous savez où elle se trouve ?

Frédéric a tendu la main, manière de me signifier de lui rendre le manuscrit.

— ça oui, je le sais, m'a-t-il répondu en refermant la chemise en cuir. Mais je ne peux pas te le révéler... Pas pour le moment en tout cas. De toute façon, sans cette preuve...

J'ai bien compris qu'il était inutile d'insister cette fois-ci. Au contraire, je risquais de braquer Frédéric, et de perdre la confiance et le crédit que j'étais parvenu à gagner auprès de lui. Alors, j'ai poliment pris congé, comme si ses révélations ne me troublaient pas outre mesure.

Mais dans le fond, je brûlais d'impatience, évidemment.

*
* *

On se demandera peut-être pourquoi je ne me suis pas précipité à Brisout pour tout raconter à la police après les révélations que Frédéric Schwartz m'avait faites. À vrai dire, je me pose moi-même la question aujourd'hui. Mais j'imagine qu'à l'époque, je me sentais dépositaire du secret qui m'avait été révélé. J'avais le sentiment que Frédéric m'avait, par là même, fait entrer dans un cercle de confiance, intime, qu'il aurait été mauvais de briser. C'était à moi qu'il avait fait ses confidences, et j'attendais qu'il m'en apprenne encore plus. Tout ça, ça ne regardait pas la police.

Les semaines qui suivirent, je partageai mon temps entre les week-ends à Paris avec Phalène et les cours à la fac avec Lauric, même si j'y allais de moins en moins. Je supportais mal les effets de manche et le faux charisme de maître Castille, le beau ténébreux idole de ces demoiselles. À ce moment-là, je suis même allé jusqu'à penser que ses cours d'archéologie étaient bidon. Je passais surtout des heures à La Nouvelle Athènes, qui prenait de plus en plus de place dans ma vie. J'avais fait une croix sur mon amitié avec Cali qui me semblait morte et enterrée. J'avais le sentiment d'avoir franchi une étape, laissant derrière moi le boulet qui m'avait empêché d'avancer jusque-là. Maman avait peut-être raison, finalement. De toute façon, tout le monde change, non ? Les amitiés aussi. Avec le temps, ceux qui croyaient être les meilleurs amis du monde empruntent des routes différentes et ne regardent plus dans la même direction. Ils étaient amis uniquement parce que le hasard les avait fait se rencontrer, très jeunes, dans la même école ou dans le même lycée. Mais l'adolescence terminée, ils sentent qu'ils n'ont plus rien en commun, plus rien à se dire.

Je n'ai pas raconté non plus à Phalène ce que j'avais découvert chez Frédéric Schwartz. Elle aussi me semblait de plus en plus lointaine. Passé le « miracle grec » ; ou plutôt la magie crétoise, notre relation me faisait beaucoup moins rêver. Le soleil de Méditerranée lui avait donné tout son charme, mais la grisaille, parisienne ou rouennaise, m'avait remis les pieds sur terre. Du moins, c'est ce que je croyais. On aura compris que tout au long de ce pénible hiver, je me suis perdu moi-même en croyant me trouver.

Tous les jeudis, j'accomplissais le même rituel. Je me rendais, impatient, rue de Buffon pour suivre le cycle « normal » de conférences avec les autres, avant de passer la soirée chez Frédéric pour un cours d'approfondissement personnel.

— Les autres ne sont pas comme toi, me répétait-il. Ils ne peuvent pas comprendre.

J'arrivais toujours en avance, d'ailleurs, pour discuter un peu avec la grande blonde que j'avais remarquée le premier soir. Lilie Salomé, elle s'appelait, même si je n'ai jamais bien compris si Salomé était son nom de famille ou son deuxième prénom. Elle était étudiante en pharmacie et faisait partie des bénévoles de l'association. Mais elle avait surtout des petits seins qui pointaient vers moi, des yeux de chat et des lèvres gourmandes.

— Vous m'avez l'air de bien vous entendre, tous les deux ! nous lança un soir Frédéric d'un ton joyeusement complice.

Un peu gênée, Lilie Salomé s'était hâtée de quitter La Nouvelle Athènes pour nous laisser.

— Je crois qu'elle t'aime beaucoup, m'avait alors murmuré Frédéric.

Ensuite, il m'a proposé de l'accompagner chez lui, comme d'habitude, pour reprendre ces entretiens particuliers qui me donnaient le délicieux sentiment d'être un favori, le disciple préféré ou le fils. Sur le chemin, je lui portais son sac. En arrivant, il me priait gentiment de lui apporter le courrier qu'il avait oublié de prendre au passage, dans la boîte aux lettres. Nous nous installions ensuite dans l'atmosphère chaleureuse et feutrée du salon, moi assis sur le canapé, lui sur son fauteuil Louis XV rouge Coco, à la manière d'un psychanalyste.

— Et qu'est-ce qui te fait peur dans la mort, au juste ? m'a-t-il demandé un jour.

— Je ne sais pas... le fait de ne plus être là, de m'endormir pour toujours. L'idée que je ne me réveillerai plus jamais... Que tout ce que je pense, là, je ne le penserai plus... Que je ne serai plus rien. Comme si ce « je » n'avait jamais existé... Tout ce que je pense, tout ce que je ressens, tout ce que je suis, là... C'est le néant qui m'angoisse... l'idée de n'être plus rien.

— Pourtant, tu n'as pas souffert du néant qui a précédé ta naissance, m'a-t-il fait remarquer. Tu sais très bien qu'un monde a existé, qu'un temps infini s'est écoulé avant... la vie et la mort de toutes ces civilisations et tous ces événements que tu as découverts dans tes cours d'histoire. À l'époque des Minoens, d'Homère et de Platon, pendant la Renaissance de Pétrarque, et jusqu'à la veille de ta conception, tu n'étais rien, tu ne ressentais rien, tu ne pensais rien. En as-tu souffert ? Je ne crois pas. Nous venons au monde un beau jour, étrangers et ignorants de l'éternité qui a précédé notre naissance. Alors, pourquoi s'inquiéter de l'éternité qui suivra notre mort ?

— Je ne sais pas, insistai-je. C'est sans doute qu'après avoir goûté à la vie, au monde justement... après avoir été quelqu'un ou plutôt quelque chose, je trouve injuste de n'être plus rien à nouveau. Et je me demande : « à quoi bon s'être réveillé pendant quelques années, pour retourner dans un sommeil éternel, sans rêves ? » J'aurais préféré ne pas être né, finalement.

— Il ne faut pas dire ça ! s'écria-t-il. Et puis, qui te dit qu'après la mort tu ne seras plus rien ? D'ailleurs, qui te dit qu'avant la naissance, tu n'étais rien ? Peut-être l'as-tu tout simplement oublié.

— Je ne comprends pas, lui ai-je avoué.

Frédéric s'est levé de son fauteuil pour regarder, par la fenêtre, les arbres qui s'agitaient dans la nuit. Il a semblé se perdre un peu dans ses pensées avant de se tourner à nouveau vers moi.

— As-tu déjà entendu parler du mythe d'Er ? reprit-il.

— Non. Celui-là, je ne le connais pas.

— Encore un mythe venu de l'Antiquité grecque, m'expliqua-t-il. Un mythe que Platon reprend à la fin de *La République*, après avoir évoqué l'allégorie de la caverne. Il est moins connu, mais révèle sans doute, mieux que tous ses autres textes, l'esprit de la philosophie de Platon.

— Et qu'est-ce qu'il raconte, ce mythe ?

— C'est l'histoire d'Er, a-t-il commencé, un valeureux guerrier mort au combat. Mais tandis qu'on ramassait les cadavres en état de décomposition sur le champ de bataille, son corps fut retrouvé intact au bout de dix jours. Il fut alors mis au bûcher pour être brûlé. Et là, il se réveilla ! Une expérience de mort provisoire en somme. Et bien sûr, on lui demanda ce qu'il avait vu, de l'autre côté, là-bas, ou plutôt là-haut…

— Et alors ? me suis-je impatienté.

— Alors, reprit Frédéric, il raconta que son âme, ou son esprit si tu préfères, avait quitté son corps pour rejoindre un lieu « divin » que Platon décrit lui-même de manière très détaillée en évoquant des cercles successifs qui rappellent un peu l'enfer de Dante. Bon, je passe sur le « Jugement dernier » qui envoie les bonnes âmes au Ciel et les mauvaises au Tartare. Mais le plus intéressant, c'est la suite. Parvenu au centre de ce monde de l'au-delà, Er aperçoit une grande colonne de lumière où les trois Moires, les divinités du Destin, distribuent leurs vies aux âmes réunies autour d'elles.

Là, je me suis permis de l'interrompre.

— Attendez… Ce ne sont plus des âmes défuntes, celles des morts qui sont montés au Ciel ? Je veux dire, on leur redonne la vie ?

— Eh oui ! me répondit Frédéric. Et c'est ça le truc ! Une fois les âmes « montées » au Ciel, le Destin leur offre une autre vie. D'ailleurs, on ne leur impose rien. C'est à chacune de choisir la vie qu'elle voudra : dictateur, chanteur, grand patron ou chômeur.

— Ce n'est pas vaguement bouddhiste, tout ça ? ai-je remarqué. Vous êtes sûr que ça se trouve dans Platon ?

— Tout Platon est là, en fait ! m'assura Frédéric, enthousiaste, avant de reprendre son récit. Tu penses bien que la première des âmes qui se présente choisit la vie d'un tyran parce qu'elle imagine qu'elle pourra faire tout ce qu'elle veut, et satisfaire le moindre de ses désirs. Les divinités du Destin l'ont pourtant prévenue : il faut aussi réfléchir à toutes les conséquences de ses choix. Et si une vie de tyran semble offrir tous les avantages, elle condamne aussi l'âme à se noircir et à commettre les crimes les plus injustes. Trop tard. Lors du prochain jugement, elle sera punie. C'est ce que j'essayais d'expliquer à Hubert pendant notre cours : il vaut mieux se détourner de tous les biens matériels, des passions qui nous dévorent et des plaisirs futiles d'ici-bas. Ce qui importe, c'est de choisir une vie qui rende l'âme pure. Alors, chômeur, pourquoi pas, si cela permet de gagner le paradis.

— Il y aurait donc une vie après la mort ? ai-je demandé.

— C'est ce que Platon a voulu montrer en reprenant ce mythe, en tout cas, me répondit Frédéric. Et c'est une belle philosophie de vie d'ailleurs. Après tout, qu'est-ce qu'une existence réussie ? Difficile à dire, voire impossible... Faut-il gagner beaucoup d'argent ? Trouver l'amour ? Fonder une famille ? Créer une œuvre artistique ? Le mythe d'Er nous permet de répondre à la question de manière simple : une vie réussie, c'est une vie qu'on aurait pu choisir à l'avance, sur catalogue, en sachant tout ce qui allait arriver, le meilleur comme le pire, les hauts et les bas. Alors dis-moi, Étienne, la vie qui est la tienne, est-ce que tu aurais pu la choisir parmi d'autres ? Te satisfait-elle ?

— Eh bien... pas vraiment, en fait, dus-je admettre. Jusqu'ici, en tout cas.

— Jusqu'ici, reprit Frédéric. Mais ta vie est loin d'être terminée. Dis-toi que les souffrances, ou du moins l'ennui que tu as éprouvé jusqu'à maintenant, étaient peut-être un passage obligé pour parvenir aux bonheurs qui t'attendent et que tu ne soupçonnes pas encore.

— Si vous voulez, ai-je acquiescé sans grande conviction, vaguement déçu par la leçon qu'il venait de me donner.

— Mais ce n'est pas vraiment pour cela que je t'ai raconté le mythe d'Er, me rassura-t-il. À la fin, on apprend que les âmes doivent boire l'eau du fleuve Amélès après avoir fait leur choix ; une eau magique qui leur fait tout oublier de leur vie d'avant. Ainsi, elles ignorent qu'elles ont déjà vécu bien d'autres vies antérieures quand elles reviennent au monde.

Frédéric finit par regagner son fauteuil et se rasseoir. Il se pencha alors vers moi, et me fixa avec intensité et bienveillance.

— Tu n'es peut-être pas né hier, Étienne, me murmura-t-il. Ni avant-hier. Tu as peut-être été quelqu'un ou quelque chose, avant. Et ce n'est peut-être pas le néant qui t'attend après cette vie-là. Ton corps disparaîtra peut-être, mais ton âme est immortelle. Elle aura d'autres vies après, comme elle en a eu avant. Seulement, tu l'as oublié.

— Mais ce n'est qu'un mythe, hasardai-je, avec un sentiment d'incrédulité mêlée d'espérance.

— Peut-être, admit-il. Ou peut-être pas. Platon y croyait en tout cas. Il n'a pas révélé tout ce qu'il pensait, ni tout ce qu'il savait, dans ses dialogues. Il y a certaines connaissances qu'il a sans doute voulu garder pour lui, des sortes de visions, des fulgurances, relevant d'un état de conscience que seuls ses disciples comprenaient.

— C'est vrai qu'il m'arrive moi-même d'avoir des visions, lui ai-je confié un peu naïvement.

— Des visions ?

— Des prémonitions, plutôt, ai-je corrigé. Je vois les choses avant qu'elles n'arrivent, avec cette impression de *déjà-vu*. Vous avez déjà vécu cela ?

— Eh bien, il me semble que tu disposes de certains pouvoirs, Étienne, m'affirma-t-il. Même si tu l'ignores encore. Ce que tu me racontes me fait penser aux « channels », ces personnes douées de télépathie qui ont le pouvoir d'entrer en contact avec les esprits… Je dirais même, avec les Atlantes. Je le savais ! Je le sentais, du moins... Mais c'est un pouvoir qu'il faut savoir contrôler.

Il resta quelques secondes silencieux, puis conclut :

— Le moment venu, je te révélerai la vérité.

*

* *

Évidemment ! Évidemment, les promesses de Frédéric Schwartz étaient tellement séduisantes que je me suis jeté dans ses griffes à corps perdu, ou plutôt, à âme perdue. Sans que j'y prenne garde, il me donnait quelques tâches administratives à accomplir à côté des leçons particulières que je suivais chez lui. J'organisais ses déplacements, je réservais ses billets de train, je lui portais ses affaires, bien sûr, avec toujours le sentiment d'être son seul disciple, son homme de confiance. Je travaillais chez moi sur l'ordinateur de ma mère et sinon, j'arrivais tôt le jeudi rue de Buffon, quand Frédéric ne me proposait pas de venir faire quelques heures supplémentaires deux ou trois autres jours par semaine. J'allais de moins en moins à la fac, persuadé que c'était une perte de temps, que je valais mieux que tous ces étudiants lambda promis à une vie de seconde zone, fade et sans intérêt. Moi, j'étais de la race des initiés, et mon avenir se trouvait désormais à La Nouvelle Athènes, où j'étais toujours content de retrouver Lilie Salomé.

Un soir, en sortant de la salle de classe, j'ai vu qu'elle était encore là. Elle fermait le bureau situé de l'autre côté de la cour intérieure. Alors que Frédéric passait déjà la porte cochère, elle s'est adressée à moi.

— Tu m'attends ? m'a-t-elle lancé.

Je suis resté planté là, au milieu de la cour, sans trop savoir quoi répondre. Elle eut tout le temps de me rejoindre.

— Tu dois rentrer, peut-être ? a-t-elle ajouté.

— Eh bien... pas forcément, ai-je répondu. Mais Frédéric va peut-être m'attendre.

— Je ne crois pas, m'a-t-elle assuré. Et puis, il ne t'en voudra pas, si c'est pour la bonne cause.

— Quelle bonne cause ?

— Eh bien moi ! n'a-t-elle pas hésité à me répondre.

J'ai senti que je devenais tout rouge. Elle en a profité.

— Tu as le temps de boire un verre, alors ? Je connais un bar très sympa juste à côté.

Elle m'a emmené à L'Anatole, un bar à l'éclairage électrique rose et bleu qui me donnait un peu le cafard. En fait de lieu branché, il accueillait une population qui m'était tout à fait étrangère. Des filles au maquillage criard, en robe du soir de mauvais goût, avec beaucoup de strass et de brillants, comme si elles s'étaient échappées d'un mariage. Je ne me sentais pas vraiment à ma place. Dans le fond, le malaise que j'éprouvais venait plutôt du regard coupable que je portais sur moi-même. J'aimais plaire, et plus encore être séduit, et j'étais tout excité de me retrouver là avec Lilie Salomé, à jouer avec le feu.

— Frédéric croit beaucoup en toi, tu sais, m'a-t-elle confié en posant sa main sur mon bras.

— Ah ? me suis-je étonné. Pourtant, je ne suis là que depuis deux ou trois mois. D'ailleurs… Comment sait-il autant de choses sur moi ?

— C'est parce que toi, tu ne sais pas tout… Je me demande si je peux tout te révéler, mais dans le fond, si tu dois être bientôt initié…

— Initié ?

— Il ne t'en a pas parlé ? Ça m'étonne. Enfin, j'en ai peut-être déjà trop dit. Mais vous avez… nous avons des amis communs, m'assura-t-elle.

— Le professeur Loeve ?

— Qui ça ? Non, c'est juste… Tu ne le sais pas, mais certaines de tes connaissances sont membres de La Nouvelle Athènes… à un niveau supérieur, bien sûr. Mais ils ont dit le plus grand bien de toi à Frédéric.

— Des amis à moi ?

J'étais sidéré. De qui s'agissait-il ?

— Non, ça, je ne peux vraiment pas t'en parler pour le moment, admit-elle. Tu comprends qu'avec la réputation de l'association, nos membres n'ont pas trop envie de se dévoiler. C'est idiot, mais ce n'est pas vraiment notre faute. Si les gens n'avaient pas tous ces fantasmes, on ne serait pas obligés d'être aussi prudents.

J'étais vraiment intrigué. Mais j'étais encore plus troublé par les poses et les regards lascifs de Lilie Salomé. Je me prêtais volontiers à son jeu, charmé par l'ambiguïté de son attitude. Mais qu'est-ce que j'espérais ? Au moment de nous quitter, elle m'a donné deux baisers appuyés sur les joues tout en me caressant à moitié l'épaule. Je suis rentré chez ma mère, et je n'étais pas fier de moi, même s'il n'y avait rien eu de sérieux entre nous. Mais j'avoue que pendant un moment, j'avais un peu oublié Phalène.

C'est avec elle que j'ai quand même passé le réveillon de Noël, chez sa mère, pour éviter de rester avec la mienne. Mais même là, le cœur n'y était pas vraiment. J'entendais Phalène me reprocher d'être devenu « distant », « froid », et même « méchant », mais je ne comprenais pas bien ce qu'elle voulait dire. Elle m'ennuyait en tout cas, et j'avais le sentiment de m'être égaré en tombant amoureux d'elle, d'autant que Suzanne s'y mettait aussi.

— Je ne suis pas ta mère, Étienne, mais tu devrais vraiment te méfier de ce Frédéric Schwartz, tu sais, m'a-t-elle même lancé.

— Et qu'est-ce qui vous permet de dire ça ? lui ai-je répondu sur un ton pour le moins agressif. Vous ne le connaissez même pas !

— Ce que j'ai pu voir m'a suffi, m'assura Suzanne. Il a une mauvaise influence sur toi. Tu as déjà un peu changé, je trouve. Tu fais ce que tu veux de ta vie, mais j'espère juste que tu ne feras pas souffrir ma fille.

À l'intérieur, je bouillonnais, et j'étais à deux doigts de lui dire : « Vous me faites chier, madame Mejor ! » Mais comme j'étais lâche en plus d'être ingrat, je me suis tu.

Les mois de janvier et février sont passés, dans l'hiver froid de mon cœur perdu. J'ai quand même revu Cali, une fois.

Enfin, croisé.

Je distribuais des tracts avec Lilie Salomé rue Cauchoise, pour faire la publicité des prochains cycles de conférences qui devaient commencer au mois de mars.

— Bonjour ! Est-ce que vous vous intéressez à la philosophie ? demandais-je aux passants.

Et là, j'ai vu passer Cali. Il était sur son vélo, ou plutôt, il le traînait à côté de lui parce que c'est une rue piétonne. En apercevant son visage si familier qui semblait surgir du passé, j'ai été pris d'une bouffée de nostalgie, tout en ayant la conviction que mon meilleur ami était mort. Son visage m'apparaissait désormais vaguement étranger. Du moins, c'était ce que je me disais pour me retenir de pleurer. Dans le fond, j'avais une envie folle de lui sourire, de lui parler, de lui dire : « Cali ! Mais c'est moi ! Moi ! Ton meilleur ami. » Mais j'ai perçu dans son regard un mélange de haine, de mépris, de pitié et, pire que tout, d'indifférence. En fait, il ne s'est pas arrêté. Il est passé devant moi, me lançant un vague regard, comme si je n'évoquais rien pour lui. Il s'est vite éloigné, et j'ai tiré de cette malheureuse apparition un ressentiment d'autant plus fort envers lui. J'avais bien fait de le retirer de ma liste, ce faux ami. « Mais comment ai-je pu être bête au point de me lier avec un ingrat pareil ! » Une forme de dépit amoureux, en somme.

J'attendais surtout avec impatience le jour de mon « initiation ». Peu de temps après mon tête-à-tête avec Lilie Salomé, Frédéric m'avait lui-même annoncé que je serais admis dans la classe supérieure pour intégrer le cycle d'approfondissement.

Un soir, chez lui, peu de temps avant le jour fatidique, Frédéric m'a laissé entrevoir le monde intelligible, la fameuse vérité qu'il me promettait de me faire découvrir.

— Il y a, m'a-t-il dit, un autre mythe, encore, développé par Platon à la fin du *Phédon*... C'est le dialogue qui raconte la dernière nuit de Socrate avec ses disciples, juste avant son exécution. Tu imagines le genre de question qu'ils posent.

— Ils lui demandent s'il n'a pas peur de mourir ? ai-je proposé.

— C'est cela, Étienne, m'assura-t-il avec un regard apaisant. Socrate décrit alors à ses disciples un monde spirituel, fascinant. Il compare la vie des hommes sur la Terre à celle des poissons au fond de l'océan : ils ignorent sans doute qu'il existe un monde à la surface. De la même manière, nous pensons avoir la tête hors de l'eau, avec le ciel et les étoiles au-dessus de nous. En réalité, l'air qui nous environne est comme l'eau de l'océan, il nous empêche de voir plus haut...

Après un moment de silence, Frédéric me regarda droit dans les yeux.

— Il existe un monde, Étienne, un monde supérieur, plus vrai et plus lumineux au-delà du ciel, que Platon décrit comme une nature luxuriante aux couleurs brillantes et variées, parsemée de fleurs et de fruits, de pierres et de métaux précieux. Cela ne te rappelle rien ?

— L'Atlantide ? me suis-je étonné en ayant le sentiment de tout comprendre, enfin.

— Tu lis dans mes pensées ! me dit-il. Entre nous, je n'en attendais pas moins de toi, connaissant tes pouvoirs. Oui… c'est bien ce que je crois. L'Atlantide de Platon n'est autre que le monde spirituel et pour tout dire, le monde céleste d'où sont descendues nos âmes et qu'elles retrouveront après cette libération qu'est la mort.

— Mais comment Platon aurait-il pu voir ce monde ? lui ai-je demandé.

— Platon écrit quelque part que « mourir, c'est être initié », m'expliqua-t-il. Mais on pourrait renverser la proposition… Se dire qu'être initié, c'est mourir un peu, et parvenir à un état proprement extatique qui permet, dans cette vie même, d'atteindre le monde spirituel par la pensée. Tu connais les mystères d'Éleusis, sans doute.

— J'en ai entendu parler. C'est une cérémonie de la religion grecque, une sorte de rite de passage…

— Oui, m'assura-t-il. Tous les ans, au mois de septembre, des jeunes Grecs étaient introduits dans un lieu appelé télestrion. C'est là que leur étaient révélés les « mystères », l'*Alètheia*, le dévoilement de la vérité. Nous disposons de quelques informations parcellaircs sur le déroulement de la cérémonie, mais à part cela, on n'a jamais su quelles connaissances leur étaient transmises. Ce qui est sûr, c'est qu'on leur livrait le secret permettant d'accéder à la vie après la mort, l'immortalité…

— Et c'est ça que vous allez m'apprendre au cours de mon initiation ? me suis-je empressé de lui demander, tout excité.

— Patience, Étienne, chaque chose en son temps. Pour le moment, sache que Platon lui-même a sans doute été initié aux mystères. Et si tu veux vraiment tout savoir, je crois que la fameuse caverne se trouve quelque part et qu'il ne s'agit pas seulement d'une image. Je crois que Platon a découvert cette grotte qui offre comme une porte vers le monde intelligible… une porte vers les étoiles si tu préfères. Et je crois aussi qu'Eugène Loeve en a trouvé l'entrée.

Mille fois, je m'étais moqué de Cali pour moins que ça ! Et là, aussi étonnant que cela puisse paraître, je ne doutais pas un instant de ce que Frédéric me racontait. J'étais trop impatient sans doute, ou trop perdu. Il avait quand même bien travaillé pour me couper du monde, et jouer sur mes angoisses profondes, existentielles. La promesse d'une vie après la mort, l'assurance que, grâce à lui, je ne m'endormirais pas pour toujours ; que ma vie n'était pas qu'un point dans l'éternité, mais que mon âme participait à l'éternité, au contraire. Il me soulageait bien sûr, comme il me l'avait promis dès le premier jour. Il me guérissait peu à peu de mes peurs, et je me croyais plus heureux. J'étais persuadé d'en savoir plus que les autres, d'êtres plus puissant que les autres, et d'avoir tout compris à la vie. Je me sentais plus fort, plus libre et plus heureux, alors même que j'étais plus faible, plus servile et plus misérable que jamais. Si je devais décrire aujourd'hui l'état dans lequel je me trouvais alors, j'évoquerais la servitude de mon esprit, la perte de mon identité et l'absence totale de discernement.

*
* *

Le soir de mon initiation, Frédéric m'avait donné rendez-vous rue du Buffon à 19 heures précises. C'était un jeudi. Mais il n'était pas là. Tandis que je me retrouvais seul au milieu de la cour, un homme que je n'avais jamais vu est sorti du bureau. Il me faisait vaguement penser à Denis Vincenti : rondouillard, habillé en costume, trente-cinq ans peut-être, avec des lunettes des années 1980.

— Monsieur Van Langh ? m'a-t-il demandé sans même me serrer la main.

— Oui.

Il était froid, ou disons... inexpressif. Une sorte de messager. Il m'a annoncé qu'il devait m'emmener en voiture à « l'abbaye » qui se trouvait non loin de Verneuil-sur-Avre, à une heure et demie de route. Pendant le trajet, nous n'avons pas échangé un mot. Il avait peut-être reçu l'ordre de ne pas m'adresser la parole, et de mon côté, je n'avais pas très envie de parler, de toute façon. J'étais à moitié excité par ce qui m'attendait, même si j'étais un peu anxieux à cause de la voiture. À un moment, les vieilles mises en garde de Cali me sont quand même revenues en tête : « Un jour, ils vont te proposer de les suivre dans la cave pour t'initier à un grade supérieur. Et là, bang ! » Et si c'était un piège ?

Il faisait nuit, déjà, lorsque la voiture a ralenti pour emprunter une allée de gravier bordée d'une immense pelouse qui menait, me semblait-il, à un château. Je pouvais deviner l'ombre d'une grande et longue bâtisse, s'élevant sur deux étages percés de fenêtres, mais j'avais un peu de mal à me faire une idée de l'ensemble à cause de la pénombre. À l'extrémité de la façade, j'ai quand même aperçu un clocher surplombant une abside, sans doute une église accolée au corps principal du château. C'est là que l'homme m'a conduit à pied. J'ai d'abord vu quelques lueurs, au loin, puis, à mesure que nous nous approchions, j'ai pu distinguer les lumières de plusieurs torches qui dansaient au milieu de la nuit. Elles étaient portées par quelques personnes en procession vêtues d'une toge ou d'un drap blanc, qui semblaient tourner en rond devant la porte de l'église, en silence. Mon guide m'a saisi les deux bras pour me forcer à me tenir sans bouger. Je les ai regardés exécuter leur drôle de rituel pendant quelques instants. Tout à coup, une voix est sortie du groupe.

— Hélios a révélé le lieu où se trouve la déesse Perséphone !

Juste après l'annonce, une clameur s'est élevée, parcourant toute la procession. Les hommes et les femmes qui étaient là, plutôt jeunes, se sont mis à danser et à chanter, puis se sont approchés de moi. Mon accompagnateur m'a fait signe d'enlever mes chaussures, et l'un des danseurs en toge m'a posé un voile sur la tête. Je ne voyais plus rien.

La suite m'a pas mal désorienté. Je me souviens seulement qu'on m'a fait avancer sur la pelouse, avant de me plonger les mains dans de l'eau. Puis on m'a tiré pour me faire pénétrer à l'intérieur de l'église : le sol plus dur que je foulais et l'écho qui courait autour de moi me permirent de le deviner. On m'a alors fait descendre quelques marches, et j'ai pensé une fois encore, et plus que jamais, à Cali. Finalement, je me suis retrouvé dans une pièce dont je ne parvenais pas à mesurer la grandeur, mais j'imaginais qu'il s'agissait de la crypte. On m'a fait asseoir sur une chaise recouverte d'un coussin, ou plutôt, d'une peau d'animal dont je sentais les poils. Une main s'est alors posée sur ma mâchoire pour m'inviter à ouvrir la bouche, et j'ai senti un objet sur ma langue, froid, dur, avec un goût de fer. Désorienté et perdu dans mes sensations intérieures, j'ai entendu une voix prononcer des formules étranges.

— J'ai jeûné ; j'ai bu le cycéon. J'ai pris dans le panier et, après l'avoir manié, j'ai déposé dans la corbeille, puis, reprenant la corbeille, j'ai replacé dans le panier.

Très vite, une main inconnue m'a enlevé le voile que je portais sur la tête. C'était une clé qu'on avait posée sur ma langue. Je l'ai retirée. J'ai plissé les yeux et eu un peu de mal à m'habituer à nouveau à la lumière pourtant faible. La pièce que j'ai découverte était plongée dans la pénombre. Il s'agissait bien d'une sorte de cave voûtée. Le long des deux murs blancs étaient fixées, à espaces réguliers, des haches à double tranchant pareilles à celles que le professeur Loeve m'avait fait remarquer sur le site de Phaistos, et qui ressemblaient au symbole fasciste. Je me trouvais à peu près au centre de la pièce, sentant derrière moi le souffle de l'inconnu qui m'avait retiré le voile, et voyant de chaque côté, alignés le long du mur, d'autres inconnus, hommes et femmes, en toge blanche, une torche éteinte à la main. Je faisais face à un rideau noir qui s'est ouvert, et d'où j'ai vu sortir un visage familier, enfin : c'était Frédéric Schwartz. Mais il avait revêtu une longue robe rouge plus ou moins ridicule, et portait sur la tête une coiffe dorée de forme oblongue semblable à la tiare d'un pape. Il s'est avancé dans ma direction, tenant entre ses mains un petit coffret qu'il a ouvert devant moi, pour en sortir un épi de blé. Il me l'a remis avant de prononcer encore une autre formule.

— Étienne, aujourd'hui, étant engendré de nouveau par toi, entre des myriades étant rendu immortel.

Ensuite, il m'a tourné le dos pour aller se placer devant le rideau entrouvert, face à l'assemblée. Tous ceux qui étaient là ont alors tendu le bras pour un salut aux accents fascistes.

— Heureux celui des hommes vivant sur la Terre qui a vu ces choses ! ont-ils proclamé à l'unisson. Celui qui n'a pas connu les saintes orgies et celui qui n'y a pas pris part n'auront pas, après la mort, le même sort dans les sombres séjours !

À la fin, la lumière a été rallumée. Frédéric m'a souri très chaleureusement, en me souhaitant la bienvenue. Puis, les uns après les autres, tous les adeptes sont venus me donner l'accolade, celle-là même que j'avais observée lors de ma première visite à La Nouvelle Athènes. Enfin, j'ai senti la main de l'inconnu qui se tenait dernière moi me taper sur l'épaule. Je me suis retourné, pour découvrir le visage souriant de Lauric.

12

La chute

Après la cérémonie, un grand dîner était offert dans le parc du château, où avaient été disposées quelques tentes en toile blanche. Il y avait beaucoup à manger, des salades, surtout, et à boire, de l'eau et des jus de fruits.

— Il y a du vin ? ai-je demandé à Lauric.

— Surtout pas ! m'a-t-il répondu. On essaie de s'imposer un mode de vie sain. D'ailleurs, je serais toi, j'y réfléchirais à deux fois avant d'allumer cette cigarette. Tu es un Athénien, maintenant.

Je n'étais pas sûr d'avoir bien compris ce que cela voulait dire, d'être un « Athénien ». Même si j'étais encore troublé par l'initiation que j'avais reçue, j'avais un peu de mal à me sentir « immortel ». Dans le fond, la cérémonie qui devait me faire basculer du côté obscur a produit sur moi l'effet inverse. Le rituel vaguement inspiré des mystères d'Éleusis m'a semblé assez ridicule, et j'ai eu l'impression d'être un étranger au milieu de tous ces gens qui m'ont paru plutôt laids. J'avais la nausée, non pas parce que j'étais anxieux, mais parce que je ne me trouvais pas à ma place. Alors, je n'ai pas lâché Lauric de la soirée, le seul visage qui m'était familier.

— Maintenant, je comprends mieux pourquoi Frédéric en savait autant sur moi, sur nous, lui ai-je confié. C'est toi qui lui as tout raconté après le voyage en Crète.

— C'est moi, m'a répondu Lauric sans détour. Ça faisait partie de mon voyage initiatique. Dans l'Antiquité, l'adolescent initié aux mystères devait partir un an dans la montagne pour vivre de vol et de rapine, une façon de se débrouiller seul. On n'en demande pas tant aujourd'hui, évidemment ! Mais le jeune Athénien doit quand même subir une épreuve dans ce goût-là... Tu vois les gars là-bas, m'a dit Lauric en pointant du doigt deux jeunes assis dans l'herbe en tailleur qui s'amusaient. Eux, ils ont dû voler le manuscrit à la bibliothèque de Genève. J'ignore encore pourquoi, mais Frédéric y tenait. Une piste pour retrouver l'Atlantide, apparemment... Et moi, j'ai dû effectuer ce voyage en Crète pour récolter des informations.

— Mais... et Cali ? Tu ne lui as rien dit ? me suis-je encore étonné. Pourtant, vous passiez votre temps ensemble.

— Cali ? m'a répondu Lauric, tu veux rire ! C'est une mine d'informations, c'est sûr. Mais franchement, Cali... ou plutôt Medhi, tu l'as bien vu ! Il passe son temps à fumer des joints. Il vit dans un taudis, le type même du cas social et puis... ça m'étonnerait pas qu'il soit djihadiste avec ses origines. Cali, il sert à rien !

J'étais estomaqué.

— Mais comment tu peux dire ça !

— Pourquoi, tu n'es pas d'accord ?

— Euh… si, si, me suis-je repris pour jouer le jeu, un peu effrayé.

— Tu me rassures ! m'a-t-il lancé en riant. Mais je me doute bien que Frédéric ne t'aurait pas amené ici s'il n'avait pas une totale confiance en toi, je me trompe ?

J'ai un peu cherché ce que je devais lui répondre. Alors, j'ai menti.

— Non. C'est que je suis longtemps resté ami avec Cali, alors, j'avais du mal à me rendre compte.

— Eh oui ! Difficile de sortir de la caverne ! a-t-il réagi en se servant un nouveau verre. Moi, je n'ai rien contre Cali, remarque. Mais bon, c'est le genre de gars dont il va bien falloir se débarrasser si on veut remettre un peu d'ordre.

— Se débarrasser ? Qu'est-ce que tu veux dire ?

— Tu vois bien ce que je veux dire, m'a-t-il lâché, un sourire au coin des lèvres. Après tout, c'est ce que dit Platon lui-même dans *La République* quand il décrit la cité idéale. C'est Frédéric qui me l'a appris : « On laissera mourir ceux qui ont le corps malsain, et ceux qui ont l'âme perverse par nature et incorrigible, on les mettra à mort. » Après tout, il en va de la survie de notre civilisation ! Sinon, on finira comme les Romains ou les Sumériens. Tu sais ce qui a précipité la chute de l'Empire romain ?

— À peu près, lui ai-je répondu. Les invasions barbares ?

— La décadence ! s'est-il exclamé. La décadence ! Quand les Romains ont peu à peu perdu leur âme de guerrier et leur moralité, la force, le courage et le sens de l'honneur, pour s'endormir dans une paix lénifiante. Ils sont devenus des tapettes, tombés dans la débauche et les orgies… La classe dirigeante ne cherchait plus qu'à s'enrichir, tandis que le peuple se divertissait devant les jeux du cirque. Cicéron s'en plaignait lui-même dès le Ier siècle avant Jésus-Christ : « *O tempora, o mores* », « Ô temps, ô mœurs ! » Pas étonnant qu'ils aient été vaincus par les barbares ! Aujourd'hui, c'est pareil : quel jeune est prêt à risquer sa vie pour sa patrie ? Aucun ! De toute façon, il n'y a plus de patrie avec cette mondialisation capitaliste. Les hommes politiques sont corrompus et les gens regardent des débilités à la télé ou satisfont leur petit ego à coups de selfies. Toutes les civilisations disparaissent pour les mêmes raisons. C'est bien le message de Platon dans le mythe de l'Atlantide…

— Je croyais que tu ne connaissais pas… l'Atlantide…

— Je faisais semblant, bien sûr, m'a révélé Lauric, pour ne pas me faire repérer. Mais j'ai bien lu le *Critias* : les Atlantes tombent dans l'immoralité, les excès et la cupidité, comme notre époque dégénérée et sidaïque qui accepte les homos. Les Grecs eux-mêmes en sont morts ! Et si l'Atlantide a subi les foudres de Dieu, c'était pour punir les Atlantes qui avaient perdu leur pureté en se mélangeant à d'autres races.

— Tu es sûr qu'il a écrit ça, Platon ? me suis-je permis d'intervenir pour le raisonner un peu.

— Bien sûr ! me répondit-il avec un rictus de fou. La vraie histoire n'est pas celle qu'on raconte. Les barbares n'ont pas débarqué du jour au lendemain avec leur armée pour envahir l'Empire romain. Non... c'étaient des « migrants » : des Vandales, des Burgondes, des Francs et des Goths venus s'y réfugier pour échapper aux Huns. Ils ont été accueillis généreusement, avant de se répandre dans toutes les couches de la société. Exactement comme ça se passe aujourd'hui avec nos migrants qui fuient les guerres au Moyen-Orient ! Au début, les Romains ont cru trouver une main-d'œuvre bon marché et puis, les barbares ont intégré l'armée, pour finir par infiltrer la classe dirigeante. Il n'y a pas eu tant de guerres et de batailles. C'est un remplacement progressif des Romains par des peuplades étrangères qui a provoqué la chute de l'Empire. Et notre civilisation risque de subir le même sort avec tous ces immigrés... Ça va, Étienne ?

— Bah... je me sens pas très bien, en fait. La salade, peut-être. Je vais marcher un peu.

Je n'avais même plus la nausée, j'étais écœuré. Je me suis éloigné de Lauric, puis de l'ensemble des tentes installées devant le château pour laisser derrière moi la foule, et partir vers les grands arbres sombres, dans le fond de la nuit. Frédéric m'a arrêté. Il avait retiré sa coiffe, mais portait toujours sa toge rouge ridicule qui me donnait mal au cœur.

— Étienne ! m'a-t-il lancé avec un grand sourire. Tu te remets de tes émotions ?

— À peine, lui ai-je répondu. Ça ira sans doute mieux dans quelques minutes.

Poursuivant ma marche chancelante, j'ai croisé Lilie Salomé, vêtue d'une robe blanche complètement transparente.

— ça ne va pas, Étienne ? s'est-elle inquiétée en me caressant l'épaule.

Effrayé par la voix d'or et les attouchements voluptueux de la sirène, j'ai pensé à Phalène, mon amour perdu. Je voulais la voir, sentir ses ongles longs sur ma nuque, dans mes cheveux, son parfum rassurant.

— J'ai un peu mal au ventre, ai-je balbutié.

Lilie Salomé a plaqué sa main sur mon ventre pour le sentir.

— Ah… Tu veux un massage ? m'a-t-elle proposé.

— Euh… non, non, ça va aller, je crois, lui ai-je répondu en lui saisissant le poignet pour qu'elle retire sa main.

J'ai fait le tour du château, puis de l'église, en titubant toujours, et regagné l'allée de graviers par laquelle j'étais arrivé. Je cherchais à fuir les lieux, et moi-même. Parvenu à la grille du château, je me suis senti de plus en plus mal. J'ai commencé à me pencher en avant, sentant bien que j'allais être malade, et j'ai vomi ma salade et ce putain de jus de fruits pour néonazis vegan. Pourtant, j'ai vécu ce moment que j'avais tant redouté comme une libération. Je me disais que ce n'était pas si terrible finalement, quand j'ai reçu un grand coup derrière la tête.

Et puis, plus rien.

Le noir.

*
* *

J'ai ouvert les yeux sur un plafond blanc. J'étais allongé sur un lit, dans une chambre faiblement éclairée. Les murs étaient rouges, à part celui qui se trouvait à ma droite, percé d'une grande fenêtre et recouvert de papier peint saumon. Dans le coin, il y avait une petite table ronde en bois, et le sol était pavé de tomettes. Je me suis demandé ce que je faisais là, ou plutôt, j'ai tenté de me souvenir de ce qui s'était passé juste avant. C'était bien la première fois de ma vie que je perdais connaissance. La mémoire m'est revenue peu à peu : Lauric, le château, le parc, le malaise, et tandis que mes yeux commençaient tout juste à s'habituer à la lumière, j'ai distingué un visage penché sur moi, d'où est sortie une voix que j'avais désespéré d'entendre à nouveau un jour.

— Ça va mon frère ? Tu m'as fait peur, tu sais !

J'ai cligné des yeux pour mieux voir, et j'ai reconnu Cali, mon pote, mon frère, mon repère, ma terre, mon sang, mon autre moi, mon meilleur ami de toujours. J'ai bien cru à une apparition, comme si j'étais encore dans une demi-conscience. Incapable de dire quoi que ce soit, j'ai seulement senti ma gorge se serrer. J'ai pris une grande inspiration avant de me relâcher complètement en pleurant à chaudes larmes. Cali s'est penché vers moi pour me prendre dans ses bras et me serrer d'un geste de consolation. À ce moment précis, j'avais beau pleurer, j'étais mieux que jamais, à l'intérieur.

J'ai quand même tenté de prononcer quelques mots en reprenant ma respiration.

— Tu... C'est toi ?

— C'est moi ! m'a-t-il confirmé en se relevant pour que je le voie mieux.

— Mais... après tout ce que je t'ai dit...

— Tu pensais peut-être que j'allais laisser mon pote tout seul ?

— Regarde ce que je suis devenu...

— T'inquiète, mon frère, m'a-t-il assuré. Je sais que c'est pas de ta faute. Enfin... je sais que c'était pas vraiment toi.

— Mais, je croyais... quand on s'est croisés dans la rue...

— Tu croyais tellement de choses... Je t'aime, mon frère, tu sais ! m'a simplement dit Cali.

— Moi aussi, putain... moi aussi.

Nous sommes tombés dans les bras l'un de l'autre une fois encore, et j'ai fini par reprendre un peu mes esprits. J'avais l'impression de sortir d'un mauvais rêve, d'un long tunnel ou d'un cauchemar interminable. Cali venait de me sauver de tous les monstres, et surtout de ceux qui se trouvaient à l'intérieur de moi-même.

— Mais comment t'as fait ? lui ai-je demandé en me relevant un peu pour m'adosser à mon oreiller. On est où, là ?

— Dans un hôtel, m'a-t-il répondu. L'Hôtel du Saumon à Verneuil...

— C'est toi qui m'as frappé ?

— Bah oui, m'a-t-il avoué, pas très fier de lui. Mais qu'est-ce que je pouvais faire d'autre ? Pas facile de te sauver contre ta volonté, enfin... ta volonté... Le plus dur, c'était de te porter sur mon dos à vélo ! J'ai bien mis trois quarts d'heure pour venir ici.

Tout d'un coup, j'ai reçu un message sur mon téléphone. « T où ? », était-il écrit.

— C'est Lauric, ai-je annoncé à Cali. Au fait, comment tu m'as retrouvé ?

— La vérité, c'est que je ne t'ai jamais perdu de vue pendant tout ce temps. Pas très malin, remarque, le Lauric. Je suis tombé sur une photo de groupe, un jour, en regardant le site de La Nouvelle Athènes sur Internet. Et j'ai reconnu sa tête de faux frère. J'avais toujours eu des doutes de toute façon...

— Comment ça ? me suis-je étonné. Et tu ne m'en as jamais parlé ?

— Pour quoi faire ? Tu ne voulais plus rien entendre... Mais bon, tu te souviens peut-être de ce fameux soir à Santorin, la veille de la disparition de ton prof...

— Le professeur Loeve ?

— C'est ça, le professeur Loeve... Je t'avais dit que j'étais descendu fumer un joint avec Lauric et qu'on avait surpris une conversation entre Tahar et le professeur... En fait, quand je me suis réveillé, Lauric n'était plus dans la chambre. Je suis descendu pour voir où il était, et là, je l'ai retrouvé au pied de l'escalier. Il m'a dit qu'il voulait fumer, mais j'ai bien eu l'impression qu'il était en train d'espionner les deux vieux.

— Ouais, ai-je appris à Cali. Lauric m'a dit qu'il était venu en Crète pour enquêter sur le professeur Loeve... en mission pour La Nouvelle Athènes.

— Tu crois que c'est lui qui l'a fait disparaître ? m'a demandé Cali.

— Je ne pense pas. D'après ce que j'ai compris, Frédéric... enfin, La Nouvelle Athènes avait besoin du professeur. J'ai bien l'impression que c'est à cause d'eux qu'il a voulu disparaître, au contraire. En revanche, c'est sûrement Lauric...

— Oui, je sais, m'a confirmé Cali. C'est sûrement Lauric qui a fait tomber le toit de la basilique sur la tête du professeur à Gortyne. Ça aussi j'y ai pensé après coup : tu te souviens du soir à Matala avec son numéro d'escalade ? Ça c'est sûr ! Avec la force qu'il a dans les bras, il est taillé pour ce genre d'acrobatie. Maintenant, pourquoi il a fait ça, mystère...

— Je ne suis pas sûr qu'il ait voulu tuer le professeur, en tout cas, ai-je suggéré. C'était plutôt pour lui faire peur, un genre de message ou d'avertissement, peut-être. Ce qui contredit à peu près tout ce que m'a raconté Frédéric... Schwartz.

— À propos de quoi ?

— Il a prétendu que lui et le professeur Loeve étaient proches, qu'ils s'entendaient bien... Que c'était le professeur lui-même qui lui avait demandé de voler le manuscrit à la bibliothèque de Genève. Si c'était le cas, à quoi bon lui envoyer Lauric pour le menacer ?

— Qu'est-ce que tu dis ? s'est écrié Cali. C'est La Nouvelle Athènes qui a volé le manuscrit ?

— Eh bien, oui... oui, ai-je admis, me rendant compte tout à coup de l'énormité de la nouvelle.

— Et comment tu le sais ?

— Frédéric me l'a montré lui-même. Il m'a promis monts et merveilles. Il m'a plus ou moins fait croire qu'il savait où se trouvait l'Atlantide et qu'il allait me le révéler. La vérité, c'est plutôt qu'il n'en sait rien. Je crois qu'il m'a mis en confiance en espérant me soutirer des informations. J'ai l'impression qu'il pense que je sais des choses… Ou du moins, que le professeur Loeve m'aurait confié des choses qui pourraient lui être utiles.

— Et alors ?

— Non, ai-je conclu. Je ne vois pas.

Mon téléphone a sonné encore une fois. Cette fois, c'était le numéro de Frédéric Schwartz, mon ancien maître, qui s'affichait.

— Ça c'est sûr, ils vont te chercher, m'a prévenu Cali.

Nous nous sommes tus un instant. Je me suis levé pour faire le tour de la chambre, jetant un coup d'œil à travers la fenêtre, avant d'aller m'asseoir à la petite table ronde en bois. Cali est resté sur le lit.

— Et Phalène ? lui ai-je demandé.

— Pour ça, je ne peux pas faire grand-chose, a admis Cali. Mais je serais toi, j'irais toquer à la porte de la chambre d'à côté.

— Elle est venue avec toi ? me suis-je étonné, plein d'espoir.

— Tu verras, s'est-il contenté de me dire d'un air mystérieux. Mais bon, je ne garantis rien.

Je suis aussitôt sorti de la chambre. Dans le couloir, pris d'un doute sur les indications que Cali m'avait données, je lui ai fait signe pour lui demander si je devais partir à gauche ou à droite. Il a pointé son doigt silencieusement dans la direction que je devais suivre. Devant la porte d'à côté, j'ai hésité quelques instants. Et puis, j'ai frappé. Pas de réponse. J'ai frappé encore. Toujours rien. Au troisième coup, la porte s'est ouverte. Le temps que j'entraperçoive l'intérieur de la chambre, j'ai vu la silhouette qui m'avait ouvert s'éloigner vers le fond de la pièce. Phalène me tournait le dos et s'était plantée devant la fenêtre fouettée par la pluie, une main plaquée contre le carreau.

— Le professeur m'avait prévenue, a-t-elle commencé d'un ton impassible sans même se retourner.

— Quand ça ? lui ai-je demandé sans trop oser entrer.

— Le jour où je suis allée le chercher à l'hôpital, m'a-t-elle répondu. Je n'avais pas compris à l'époque.

— Compris quoi ?

— Il m'avait dit que tu traverserais des épreuves, que tu changerais... en mal. Mais que je ne devrais pas t'abandonner... Pas me détourner de toi. Que ce serait très difficile, mais que je devrais te faire confiance.

— Et comment il a su ?

— Je ne sais pas ! s'est-elle énervée.

Tout d'un coup, elle s'est retournée, les yeux rougis par les larmes qu'elle venait d'essuyer.

— Oh ! Et puis, c'est n'importe quoi de toute façon ! Je ne sais même pas ce que je fais là. Ça, tu peux dire merci à ton copain, a-t-elle ajouté. C'est lui qui m'a suppliée de l'accompagner. Mais je ne comprends toujours pas pourquoi j'ai accepté.

Je me suis avancé timidement dans la chambre, tout en gardant mes distances.

— En tout cas, je suis content de te voir, moi, ai-je tenté de lui répondre. J'ai beaucoup pensé à toi...

— Oh ça va, hein ! s'est-elle écriée. Tu me prends pour qui ? Tu as pensé à moi, vraiment ?

— Disons que je me sentais perdu.

— Oh là, là ! Le pauvre, il était tout perdu ! m'a-t-elle reproché dans un sarcasme plein de dépit. Et moi ? Je te saute dans les bras pour te consoler ? Mais qu'est-ce que tu crois ? Tu cherchais quoi déjà ? Ah oui ! Attends, je me souviens : la « vérité » ! Le monde spirituel, l'origine du monde, le secret de la vie... Dans le fond, tu n'as vraiment rien compris ! Tu as tourné le dos à ton meilleur pote – tu sais, celui qui se couperait un bras pour toi ! Ça, tu as de la chance de l'avoir ! Mais moi, je ne suis pas comme lui ! Moi... je fais quoi maintenant ?

À mesure qu'elle parlait, Phalène avait la gorge qui se serrait, retenant difficilement ses larmes.

— Donne-moi une seule raison de te faire confiance, désormais ! m'a-t-elle ordonné tout en pleurant. Pourquoi je resterais ?

— Parce que tu sais.

J'ai eu comme un flash. Pour la première fois depuis le début de cette étrange histoire, j'avais le sentiment d'avoir au moins une certitude, et que tout devenait clair.

— Je sais quoi ? m'a-t-elle demandé.

— Que nous sommes liés depuis toujours, me suis-je risqué à lui déclarer. Que je t'ai toujours aimée, et que toi aussi, tu m'as toujours aimé.

— Des mots, tout ça...

— Non, je veux dire... Le jour où je t'ai rencontrée, j'avais le sentiment de te connaître déjà, ou plutôt que nous nous étions aimés, déjà, dans cette vie ou dans une autre... Le sentiment de retrouver enfin l'autre moitié de moi-même que j'avais toujours cherchée... Et là, je m'en rends compte, c'est le manque de toi qui m'avait rendu si vide et si triste.

— Alors, m'objecta-t-elle tout en retrouvant un peu son calme, pourquoi chercher encore et toujours autre chose, et risquer de tout perdre ? Je ne suis pas sûre que ce soit moi que tu cherches, Étienne.

Fatiguée par la dispute, son émotion et l'heure tardive, Phalène s'est couchée pour mettre fin à la conversation. Ne sachant pas comment me comporter avec elle, je me suis installé dans le fauteuil qui se trouvait dans un coin de la chambre. Je ne voulais plus la quitter, mais je ne me voyais pas du tout la rejoindre dans le lit. Je l'ai laissée s'endormir et je me suis moi-même assoupi. Tout d'un coup, sa voix m'a réveillé. Je ne savais pas du tout quelle heure il était.

— Viens, m'a-t-elle murmuré. Viens là, et ne me laisse plus jamais.

J'ai obéi. Je me suis d'abord allongé à côté d'elle, gauche, statique, sans même oser l'effleurer. Et puis, au fil de la nuit, j'ai senti son souffle et son parfum plus près de moi, et je me suis rapproché d'elle. Nous nous sommes endormis, si loin, si proches.

*

* *

Le lendemain matin, Phalène semblait à nouveau distante, comme si la nuit passée ensemble n'avait été qu'une parenthèse, voire un adieu.

— Qu'est-ce que tu comptes faire ? lui ai-je demandé.

— Je rentre à Paris, m'a-t-elle annoncé. J'ai besoin de réfléchir. C'est difficile, tu sais. Je t'appelle. De toute façon, je vais sans doute aller voir ma mère demain, c'est samedi.

Phalène a pris son train pour Paris, tandis que nous avons pris le nôtre, Cali et moi, pour rentrer à Rouen. Enfin, les nôtres : il y avait plusieurs changements, il fallait passer par Caen ou je ne sais quoi. D'un autre côté, tous ces détours nous arrangeaient assez bien : depuis mon départ précipité – et forcé – de La Nouvelle Athènes, j'étais certain que tout le monde allait me chercher. Alors, autant les semer un peu sur la route.

— Qu'est-ce qu'on fait maintenant ? ai-je demandé à Cali, cette fois, pendant que défilaient devant nous les bocages de Normandie. Qu'est-ce que je vais dire à Frédéric ?

— Tu lui dis rien ! s'est un peu énervé mon ami. Tu arrêtes avec tout ça.

— T'as raison, ai-je admis. Et Lauric… je vais forcément le recroiser à la fac. Pas aujourd'hui, remarque, je n'ai pas cours. Mais ce qui est sûr, c'est qu'on va devoir agir. Avec tout ce que Frédéric Schwartz m'a confié, ils ne vont pas en rester là.

— On va voir la police ? m'a proposé Cali.

— Pour leur dire quoi ? « Bonjour, un gourou m'a promis de devenir immortel, et en fait, c'est pas vrai ! » J'aurais l'air de quoi ?

— Et le manuscrit de la bibliothèque de Genève ? m'a fait remarquer Cali. Ils l'ont bien volé ? On peut le dire à la police, ça. C'est un délit, non ?

— On peut... ou pas, ai-je songé tout haut.

— Et pourquoi non ?

— Eh bien ... si près du but, ce serait dommage de laisser ce manuscrit à quelqu'un d'autre.

— Tu... tu veux leur prendre ?

— De toute façon, ils ne savent pas quoi en faire, ai-je précisé. Et puis, c'était quand même ce qu'on était venus chercher dès le début.

— Mais tu vois où ça t'a mené tout ça, mon frère ?

— Ne me dis pas que tu n'as pas envie de savoir, lui ai-je suggéré. Avec tes heures passées sur Internet ! Là, ce n'est plus du virtuel ! C'est pour de vrai !

— Je ne sais pas, hésita-t-il encore. On verra...

Nous avons débarqué à Rouen vers midi, puis nous sommes allés nous réfugier chez Cali. Il faisait rouler son vélo à côté de lui, et nous rasions les murs en regardant à droite et à gauche, pour voir si personne ne nous suivait. Nous sommes restés chez lui toute l'après-midi à échafauder un plan, tandis que je lui racontais tout ce que j'avais vu et entendu, pendant mes quatre mois d'esclavage de l'esprit, à La Nouvelle Athènes.

— En tout cas, je ne te laisse plus tout seul ! m'a prévenu Cali.

J'ai fini par le convaincre de m'accompagner pour voler le manuscrit que Frédéric Schwartz conservait dans son bureau.

— Et comment on entre chez lui ? m'a-t-il demandé.

— Facile, lui ai-je appris, j'ai les clés ! Finalement, ça peut servir d'être le valet.

— Et tu comptes y aller quand ?

— Demain matin. C'est le meilleur moment. Tous les samedis, il part courir vers 6 h 30 sur les quais de Seine. Ce sera l'idéal. Et puis, il ne faut pas trop attendre... Il m'a encore laissé trois messages aujourd'hui, plus trois mails. Je ne vais pas pouvoir faire le mort encore longtemps...

Nous nous sommes donc levés très tôt le samedi matin, vers 5 heures, après avoir à peine fermé l'œil de la nuit. Nous avons traversé les rues piétonnes du quartier Saint-Sever désertes à cette heure-là, puis le pont Guillaume-le-Conquérant, dans l'aube grise et sombre de l'hiver rouennais finissant. Cachés derrière l'église Saint-Gervais, nous avons aperçu Frédéric Schwartz sortant de son jardin en tenue de jogging, ses écouteurs sur les oreilles. Après l'avoir vu s'éloigner, nous nous sommes approchés de sa maison le plus discrètement possible, franchissant successivement le portail, la porte d'entrée, puis celle du salon.

— Le manuscrit doit être là, dans son bureau, ai-je chuchoté à Cali. Du moins, c'est là qu'il est allé le chercher.

Par chance, car je n'avais pas la clé, la porte du bureau était ouverte. En fait, je n'étais jamais entré dans cette pièce. Une sorte de cellule sans fenêtre, aux murs recouverts de panneaux de bois. D'un côté, un petit secrétaire orné de marqueterie, de l'autre, un grand lutrin sur lequel était posé un gros volume ressemblant à un manuscrit du Moyen Âge. Les deux autres murs étaient entièrement cachés par de hautes bibliothèques remplies de livres. Au milieu trônait un grand bureau en acacia, sur lequel était installé un ordinateur.

— Il doit se trouver là, quelque part, ai-je murmuré à Cali.

Nous avons fouillé un peu partout, sans trop savoir où chercher. Je me suis spontanément dirigé vers le secrétaire, rempli de petits tiroirs secrets. Mais rien. Finalement, c'est au milieu des livres de l'une des bibliothèques que j'ai remarqué la tranche rouge de la chemise que Frédéric avait exhibée devant moi.

— Je l'ai ! ai-je annoncé à Cali après avoir entrouvert la pochette en cuir rouge-brun pour vérifier qu'il s'agissait du bon manuscrit.

— Et ça, qu'est-ce que c'est ? m'a demandé Cali.

Il venait de sortir un autre manuscrit du tiroir de droite du bureau. Pas un manuscrit du Moyen Âge, cette fois : un texte tapé à l'ordinateur, et relié par une baguette en spirale, comme les mémoires d'étudiants. Sur la première page, il était écrit : « La Nouvelle Athènes : Manuel du dirigeant ». Nous avons feuilleté le document, retenant, au hasard, quelques passages, édifiants.

« … Annoncer les cours sans trop insister sur La Nouvelle Athènes, en la présentant simplement comme un institut culturel privé. Ce type de propagande doit être suffisamment flou pour ne pas éveiller les soupçons. Mais au fond, La Nouvelle Athènes est une école de mystères ou école théosophique… »

« … Mettre fin au mythe de la démocratie pour instaurer un gouvernement totalitaire… Le pouvoir appartient au Conseil suprême dirigé par le commandant mondial, appelé "directeur général" pour l'extérieur… Une structure pyramidale comprenant un corps de sécurité, un service de renseignement, un corps de professeurs, chacun dirigé par un chef de filiale. »

Les mots « chef de filiale » étaient surlignés en bleu.

« … Transformer les hommes les plus aptes en surhommes pour préparer l'avènement d'un nouvel âge d'or. Les inaptes seront laissés derrière : drogués, homos, capitalistes et tous ceux qui sont à l'origine de la décadence de la civilisation… »

Nous commencions tout juste à nous étonner de cette lecture quand nous avons entendu un bruit provenant de l'autre côté du salon : la porte d'entrée venait de claquer.

— Vite ! Vite ! ai-je chuchoté.

J'ai fait signe à Cali de se cacher derrière la porte ouverte du bureau, après lui avoir donné le manuscrit de Genève, tandis que je me tenais toujours au milieu de la pièce, avec le *Manuel du dirigeant* à la main. Frédéric Schwartz est apparu dans l'encadrement de la porte, un peu essoufflé, se frottant la tête avec une serviette blanche.

— Étienne ? s'est-il à peine étonné tout en retirant ses écouteurs. C'est toi ? Qu'est-ce que tu fais là ? Je t'ai laissé une dizaine de messages.

— Qu'est-ce que c'est que ça ? lui ai-je demandé d'un air contrarié en lui montrant le manuel.

— Qui t'a permis d'entrer dans mon bureau ? s'est-il énervé à son tour. Qu'est-ce que tu cherches ?

Frédéric a commencé à s'avancer et, pour éviter qu'il entre dans le bureau et découvre Cali, je me suis empressé d'en sortir, pour le retenir dans le salon.

— Tu t'es bien moqué de moi ! ai-je repris en lui lançant le Manuel du dirigeant à la figure. « Propagande », « gouvernement totalitaire », « mettre fin au mythe de la démocratie »… J'imagine que le « chef de filiale », c'est toi !

— Ton initiation t'a bouleversé plus que je ne le croyais, m'a-t-il répondu en tentant de me calmer. Je te croyais plus fort que cela. Est-ce que je me serais trompé sur tes aptitudes ? En tout cas, je suis un peu déçu…

— C'est bon ! lui ai-je rétorqué. Tu es un peu « déçu » ? Très bien. Ce que tu penses de moi, je n'en ai strictement rien à faire ! Je suis guéri !

— Guéri ? Tu fais une rechute, je dirais.

Tout en jouant l'énervement, je me déplaçais dans la pièce pour que Frédéric me suive du regard et tourne progressivement le dos à la porte du bureau.

— Tu dénonces la vanité du monde moderne, et regarde ! ai-je poursuivi. Ta maison est remplie de photos de toi ! Je ne parle même pas de l'argent que tu gagnes avec tous tes livres… Platon ! Tu parles !

— Tu ne connais rien à Platon, mon pauvre ! m'a-t-il lancé, commençant à prendre un ton méprisant, et par là même, à se découvrir. C'est Platon qui dénonce le mythe de la démocratie, qu'il qualifie de « dictature de l'ignorance ». Regarde-les ! Mais regarde-les tous ces sous-hommes, ces imbéciles et ces incultes ! Quand il s'agit de savoir comment réparer son téléphone ou son ordinateur, est-ce qu'on fait voter la majorité ? Non ! On se tourne vers celui qui s'y connaît ; on appelle un professionnel ! Alors, pourquoi demander son avis à la populace quand il s'agit de choisir ses dirigeants ? Ou quand il faut déclarer une guerre ou se protéger contre le terrorisme : qu'est-ce qu'il en sait, le peuple, de ce qu'il faut faire ? Tout ce qui l'intéresse, c'est de satisfaire ses petits désirs puérils de consommateur, regarder les émissions les plus débiles à la télé et faire des selfies. « La démocratie » ! « La démocratie » ! Regarde où elle nous a menés, la démocratie : vers la décadence !

Je me tenais désormais près de la fenêtre pour attirer Frédéric vers moi, le plus loin possible du bureau. Par-dessus son épaule, j'ai aperçu la tête de Cali dans l'encadrement de la porte et lui ai fait signe d'en profiter pour s'éclipser, tant que l'autre ne le voyait pas.

— Tu sais ce que disait Churchill ? lui ai-je lancé pour le provoquer un peu… et surtout pour l'occuper. « La démocratie est le pire des régimes, à l'exception de tous les autres. » Tu le saurais si tu avais étudié un peu l'Histoire, au lieu de te contenter de te perdre dans tes mondes spirituels.

— Je suis bien d'accord ! s'amusa Frédéric avec mauvaise humeur. D'accord avec la première partie, en tout cas ! La démocratie, c'est le pire des régimes ! Et ce n'est pas moi qui le dis, c'est Platon ! C'est ce qu'il montre dans *La République*, eh oui ! Il n'y a pas que l'allégorie de la caverne ! Tu le saurais si tu lisais un peu, mon petit !

— D'accord, lui ai-je concédé en récuperant calmement le *Manuel du dirigeant*. Et pourquoi la démocratie serait-elle le pire des régimes ?

Frédéric m'a regardé d'un air oblique, tout à la fois suspicieux et rassuré de me voir me calmer. En fait, le but était encore et toujours de le faire pivoter pour qu'il ne voie pas Cali en train de traverser le salon derrière lui.

— Aucun régime politique ne peut durer parce qu'ils finissent tous par se corrompre, m'a-t-il répondu, semblant commencer à se détendre un peu. C'est la triste loi de la nature humaine : tous ceux qui ont le pouvoir cherchent à le conserver, et même, ils en veulent toujours plus. C'est ainsi que tout régime politique finit par dégénérer... Platon décrit un cercle dans *La République*... Une image qui plaisait beaucoup à Eugène Loeve, il m'en parlait souvent.

— Le professeur Loeve ? Ennemi de la démocratie ? lui ai-je objecté. Ça m'étonnerait !

— Tu le connais décidément bien mal. Le destin des cités, des civilisations, même, serait comme un cycle, une révolution permanente faisant tomber la société d'un régime politique à l'autre, du meilleur au pire. Tout commence avec ce que Platon appelle la « timocratie », où ce sont les meilleurs qui gouvernent, les plus vertueux, attachés à l'honneur et au courage… Puis vient « l'oligarchie », quand la minorité des dirigeants devient de plus en plus corrompue et ne s'intéresse plus qu'à son enrichissement personnel. À la fin, le fossé qui existe entre les riches et les pauvres, les élites et le peuple, produit une révolution qui voit s'imposer la « démocratie »… la dictature de la populace, qui n'a que le mot « liberté » à la bouche. La suite, on la connaît : toujours plus méfiante et haineuse envers ses élus, toujours plus insoumise et anarchique, la majorité se jette dans les bras d'un tyran. Eh oui ! C'est ce qui arrive quand on défend la « souveraineté » du suffrage universel. Si la majorité élit le pire des dirigeants, elle n'a plus qu'à s'en mordre les doigts !

— Et le tyran, c'est toi ? me suis-je un peu moqué.

— Non, bien sûr, m'a répondu Frédéric. C'est notre commandant mondial. Je ne suis que chef de filiale, comme tu l'as compris. Mais reconnais que dans cette civilisation en pleine décadence, marquée par les crises économiques, la mondialisation et les flux de migrants, seul un régime autoritaire peut remettre de l'ordre ! C'est la part d'optimisme qui reste dans le cycle des régimes de Platon : une fois parvenu au pire des régimes, tout recommence depuis le début, et c'est un éternel retour du même cycle. Nous ne sommes donc pas loin de retourner à l'âge d'or…

— Tu es fou, me suis-je contenté de lui dire.

Mais je repensais à tout ce que m'avait montré Cali au sujet de certaines sectes internationales à la « structure hiérarchisée ». À ce qu'il m'avait dit sur ces personnalités très en vue et apparemment saines d'esprit, qui avaient pourtant adhéré à des mouvements dangereux aux croyances aberrantes.

Tout à coup, la porte de l'entrée a claqué. Cali avait manqué de finesse et de discrétion dans sa fuite.

— Qu'est-ce que c'est que ça ? s'est écrié Frédéric, redevenant tout à fait hostile. Bien sûr ! J'ai compris !

Il s'est précipité dans son bureau pour constater que le manuscrit n'était plus là, comme il s'y attendait.

— Que je suis bête ! a-t-il repris. C'est ça que tu voulais ! Bravo, mon petit ! Tu as été plus fort que moi sur ce coup-là. Il est vrai que ton copain djihadiste était là.

— « Djihadiste », mais tu t'entends ? me suis-je vraiment énervé tout en regardant d'un air inquiet du côté de la porte d'entrée. C'est bien comme ça que tu m'as eu ! En me bourrant le mou. En m'isolant des autres, de mon meilleur ami… de mon âme sœur. Maintenant, je ne sais même pas si Phalène… Oh, et puis, pourquoi je te raconte ça…

— Phalène ? me répondit Frédéric dans un rire mauvais. Parce que tu préfères te fier à elle plutôt qu'à moi ?

— Sans aucun doute ! Tu délires ou quoi ?

— Tu n'as pas compris qu'elle te faisait marcher depuis le début, mon pauvre ? me lança Frédéric.

— Comment ça ? Et puis, qu'est-ce que tu en sais ? Tu ne la connais même pas.

— Mais voyons, commença-t-il en reprenant son calme, manifestement très content de l'effet qu'il allait produire. Elle ne t'a rien dit, alors... Mais enfin, c'est sa fille !

— Sa fille ? La fille de qui ?

J'étais complètement perdu.

— La fille d'Eugène, évidemment. Du professeur Loeve... Oh ! Le pauvre ! Je vois à ta tête qu'effectivement elle ne t'a rien dit.

— C'est n'importe quoi ! lui ai-je crié. Encore une de tes manipulations.

— Tu crois ce que tu veux, mon vieux.

— Bon, je vais m'en aller maintenant, lui ai-je annoncé en espérant qu'il ne m'en empêcherait pas.

— Bien sûr, Étienne ! m'a dit Frédéric d'un air faussement aimable. Pourquoi je ne te laisserais pas partir ? Après tout, on est en démocratie...

J'ai pris mes jambes à mon cou et je me suis rué hors de la pièce, de la maison, du jardin, sans demander mon reste.

13

Le papillon blanc

J'ai bien vite retrouvé Cali qui m'attendait plutôt mal caché derrière l'église Saint-Gervais. Il était accroupi contre le mur à fixer le portail de la maison. Je suis venu me mettre à côté de lui, dans la même position, même si je ne m'attendais pas du tout à être inquiété ou suivi pour le moment.

— Comment t'as fait ? m'a chuchoté Cali.

— Il m'a laissé partir, en réalité, lui ai-je annoncé. Je ne sais pas pourquoi. Ça m'étonne, ça m'inquiète même. Il doit avoir un plan, ou du moins une idée derrière la tête…

— Ah ? s'est contenté de dire mon ami. Alors, on va où maintenant ? Il faut planquer ça, a-t-il ajouté en me tendant la pochette en cuir contenant le manuscrit.

— Il y a un peu plus urgent, lui ai-je répondu tout en lisant le message que je venais de recevoir sur mon téléphone. C'est Phalène. Elle ne va pas tarder à arriver. On file à la gare et, tiens, tu peux garder le manuscrit pour le moment ?

Il n'y en avait pas pour plus de dix minutes de marche depuis le quartier Saint-Gervais. Il suffisait de suivre les petites rues situées au-dessus de la rampe Bouvreuil. Je m'étais permis de demander à Phalène si elle venait bien voir sa mère, et à quelle heure elle arrivait. J'avais mille questions à lui poser, ou plutôt, une seule. J'ai demandé à Cali de rester devant la gare, tandis que j'allais attendre Phalène dans le hall. Ça m'a rappelé la première fois que j'étais venu la chercher, avec l'impatience du jeune amoureux. L'ambiance était un peu plus grave aujourd'hui, même si j'aimais Phalène plus encore qu'au premier jour. C'est bien simple : j'étais incapable de me souvenir à quoi ma vie avait pu ressembler avant de la rencontrer.

Et pourtant, pourtant, j'avais cette grande question à lui poser.

— Bonjour Étienne… mon cœur, a-t-elle hésité à me dire en débarquant sur le quai, encore un peu sur la retenue.

Je l'ai embrassée timidement, rapidement, sans rien dire, pour lui montrer que j'avais quelque chose à lui reprocher.

— Bonjour, mademoiselle, ai-je fini par lui dire sur un ton un peu sec. Mademoiselle euh… Comment je dois vous appeler, finalement ? Phalène Loeve ?

— Phalène Loeve ? s'est-elle étonnée dans un mouvement de recul. Mais qu'est-ce que tu racontes ? De quoi tu parles ?

— Je ne sais pas… me suis-je contenté de lui répondre pour la faire un peu mariner. À toi de m'éclairer… Tu n'as rien à me dire ?

— Eh bien, non… a-t-elle réagi en fronçant les sourcils. Tu es vraiment bizarre. Tu n'étais pas censé faire un peu d'efforts, être très gentil pour me redonner confiance, me reconquérir ?

— Oui, mais là, tu vois, ce n'est pas vraiment le moment.

J'ai raconté à Phalène ce que Frédéric m'avait dit.

— Et tu l'as cru ? Mais mon cœur, tu vois bien qu'il cherche encore un moyen de nous séparer. Je pensais que tu en avais fini avec ça !

Malgré les dénégations de Phalène, je voyais qu'elle était troublée par cette révélation. Nous sommes restés là un moment, plantés au milieu du hall de gare, l'un en face de l'autre, sans plus faire attention au monde pressé qui s'agitait autour de nous. Et puis, j'ai vu Phalène défaillir. Tandis qu'elle me regardait, ses paupières ont commencé à battre comme les ailes d'un papillon et ses yeux sont partis dans le vide. Je l'ai rattrapée au dernier moment, en la saisissant sous les bras avant qu'elle ne s'écroule. Sa tête s'est inclinée sur mon épaule et sa chevelure de belle endormie a caressé mon cou.

— Tu veux t'asseoir ? lui ai-je demandé tout en la portant sur une chaise du bar de la gare aux allures de pub anglais.

— J'ai toujours eu des doutes, de toute façon, m'a-t-elle confié après avoir un peu repris ses esprits. C'est même pour ça que j'ai fait le voyage… Mais c'était trop difficile à croire. Comment je pouvais ?

Elle s'est à nouveau écroulée, pour pleurer, cette fois, la tête plongée dans ses bras croisés sur la table. J'ai caressé ses cheveux et posé sa tête sur mon épaule, sans dire un mot. Je l'ai embrassée sur le front, sur la joue, dans le cou, tandis qu'elle se frottait contre moi pour se rassurer.

— Tu ne m'abandonneras plus jamais, hein ? a-t-elle fini par me dire avant de tomber à genoux par terre, entre sa chaise et la table. Oh mon Dieu ! Mais quelle horreur ! C'est un cauchemar ! Mais pourquoi elle m'a fait ça ? Mais je suis qui ?! Mais qui sont-ils tous ?! Je veux mourir !

Je l'ai relevée une fois encore, et consolée, jusqu'à ce qu'elle se calme un peu. Nous sommes sortis de la gare pour rejoindre l'endroit où Cali nous attendait, son sac à dos contenant une pochette en cuir rouge à un million et demi d'euros sur l'épaule.

— Qu'est-ce que vous faisiez ? nous a-t-il demandé avant d'apercevoir les yeux rougis de Phalène, qui sanglotait toujours.

— Cali ! a-t-elle dit, semblant retrouver un peu le sourire en l'apercevant. Je suis contente de te voir.

— Phalène ! Comment tu vas, ma belle ? lui a-t-il lancé en la prenant dans ses bras.

— Ça va, me suis-je permis de répondre à sa place. Un moment difficile à passer. Disons qu'elle vient de sortir de la caverne… On te retrouve plus tard ? ai-je proposé à Phalène.

— Surtout pas ! m'a-t-elle répondu. Je préfère que tu viennes avec moi. Je ne sais pas si j'aurai la force de l'affronter toute seule. C'est maintenant que j'ai besoin de toi !

— Bien sûr !

— Tu viens aussi, Cali, évidemment ! a-t-elle ajouté. Je te dois tellement.

— À vos ordres mademoiselle Je-sais-tout ! lui a-t-il répondu avec une tendresse infinie.

Nous sommes partis tous les trois pour la maison de Suzanne, dans le quartier du Boulingrin. Arrivée devant la porte d'entrée, Phalène a pris une grande respiration pour s'empêcher d'être à nouveau débordée par l'émotion. Et puis, elle a sonné.

— Phalène ! s'est étonnée Suzanne en ouvrant la porte. Tu n'as pas tes clés, ma fille ? Et... Étienne ? Je suis heureuse de vous voir ensemble tous les deux. Vous, vous devez être Cali, je me trompe ?

— Ta fille ? a immédiatement explosé Phalène qui n'est pas du tout parvenue à se contrôler. Parce que tu es sûre d'être ma mère ?

— Mais enfin, qu'est-ce que tu racontes ? s'est écriée Suzanne.

Sans même lui répondre, Phalène a bousculé sa mère qui se tenait encore dans l'encadrement de la porte pour entrer dans la maison. Cali et moi l'avons suivie tout en lançant à Suzanne un regard désolé en signe d'excuse.

— Vas-y, je t'écoute ! a lancé Phalène à sa mère après s'être plantée au milieu du salon.

— À propos de quoi ? lui a demandé Suzanne. Les garçons, vous pouvez me dire ce qui se passe ?

Cali et moi nous sommes contentés d'un haussement d'épaules, bien décidés à ne surtout pas intervenir dans la conversation.

— Tu es bien ma mère, au moins ?

— Évidemment, mais qu'est-ce qui te prend ?

— Non, mais ça, c'était la question facile, la question à mille euros ! a répondu Phalène avec un sourire cynique. Et maintenant, la question à un million d'euros ! Attention, madame Mejor, vous pouvez décrocher le gros lot ! Alors : qui est mon père ?

— Qui est ton père ? Je ne comprends pas, s'est défendue Suzanne, soudain très pâle.

— Tu ne comprends pas ?

— De toute façon, on ne va pas parler de ça maintenant, là, devant des inconnus.

— Des inconnus ? lui a rétorqué Phalène avec un rire bruyant, au bord de la crise de nerfs. Tu es bien placée pour parler de ça ! Et mon père, ce n'est pas un inconnu ?

Après, Phalène est partie dans une tirade désespérée.

— Mais comment tu as pu me faire ça ? Ta propre fille ! Tu comptais me l'avouer quand ? Quand je pense que je vis avec un mensonge depuis toujours ! Je suis un mensonge ! Je suis quoi ? Je suis qui ?

— Oh ! ma chérie, mon amour de ma vie ! lui a déclaré Suzanne comme pour se rendre.

Phalène s'est ruée sur sa mère, lui martelant la poitrine avec ses poings.

— Mais comment tu as pu me faire ça ? répétait-elle en hurlant, hystérique. Qu'est-ce que j'ai fait pour mériter ça ?

Suzanne a tenté de se défendre et de retenir les coups, parvenant à lui saisir les mains avant d'essayer de la calmer.

— Mon amour ! Mon trésor ! Je suis tellement désolée, si tu savais... J'ai fait ça pour ton bien.

— Je te déteste ! Je te déteste ! Je te hais !

Suzanne a serré dans ses bras sa fille qui a longtemps pleuré contre elle, à chaudes larmes. Phalène a fini par s'apaiser, un peu. Nous nous sommes tous assis dans le salon, Cali et moi sur les deux fauteuils club, Phalène et sa mère dans le canapé d'angle.

— J'aurais dû tout te dire dès le début, a commencé Suzanne en caressant les cheveux de sa fille blottie contre elle. J'ai été trop égoïste, je sais.

— Alors, c'est vrai ? me suis-je permis de lui demander avec le plus de bienveillance et de compréhension possible.

— C'est vrai, nous a enfin avoué Suzanne. J'étais jeune. Enfin, vous le connaissez. Il était si brillant, si charismatique. Même s'il avait vingt ans de plus que moi, j'étais folle de lui. Dès que je l'ai vu, je suis tombée amoureuse. Il n'a trompé personne, remarquez, ni moi non plus. Il était seul à l'époque… Il a toujours été solitaire, de toute façon. L'incarnation même du philosophe, ermite, ascétique. C'est moi qui l'ai séduit. Il était maître de conférences à la Sorbonne, beau, irrésistible. Toutes les étudiantes se battaient pour être au premier rang pendant ses cours, mais il ne faisait jamais attention à elles. Moi, j'étais doctorante en lettres classiques. Un jour, je l'ai aperçu seul à la bibliothèque en train de travailler, comme d'habitude. Il ne faisait que cela, travailler : il pouvait passer huit heures d'affilée assis devant ses livres sans jamais relever la tête. Je ne sais plus quel prétexte j'ai trouvé, mais je suis venue m'asseoir à côté de lui. La conversation a duré, et nous avons fini dans un bar, le Mazet, je crois, rue Saint-André-des-Arts. Tout est allé très vite ensuite. Il était très amoureux aussi, mais il voulait que notre relation reste secrète... un prof avec une étudiante, c'était un scandale à l'époque !

— Et moi, alors ? a demandé Phalène d'une petite voix en levant tout à coup la tête pour regarder sa mère.

— Toi ! Oh, toi, ma chérie, tu es le fruit défendu de cet amour et la plus belle chose de ma vie ! Mais tu le connais un peu... Il m'avait toujours dit qu'il ne voulait pas d'enfant, « comme Thalès, me répétait-il, par amour pour les enfants ». Alors, quand je suis tombée enceinte, j'ai préféré le lui cacher. Je ne savais pas ce qu'il me demanderait, sinon. C'est là que j'ai été égoïste : je voulais conserver cette part de lui avec moi, pour moi... Le fameux colloque, à Naples, où je l'avais accompagné, fut sans doute la plus belle semaine de ma vie. Pour la première et dernière fois, Eugène et moi habitions dans son appartement napolitain. Nous dormions ensemble, et nous partions à l'université, l'air de rien. J'ai pu imaginer ce qu'aurait pu être ma vie avec lui, et j'étais heureuse. Le soir, nous nous promenions en amoureux dans la vieille ville, au bord de la baie. Un voyage d'adieu, en somme. Je sais qu'il m'aimait et qu'il aurait souhaité rester avec moi, mais il ne voulait pas d'enfant, je te le répète, et je m'interdisais de lui imposer ce choix.

— Mais pourquoi ? a demandé Phalène, très émue.

— Il avait sa carrière, ma chérie, son œuvre, son travail, son destin. Je ne me sentais pas le droit de les lui voler. Alors, je ne lui ai rien dit. Pendant ce colloque à Naples, je savais déjà que j'étais enceinte, et c'est là que j'ai rencontré Sergio... Ton père. Il avait mon âge, lui. Il m'a fait la cour et puis, il était tellement gentil avec moi, attentionné... Ton père est tellement bon, tu sais, ma chérie. Je ne lui ai rien dit à lui non plus. J'ai vécu cette rencontre comme un signe du Destin. Je lui ai dit que l'enfant était de lui, et puis, tu es née. Eugène ne l'a jamais su. Il ne faut pas lui en vouloir.

— Mais comment Frédéric Schwartz peut-il être au courant ? suis-je intervenu.

— Frédéric Schwartz ? s'est étonnée Suzanne.

— C'est lui qui me l'a révélé, en fait, lui ai-je avoué.

— Je ne sais pas. Il me tournait plus ou moins autour à l'époque. La « fouine », je l'appelais. Il travaillait avec Eugène et se prenait pour son disciple. La vérité, c'est qu'Eugène s'en méfiait beaucoup : il trouvait qu'il avait des idées trop extrêmes et même, qu'il n'avait rien compris à la philosophie. Il était toujours collé à Eugène avec son air mielleux. Mais bon, j'imagine qu'il a dû se douter de quelque chose.

— Pourtant, il avait l'air vraiment sûr, me suis-je dit à haute voix.

Nous sommes restés tous les quatre assis autour de la petite table du salon, silencieux. J'ai souri à Phalène pour la rassurer. D'un clignement de l'œil, elle m'a fait signe qu'elle allait un peu mieux quand, tout à coup, elle s'est redressée d'un bond.

— Les clés ! s'est-elle écriée.

— Quoi les clés ? lui avons-nous demandé en chœur avec Cali.

— Tu sais, a répondu Phalène, le jeu de clés que j'ai retrouvé dans mes affaires, avec un papillon blanc. Je ne savais pas d'où il venait. Et je me demande si ce n'est pas le professeur qui m'aurait laissé ces clés, finalement.

— Et quand ça ? lui ai-je demandé.

— Eh bien, à Réthymnon ! s'est-elle un peu emballée. Tu te souviens : quand ma chambre a été fouillée. Je t'avais dit qu'on ne m'avait rien pris. Mais bien sûr qu'on ne m'a rien pris ! Au contraire : le professeur Loeve a dû entrer dans ma chambre pour me laisser les clés.

— Et pourquoi il aurait fait ça ? lui ai-je demandé. Tu as entendu ta mère : il n'était pas au courant.

— Moi, je suis sûre qu'il avait deviné, m'a objecté Phalène. Attends…

Elle a fouillé dans son sac pour en sortir son portefeuille, et m'a montré une petite photo qu'elle gardait à l'intérieur.

— Tu vois, m'a-t-elle fait remarquer, c'est une photo de maman quand elle était jeune. Je suis sûr que le professeur se doutait de quelque chose, et qu'il est venu fouiller dans ma chambre. Il a forcément su en trouvant cette photo. Maman ! a-t-elle ajouté en se tournant vers Suzanne. Tu es vraiment certaine de ne pas reconnaître ces clés avec le papillon blanc ?

Sa mère n'a même pas eu à regarder le porte-clés pour répondre.

— Si, a-t-elle avoué à sa fille. Je les ai reconnues dès que tu me les as montrées… à cause du papillon blanc. Ce sont les clés de l'appartement d'Eugène à Naples.

— Mais comment le professeur aurait-il pu deviner ? ai-je demandé sans trop savoir à laquelle des deux femmes je m'adressais.

— À mon avis, me confia Suzanne, il lui a suffi d'entendre le nom de Phalène.

— Ah oui, maman, pourquoi tu m'as appelée Phalène ? C'est à cause du papillon, c'est ça ?

— C'est ce que j'ai dit à Sergio, ton père, lui a répondu Suzanne. Mais c'est plutôt en souvenir d'Eugène que je t'ai donné ce nom. À l'époque, il me parlait souvent d'un philosophe, Démétrios de Phalère, originaire de la ville de Phalère, un des ports d'Athènes. C'était un disciple d'Aristote, je crois, un péripatéticien et l'un des fondateurs de la bibliothèque d'Alexandrie. Mais il avait surtout écrit une Apologie de Socrate qui racontait le procès du maître de Platon. Enfin, bref, je n'arrivais jamais à me souvenir de son nom, et je l'appelais toujours « Démétrios de Phalène », en remplaçant le « r » par un « n ». À la fin, Eugène se moquait de moi, et me surnommait « Phalène ». Tu comprends que ton nom signifie beaucoup pour moi, ma chérie, et pour lui… Il a dû se poser beaucoup de questions quand il t'a rencontrée.

— Mais pourquoi m'a-t-il laissé ces clés ? a demandé Phalène.

— Je ne sais pas, lui avoua Suzanne. J'imagine qu'il voulait que tu le rejoignes.

— Ou que tu retrouves l'Atlantide ! s'est écrié Cali.

— Le manuscrit ! me suis-je souvenu tout à coup. Tu sais qu'on l'a récupéré, le manuscrit ? Il est là. Cali, tu lui montres ?

Cali a sorti la pochette en cuir rouge-brun de son sac à dos pour montrer à Phalène et Suzanne le vieux parchemin du xe siècle. Nous leur avons raconté nos aventures chez Frédéric Schwartz, mais Phalène a fini par s'endormir sur le canapé, épuisée. Dans l'après-midi, j'ai décrit à Cali et Suzanne mes quatre mois de perdition passés à La Nouvelle Athènes. Le soir, Suzanne nous a proposé de rester dormir chez elle, Cali sur le canapé d'angle du salon, très confortable, Phalène et moi dans sa chambre. Nous avons reparlé de tout ça tous les deux, si bien qu'au matin, elle avait pris une grande décision.

— Je vais partir, maman, a-t-elle annoncé à sa mère. Si le professeur m'a laissé les clés de son appartement à Naples, ce n'est pas pour rien. Je veux le retrouver, je veux savoir…

— Je comprends, ma chérie.

*

* *

Nous avons dit au revoir à Suzanne le dimanche matin avec l'intention de nous rendre à Naples.

— Et ce manuscrit ? nous a dit Cali, il faut bien en faire quelque chose…

— Tu as raison, lui a répondu Phalène, m'étonnant un peu. Il a forcément un lien avec la disparition de mon pè… enfin, du professeur Loeve.

L'ironie du sort ou la force du Destin voulaient que nos quêtes fussent liées, maintenant. Cali cherchait l'Atlantide, moi, la sagesse, et Phalène, son père. Et nous avions pour toute réponse, entre nos mains, ce manuscrit du xe siècle et ce porte-clés à l'effigie d'un papillon blanc.

— On va voir la police ? a proposé une nouvelle fois Cali. Enfin, partez à Naples, vous, et je vais rendre le manuscrit à la police.

— Et qu'est-ce que tu veux qu'elle en fasse, de ce manuscrit, la police ? lui ai-je objecté.

— Alors, on fait quoi ? m'a demandé Cali.

— Il y a un train dans une heure… pour Paris, nous a appris Phalène.

— Et après ? lui ai-je demandé à mon tour.

— Après, on va voir Henri Castille, nous a-t-elle annoncé. Lui, il saura quoi faire.

Ça nous a immédiatement paru une bonne idée, à Cali et à moi, même si nous ne savions pas vraiment où habitait notre maître, mais Phalène le savait pour l'avoir un peu fréquenté après son année d'hypokhâgne.

— C'était en tout bien tout honneur, mon cœur ! m'a-t-elle rassuré pendant le voyage en train. Tu n'as vraiment aucune inquiétude à avoir !

En débarquant à Paris, nous avons suivi Phalène dans le métro pour nous rendre chez maître Castille, qui habitait dans un très bel immeuble, rue des Francs-Bourgeois, dans le Marais. Elle avait pris la précaution de l'appeler pour s'assurer qu'il était chez lui. Après avoir traversé un superbe hall d'immeuble recouvert d'une sorte de stuc imitant à la perfection le marbre, nous sommes montés au deuxième par un ascenseur en fer forgé, typique des anciens hôtels particuliers. Quand nous avons sonné, un inconnu nous a ouvert : les cheveux très courts, très beau avec des yeux bleus, baraqué, la petite quarantaine.

— Excusez-nous, a dit Phalène. Nous cherchons Henri Castille. Nous avons dû nous tromper de porte.

— Non, non, il est là, entrez ! Henri ! a appelé l'inconnu. Ce sont tes visiteurs.

Nous avons pénétré dans un magnifique appartement : parquet, cheminées, murs blancs, moulures au plafond.

— Bonjour ! nous a lancé maître Castille avec un grand sourire. Je vois que vous avez rencontré Sébastien, mon ami. Enfin… vous voyez, quoi…

Cali et moi nous sommes regardés, tout étonnés de découvrir l'intimité de maître Castille. Je riais intérieurement en pensant à toutes les rumeurs qui couraient sur lui et ses étudiantes, et plus encore en songeant aux remarques débiles de Lauric et de Frédéric Schwartz sur la décadence de la civilisation liée à la prolifération des homos.

Maître Castille nous a invités à déjeuner. Nous avons fait la connaissance de son compagnon qui avait un gros poste dans la communication chez Ubisoft, la boîte de jeux vidéo, ce qui l'a immédiatement rendu sympathique aux yeux de Cali. Et là, j'ai encore repensé aux discours de Schwartz sur la société des loisirs matérialistes, alors que nos hôtes illustraient le mariage parfait entre les vies intellectuelle et économique. Pendant le repas, nous avons raconté nos aventures à maître Castille, avant de lui parler plus précisément du manuscrit.

— Et vous l'avez là, avec vous ? s'est-il étonné.

— On sait, c'est mal ! a ironisé Cali.

Quand nous lui avons montré le manuscrit, maître Castille est resté pantois. Fasciné, il a passé de longues minutes à le consulter, non sans avoir pris la précaution d'utiliser un mouchoir pour tourner les pages.

— Le problème, c'est qu'il y a une trentaine de feuillets, nous a-t-il dit en guise de commentaire. Comment savoir lequel intéressait Eugène ? Il faudrait tout relire !

— Apparemment, Frédéric Schwartz n'a trouvé aucun indice évident, lui ai-je révélé. Donc, je ne vois pas ce qu'on pourrait comprendre mieux que lui. Vous avez une idée ?

Il a regardé l'ensemble du manuscrit pendant un long moment, s'arrêtant notamment sur les titres et les auteurs des quatre œuvres réunies dans le recueil : *Ars rhetorica* d'un certain Fortunatianus, les *Praecepta artis rhetoricae* de Lulius Severianus, le *De rhetorica* de saint Augustin et les *Partitiones oratoriae* de Cicéron.

— Et là, normalement, je devrais dire : « Eurêka ! »... Mais non, je regrette, a fini par admettre maître Castille.

— Vous ne voyez pas ? s'est un peu désespérée Phalène.

— Vraiment pas, lui a-t-il confirmé.

— Et ces fameuses recherches sur des manuscrits que le professeur Loeve vous avait demandé de faire, suis-je intervenu, c'était quoi ?

— Comme je vous l'avais dit, me répondit-il, il s'agissait plutôt du *Critias*… Eugène voulait que j'essaie de reconstituer le parcours du texte à travers l'Antiquité, histoire de savoir s'il était possible que la fin du *Critias* ait pu être perdue, ou bien si Platon ne l'avait tout simplement jamais écrite.

— Et alors ? nous sommes-nous écriés comme un seul homme, Phalène, Cali et moi.

— Alors, rien de très concluant, nous a-t-il avoué en se levant du canapé.

Maître Castille s'est éclipsé et est revenu avec un petit dossier, des feuilles glissées dans une chemise en carton verte. Il s'est rassis en posant le document sur la table basse devant lui. Sur la couverture de la chemise était écrit « Critias », au feutre noir.

— Contrairement à Aristote, Platon n'a pas écrit d'œuvres ésotériques, a repris maître Castille en ouvrant le dossier qui contenait manifestement l'ensemble de ses recherches.

— Aristote a écrit des œuvres ésotériques ? est intervenu Cali, tout excité.

— Oh là ! Je vous arrête tout de suite ! a rectifié maître Castille pour calmer notre conspirationniste préféré. Je me suis peut-être mal exprimé… Il n'y a rien de secret ou d'occulte dans tout ça. Non, le terme grec « ésotérique » signifie « de l'intérieur » ou « dedans », comme Phalène doit le savoir… Cela veut simplement dire que les œuvres d'Aristote… toutes celles que l'on connaît du moins, ont été écrites à l'usage exclusif de ses disciples dans le cadre de son école, le fameux Lycée. En fait, il s'agissait plutôt des notes prises par ses élèves pendant ses cours, ce qui a permis de les retrouver bien conservées dans les murs du Lycée. À côté de ça, d'ailleurs, Aristote aurait écrit à peu près deux cents œuvres, « exotériques » cette fois, des dialogues publiés « en dehors » de l'école. Mais on ne les a jamais retrouvés, ceux-là. C'est un peu l'ironie de l'Histoire…

— Et les œuvres de Platon, alors ? a demandé Phalène.

— Comme je vous le disais, les dialogues de Platon n'étaient pas du tout réservés au petit cercle de ses disciples. Il les a écrits pour qu'ils soient publiés, et de son vivant, déjà, de nombreuses copies circulaient à Athènes, la plupart relues et validées par Platon lui-même. Vous comprenez que dans ces conditions, il paraît difficile de supposer qu'il existerait une version « originale » du *Critias* différente de celle que nous connaissons.

— Mais Platon n'aurait-il pas pu écrire une première version qu'il aurait modifiée ? ai-je suggéré.

— Vous pouvez toujours imaginer ce que vous voulez, Étienne, m'a concédé maître Castille. Mais moi, je fais de l'histoire et je préfère m'en tenir aux faits. Or, il semble que le *Critias* était une œuvre inachevée dès sa première publication.

— Mais comment est-ce qu'on peut en être sûr ? a insisté Cali.

— La première édition complète des œuvres de Platon a été établie peu de temps après sa mort, à la fin du IVe siècle avant Jésus-Christ par Xénocrate, le successeur de Platon à la tête de l'Académie. Et le texte du *Critias*, dans cette édition, est bien le même que celui qui nous est parvenu. Non, je vous dis, a conclu maître Castille, il n'y a jamais eu aucune trace d'une quelconque fin du *Critias* dans toute l'histoire de l'Antiquité. La vérité, à mon avis, c'est que Platon n'a jamais écrit cette fin. C'est tout simplement un dialogue inachevé.

— Et comment êtes-vous parvenu à réunir toutes ces informations, Henri… monsieur ? lui a demandé Phalène, impressionnée.

— Oh là ! Vous imaginez bien que je n'ai pas trouvé ça tout seul ! nous a avoué maître Castille. Marcello m'a beaucoup aidé… Marcello Dante. C'est le responsable de l'office des papyrus à la Bibliothèque nationale de Naples, et surtout un grand spécialiste de la philosophie grecque.

— Il connaît le professeur Loeve, alors ! s'est écriée Phalène.

— Assez bien, oui, lui confirma maître Castille. C'est Eugène lui-même qui nous avait mis en relation pour que Marcello m'apporte ses lumières. D'ailleurs…

— Quoi ? s'est impatientée Phalène.

— Je me disais que Marcello Dante pourrait nous aider sur ce coup-là, répondit maître Castille. Après tout, c'est le spécialiste. Il pourra peut-être nous éclairer sur ce fameux manuscrit de Genève. Mais je ne vois pas bien comment le lui envoyer… on est en plein recel, là !

— Inutile, Henri ! lui annonça Phalène. Nous partons justement à Naples !

— Vous partez pour Naples, mais comment ça ?

Nous avons fini par lui raconter nos dernières découvertes, et le lien de Phalène avec le professeur Loeve. Il était estomaqué, bien sûr.

— Comme vous voulez, s'est-il résigné. Mais vous prenez beaucoup de risques ! Tenez-moi au courant, je veillerai à vous mettre en relation avec Marcello Dante à l'occasion… si vous ne vous faites pas arrêter à la douane d'ici-là ! Mon Dieu, mais je rêve ! s'est-il exclamé tout à coup. Qu'est-ce qu'on est en train de faire ?

— On est sur le point de retrouver mon père, Henri… le professeur Loeve, lui a répondu Phalène.

— Et l'Atlantide, aussi, renchérit Cali.

Pourtant, mon meilleur ami avait décidé de ne pas nous accompagner et de rentrer à Rouen.

— Je ne peux pas laisser tomber le boulot comme ça, m'a-t-il expliqué.

Mais j'ai bien compris qu'il voulait surtout nous laisser aller seuls à Naples, Phalène et moi. Il s'était tellement battu pour que je la retrouve, qu'elle ne me quitte pas. Lui, le meilleur ami de toujours, pensait d'abord à moi.

— Je le fais aussi pour moi, m'a-t-il confié en nous accompagnant à l'aéroport. J'ai un peu réfléchi, tu sais. Je pense que je vais essayer de faire quelque chose… de finir quelque chose pour une fois. Tout ça m'a donné des idées.

— Comme tu veux, lui ai-je répondu tandis qu'il posait sa main sur son cœur pour me dire au revoir.

— Soyez prudents, les amis. Étienne, mon frère… Phalène, ma belle. Prends soin de lui.

TROISIÈME PARTIE

CICÉRON

Naples, mars-avril 2021

« Si vous possédez une bibliothèque et un jardin,
vous avez tout ce qu'il vous faut. »

Cicéron

14

« Le Grec »

En laissant derrière moi l'hiver rouennais, j'ai vraiment eu le sentiment de me réveiller d'un sommeil froid et solitaire pour renaître au printemps napolitain, amoureux. Le voyage en avion s'est plutôt bien déroulé. Le manuscrit de saint Augustin avait traversé la frontière sans problème. Phalène l'avait glissé ni vu ni connu dans sa valise, au milieu de deux ou trois autres livres. De toute façon, les douanes cherchaient plutôt des produits dangereux susceptibles de servir pour un attentat, et pas un codex rarissime du xe siècle à un million et demi d'euros. Durant le vol, je me suis étonné du silence de mon corps, mon ennemi intime. J'ai eu peu de mauvaises sensations et aucune pensée négative. Phalène m'a tenu la main, au début, avant de poser sa tête sur mon épaule, restant un long moment tout contre moi, assoupie, apaisante. Le temps a passé vite, et nous n'avons pas tardé à atterrir à Naples, dans la douceur de la Campanie. Il faisait à peine vingt degrés en cette fin mars, mais le ciel était bleu et pour moi, c'était comme s'il avait fait nuit très longtemps et que je revoyais enfin la lumière.

Nous avions de quoi vivre quelque temps. Ma mère m'avait donné de l'argent, et contrairement à moi qui n'avais jamais rien fait de mes dix doigts, Phalène avait pris l'habitude d'accepter des petits boulots en été, et ses quelques piges pour différents magazines culturels et littéraires lui avaient permis de faire des économies.

Nous avons pris le bus pour nous rendre au centre de Naples, voyant défiler devant nous des quartiers aux bâtiments délabrés qui me faisaient penser à *Gomorra*.

— Pourquoi il a fait ça, à ton avis ? m'a demandé Phalène, accoudée à la valise qu'elle avait posée sur le siège à côté d'elle.

— Pourquoi il a fait quoi ?

— Partir, m'a-t-elle répondu. Partir sans un mot... Je veux dire, s'il a compris, pourquoi est-ce qu'il ne m'en a pas parlé ?

— Je ne sais pas, lui ai-je avoué. J'imagine que ce n'était pas facile pour lui. Tu aurais voulu qu'il te dise quoi ? « Phalène, il faut que je t'avoue une chose : je suis ton père ! C'est ton destin ! »

— T'es bête ! m'a-t-elle lancé, amusée.

J'étais parvenu à la faire sourire à nouveau. Il faut dire que les rôles semblaient s'être un peu inversés entre nous. Depuis notre rencontre, Phalène, sûre d'elle, pleine d'enthousiasme, l'esprit alerte et la tête sur les épaules, avait plutôt veillé sur moi, plein de doutes et d'angoisses, comme une infirmière se serait occupée d'un malade. J'avais le sentiment que c'était à moi de veiller sur elle, maintenant que j'avais vaincu quelques-uns de mes monstres intérieurs à la manière de Thésée. La différence, c'était que lui avait abandonné Ariane après avoir tué le Minotaure. Mais je ne ferais pas comme lui. J'étais sorti de ma caverne pour contempler le soleil de l'Italie, tandis que Phalène se retrouvait plongée en plein doute, découvrant les questions qui m'avaient longtemps hanté moi-même : « Qui suis-je ? », « D'où viens-je ? », « Ma vie a-t-elle seulement un sens ? »

Le bus nous a déposés à la gare centrale de Naples, piazza Garibaldi, une grande place qui se réduisait à un immense parking entouré de façades d'immeubles en pierre, salis par la pollution. On aurait pu être n'importe où. Nous avons décidé de filer tout droit vers l'ouest pour rejoindre, à pied, l'appartement du professeur Loeve. Nous avons suivi la via San Biagio dei Librai, « la rue des libraires », un nom bien trouvé avec le colis que nous transportions, pour croiser la via San Gregorio Armeno, une petite rue typique, étroite, enjambée par une arche surmontée d'une tour à clocher. Après être passés devant l'église du Gesù Nuovo et sa drôle de façade grise criblée de pointes en diamant, nous avons tourné à gauche pour emprunter la via Toledo. Je profitais du dépaysement, heureux d'être une fois encore loin de chez moi, ou plutôt loin du moi que j'avais laissé à Rouen. Mais à mesure que nous nous approchions, je voyais Phalène de plus en plus troublée, prenant régulièrement de grandes inspirations.

— Ça va ? lui ai-je demandé, inquiet, alors qu'elle n'avait pas prononcé un mot sur tout le chemin.

— J'ai un poids sur l'estomac, m'a-t-elle répondu, la mine sévère. J'angoisse…

— Ça va aller, mon papillon. Et puis, je suis là, moi, ai-je ajouté pour tenter de la détendre un peu.

Je la comprenais si bien. Mais cette fois, je me sentais plutôt devoir prendre les choses en main. Phalène avait l'air tellement perdue, incapable de prendre la moindre initiative, elle se laissait guider. De mon côté, tout en regardant la route sur mon téléphone, je restais animé d'une vigilance tranquille, jetant régulièrement quelques coups d'œil autour de nous pour vérifier que personne ne nous suivait. Je demeurais sur mes gardes. Comme je l'avais fait remarquer à Cali après notre fuite, Frédéric Schwartz m'avait laissé partir un peu trop facilement de chez lui avec son fameux manuscrit. Il devait avoir une idée derrière la tête.

Nous avons fini par arriver à l'adresse que Suzanne nous avait indiquée : 49, via Morelli. De l'extérieur, l'immeuble ne payait pas de mine. La façade ocre jaune patinée, usée par le temps, ressemblait à un décor de théâtre, avec ses nombreux balcons en fer gris garnis de linge et de fleurs. Il faisait un peu plus frais dans ce coin ombragé de la rue, au croisement de trois voies, traversé par le tramway.

— Tu as les clés ? ai-je demandé à Phalène, pâle comme un linge, plus fébrile que jamais.

Elle a fouillé, tremblante, dans son sac, et sorti son fameux porte-clés en forme de papillon blanc auquel étaient accrochées deux clés. J'ai ouvert la porte de l'immeuble avec la petite clé ronde, puis nous sommes montés au quatrième étage pour nous retrouver devant une porte blanche, blindée. J'ai fait tourner la seconde clé dans la serrure. Au moment où la porte s'est ouverte, Phalène a inspiré un grand coup.

Nous venions de pénétrer dans le refuge du sage.

*

* *

En fait de repaire mystérieux, l'appartement était plutôt moderne, ce qui ne collait ni avec la façade de l'immeuble ni avec la personnalité du professeur Loeve que je m'étais construite. Je m'attendais à quelque chose de plus, disons... austère, monacal ou médiéval, pourquoi pas, une ambiance propice à la méditation. Pas du tout. Il s'agissait d'un duplex très lumineux avec un étroit escalier en colimaçon menant à l'étage. Cela dit, l'appartement avait un certain cachet. Avec son parquet et ses murs blancs, il alliait avec finesse le moderne et l'ancien. L'entrée située au rez-de-chaussée était vaste et parée de trois bibliothèques remplies de livres. Une porte donnait sur des toilettes, l'autre menait à la cuisine. J'ai jeté un premier coup d'œil, à la recherche d'une trace de vie. Mais rien ne laissait penser que quelqu'un avait occupé les lieux récemment. Rien ne traînait dans l'entrée, et dans la cuisine, aucune vaisselle n'était sortie, comme si personne n'avait utilisé cette pièce depuis longtemps. Le réfrigérateur était vide.

— Tu crois qu'il m'a laissé un mot ? m'a demandé Phalène.

— Tout dépend... S'il n'est pas revenu depuis la Crète, c'est peu probable, puisqu'il ne te connaissait pas avant...

— Tu dois avoir raison, s'est-elle résignée.

Nous sommes montés à l'étage en empruntant l'escalier en fer noir qui débouchait au milieu d'une sorte de studio composé de deux parties distinctes : d'un côté, un coin salon, avec un grand tapis persan au sol, une table basse et un divan confortable. De l'autre, un bureau noyé sous un amoncellement de papiers. Là encore, de grandes bibliothèques recouvraient complètement les murs.

— Regarde toutes ces feuilles et tous ces livres ! s'est un peu désespérée Phalène. Comment veux-tu retrouver quelque chose là-dedans !

Elle s'est jetée sur le grand divan côté salon, tandis que je commençais à inspecter le bureau. Malgré le désordre – que j'imaginais être un désordre « organisé » –, j'ai pu remarquer le portrait de femme posé à côté de l'ordinateur : une jolie jeune fille, les cheveux bruns, les yeux verts au regard intense. La photo semblait avoir été prise la veille, mais elle devait avoir au moins vingt ans, car j'ai tout de suite reconnu Suzanne, plus belle encore que je n'avais pu l'imaginer.

— T'as vu ? ai-je lancé à Phalène en retournant le cadre dans sa direction.

— Maman ! s'est-elle écriée. C'est maman !

Je lui ai apporté la photo avant de me remettre à fouiller le bureau. Je soulevais, au hasard, les tas de livres et de papiers, espérant sans doute être attiré par un détail, un signe particulier qui me permettrait de dire : « J'ai trouvé ! » Mais dans le fond, je ne savais même pas ce que je cherchais. J'ai quand même aperçu une feuille blanche posée en évidence sur le reste des documents, comme s'il s'agissait de la dernière note que le professeur avait écrite avant de quitter les lieux. Ce n'était pas grand-chose : un papier un peu froissé avec un dessin au crayon qui représentait une espèce de roue.

En fait, c'est le mot rédigé au-dessus de l'image qui m'a attiré : « *alètheia !* », écrit en rouge, souligné trois fois avec un point d'exclamation. Je me souvenais que Tahar m'avait dit que ce terme signifiait « la vérité » en grec. Mais c'était tout ce qui me venait à l'esprit.

Peu inspiré par cette énigme, j'ai continué à fouiller, et en ouvrant le troisième tiroir du bureau, sur la droite, bien plus haut que les autres, j'ai découvert un paquet d'enveloppes, des lettres. En ouvrant la première, j'ai vu qu'elle était de Suzanne, et j'ai remis le tout à Phalène, sans oser lire le moindre mot.

— Regarde, papillon ! lui ai-je annoncé tranquillement, espérant qu'elle trouverait là ce qu'elle cherchait.

Phalène s'est saisie de ce courrier, tout à la fois impatiente, excitée et apeurée. Je l'ai laissée à sa lecture pour revenir vers le bureau et reprendre mes fouilles.

— Des choses intéressantes, mon papillon ? lui ai-je demandé au bout d'un moment tout en continuant d'examiner le contenu des tiroirs.

Elle ne m'a même pas répondu. Pendant ce temps, j'ai eu la désagréable surprise de trouver un *Manuel du dirigeant* de La Nouvelle Athènes, que je n'ai pas eu le cœur à ouvrir. Je me disais que je n'arriverais à rien. Mais il y avait quand même un endroit que je n'avais pas encore inspecté : l'ordinateur du professeur Loeve. Je l'ai allumé. J'avais besoin du mot de passe, mais il ne m'a pas fallu longtemps pour le deviner : « Phalène », bien sûr ! Le surnom qu'il donnait à Suzanne et le prénom de sa fille. La toute première tentative fut la bonne. La dernière session ouverte datait du 7 novembre 2020, soit quelques semaines après notre voyage en Crète ! J'ai regardé un peu dans les dossiers, l'historique internet, sans rien trouver de très concluant encore. Et puis, je suis tombé sur un dossier au nom évocateur.

— Viens voir ! ai-je crié à Phalène.

— Quoi ?

Elle a laissé ses lettres pour me rejoindre au bureau, se tenant debout à côté de moi, penchée vers l'écran de l'ordinateur et me caressant délicieusement la nuque.

— « Critias » ! s'est-elle à son tour étonnée, semblant retrouver un peu de son enthousiasme. On va savoir, tu crois ?

— Il n'y a qu'à regarder ! lui ai-je lancé, tout fier de moi, comme si j'étais sur le point de découvrir le secret de la création du monde.

Le dossier « Critias » contenait un seul document dont le nom nous a paru étrangement familier : « Bodmer ».

— C'est le nom de la bibliothèque de Genève où a été volé notre manuscrit ! s'est écriée Phalène. Montre !

Mais le texte contenu dans le document se réduisait à trois phrases lapidaires, sans doute écrites par le professeur Loeve :

« *Le* De rhetorica *de saint Augustin cache un palimpseste.*

Cf. Plaute, Mai, 1815, Bibliothèque Ambroisienne (G. 82 sup.).

Entièrement réveillé par ta parole, Marcus Tullius, ancien consul, est apparu sous mes yeux. »

— Qu'est-ce que ça veut dire ? m'a demandé Phalène. « Mai, 1815 », c'est une date, tu crois ?

— Peut-être. Tu vas nous chercher le manuscrit ?

Elle s'est précipitée dans l'escalier pour descendre récupérer, dans sa valise, notre précieux manuscrit de Genève. Nous avons relu une fois encore les titres des quatre œuvres réunies dans le recueil : *Ars rhetorica* de Fortunatianus – inconnu au bataillon. Les *Praecepta artis rhetoricae* de Lulius Severianus – pas mieux. Un texte de Cicéron et enfin, le *De rhetorica* de saint Augustin.

— C'est bien ce que je pensais ! ai-je annoncé à Phalène, tout excité.

— Quoi ?

— Notre manuscrit contient un *De rhetorica*. Et d'après ce qu'a écrit ton père, il cacherait un palimpseste.

— Un palimpseste ? m'a demandé Phalène.

— Oui, lui ai-je expliqué. C'est un manuscrit dont l'écriture a été effacée pour la remplacer par un autre texte... un texte caché, en somme.

— Ah ? s'est-elle étonnée. Et il y a un moyen de le retrouver, ce texte caché ?

— Je ne sais pas, lui ai-je avoué. C'est peut-être expliqué dans la suite : « Plaute », « Bibliothèque Ambroisienne »... Mais je ne vois vraiment pas de quoi ça parle.

— Et les chiffres entre parenthèses, « G. 82 sup. », c'est un code ? m'a demandé Phalène.

— Aucune idée !

— C'est vraiment compliqué tout ça ! s'est-elle lamentée avec une adorable moue boudeuse.

— En même temps, je ne m'attendais pas à lire un message du genre : « J'ai trouvé la fin du *Critias* ! Elle est dans mon frigo ! »

Je l'ai vraiment fait rire, cette fois. Elle a fini par m'embrasser avant d'avoir une sorte de révélation.

— Et si on demandait à Henri Castille ? a-t-elle proposé. Il saura peut-être, lui. Du moins, il pourra nous brancher sur son ami, Marcello Dante...

— Si tu veux... S'il n'est pas trop tard... 20 heures... Oui, on peut je crois.

— Je l'appelle !

Phalène a pris son téléphone. Je l'écoutai parler avec maître Castille, tout en parcourant d'un œil distrait les dossiers de l'ordinateur.

— C'est ça, « Mai, 1815 », lui précisa-t-elle. « Bibliothèque Ambroisienne »... « G. 82 »...

J'étais surtout content de voir que Phalène retrouvait un peu de légèreté, et même qu'elle commençait à s'amuser avec ces histoires de livres et de continents perdus.

— Très bien ! Prévenez-nous. On vous attendra ! a-t-elle conclu avant de raccrocher.

— Il vient ? me suis-je étonné.

— Il prend l'avion après le week-end prochain ! m'a-t-elle annoncé. Il doit terminer ses cours, mais apparemment, il a compris quelque chose qui nous a échappé.

— Génial ! Il faut fêter ça ! Tu veux aller manger quelque part ? lui ai-je proposé.

— J'ai faim !

Nous sommes sortis vers le port qui se trouvait à deux pas de l'appartement, à la recherche d'un restaurant, pour finir chez Sorbillo, qui devait être la pizzeria la plus réputée de la ville à en croire la foule qui se pressait à l'entrée. Il fallait donner son nom à un serveur posté sur le trottoir devant un pupitre, et attendre une bonne heure avant d'être appelé. Mais ça valait vraiment le coup ! Des pures Margherita sans fioriture. Nous avons poursuivi notre première soirée en nous offrant une balade sur le port, dominé par le Castel dell'Ovo et ses remparts, où de nombreux couples se promenaient dans une ambiance romantique.

— Je t'aime, mon papillon ! ai-je fini par déclarer à Phalène.

C'était la première fois.

*

* *

En attendant la venue de maître Castille, nous avons profité de la semaine pour prendre nos marques, visiter Naples et ses alentours, nous familiariser avec notre vie à deux dans l'appartement, et surtout entrer un peu plus dans l'intimité du professeur Loeve.

Phalène semblait apaisée, heureuse de vivre chez ce père qu'elle n'avait pas connu, et soulagée sans doute, après avoir découvert, grâce aux lettres précieusement conservées, que sa mère avait compté pour lui. Elle m'en a parlé un peu.

— Tu te rends compte ! Il les a gardées durant toutes ces années. Ils se sont vraiment aimés je crois, même si j'ai bien l'impression que tout s'est arrêté d'un coup, comme maman nous l'a dit. Il n'y a pas une seule lettre après 1999, l'année de ma naissance. Je me demande s'ils se sont revus…

Un matin, nous sommes allés faire un tour du côté de Pouzzoles pour visiter la soufrière, au milieu des champs Phlégréens.

— Il faut voir ça ! avait suggéré maître Castille à Phalène. La soufrière, c'est là que les anciens situaient l'entrée des Enfers, là où se retrouvaient tous ces mythiques damnés, comme Perséphone ou Prométhée. Un lieu plein de mystères !

Mais nous nous sommes perdus pendant plus d'une heure, sans parvenir à trouver le site, très mal indiqué, dont maître Castille nous avait parlé. Deux ou trois fois, nous avons été abordés par des hommes un peu inquiétants qui nous ont proposé de nous guider. Très insistants, un peu agressifs, ils ne parlaient qu'italien. Sans même chercher à comprendre ce qu'ils voulaient, nous avons poliment refusé, nous demandant toujours s'il s'agissait de faux guides appartenant à la mafia napolitaine, ou s'ils en avaient plus particulièrement après nous. Des hommes de main de Frédéric Schwartz, peut-être, ou du corps de sécurité de La Nouvelle Athènes, pourquoi pas. Je savais que les disciples de Schwartz étaient des sbires prêts à obéir à ses ordres. Je le savais pour en avoir fait moi-même l'expérience. Je devais admettre que j'avais été l'un d'eux. Phalène a eu très peur en tout cas.

Nous avons quand même fini par trouver le site au moment où nous étions sur le point de renoncer, et là, nous avons tout oublié. La soufrière est un désert en plein centre-ville. Un paysage lunaire, parsemé de blocs rocheux d'un aspect jaune orangé fluorescent, sur un sol aride et brûlant dégageant une fumée nauséabonde aux odeurs de soufre. Finalement, cette matinée nous a laissé un sentiment de malaise, et nous étions soulagés de rentrer, indemnes, à l'appartement.

Un soir, j'ai appelé Cali avant de me coucher. Il ne s'endormait jamais avant 1 ou 2 heures du matin. Je voulais notamment lui parler de la roue dessinée sur la feuille de papier, accompagnée de la légende « *alètheia !* ».

— Ça t'évoque quelque chose ? lui ai-je demandé. Je veux dire, un cercle, ou une roue avec des rayons... Tu crois qu'il y a un rapport avec l'Atlantide ?

— Faut voir, m'a-t-il répondu. Peut-être... Enfin, une roue avec des rayons, je ne vois pas, mais le cercle, oui. D'après la description de Platon, la capitale atlante est formée de cercles concentriques de terre et de mer. Attends...

Cali a lâché son téléphone le temps de retrouver le passage du *Critias* qu'il avait en tête.

— Voilà ! a-t-il repris. Platon parle d'une « forteresse », et ensuite, « les uns autour des autres, de plus en plus grands, des anneaux de terre et de mer, deux de terre et trois de mer, lesquels étaient, comme avec un tour de potier, de tous côtés équidistants du centre de l'île, rendant ainsi inaccessible aux hommes l'île centrale »...

— Et qu'est-ce que ça veut dire ?

— Ch'sais pas, m'a-t-il avoué. Mais je crois que c'est pour donner l'idée que les constructions de l'Atlantide ne sont pas humaines. Tu sais, comme ce dont je t'avais déjà parlé une fois... la civilisation mégalithique, l'île de Pâques, les boules du Costa Rica et tout...

Cali était passionné par tout ce que je lui racontais, même s'il semblait déjà avoir la tête à autre chose.

— Moi aussi, j'avance, m'a-t-il seulement dit d'un ton énigmatique. Et tu seras content, je pense.

Une autre nuit, j'ai eu beaucoup de mal à trouver le sommeil, sachant que les réponses à toutes mes questions se trouvaient peut-être là, cachées dans le bureau qui me narguait. Tandis que Phalène dormait dans le salon, je me suis levé pour aller fouiller à nouveau. Je me suis décidé à rouvrir le tiroir du bureau où se trouvait le *Manuel du dirigeant* de La Nouvelle Athènes, pour me confronter au côté obscur du professeur Loeve. Mais j'y ai plutôt trouvé une lueur d'espoir, finalement. Les pages étaient jaunies, vieillies, comme si la brochure n'avait pas été ouverte depuis une éternité. Surtout, il y avait des ratures et des notes dans les marges que j'ai commencé à déchiffrer, même si l'écriture était toute petite et presque illisible.

« *Nous avons affaire à des gens qui prétendent reconstituer l'histoire des races disparues. Mais ce qu'ils rapportent des civilisations antiques ressemble vraiment un peu trop aux inventions et aux découvertes de la science moderne : on y trouve jusqu'à l'aviation et la radioactivité !* »

Sur une autre page :

« *C'est là une conception qui matérialise singulièrement les choses ! Il n'existe naturellement rien de tel qu'un monde intelligible. Il ne s'agit que d'un certain état d'esprit, un état d'âme, et non pas d'une réalité.* »

Plus loin encore :

« Nous dirons seulement, pour réduire leurs prétentions, que cette idée de la réincarnation fut complètement étrangère à toute l'Antiquité, bien qu'on ait voulu l'appuyer par une interprétation tendancieuse de quelques textes plus ou moins symboliques ; il est seulement question de "changements d'état", ce qui, évidemment, n'est pas du tout la même chose qu'une pluralité de vies terrestres successives. »

À vrai dire, j'avais bien du mal à comprendre ce que je lisais. Ce qui m'apparaissait clair, en revanche, c'est qu'il semblait exister beaucoup de divergences entre les idées de La Nouvelle Athènes et celles du professeur Loeve, à supposer que ces notes soient de lui. Page après page, il soulignait les erreurs, les fautes même, et le ridicule de tout ce que le manuel prétendait enseigner. Et dans le fond, j'étais bien soulagé.

Phalène a fini par se réveiller, peut-être dérangée par le bruit du clavier ou la lumière de l'écran, mais elle ne m'en voulait vraiment pas. Elle s'est étirée tranquillement, comme une chatte, dans un geste langoureux, avant de poser ses pieds délicats sur le tapis pour s'approcher de moi dans son débardeur blanc moulant et sa petite culotte en coton, comme Kirsten Dunst dans le film *Eternal Sunshine of the Spotless Mind*. Elle s'est placée derrière le fauteuil sur lequel j'étais assis pour se pendre à mon cou et m'embrasser.

— Je crois que je tiens quelque chose ! lui ai-je annoncé.

— Ah, vraiment ? m'a-t-elle demandé d'un air nonchalant.

— Je pense que ton père… le professeur Loeve n'est pas quelqu'un de si mauvais dans le fond, ai-je cru bon de lui apprendre.

— Parce que tu en doutais, mon chou ?

Elle a fait le tour du fauteuil pour venir s'asseoir près de moi, presque sur mes genoux, prenant mon bras pour le mettre autour d'elle, et poser ma main sur son ventre. Je me suis senti troublé, sans plus savoir ce qui m'excitait le plus, mais c'était délicieux. Depuis le temps que nous n'avions pas vécu un moment si voluptueux, je saisissais ma chance de ne pas avoir perdu tout ça, finalement.

— Alors, tu ne veux pas laisser un peu le professeur, et t'occuper de moi ? m'a-t-elle demandé, blottie contre moi.

— T'as raison.

Elle a jeté la tête en arrière pour frotter sa joue contre la mienne, tout en me caressant le cou d'une main, et la cuisse de l'autre. Et puis, elle a glissé ses doigts entre mes jambes.

— Tiens ! Moi aussi je crois que je tiens quelque chose ! s'est-elle amusée d'un air coquin.

N'y tenant plus, j'ai joyeusement cédé à ses avances. J'ai caressé sa superbe poitrine à travers son petit haut d'une finesse extrême, tandis qu'elle se collait contre moi et commençait à gémir. Nous avons délaissé nos recherches archéologiques pour poursuivre nos explorations sur le fauteuil, au milieu de cette douce nuit napolitaine qui n'appartenait qu'à nous.

*
* *

Henri Castille a atterri le lundi suivant à Naples, un peu avant midi.

— Ne vous en faites pas, nous a-t-il prévenus par téléphone à son arrivée. J'ai loué une chambre dans un hôtel juste à côté, le Morelli.

Nous lui avons indiqué la route à suivre depuis l'aéroport pour nous rejoindre à l'appartement. C'était un peu comme si c'était notre appartement, à Phalène et à moi. Comme si nous recevions un vieil ami chez nous, là où nous aurions toujours vécu. Nos retrouvailles nous rappelaient la semaine passée en Crète quelques mois auparavant, comme si nous avions été les seuls survivants de ce voyage. Cela dit, maître Castille avait l'air un peu agité. Il a vite posé sa valise dans l'entrée avant d'aller jeter un coup d'œil par la fenêtre.

— Un problème ? lui ai-je demandé.

— Je ne sais pas, m'a-t-il répondu tout en observant la vue plongeante sur la rue, quatre étages plus bas. L'impression d'avoir été suivi… Mais bon, c'est peut-être l'ambiance électrique de Naples.

— En tout cas, nous sommes vraiment contents que vous soyez venu, Henri, lui a lancé Phalène, sans doute pour le détendre. Ça fait du bien de voir un visage familier… On se sent un peu loin de tout le monde, ici.

— Bien sûr ! a-t-il reconnu en abandonnant son poste de garde pour se consacrer enfin à nous. Phalène !

Il s'est approché d'elle et a posé les mains sur ses épaules pour l'embrasser.

— C'est fou, quand j'y pense ! lui a-t-il lancé. Ça va ? Vous vous remettez de vos émotions ?

— Je m'habitue, lui a-t-elle avoué. Même si tout ça reste un peu abstrait. Après tout, ça ne change pas grand-chose de savoir qu'il est mon père. Je ne sais même pas si je le reverrai un jour, de toute façon.

— C'est bien pour ça que je suis là, a dit maître Castille pour la consoler.

Ensuite, il a commencé à faire le tour du propriétaire.

— Alors, c'est ça le refuge napolitain de notre cher Eugène ! s'est-il exclamé en contemplant les bibliothèques du rez-de-chaussée.

— C'est ça ! ai-je confirmé. Le bureau se trouve là-haut.

— Ah oui ! Le fameux message ! Alors, vous me le montrez ?

J'ai conduit maître Castille à l'étage où se trouvait l'ordinateur, le laissant s'asseoir devant le bureau tandis que je me tenais debout à côté de lui. J'ai ouvert le document « Bodmer » pour le lui faire lire.

> « *Le* De rhetorica *de saint Augustin cache un palimpseste.*
>
> *Cf. Plaute, Mai, 1815, Bibliothèque Ambroisienne (G. 82 sup.).*
>
> *Entièrement réveillé par ta parole, Marcus Tullius, ancien consul, est apparu sous mes yeux.* »

— Alors, vous y comprenez quelque chose, vous ? ai-je demandé à maître Castille.

— Ça me paraît évident, s'est-il contenté de répondre. Votre manuscrit vient de la bibliothèque Bodmer de Genève, on est d'accord ?

— Oui, lui ai-je répondu.

— Vous l'avez ?

— Là !

Je lui ai montré le manuscrit relié dans sa chemise en cuir rouge-brun qui traînait sur le bureau. Maître Castille a parcouru à nouveau les différentes pages très abîmées et pour certaines, mutilées. Un recueil réunissant quatre œuvres de quatre auteurs dont le fameux *De rhetorica* de saint Augustin.

— La note du professeur Loeve indique bien : « Le *De rhetorica* de saint Augustin cache un palimpseste », nous a-t-il fait remarquer. On ne peut pas être plus clair ! Vous savez ce qu'est un palimpseste... Phalène ?

— Étienne me l'a dit. Un texte caché sous un autre texte, si j'ai bien compris...

— C'est cela ! a confirmé maître Castille. Il faut dire que les palimpsestes n'étaient pas rares au début du Moyen Âge. Ça n'avait rien de très mystérieux, remarquez. Simplement, les gens s'intéressaient moins aux classiques latins à la fin de l'Empire romain. Ils préféraient les textes chrétiens. Alors, dès le milieu du VIe siècle, on a pris l'habitude de récupérer des parchemins contenant des textes d'auteurs latins en en effaçant l'écriture pour copier des œuvres chrétiennes par-dessus... Un genre de recyclage... Et depuis le XVIIIe siècle, surtout, on a retrouvé beaucoup de textes qu'on croyait perdus cachés sous des manuscrits, en faisant réapparaître l'écriture d'origine.

— Il y aurait donc aussi un texte caché sous notre *De rhetorica* de saint Augustin ? a suggéré Phalène à maître Castille.

— C'est ce que prétend la note du professeur Loeve, en tout cas, répondit-il. À supposer que ce soit bien Eugène qui ait écrit sur cet ordinateur...

— La fin du *Critias* ? me suis-je mis à rêver. Le texte de Platon pourrait se trouver là, sous nos yeux ?

— Et pourquoi forcément la fin du *Critias* ? m'a demandé Phalène.

— Eh bien, c'est ce que cherchait le professeur Loeve ! C'est bien ce que vous nous aviez dit, ai-je ajouté en me tournant vers maître Castille.

— C'est ce que je vous ai dit, me répondit-il. Mais j'en doute...

Il a reporté son regard sur l'ordinateur, pour lire et relire le document, pointant son doigt alternativement sur les mots de l'écran, comme s'il était en train de chercher des liens entre eux.

— Vous voyez, là ? La note du professeur évoque « Marcus Tullius, ancien consul », nous a-t-il alors fait remarquer. Donc, il s'agirait plutôt de Cicéron... C'est sans doute un autre texte de Cicéron qui est caché dans votre manuscrit, sous saint Augustin.

— Et les chiffres là, « G. 82 », vous savez ce que ça veut dire ? Et cette « Bibliothèque Ambroisienne », c'est quoi ? lui ai-je demandé, complètement perdu.

— Oh ça, c'est simplement la référence d'un célèbre palimpseste. Le manuscrit classé « G. 82 sup. », qui se trouvait à la Bibliothèque Ambroisienne à Milan, sous un exemplaire du *Livre des Rois* daté du VIIIe siècle. C'est ce qui a dû donner l'idée à Eugène... pour votre manuscrit.

— « Mai, 1815 », c'est une date ? ai-je ajouté.

— Non. « Mai » n'est pas une date, m'a-t-il assuré. C'est un nom : Angelo Mai, le directeur de la bibliothèque de Milan. En 1815, c'est lui qui a découvert que le fameux manuscrit « G. 82 » était un palimpseste. Après avoir lavé le parchemin et gratté le texte du *Livre des Rois*, Angelo Mai a fait apparaître une autre écriture cachée dessous, bien plus ancienne... Une œuvre inédite de l'auteur romain Plaute écrite au IVe siècle.

— Et comment le fameux Angelo Mai avait-il fait pour découvrir le texte de Plaute ? a voulu savoir Phalène.

— À l'époque, par un genre de réaction chimique, je crois, nous a appris maître Castille. Une sorte de révélateur. Mais Marcello Dante vous en dirait beaucoup plus que moi. Vous vous souvenez ? Je vous ai un peu parlé de lui... Le directeur de l'office des papyrus à la Bibliothèque nationale.

— Et... vous pensez qu'il voudra bien nous aider... pour notre manuscrit ? ai-je hésité à demander.

— À vrai dire, m'a répondu maître Castille, tout à la fois gêné et content de lui, je l'ai déjà prévenu. Donc, on peut y aller dès maintenant si vous voulez... Il est impatient.

— Alors, qu'est-ce qu'on fait encore là ? s'est écrié joyeusement Phalène.

*

* *

La Bibliothèque nationale de Naples se trouvait dans le Palazzo Reale, situé à deux pas de l'appartement. Nous n'avions que cinq cents mètres à parcourir en empruntant la via Chiaia. Phalène avait pris soin de glisser le manuscrit dans l'étui de son ordinateur portable. Mais au moment de passer sous la grande arche en pierre qui enjambait la rue, j'ai remarqué deux types un peu louches. Plutôt jeunes, étrangement vêtus de ce qui ressemblait à des survêtements noirs, ils avaient le visage plus ou moins caché par une capuche. Pourtant, je les ai bien vus détourner les yeux d'un air gêné quand je me suis retourné pour les regarder à nouveau.

Nous avons quand même atteint sans encombre l'immense piazza Plebiscito, dominée par la façade monumentale du palais royal qui me faisait vaguement penser au Louvre malgré ses teintes saumon. Nous avons traversé la cour d'honneur entourée par quatre grandes et longues façades, dont l'une était percée d'une arcade offrant une vue sur la mer, avant de déboucher dans un jardin à l'arrière du palais.

L'entrée de la bibliothèque était située dans une aile construite au XVIIIe siècle. En passant la porte, nous nous sommes retrouvés au pied d'un escalier monumental en marbre. Quelques marches permettaient d'accéder à un premier palier, où l'escalier se séparait en deux pour mener à l'étage.

— Il faut quand même que je vous prévienne, nous a avertis maître Castille en s'arrêtant au milieu des marches. Marcello est un homme adorable en plus d'être infiniment sage et cultivé, mais... enfin, c'est le directeur de l'office des papyrus, le président de l'association italienne de culture classique, professeur de littérature et de philosophie à l'université de Trieste. Donc, vous imaginez bien que dans sa position, il ne pouvait pas voir d'un très bon œil notre produit de contrebande, alors... Il m'a bien fallu négocier...

— Négocier quoi ? lui ai-je demandé, inquiet.

— Je me suis engagé à lui laisser le manuscrit pour qu'il le rende à la bibliothèque de Genève.

— Vous avez fait quoi ? me suis-je écrié avec l'impression de m'être fait doubler.

— Mais il m'a promis de nous aider à le déchiffrer avant, s'est défendu maître Castille. Maintenant, on peut toujours faire demi-tour...

— Non, non. C'est sans doute mieux comme ça, a dit Phalène. Après tout, qu'est-ce qu'on en a à faire de ce manuscrit ? Tout ce qui nous intéresse, c'est ce qui est écrit dedans.

— Vous devez avoir raison, leur ai-je concédé pour essayer de me calmer.

Parvenus à l'étage, nous avons foulé le sol dallé en marbre pour nous diriger vers la porte de gauche, à l'entrée de la bibliothèque. Nous avons découvert une première salle de lecture, remplie de grandes tables alignées, où travaillaient des gens de tous âges dans un silence religieux, à la lumière de petites lampes de bureau. Par terre, le lino brun semblait un peu vieillot, mais les murs, joliment décorés, étaient couverts de grandes bibliothèques en bois. Maître Castille a gagné la petite table située à droite de l'entrée pour s'adresser à l'employée de la bibliothèque qui s'occupait du prêt, une femme entre deux âges, brune, les cheveux coupés au carré, vêtue d'un gilet en laine sur une chemise blanche au col relevé. Elle portait un collier à grosses perles rouges peu flatteur, mais elle était plutôt souriante.

— Bonjour. Nous venons voir Marcello Dante, le directeur de l'*officina*, lui a-t-il indiqué dans un mélange improbable de français et d'italien.

L'employée de la salle de lecture a marmonné quelques mots en italien avant de se saisir du téléphone posé sur son petit bureau.

— Il va arriver, nous a-t-elle annoncé en raccrochant. Vous pouvez l'attendre ici.

Après quelques minutes, Marcello Dante est apparu. Avec ses sourcils broussailleux, ses cheveux gominés tirés vers l'arrière et son costume trois pièces, il me faisait penser à Lucky Luciano. Comme lui, Marcello Dante se tenait droit, l'air fier et la tête en arrière, même s'il était assez petit.

— Henri ! s'est-il joyeusement écrié dans un français impeccable. Ce sont vos amis ?

Il s'est tourné vers Phalène pour lui serrer la main respectueusement, avant de me saluer en inclinant poliment la tête. Ensuite, il a échangé quelques mots avec l'employée de la salle, en italien. J'ai toujours aimé cette langue, pour moi la plus belle de toutes, même si je n'y ai jamais rien compris.

— C'est ça ? a demandé Marcello Dante à Phalène en pointant son doigt vers la sacoche de son ordinateur portable.

— Oui, lui a-t-elle répondu timidement en montrant le manuscrit dans son sac.

— Bon, suivez-moi, nous a-t-il ordonné d'un air impassible.

Marcello Dante nous a fait traverser des salles magnifiques, aux plafonds ornés de frises et de moulures baroques. Les murs étaient entièrement recouverts de bibliothèques en bois vitrées, remplies sur deux étages de livres aux reliures anciennes, qui semblaient recéler tous les secrets du monde.

— Au XIXe siècle, cette aile du palais accueillait la salle de bal, nous précisa Marcello avec bonne humeur. Magnifico !

Nous sommes enfin arrivés au seuil d'une porte ouverte marquée d'une plaque où l'on pouvait lire : « *Officina dei papiri* », et nous sommes entrés dans une salle tout aussi magnifique que les précédentes, même si la lumière y était un peu plus douce encore, apaisante. Le très haut plafond décoré de moulures était percé d'un dôme translucide. Il y avait encore des bibliothèques sur tous les murs, mais la salle était presque vide : au centre une unique petite table en bois, sur laquelle était installée une lampe de bureau, ou plutôt, une grosse loupe munie d'un éclairage.

— Vous permettez… *signorina* ? a dit Marcello Dante à Phalène en tendant la main pour qu'elle lui remette le manuscrit.

Après avoir posé celui-ci sur la table, le directeur de l'office des papyrus a sorti de sa poche une paire de gants blancs qui ne devait jamais le quitter. Il a ouvert la reliure en cuir rouge-brun comme un sorcier aurait consulté son grimoire, en rabattant sur son nez les lunettes qu'il portait sur sa tête. Penché sur le manuscrit, il a tourné chaque page lentement, avec d'infinies précautions, comme s'il y cherchait quelque formule magique. Enfin, il s'est redressé pour saisir ce drôle d'instrument qui se trouvait sur la table, la grosse loupe sertie d'un anneau lumineux, qu'il a placée sous ses yeux. Il a encore examiné quelques pages de longues minutes, sans rien dire, tandis que nous échangions des regards, Phalène et moi, en attendant un mot ou un signe de notre orfèvre napolitain. Maître Castille a penché un peu la tête pour attirer l'attention de son ami Marcello et le sortir de son examen.

— Alors ? s'est-il décidé à lui demander.

— Le papier est vraiment très détérioré, nous a fait remarquer Marcello. C'est tout juste si l'on arrive à lire le texte de saint Augustin. Mais on peut toujours essayer…

— Et comment fait-on pour révéler un palimpseste ? l'a interrogé Phalène.

— Angelo Mai a utilisé de la noix de galle, nous a appris le directeur. Le problème, c'est que ça noircit le parchemin. Heureusement, il existe d'autres techniques.

Il a relevé ses lunettes sur le haut de sa tête avant de prendre le manuscrit sous le bras, nous montrant du doigt une petite porte en bois presque cachée, invisible au milieu des bibliothèques. Il nous a conduits, en silence, dans la pièce qui se trouvait de l'autre côté. Un minuscule cabinet sans fenêtre, comme une chambre noire de photographe. Et au milieu, encore une table, et encore un drôle d'appareil qui ressemblait à un grille-pain.

— Une lampe à rayons ultraviolets, nous a précisé Marcello.

Il a allumé l'appareil et éteint la lumière. Nous nous sommes retrouvés dans le noir. Marcello a ouvert le manuscrit de Genève, faiblement éclairé par la lumière violette.

— S'il y a quelque chose à voir, nous le verrons, nous dit-il, tout en scrutant le parchemin.

Il est passé rapidement sur la première œuvre du manuscrit pour atteindre le *De rhetorica*. Il a tourné les premières pages une à une. Rien. Et puis, tout à coup, le miracle ! Sous le texte de saint Augustin, en transparence, d'autres lettres sont apparues, comme par magie.

— C'est illisible, a commencé par se lamenter Marcello.

Il a quand même tenté de déchiffrer les premiers mots écrits en haut de la page.

— « Cicero... », « Graeco » ? hésita-t-il, prononçant les mots qu'il découvrait au fil de sa lecture. Non ! Ce serait vraiment... *Ma non è possibile !*

Il s'est saisi d'une loupe posée sur la table.

— Formidable ! *è straordinario !* s'émerveillait Marcello. Je comprends ce qu'a voulu dire le professeur Loeve : « Entièrement réveillé par ta parole, Marcus Tullius, ancien consul, est apparu sous mes yeux. » Le texte de saint Augustin recouvre une écriture bien plus ancienne ! C'est une lettre ! Une lettre de Cicéron adressée au Grec.

— « Au Grec » ? reprit maître Castille. Qui est le Grec ? Vous connaissez ?

— Oui, bien sûr ! lui répondit Marcello, le nez collé au manuscrit, fasciné. C'est le nom que Cicéron donnait au philosophe épicurien Philodème de Gadara, l'un de ses contemporains. Il en parle souvent dans ses œuvres, mais il ne le nomme jamais, sauf une fois. Jusqu'à ce jour, il n'existait aucune lettre connue de Cicéron à Philodème. En fait, on n'a jamais pu savoir s'ils s'étaient vraiment rencontrés.

— C'est important ? demanda maître Castille.

— C'est miraculeux vous voulez dire ! lui a assuré Marcello Dante avant de reprendre sa lecture, toujours à voix haute. « *Philonem*... De Philon... Le livre de Philon » ? Attendez... « *Te bibliotheca tua... tuo discipulo... Secreto hoc audi : tecum habeto...* » « Recevez ceci en secret, gardez-le, et ne le communiquez à personne, pas même à Pison, votre disciple... »

— Alors ? s'impatientait maître Castille.

— Il est question d'un livre. Un livre que Cicéron envoie à Philodème pour le cacher.

— Un livre ? me suis-je permis d'intervenir au milieu de cette chambre noire faiblement éclairée par une lueur violette. Le *Critias* de Platon ?

— Encore ? s'agaça Phalène. Pourquoi le *Critias* ?

— Je te l'ai dit ! C'est le livre que cherchait le professeur Loeve.

— Eh bien, il faudrait que je déchiffre l'ensemble de la lettre, a fini par me répondre Marcello Dante. Elle n'est pas très longue, remarquez. Dix lignes… Le *Critias*, vous me dites ?

— C'est ce qu'on croit, en tout cas, lui ai-je répondu.

— Bien, m'a confirmé Marcello. En tout cas, le livre dont parle cette lettre a été déposé dans la villa des Papyrus à Herculanum.

15

La villa des Papyrus

— La villa des Papyrus ? ai-je demandé à Marcello.

— Ah ! Ah ! s'amusa-t-il tout en faisant quelques pas pour rallumer la lumière. Henri, vous n'avez pas ça au programme de vos cours d'archéologie ?

— Si, si, lui répondit maître Castille en me jetant un regard de reproche indulgent. Mais disons que monsieur Van Langh, ici présent, n'a pas vraiment assisté à tous les cours cette année... Comme vous l'a dit Marcello, Étienne, la villa des Papyrus se trouve à Herculanum, la petite sœur de Pompéi. Vous connaissez l'histoire... En 79 après Jésus-Christ, l'éruption du Vésuve a répandu un déluge de cendres et de lave sur ces deux villes, les préservant, par là même, de l'érosion du temps.

— Le malheur des uns fait le bonheur des autres ! s'est exclamé le volubile Marcello Dante.

— Moi, j'ai déjà visité Herculanum et Pompéi quand j'avais treize ans ! intervint Phalène qui retrouvait ses habitudes de première de la classe. Avec ma mère et mon père, enfin... mon autre père, le faux... ou plutôt le vrai, celui qui m'a élevée, quoi...

J'ai vu Marcello Dante lever ses sourcils broussailleux d'un air dubitatif, manière de dire : « Mais de quoi parle-t-elle ? » Et maître Castille lui répondre d'un clignement de l'œil du genre : « Laissez, je vous expliquerai. »

— T'en fais pas, papillon, on a compris, lui ai-je assuré pour qu'elle ne retombe pas dans ses tourments. Et alors, c'était comment ?

— Fascinant ! m'a-t-elle lancé sans perdre son enthousiasme. Il y a des quartiers entiers de maisons encore debout, avec leur toit en tuiles rouges, des mosaïques sur le sol, des vestibules et des fresques aux murs des patios. Tu peux même voir les sillons laissés par le passage des chevaux sur les rues pavées ! Je crois d'ailleurs me souvenir qu'Herculanum était encore mieux conservée que Pompéi. En revanche, je ne me souviens pas bien de cette villa des Papyrus.

— C'est peut-être parce qu'elle est située à l'écart de la ville, lui précisa Marcello Dante. À peu près à deux cents mètres des autres constructions du site... la banlieue huppée d'Herculanum, en somme. C'était une villa magnifique de deux cent cinquante mètres de long...

— La taille de deux terrains de football ! crut bon de préciser maître Castille.

— *Assolutamente !* acquiesça Marcello tout en refermant le manuscrit pour le glisser sous son bras.

Puis il s'est dirigé vers la porte par laquelle nous étions entrés, nous invitant à le suivre pour regagner la grande salle de lecture qui se trouvait de l'autre côté. Marcello a fermé la porte derrière nous.

— La villa des Papyrus était sans doute la demeure la plus luxueuse d'Herculanum, et même l'une des plus prestigieuses de la Rome antique, reprit-il. Elle était construite sur trois étages, à flanc de colline, face à la mer que le propriétaire pouvait contempler depuis la terrasse.

— Et ce propriétaire, on le connaît ? ai-je demandé. Je veux dire, il a un lien avec Cicéron ou ce fameux Philodème ?

— Il semble que oui, me répondit Marcello. Une villa de cette envergure ne pouvait appartenir qu'à un personnage riche et influent, un acteur de premier plan de la République romaine… Lucius Calpurnius Piso Caesoninus, dit Pison, celui-là même qui est évoqué par Cicéron dans notre palimpseste. Pison était le beau-père de Jules César qui a épousé sa fille Calpurnia, et surtout, le fils de Pison a épousé la propre fille de Cicéron, Tullia. Vous voyez qu'on est dans les hautes sphères !

— D'ailleurs, la villa des Papyrus est aussi appelée la « villa Pison », ajouta maître Castille.

— Et pourquoi parle-t-on de la « villa des Papyrus » alors ? a demandé Phalène.

— Ah ! Ça, *signorina*, c'est toute ma vie ! s'est exclamé Marcello. Je vais vous montrer.

Marcello Dante s'est remis en marche pour sortir de la grande salle de lecture, et nous lui avons emboîté le pas.

— Vous aurez peut-être noté la plaque en entrant, nous a-t-il fait remarquer. « *Officina dei papiri ercolanesi* » : Office des papyrus d'Herculanum. En fait, le département que je dirige est entièrement dédié aux papyrus découverts dans la villa Pison.

Il nous a conduits dans une salle un peu différente des autres. L'atmosphère restait la même, avec ses boiseries et le plafond haut en forme de coupole orné de moulures et de fresques. Mais il s'agissait d'un lieu d'exposition plutôt que d'une autre salle de lecture. Quelques visiteurs y déambulaient, d'autres étaient agglutinés devant des vitrines installées le long des murs ou au centre de la salle. Marcello nous a invités à nous approcher de l'une d'elles à notre tour. Et là, sur les différentes étagères en verre, étaient exposés de curieux objets qui ressemblaient à des petites bûches en bois calcinées.

— Qu'est-ce que c'est ? ai-je demandé à Marcello en me penchant vers la vitrine pour voir de plus près.

— Ah ! Ah ! s'exclama-t-il, amusé encore une fois. Difficile de deviner !

— Des morceaux de charbon ? a proposé Phalène qui n'avait pas l'air plus maligne que moi sur ce coup-là.

— Et si je vous disais que ce sont des papyrus ? nous a révélé Marcello. Ceux-là mêmes qu'on a retrouvés dans la villa ! 1800 papyrus découverts au cours de fouilles effectuées à Herculanum au XVIIIe siècle… En 1750 pour être exact. Après avoir creusé d'étroites galeries souterraines pour explorer la villa ensevelie sous vingt mètres de roche volcanique, on a mis au jour la chambre 5, une petite pièce de trois mètres sur trois qui s'est révélée être une bibliothèque, l'une des plus importantes de Rome chez un particulier. Au creux de niches aménagées dans les murs, sur une petite table aussi et même sur le sol, des centaines de rouleaux de papyrus carbonisés par le feu du volcan, mais sauvés des eaux, ou plutôt de l'air, après avoir dormi sous terre pendant près de deux mille ans.

— Mais comment peut-on lire ce qui est écrit là-dessus ? s'est étonnée Phalène. On dirait vraiment des morceaux de bois…

— Vous avez tout à fait raison, *signorina*, admit Marcello Dante. Rien de moins évident ! Ces papyrus sont très fragiles ! D'ailleurs, de nombreux rouleaux ont été dégradés, et même détruits la première fois qu'on s'est amusé à les ouvrir… parce qu'on n'y connaissait rien au XVIIIe siècle ! Une vraie catastrophe ! Il aura fallu attendre les années 1980 pour qu'une équipe norvégienne trouve une technique qui permette de dérouler les papyrus sans trop les endommager.

— Et alors, qu'est-ce qu'il y avait sur ces papyrus ? ai-je demandé.

— Des œuvres écrites par des épicuriens pour la plupart, dont le fameux Philodème de Gadara, « le Grec », me révéla Marcello Dante. Rendez-vous compte ! Pendant des siècles, c'est tout juste si l'on connaissait le nom de Philodème, tombé, comme beaucoup d'autres, dans les oubliettes de l'Histoire. Beaucoup de philosophes ont connu le même sort : les Thalès, les Parménide et les Chrysippe. Rendez-vous compte ! Le stoïcien Chrysippe aurait écrit plus de sept cents traités philosophiques et pourtant, il n'en reste rien, à part quelques fragments, des citations dispersées dans les œuvres d'autres auteurs antiques, comme Aristote ou Cicéron. Or qui sait ce qu'il pouvait y avoir dans ces livres ! Peut-être contenaient-ils des vérités essentielles dont la connaissance aurait pu changer la face du monde et la marche de la civilisation.

« *Alètheia !* », me suis-je dit en moi-même…

— Mais pourquoi toutes ces œuvres ont-elles été perdues ? ai-je encore demandé à Marcello.

— Différentes catastrophes… Provoquées par la nature ou par l'Homme lui-même, me répondit-il. Vous avez sans doute entendu parler de l'incendie de la bibliothèque d'Alexandrie survenu en 48 avant Jésus-Christ… par la faute de Jules César, d'ailleurs.

— Comment ça, par la faute de César ? s'est étonnée Phalène.

— Vous connaissez un peu les histoires que l'on raconte sur César et Cléopâtre, reprit Marcello. Cléopâtre disputait le trône d'Égypte à son frère Ptolémée, et en 47 avant Jésus-Christ, pour la soutenir, César incendia la flotte de Ptolémée basée à Alexandric. Le feu se serait propagé dans tout le port, jusqu'à détruire la fameuse bibliothèque… Des centaines, des milliers d'œuvres, peut-être, sont ainsi parties en fumée. Une perte irremplaçable pour l'humanité tout entière. Rendez-vous compte ! répéta à nouveau Marcello Dante. La civilisation – occidentale, en particulier – s'est construite sur l'héritage de ses illustres pères fondateurs : Platon, Aristote, Euclide ou Archimède. Mais dans le fond, c'est un pur hasard, ou du moins, c'est par accident qu'ils sont devenus des classiques… simplement parce que leurs œuvres nous ont été transmises, tandis que celles des autres ont été oubliées. Qui sait si ces œuvres à jamais perdues n'auraient pas orienté la civilisation dans d'autres directions. Imaginez tout ce qui manquerait à nos connaissances actuelles si tous les dialogues de Platon avaient été perdus ! Or combien de trésors pareils à ses œuvres dorment-ils encore au fond de ruines souterraines, même s'ils ont eu la chance de ne pas avoir été détruits pour toujours…

Les réflexions de Marcello Dante me rappelaient étrangement ce que j'avais pu lire, avec Cali, du fameux Ignatius Donnelly, qui attendait de la découverte de l'Atlantide « une lumière nouvelle sur toute l'histoire du passé de la race humaine et sur tous les grands problèmes qui rendent perplexes les penseurs ».

— Vous croyez que la fin du *Critias* pourrait contenir des vérités inconnues ? ai-je suggéré à Marcello.

— C'est vrai ! Le *Critias* ! s'est-il écrié, semblant se souvenir tout à coup de ce que nous étions venus faire ici. Il va me falloir un peu de temps pour déchiffrer l'ensemble de la lettre. Laissez-moi le manuscrit, et je vous rappelle d'ici deux ou trois jours… si cela vous convient.

— C'est très aimable à vous, Marcello, lui assura maître Castille.

— *Arrivederci !*

*

* *

Excités, impatients, émerveillés aussi par tout ce que nous avions appris auprès de Marcello Dante, Phalène, maître Castille et moi étions bien décidés à profiter joyeusement de la promenade de retour à travers les petites rues au charme napolitain, oubliant presque les ombres de Frédéric Schwartz et de La Nouvelle Athènes qui planaient sur nous.

— Je m'étonne quand même un peu, nous avoua maître Castille sur le chemin. Les relations entre Cicéron et Pison étaient pour le moins « tendues ». Cicéron a même écrit un discours *Contre Pison*, le traitant de « scélérat », de « monstre horrible et infâme » et autres amabilités de ce genre... Alors je ne vois pas bien pourquoi il lui aurait confié ce fameux livre si précieux dont parle la lettre pour le cacher...

— Et que s'est-il passé entre eux ? J'ai cru comprendre qu'ils avaient des liens de parenté, nous rappela Phalène qui avait bien retenu les leçons de Marcello.

— Des querelles politiques, lui répondit maître Castille alors que nous atteignions l'élégante piazza dei Martiri, dominée par sa colonne de style napoléonien. Vous savez que Cicéron était avant tout un homme politique de premier plan, l'un des principaux acteurs de la République romaine au cours du Ier siècle avant Jésus-Christ, avec César, Antoine et Pompée. Il a même été consul en 63.

— Excusez mon ignorance, Henri, l'interrompit Phalène au moment où nous abordions enfin la via Morelli. Mais je n'ai jamais bien compris ce qu'était un consul à Rome.

— Eh bien, disons que c'était l'équivalent du président de la République, lui répondit simplement maître Castille. Mais il n'était nommé que pour un an. Pison aussi a été consul, d'ailleurs, quelques années après Cicéron, en 58. C'est là qu'ils se sont gravement fâchés, et le mot est faible... Dans cette période agitée de luttes fratricides pour accéder au pouvoir, César a fait voter une mesure d'exil à l'encontre de Cicéron, avec la complicité de Pison. Vous savez comment tout ça se termine : César est assassiné en 44, et Cicéron lui-même, l'année d'après, en 43, sur ordre d'Antoine qui a eu le bon goût de lui faire couper la tête et les mains pour les exposer en place publique.

— Mais c'est horrible ! s'est offusquée Phalène.

Nous étions à présent devant la porte vitrée de notre immeuble, avec son élégant encadrement en pierre qui se détachait sur une façade ocre patinée par le temps.

— Marcello Dante est vraiment quelqu'un de passionnant ! a murmuré Phalène.

— Vous pouvez le dire ! acquiesça maître Castille. Un vrai puits de science. Comme quoi, il ne faut pas se fier aux apparences. Marcello a l'air, comme ça, sanguin et volubile, mais dans le fond, c'est un sage. En fait, il me rappelle assez Tahar, l'ami du professeur Loeve. Ils ont tous les deux la particularité de dissimuler leur lumière en apparaissant comme des hommes simples et ordinaires. Le comble de la sagesse, à mon avis... Qui consiste à garder ses connaissances pour soi, sans vouloir les étaler.

— Ouais, tout le contraire de Frédéric Schwartz, me suis-je amusé à souligner.

— Vous avez des nouvelles… de Tahar ? a demandé Phalène à maître Castille.

— Quelques-unes, lui a-t-il répondu d'un air évasif. Il est toujours dans son auberge de Santorin.

Il nous a laissés là tous les deux, nous promettant de nous rappeler dès que Marcello lui ferait signe. Phalène a simplement appuyé sur le bouton du Digicode pour ouvrir automatiquement la porte de l'immeuble. Et nous avons pris l'escalier, insouciants, jusqu'au quatrième et dernier étage où se trouvait l'appartement du professeur.

Alors que Phalène était encore dans l'escalier, un peu essoufflée, je lui ai réclamé les clés.

Et en même temps, mécaniquement, j'ai jeté un œil sur la serrure de la porte blindée. Et j'ai bien cru remarquer que celle-ci était entrouverte.

— C'est toi qui a oublié de fermer ? ai-je demandé à Phalène.

— Pourquoi ? Non bien sûr. Qu'est-ce que…

Phalène s'est arrêtée à trois ou quatre marches du palier. J'ai poussé lentement et silencieusement la porte pour vérifier qu'elle était bien ouverte. À y regarder de plus près, la serrure était défoncée.

— On a été cambriolés ! ai-je annoncé à Phalène.

— Quoi ? s'est-elle écriée.

— Chut !

J'avais peur que nos visiteurs soient encore là, mais en faisant quelques pas dans l'entrée, je n'ai entendu aucun bruit. Peut-être se cachaient-ils ?

— Attends-moi là ! ai-je dit à Phalène, moi qui n'avais jamais vraiment joué les héros jusqu'ici.

J'ai regardé dans la cuisine. Rien ne semblait avoir bougé au rez-de-chaussée. Alors, je suis monté à l'étage, gravissant les marches en fer de l'escalier en colimaçon avec prudence, et dans le silence, me tenant prêt à me faire sauter dessus par un inconnu. Mais rien, ou plutôt, personne. En revanche, le studio était sens dessus dessous. Le lit avait été défait et, surtout, l'ordinateur n'était plus là.

— Tu peux venir ! ai-je crié à Phalène.

Elle s'est précipitée à l'étage pour me rejoindre.

— Qu'est-ce qui s'est passé ? s'est-elle lamentée, la main sur sa bouche.

— À ton avis…

— Et mes lettres ? Pourvu qu'ils n'aient pas pris mes lettres !

Heureusement, elle les a vite retrouvées dans sa valise, là où elle les avait rangées. Nos affaires semblaient avoir été un peu fouillées, mais rien ne manquait. En revanche, le fameux désordre organisé qui régnait encore sur le bureau le matin même s'était volatilisé. En plus de l'ordinateur qui avait disparu, tous les tiroirs du bureau avaient été ouverts et vidés. Tous les papiers, les cahiers, les notes et les livres avaient été emportés.

— Tu crois que c'est mon père, le professeur, qui aurait... ?

— ça m'étonnerait, ai-je répondu, surpris qu'elle ait pu ne serait-ce qu'une seule seconde imaginer cela.

— Oh ! Étienne ! J'ai peur ! Et s'ils revenaient ?

— J'appelle Castille, ai-je décidé. Tu me donnes ton téléphone ?

Maître Castille a vite débarqué à l'appartement pour constater les dégâts.

— Vous pensez que ce sont vos amis qui ont fait ça, Étienne ? m'a-t-il demandé.

— Ce ne sont pas mes amis, ai-je rétorqué un peu fâché. Mais oui, ça doit être ça.

— Bon, il faut prévenir la police, alors, nous a-t-il suggéré.

— Appeler la police ? lui a objecté Phalène. Pour leur dire quoi ? Nous ne sommes même pas chez nous !

— Vous avez raison ! a reconnu maître Castille. Ça risque d'être un peu compliqué à expliquer.

— De toute façon, on devine assez bien ce qui a pu se passer, ai-je ajouté. Du moins, nous savons ce qu'ils cherchent. On aurait dû être plus prudents ! Pourvu qu'ils ne le trouvent pas avant nous, ce fameux livre.

— Et pourquoi ? s'est énervée Phalène. Qu'est-ce qu'on en a à faire de ce livre ? Tu sais ce qu'il y a dedans, toi ? Tu penses que ça mérite de prendre tous ces risques ? Peut-être qu'il n'existe même pas, ce livre !

Elle a commencé à s'agiter, puis a fait une véritable crise de nerfs, se prenant la tête dans les mains, sanglotant, tapant des pieds, avant de s'écrouler sur le divan. J'ai essayé de la consoler comme je pouvais. Maître Castille nous a regardés d'un air attendri. Deux adolescents perdus... Il s'est accroupi devant Phalène pour attirer l'attention de ses yeux en pleurs.

— Ne vous inquiétez pas, Phalène, on va le retrouver... le professeur, lui a-t-il dit d'une voix douce, en souriant.

Puis il m'a lancé un regard discret pour me faire signe de le suivre dans un coin de l'appartement et laisser Phalène seule.

— Je vais appeler Marcello Dante pour lui demander d'accélérer les choses, m'a-t-il chuchoté. Inutile de trop la mêler à tout ça pour le moment, elle m'a l'air à bout. Occupez-vous d'elle. Vous pensez que ça va aller ? Vous pouvez venir à mon hôtel si vous voulez.

— C'est gentil, lui ai-je répondu calmement. Mais je ne suis pas certain qu'on risque grand-chose. Ça m'étonnerait qu'ils reviennent, maintenant qu'ils ont ce qu'ils voulaient.

— Bon, je vous rappelle demain à la première heure, m'a-t-il dit en partant. N'hésitez pas à me faire signe s'il y a quoi que ce soit.

*

* *

La semaine suivante a été bizarre. Phalène et moi nous sentions comme traqués. Chaque fois que nous sortions de l'appartement, nous prenions garde de ne pas être suivis. J'ai appelé Cali, bien sûr, pour lui raconter ce qui nous était arrivé, en lui demandant d'aller jeter un coup d'œil du côté de chez Frédéric Schwartz, et pourquoi pas, d'essayer d'apercevoir Lauric rue de Buffon ou sur le campus de l'université de Rouen, à Mont-Saint-Aignan.

Maître Castille venait régulièrement nous rendre visite, et nous l'emmenions manger une bonne pizza chez Sorbillo, en essayant d'oublier un peu nos ennuis. Comme il se débrouillait mieux que nous en italien, il nous a aussi trouvé quelqu'un pour changer la serrure. La fameuse clé qui nous avait menés jusqu'ici ne servait plus à rien, et Phalène s'est empressée d'accrocher le nouveau jeu à son papillon blanc.

Cali a fini par me rappeler à propos de Frédéric Schwartz.

— Aucun mouvement dans la maison. Je suis passé devant hier soir, et encore ce matin avant d'aller au boulot, mais rien. Pas de lumière... personne.

Je commençais vraiment à m'inquiéter. Et puis, un soir, en fin d'après-midi, la nouvelle est arrivée : Marcello Dante avait fini par déchiffrer la lettre cachée dans le manuscrit.

— J'amène Marcello ce soir à l'appartement, nous a annoncé maître Castille.

Vers 18 h 30, alors que le ciel de Naples était d'un bleu plus pâle, maître Castille est arrivé accompagné de Marcello. Je ne savais pas exactement ce qu'il lui avait raconté de toutes nos histoires, mais les deux hommes ont passé la porte, taiseux, l'air sérieux et le visage grave.

— Je vous montre, nous a simplement dit le directeur de l'office des papyrus après nous avoir salués.

Marcello Dante venait nous voir comme un médecin serait venu visiter un malade, portant une vieille sacoche en cuir avec deux lanières en guise de fermeture. Nous sommes montés à l'étage pour nous poster tous les quatre autour du bureau, comme un quarteron de généraux étudiant les plans de la bataille à venir. Marcello a ouvert sa sacoche pour en tirer différents papiers qu'il a étalés sur la table, qui avait l'avantage d'être complètement débarrassée depuis le vol.

— J'ai préféré ne pas prendre de risque et venir sans le manuscrit, nous a prévenus Marcello Dante. *Capisci ?* Je n'ai apporté que mes notes.

Il a déplié l'une des feuilles de papier avant de faire glisser sur son nez ses fameuses lunettes qu'il portait sur le haut du crâne entre deux lectures.

— Bon, j'ai des choses intéressantes, nous a-t-il déclaré. La lettre est datée de 710 selon le calendrier romain, soit 43 avant Jésus-Christ, l'année même de la mort de Cicéron. Elle est bien adressée au « Grec », ce qui n'est pas la moindre des révélations de ce manuscrit exceptionnel. Je m'étais toujours douté que Cicéron avait dû rencontrer Philodème. Après tout, il avait lui-même une maison de campagne à Pompéi, donc il ne lui était pas difficile de se rendre dans la villa Pison à Herculanum, tout à côté.

— Pourquoi ? l'interrogea maître Castille. Philodème vivait dans la villa de Pison ?

— Sans doute, lui répondit Marcello. Pison était tout à la fois le disciple et le *patronus* de Philodème.

— « *Patronus* », comme dans *Harry Potter* ? intervint Phalène.

— Ça m'étonnerait, lui répondit maître Castille, amusé.

— Le *patronus* était le protecteur ou le mécène à Rome, répondit plus sérieusement Marcello. Ce qui veut dire que Pison entretenait Philodème, qui a sans doute vécu dans sa villa. C'est ce que suggèrent les papyrus retrouvés dans la bibliothèque, d'ailleurs. Ce sont surtout des œuvres de philosophes épicuriens. Il s'agirait donc de la propre bibliothèque de Philodème. Il faut imaginer l'ambiance à l'époque ! Pison se targuait d'être un apprenti philosophe, disciple de Philodème, et devait recevoir régulièrement l'intelligentsia romaine dans sa villa.

— Et pour ce qui est du livre, alors ? ai-je demandé à Marcello. Est-ce qu'il pourrait s'agir du *Critias* ?

— Pour ça, je ne peux rien vous dire, m'avoua Marcello. La lettre précise seulement qu'il s'agit d'un livre qui se trouvait dans les murs de l'Académie de Platon à Athènes. Un livre particulier tout de même, qui semble contenir des éléments de doctrine disons… « ésotériques », au sens qu'on donne plus volontiers à ce mot de nos jours… Un savoir occulte. Une vérité réservée aux seuls initiés. C'est ce que suggère Cicéron dans sa lettre en tout cas, quand il explique à

Philodème pourquoi il ne doit montrer le livre à personne : « C'est l'usage des Académiciens de cacher leur doctrine, ils sont accoutumés de ne la découvrir qu'à ceux qui ont vécu avec eux presque jusqu'à la vieillesse. » *Capisci ?*

— Mais alors, me suis-je étonné, pourquoi Cicéron aurait-il eu ce livre entre les mains ?

— Il le dit lui-même, me répondit Marcello. C'est Philon... Philon de Larissa qui le lui a remis. Comme vous le savez peut-être, Platon a fondé son école en 387 avant Jésus-Christ. Elle a perduré ainsi pendant près de trois cents ans, voyant se succéder à sa tête de nombreux philosophes, comme Cratès, Arcésilas ou Carnéade. Cette longue tradition s'achève en 88 avant Jésus-Christ, lorsque Philon de Larissa, dernier chef de l'Académie, se réfugie à Rome et devient le maître de Cicéron. J'imagine que Philon a voulu « sauver » ce fameux livre en le confiant à Cicéron.

— Et donc, ai-je demandé à Marcello, le livre se trouve à présent dans la villa des Papyrus ?

— Il n'y a pas de doute ! m'a-t-il assuré. Cicéron annonce au « Grec » qu'il lui envoie Tiron, son homme de confiance, pour lui remettre le fameux livre, en lui demandant de le placer en lieu sûr, dans sa bibliothèque... « *de bibliotheca tua* ».

— Enfin Marcello, lui objecta maître Castille, arrêtez-moi si je me trompe, mais comment savoir si ce livre ne fait pas partie des 1 800 papyrus qui ont déjà été extraits de la villa ? Ou même si ce n'est pas un de ceux qui ont été détruits ? Peut-être se trouve-t-il dans l'une des vitrines de votre musée, comment savoir ?

— C'est ce qui est intéressant, Henri. La lettre est assez précise de ce côté-là. Cicéron suggère à Philodème une cachette : « la sculpture représentant Platon ». Quand on a fouillé la bibliothèque de Philodème, on a retrouvé les bustes de différents philosophes dans les niches, à côté des papyrus. A priori, ils permettaient d'identifier les auteurs des œuvres qu'on avait rangées là, comme des étiquettes.

— Et le buste de Platon, alors, vous l'avez ? me suis-je empressé de demander à Marcello.

— On n'a pas retrouvé de buste de Platon, m'apprit-il. Mais il y a peut-être d'autres bibliothèques dans la villa. Il faut savoir que tout n'a pas été exploré. Regardez…

Marcello a un peu étalé devant lui les papiers qu'il avait posés sur le bureau, avant de déplier devant nous une grande feuille avec un plan.

— Regardez ! répéta-t-il en pointant du doigt un petit coin du plan légèrement ombré. Seule cette partie de la villa a été mise au jour. D'autres pièces ont été découvertes en creusant des tunnels, comme la chambre numéro 5 où se trouvait la bibliothèque, vous voyez ? Là, salle « B » sur le plan, en haut à droite… Mais il reste tout un étage qui n'a encore jamais été exploré. Et là, il pourrait bien y avoir une autre bibliothèque, peut-être plus grande que la première.

— Et… ce serait possible de voir la villa ? lui ai-je demandé.

— Je peux vous faire visiter si cela vous intéresse, m'a proposé Marcello. Quelle heure est-il ? C'est parfait ! Le site est sur le point de fermer, nous serons tranquilles.

— Vraiment ? Vous pouvez faire ça ? me suis-je étonné.

— Bien sûr ! J'ai dirigé les fouilles jusqu'en 2009, alors j'ai mes entrées !

— Tu veux voir ça, mon papillon ? ai-je proposé à Phalène.

— Eh bien, à la limite, je préfère rester là, m'a-t-elle répondu. Je connais déjà, enfin… À peu près. Et surtout, je voudrais être sûre que personne ne vienne me prendre mes lettres, tu comprends ? Mais vas-y, toi ! s'est-elle empressée d'ajouter. Ça te plaira beaucoup ! Tu me raconteras…

— Et vous, monsieur ? ai-je demandé à maître Castille. Vous venez avec nous ?

— Je vais plutôt rester ici avec Phalène, on ne sait jamais. Et puis, j'ai déjà vu Herculanum, moi aussi.

— Bon, à tout à l'heure, alors, leur ai-je lancé, un peu contrarié néanmoins d'abandonner ainsi Phalène, même si je ne voyais pas bien quel intérêt les sbires de Schwartz auraient à revenir dans l'appartement.

*

* *

C'est ainsi que nous sommes partis, Marcello Dante et moi, visiter le site d'Herculanum. Nous sommes retournés aux abords de la Bibliothèque nationale pour qu'il récupère sa petite Fiat 500, puis nous avons rejoint le port en voiture, avant de longer la baie de Naples, baignée par les reflets orangers du soleil qui se couchait à l'horizon. À mesure que nous nous éloignions du centre-ville, les rues devenaient plus sales et inhospitalières, sortes de boulevards industriels en désaffection. Un aperçu des grandeurs et des misères de la civilisation : j'avais du mal à imaginer que cette banlieue avait pu être un lieu de villégiature autrefois, accueillant les résidences d'été et les maisons de campagne des dignitaires de la République romaine.

— Vous connaissez bien Henri Castille ? ai-je demandé à Marcello qui conduisait tranquillement.

— *Si !* me répondit-il sans hésiter. Il a passé une année à Naples pour sa thèse d'archéologie. Après, nous avons souvent travaillé ensemble. Ma... *Perché* ?

— Pour rien... Vous lui faites confiance, alors ? ai-je insisté.

— *Assolutamente !* m'assura-t-il. Par contre, je serais plus réservé sur votre professeur Loeve.

— Ah ? me suis-je étonné à mon tour. Pourquoi ?

— Je ne le connais pas très bien, me direz-vous, s'est-il repris en constatant mon trouble. Je l'ai croisé plusieurs fois lorsqu'il enseignait ici, au début des années 1990. Un homme tout à fait particulier... Et j'ai entendu certaines rumeurs sur ses idées disons... originales et les gens peu fréquentables qui l'entouraient.

— Hum...

J'ai préféré ne pas répondre, tournant le regard vers la vitre pour me perdre, silencieux, dans le décor qui défilait devant mes yeux, une juxtaposition de maisons de ville, coincées entre des stations-service.

— Et ce fameux Philodème, alors ? ai-je repris, tout à la fois pour briser le silence et pour changer de sujet. Pourquoi Cicéron le surnommait-il « le Grec » ?

— Eh bien, disons que Philodème était un homme de culture grecque, m'apprit Marcello. Il est né en Syrie, à Gadara, en 110 avant Jésus-Christ, puis s'est installé à Athènes dans les années 90 où il a pu suivre l'enseignement de Zénon de Sidon, un épicurien.

— Et comment s'est-il retrouvé à Herculanum, alors ?

— Comme tout le monde ! m'a répondu Marcello. Dans les années 80 avant Jésus-Christ, les guerres menées par les Romains à Athènes ont poussé les philosophes grecs à fuir leur cité pour se réfugier à Rome. Comme Philon de Larissa, le dernier chef de l'Académie dont je vous ai déjà parlé, et bien sûr, Philodème, qui s'est mis sous la protection de Pison. De toute façon, le grec était la langue dans gens cultivés à Rome. Une curiosité de l'Histoire... Comme la civilisation grecque était sinon supérieure, du moins, plus brillante que la civilisation romaine, la culture des vaincus s'est imposée aux vainqueurs. En clair, les Romains ont conquis la Grèce sur le terrain militaire, mais ils ont été envahis par la culture grecque. Vous connaissez la fameuse anecdote... Quand César s'est fait assassiner par Brutus, l'Histoire raconte qu'il s'est écrié : « *Tu quoque mi fili* » – « Toi aussi, mon fils. » En fait, il semble qu'il ait plutôt prononcé cette phrase en grec : « *Kai su teknon*. »

— Mais quand Cicéron appelle Philodème « le Grec », c'est un peu méprisant, non ? ai-je remarqué. On dirait presque « celui-dont-il-ne-faut-pas-prononcer-le-nom »...

— C'est à peu près cela, s'est amusé Marcello. C'est que Philodème était le plus brillant représentant de la philosophie épicurienne à l'époque de la République romaine. Mais Cicéron n'appréciait pas vraiment cette philosophie. Il était plutôt stoïcien.

— Et c'est quoi la différence ?

— Oh là ! Ce serait long ! s'est écrié Marcello en riant. Nous n'allons pas tarder à arriver, en plus. Enfin, disons que ce sont deux philosophies « hellénistiques », deux écoles typiques de l'Antiquité grecque qui offraient à leurs disciples le moyen d'être heureux, de parvenir au bonheur, ou plutôt à la sérénité... On appelle ça « l'ataraxie », ce qui n'est pas un gros mot. Ça veut simplement dire « absence de troubles de l'âme ». Après, ce sont les moyens qui diffèrent.

— L'épicurisme, c'est « *Carpe diem* », c'est ça ? ai-je tenté d'intervenir.

— *Si !* m'a confirmé Marcello. Ce n'est pas une formule d'Épicure lui-même, mais du poète latin Horace, un contemporain de Cicéron, justement. Elle résume bien l'épicurisme en tout cas : « Cueille le jour », profite des moments les plus agréables, parce que la vie n'a aucun sens, au fond. Pour Épicure, nous sommes nés par hasard, il n'y a ni dieux ni sens à l'existence, alors, tout ce qu'on doit faire, c'est rechercher le plaisir, ce don de la nature. Pour Cicéron, c'était une philosophie de débauché, même si c'est là une vision caricaturale. Dans le fond, Épicure prônait surtout un modèle de vie simple, car le meilleur moyen d'être heureux, c'est de savoir se contenter de peu. On n'a rien à perdre quand on ne possède rien.

— Et les stoïciens, alors ?

— Les stoïciens croyaient au destin, au contraire, m'apprit Marcello. Ce qui change pas mal de choses. Si mon avenir est tout tracé, il vaut mieux ne rien espérer ou, du moins ne rien désirer. Pour eux, ce qui fait le malheur des hommes, c'est qu'ils désirent tout ce qu'ils ne sont pas certains d'obtenir, comme le pouvoir, la richesse et la gloire, et craignent ce qui ne peut manquer d'arriver, comme la mort... Oh ! Mais justement ! Nous aussi, nous venons d'arriver, s'est soudain écrié Marcello en freinant d'un coup sec sur le gravier.

*
* *

Le site d'Herculanum se trouvait en ville, coincé entre des immeubles modernes, même si l'on apercevait la silhouette menaçante du Vésuve, au loin, qui rappelait la catastrophe passée. Nous nous sommes présentés à l'entrée au moment où le gardien fermait la porte grillagée. Il a semblé reconnaître Marcello qui l'a salué, avant que les deux hommes échangent quelques mots en italien. Ensuite, l'autre nous a laissés. Marcello a sorti son propre trousseau pour rouvrir la porte. Une fois passé l'entrée, nous avons descendu une petite pente sablonneuse qui menait au pied d'une sorte de paroi rocheuse.

— C'est là ! m'a annoncé fièrement Marcello.

— C'est ça, la villa des Papyrus ? me suis-je étonné.

La rencontre était pour le moins décevante. Au lieu de la magnifique demeure que je m'attendais à découvrir, je n'ai vu qu'un pan de mur saillant de deux étages qui sortait de la paroi rocheuse comme une maison troglodytique.

— C'est bien ce que je vous disais, m'a expliqué Marcello. Nous n'avons dégagé qu'une toute petite partie de la villa. Le jardin, les deux salles péristyles à colonnes, la piscine et tout le reste se trouve emprisonné dans ce sarcophage rocheux.

Nous sommes montés jusqu'à l'entrée de la villa en empruntant un escalier de fortune en acier fixé sur la paroi. Une fois parvenu là-haut, j'ai quand même pu admirer les quelques pièces qui avaient été mises au jour, au sol pavé de jolies mosaïques.

— Et c'est tout ? ai-je répété.

— Oui, m'assura Marcello. Et encore, cet étage a été bien dégagé ! Vous voyez l'entrée de la galerie souterraine, là, qui mène à la fameuse bibliothèque des papyrus ?

Marcello m'a invité à redescendre l'escalier pour me conduire à l'étage inférieur de la villa. Nous avons longé la bande de gravier qui formait comme un petit chemin au bord de la paroi, où trois niches rocheuses avaient été creusées.

— C'est tout ce qu'on a pu dégager à cet étage, m'a appris le directeur en me faisant pénétrer dans la première niche. Regardez la petite porte en bois, au fond : nous ne sommes jamais allés plus loin. Les fouilles se sont arrêtées en 2009.

— Et pourquoi ? lui ai-je demandé.

— Des questions budgétaires, d'abord. Le gouvernement a préféré financer la restauration des sites existants. Et puis, le sous-sol est très friable et pas très fiable. Tout pourrait s'écrouler si l'on creusait plus avant. Mais je suis certain que derrière l'une de ces portes, il y a bien d'autres trésors à trouver… et des papyrus.

Nous avons poursuivi notre marche prudente pour voir la deuxième niche qui se trouvait à la suite de la première, puis la troisième. Et là, stupeur !

— *Ma che cosa è…*, s'est écrié Marcello en plaquant ses deux mains sur sa tête.

— Qu'est-ce qu'il y a ?

Il s'est enfoncé un peu plus dans la cavité.

— La porte ! La porte ! a-t-il répété. On a forcé la porte !

À la place de la petite porte en bois que j'avais vue au fond des deux autres niches, il y avait en effet un trou qui s'enfonçait dans le noir.

— Mais qui a fait ça ?

— Ce n'est pas vous ? lui ai-je demandé, m'obstinant à ne pas vouloir comprendre.

Sans même me répondre, Marcello est ressorti de la niche pour rebrousser chemin, me laissant seul et sans explication. Il a descendu l'escalier, puis remonté la pente par laquelle nous étions arrivés pour rejoindre l'entrée du site. Je l'ai attendu quelques instants avant de le voir réapparaître, une lampe torche à la main.

De retour dans la niche où je l'attendais, il a éclairé le trou, béant, creusé dans la roche.

— Quelqu'un est venu ici, a-t-il fini par admettre.

— Vous voulez que j'aille voir ? lui ai-je proposé.

— Ce serait trop dangereux. En tout cas, je ne peux pas entrer là-dedans, moi. Je ne passerais pas, m'a-t-il précisé en se tapant le ventre.

— J'y vais si vous voulez, ai-je insisté.

— Oh ! Et puis, au point où nous en sommes ! s'est-il résigné. Mais faites attention.

Je me suis allongé pour me faufiler dans le tunnel tout juste assez large pour mon corps. En rampant la lampe torche à la main, j'ai hésité à avancer, pris d'une crise de claustrophobie et d'autant plus effrayé que des petits éboulis se décrochaient de la roche. J'ai dû me frotter les yeux pour chasser les grains de sable qui me tombaient sur le visage. Après deux ou trois mètres de plat, le boyau descendait en pente dans les entrailles de la Terre.

J'ai fini par apercevoir le bout du tunnel, une petite pièce faiblement éclairée par la lumière de ma lampe torche. Le tunnel débouchait au milieu d'un des murs, à un mètre du sol. Je me suis laissé tomber par terre, sur un pavé en mosaïque. Quelques petits paniers rouge-brun cylindriques étaient éparpillés au sol, éventrés, laissant apparaître des morceaux de charbon que j'avais déjà vus.

— Des papyrus ! ai-je crié à travers le tunnel en espérant que Marcello pourrait m'entendre.

Je suis dans une bibliothèque, je crois. Il y a des sculptures, aussi !

Au milieu des boîtes à papyrus, des petits bustes en métal – du bronze, peut-être – jonchaient le sol, comme s'ils avaient été jetés là, renversés.

— Platon ? ai-je fini par entendre de l'autre côté du tunnel. Vous voyez Platon ?

Fébrilement, j'ai commencé à ramasser un à un les bustes posés au sol, comme si le temps m'était compté. Quand je me suis saisi de la troisième tête qui me regardait de ses yeux vides, la bouche sévère ornée d'une longue barbe, j'ai tout de suite vu l'inscription sur sa poitrine – « Platôn » – bien aidé par les rudiments de grec que maître Castille m'avait enseignés.

Sans perdre plus de temps, certain d'avoir rempli ma mission après cette découverte extraordinaire, j'ai lancé le buste dans le tunnel, avant de m'y hisser à mon tour pour ramper vers la sortie avec mon trésor. En retrouvant le monde extérieur, j'ai aussi recommencé à entendre les bruits de la vie et le chant des cigales, comme si je revenais des Enfers. À peine sorti du tunnel, alors que j'étais encore allongé, j'ai tendu le buste à Marcello qui s'est empressé de me le prendre. Je me suis relevé pour inspecter, avec lui, la petite sculpture qu'il observait sous tous les angles.

— Il est vide ! s'est-il lamenté.

— Comment ça, « vide » ?

— Il y avait sans doute une plaque en dessous du socle, m'a-t-il expliqué. Mais vous voyez, elle a été arrachée. L'intérieur de la sculpture est creux, mais s'il y avait quelque chose dedans, il n'y a plus rien.

— J'y retourne si vous voulez ! lui ai-je proposé. C'est peut-être tombé par terre.

— Inutile, à mon avis, m'a-t-il répondu. Il n'est pas difficile de comprendre que c'est ce qu'on est venu chercher. Exactement ce qui est écrit dans la lettre de Cicéron quand il suggère à Philodème de cacher le livre qui venait de l'Académie dans « une sculpture représentant Platon ».

— Ce sont eux, vous croyez ? Ceux qui ont volé les notes du professeur à son appartement ? Ils auront eu le temps de retrouver la trace du livre ?

— Peut-être… ou pas, s'est contenté de dire Marcello d'un air évasif. En tout cas, cette percée dans la villa est extraordinaire, ou catastrophique, comme on voudra. Il faut que je le signale ! Je vous ramène et je m'en occupe. *Mamma mia !*

Marcello m'a reconduit à l'appartement en voiture. Il est resté silencieux pendant toute la route, semblant tiraillé entre divers sentiments, tout à la fois fasciné par la découverte et paniqué par la destruction du site. Il m'a déposé via Morelli, emportant avec lui le buste et me promettant de me donner des nouvelles dès le lendemain. J'ai monté les quatre étages à toute vitesse, pris d'une appréhension, d'une vision, même, redoutable. J'ai ouvert la porte avec ma clé, découvrant une scène effrayante. Maître Castille était allongé au sol, la tête en sang.

— Monsieur ! me suis-je écrié.

Je me suis jeté à son chevet pour voir comment il allait. Il a fini par ouvrir les yeux.

— Je suis désolé, Étienne, m'a-t-il murmuré péniblement, encore groggy. Ils l'ont enlevée.

16

Le théâtre souterrain

— Mais qui ça, « ils » ? ai-je demandé à maître Castille, paniqué.

Il a pris le temps de se relever péniblement en se tenant les côtes, le visage grimaçant de douleur. Je l'ai soulevé par le bras pour l'aider à s'asseoir à même le sol, adossé à l'une des bibliothèques de l'entrée, tandis que je restais accroupi devant lui.

— Je ne sais pas qui c'était, a-t-il fini par me répondre.

— Mais ils ressemblaient à quoi ?

— Ils portaient des masques ! s'est-il un peu énervé. D'accord ?

— D'accord, c'est bon, lui ai-je assuré pour tenter de le calmer.

— Ils étaient habillés tout en noir, a-t-il repris, avec des sortes de survêtements ou de kimonos à capuche, je ne sais plus, et ils portaient des masques… Du genre théâtre vénitien… blancs, effrayants… Un qui rit, un qui pleure et le troisième avec le bas du visage qui pointe en avant, comme un masque de Casanova.

— Ils n'ont rien dit ? Qu'est-ce qui s'est passé ?

— Non, ils n'ont rien dit, m'a-t-il répondu, toujours grimaçant de douleur. Ils ont frappé à la porte, j'ai cru que c'était vous... Mais dès que j'ai ouvert, ils se sont rués dans l'appartement. Celui-qui-rit s'est jeté sur moi pour m'asséner un grand coup avec son sabre en bois... Un bokken d'aïkido, je crois, long, courbé. Je me suis retrouvé au sol avant d'avoir eu le temps de réagir et j'ai entendu Phalène crier quand le Casanova est monté à l'étage. Il est redescendu avec elle en la tirant par le bras, elle hurlait, elle était en larmes. J'ai essayé d'en attraper un par la jambe au moment où ils l'emmenaient hors de l'appartement, et là, j'ai reçu une nouvelle volée de coups. Je ne sais plus combien parce que j'ai perdu connaissance...

— Et c'était quand ?

— Juste après votre départ. C'est pour ça... J'ai cru que vous remontiez parce que vous aviez oublié vos clés ou quelque chose comme ça... Et là, quelle heure est-il ?

— Vingt-trois heures.

— Ah, déjà ? s'est étonné Castille.

Accablé par ces révélations, j'ai fini par me laisser tomber et m'asseoir à côté de lui, adossé à la bibliothèque. Nous sommes restés ainsi un moment, sans rien dire.

— Qu'est-ce que je vais faire maintenant ? me suis-je lamenté.

Je ne comptais plus vraiment sur Castille. En fait, j'ai même commencé à le soupçonner de jouer un double jeu. Qu'est-ce que j'en savais, si tout ce qu'il m'avait raconté était vrai ? Il s'était peut-être fait sa blessure lui-même. Des hommes en noir avec des masques de théâtre italien ? Un peu facile, non ? Un peu cliché. Si ça se trouve, il était complice de tout ce qui m'était arrivé depuis le début. Qui était toujours dans le coin quand il se passait quelque chose ? Maître Castille ! Et s'il était dans le coup ?

J'en étais là de mes réflexions, de mes délires peut-être, quand j'ai senti mon téléphone vibrer. Je l'ai sorti de ma poche, toujours assis à côté de maître Castille, pour voir le nom s'afficher : « Phalène ».

— Phalène ! Est-ce que tu vas bien ? ai-je crié en décrochant.

Mais ce n'est pas Phalène qui a répondu. Au lieu de sa voix douce et légère, j'ai entendu une voix qui semblait être celle d'un monstre. Grave, métallique, sortie d'outre-tombe, une voix de machine ou de dragon, inhumaine.

— Nous avons la fille, m'a annoncé le monstre à l'autre bout du fil. Rendez-vous vico Cinquouez… au 23. Venez seul. Si vous appelez la police, la fille est morte. Si vous contactez n'importe qui, la fille est morte. Si vous amenez quelqu'un, la fille est morte. Nous vous voyons.

— Vico quoi ? ai-je tenté de me faire préciser.

Mais il avait déjà raccroché. J'étais effrayé, terrorisé, avec l'impression d'être dans un film ou dans un cauchemar.

— Qui c'était ? m'a demandé maître Castille, impatient, qui devait voir la peur sur mon visage.

Je lui ai répété ce que j'avais entendu… assez mal.

— Vico Cinquesanti. C'est une adresse. Le numéro 23 ?

— C'est ça.

Sans même réfléchir, je me suis levé d'un bond, tandis que maître Castille demeurait assis par terre.

— Attendez ! m'a-t-il lancé en s'appuyant sur ses mains pour essayer de se relever. Je viens avec vous !

— Pas question ! lui ai-je répondu sur un ton catégorique. Vous savez ce qu'ils ont dit ! Je ne veux prendre aucun risque.

La vérité, c'était plutôt que je ne lui faisais pas du tout confiance. Qui sait s'il n'aurait pas sorti un masque de théâtre pour faire copain-copain avec les méchants en arrivant au point de rendez-vous ?

— Vous, rentrez chez vous, lui ai-je ordonné d'un ton sec. Et vous n'appelez personne surtout !

Il m'a laissé filer sans plus chercher à me retenir, l'air désemparé.

Après avoir descendu les marches quatre à quatre, je me suis retrouvé au pied de l'immeuble au moment où quelques gouttes commençaient à tomber. Il faisait nuit à présent, et pour la première fois depuis mon arrivée à Naples, il pleuvait. Tout en pianotant sur mon portable pour entrer l'adresse que la sombre voix métallique m'avait indiquée, j'ai jeté un coup d'œil autour de moi. La porte de l'immeuble se trouvait au croisement de trois rues, et même s'il faisait sombre, j'ai remarqué, sur le trottoir, de l'autre côté du carrefour, un homme qui semblait me fixer. Il portait un ciré vert bouteille dont la capuche rabattue sur son front lui cachait en partie le visage, de type arabe ou maghrébin. Il semblait avoir le regard noir d'un tueur. On aurait dit un mendiant, ou plutôt un migrant, d'autant qu'il avait dans la main un carton comme ceux qu'exhibent les familles syriennes aux feux des sorties du boulevard périphérique. J'ai bien cru le voir me faire un petit signe de tête d'un air entendu.

En essayant de ne pas lui prêter attention, je me suis mis en marche en partant à gauche pour rejoindre la fameuse rue nommée « vico Cinquesanti », qui se trouvait en plein milieu du centre historique d'après mon plan. Mais en abordant la via Chiaia, tout à la fois sombre et animée, pleine de gens indifférents à mes ennuis, j'ai jeté un coup d'œil par-dessus mon épaule. Le migrant s'était mis en marche aussi, et semblait bien me suivre. Un homme de main, sans doute, qui était chargé de me surveiller. C'était comme s'il n'y avait que lui et moi, et je me sentais seul au milieu de la foule étrangère. Une fois parvenu aux abords du Palazzo Reale, j'ai tourné à gauche sur la via Toledo, un grand boulevard qui me paraissait plus rassurant. Mais tous les magasins étaient fermés et les trottoirs déserts. Pourtant, quand je me suis retourné à nouveau, le migrant qui me suivait avait disparu. Était-il en train de m'observer ?

Le ciel a commencé à gronder, annonçant l'orage.

*

* *

Sous une pluie battante, tout juste couvert par ma petite veste en cuir dont je serrais le col autour de mon cou, j'ai traversé plusieurs ruelles du centre historique, avant de me présenter vico Cinquesanti, au numéro 23 : une porte cochère de style antique, évoquant l'entrée d'un temple grec ou romain, avec son encadrement en pierre sculpté de colonnes au chapiteau à feuillage. Derrière l'impressionnante porte en fer forgé, le porche semblait donner sur la cour intérieure d'un hôtel particulier. Je suis resté là un moment, le nez collé à la grille, essayant de distinguer dans la pénombre un son, une lumière, un mouvement. Une ombre a surgi du fond de la cour, fantomatique. J'ai vu avec effroi cette silhouette se diriger vers moi, austère, avec son masque de Casanova blanc au bas proéminent. Sans dire un mot, l'apparition vêtue de noir a ouvert la porte en me faisant signe d'entrer, avant de la refermer à clé. Je l'ai suivie sous le porche, finissant par apercevoir une lueur au fond de la cour, à travers une étroite fenêtre située en hauteur. Mon guide de mauvais augure m'a fait gravir les marches d'un escalier en marbre qui menait à l'étage depuis la cour intérieure. Il a ouvert la lourde porte d'entrée en bois, sculptée de motifs en forme de draperies, pour me faire pénétrer dans un petit vestibule.

L'unique porte située sur le mur de gauche donnait sur une longue pièce de vie ou plutôt, trois salons en enfilade, séparés les uns des autres par des arcs en anse de panier posés sur des colonnes. Le haut plafond traversé de poutres apparentes, le sol pavé de tomettes rouge brique et les murs en pierre donnaient à ce lieu une atmosphère de château médiéval, même s'il était chargé d'un mobilier évoquant plutôt un palais vénitien du XVIIe siècle : au milieu de chacun des trois salons, une table en chêne massif posée sur un tapis richement brodé ; le long des murs, des buffets, des bahuts et des secrétaires en bois. Un peu partout, des fauteuils en velours rouge, et des papiers, des lettres, des livres, éparpillés sur les meubles. Il y avait une cheminée en marbre dans le premier salon, et dans celui du fond, l'unique fenêtre de la pièce, dont les vitres étaient fouettées par la pluie.

Mon hôte inquiétant m'a abandonné sans dire un mot, disparaissant par une porte à double battant qui se trouvait dans le salon du milieu. Je suis resté là un moment, sans bouger, les bras ballants, me demandant ce qui allait m'arriver, et pensant à Phalène, surtout, que je désespérais de revoir saine et sauve. J'ai commencé à faire le tour de la pièce, contemplant les nombreuses gravures qui décoraient les murs, dont un Saint Jérôme de Dürer, assis à sa petite table dans une cellule comme un alchimiste dans son laboratoire, un lion à ses pieds qui m'a mis tout à fait mal à l'aise. Encore plus dérangeante, la vieille photographie de Mussolini encadrée, posée sur le buffet, comme un portrait de famille. Mais alors que je me croyais seul, j'ai entendu le grincement d'un ressort au bout du salon, pareil au bruit que peut faire un vieux fauteuil quand on s'assoit dessus, ou qu'on se lève. Quand j'ai tourné la tête pour voir d'où venait ce bruit, je me suis rendu compte qu'il y avait quelqu'un dans ce salon éclairé par les nombreuses petites lampes disséminées dans toute la pièce. Une femme est apparue, debout derrière le dossier du fauteuil en velours tourné vers la fenêtre. Elle avait une allure de grande bourgeoise ou d'aristocrate, avec ses cheveux grisonnants impeccablement mis en plis. Elle portait un collier de perles et ses yeux bleu clair lui donnaient un regard perçant. Elle a marché lentement vers moi, en longeant la table en bois qu'elle caressait du bout des doigts.

— Les races humaines diffèrent en dons spirituels comme en couleurs, dit-elle en s'avançant, fixant toujours la table, comme si elle se parlait à elle-même. La clairvoyance prévaut de façon naturelle chez certains peuples, tandis que d'autres ne sont que des sots. Et vous, monsieur Van Langh, de quelle race êtes-vous ?

Elle avait dit cela sur un ton familier, presque badin, comme si nous étions des intimes et qu'elle me connaissait bien, avec un accent qui ne sonnait pas vraiment italien, mais plutôt russe ou slave. Et moi, je ne savais pas quoi répondre.

— *Signore*, a-t-elle repris une fois parvenue devant moi, alors que je me tenais toujours immobile, comme un idiot, devant le portrait de Mussolini. On me dit que vous avez des dons et que vous êtes philosophe ? Est-ce vrai ?

— Et vous, qui êtes-vous ? ai-je fini par oser lui demander sur un ton faussement nonchalant, alors que je n'étais pas du tout rassuré.

— Peu importe qui je suis, m'a-t-elle répondu d'un air sévère. Je suis la maîtresse de maison, mais surtout, maîtresse de sagesse ou de « théosophie », comme on dit. Mais asseyez-vous, je vous en prie.

Elle m'a indiqué l'un des deux fauteuils devant la cheminée et nous nous sommes installés tous les deux, face au feu, comme une grand-mère et son petit-fils qui auraient une aimable conversation.

— Je suis en mission, vous comprenez... Pour une société secrète, m'a-t-elle révélé. Il en va de l'avenir de l'humanité... Un enjeu de civilisation. Or il me manque encore une clé, et je crois savoir qu'elle est là-dedans, a-t-elle repris en pointant son doigt sur ma tempe.

— Parce que vous croyez qu'il y a une clé là-dedans ? ai-je fait semblant de m'amuser pour donner le change. Vous croyez que je sais des choses ?

— Peut-être pas vous personnellement, m'a-t-elle répondu. D'ailleurs, vous l'ignorez peut-être vous-même, mais je crois savoir que vous êtes en communication avec des esprits supérieurs, tout comme moi, d'ailleurs.

— Mais qui vous a raconté ça ? me suis-je écrié aussitôt. Je ne comprends rien...

Au moment même où je prononçais ces mots, la porte à double battant par laquelle le Casanova de mauvais augure avait disparu s'est ouverte. Le temps qu'elle se referme, j'ai perçu un brouhaha venant de la pièce voisine. Frédéric Schwartz venait d'entrer dans le salon, avec son visage d'éternel adolescent et son petit sourire de fouine.

*

* *

Il se tenait debout devant la porte, un livre à la main qu'il tenait comme une bible.

— Connais-tu Plotin, Étienne ? m'a-t-il demandé tout en gardant le regard baissé sur son livre, comme s'il reprenait le fil d'une discussion que nous aurions interrompue la veille.

— Rien à faire de Plotin ! lui ai-je répondu avec mauvaise humeur en me levant de mon fauteuil. Où est Phalène ?

— C'est à cause de toi tout ça ! s'est-il tout d'un coup écrié, énervé, quittant enfin son livre des yeux pour me regarder. Quel gâchis ! Mais bon, je suis quand même content de te revoir, tu sais, a-t-il ajouté sur un ton amical, complètement déplacé. Ça me rappelle le bon vieux temps… Tu connais déjà Varvara Pétrovna.

— De grâce, Frédéric, l'a-t-elle interrompu, évitons les noms ! Je préfère que vous m'appeliez « V.P.S. » devant les étrangers, ou même que vous ne m'appeliez pas du tout…

— Mais Étienne n'est pas un étranger, lui a affirmé Frédéric en m'adressant un sourire forcé qui lui déformait le visage. C'est mon meilleur disciple…

— Ça me ferait mal d'être ton disciple ! lui ai-je lancé en guise de provocation.

Frédéric s'est alors approché de moi pour m'attraper par les cheveux et me faire mal en me tirant la tête en arrière, dans un geste d'humiliation.

— Mais pourquoi… est-ce que… je n'ai jamais… rien… pu faire de toi, reprit-il avec méchanceté, les dents serrées. Tu m'as tellement déçu ! a-t-il fini par crier en relâchant son emprise. Assieds-toi !

Je me suis laissé retomber dans le fauteuil sans dire un mot, tout à la fois énervé et apeuré.

— Alors, tu connais Plotin ? Non, bien sûr ! Je le saurais, a-t-il repris comme si de rien n'était. Tout ce que tu sais, c'est moi qui te l'ai appris, ignorant ! Pourtant, tu devrais lire ça, un jour, c'est une lecture tout à fait enrichissante, poursuivit-il d'un ton faussement détendu. Plotin est un philosophe néoplatonicien du IIIe siècle après Jésus-Christ. Néoplatonicien, parce qu'il a vécu près de cinq cents ans après Platon... à Rome, même s'il était plutôt de culture grecque. Néoplatonicien, aussi...

— Tu me fatigues avec tes cours de philosophie antique ! l'ai-je interrompu en esquissant un mouvement pour me lever.

Là, il m'a balancé une gifle douloureuse qui m'a fait retomber dans le fauteuil, me cognant à moitié la tête sur le dossier.

— Écoute ! m'a-t-il crié. Je n'ai pas fini ! Je disais donc... Plotin, néoplatonicien surtout parce qu'il a développé dans son école la philosophie de Platon, pour parler de l'âme et de ce fameux monde spirituel que tu te refuses à explorer. Tout est là, a-t-il ajouté en agitant son livre devant moi. Dans les *Ennéades*, qui contiennent l'essentiel de l'enseignement de Plotin recueilli par son meilleur disciple, Porphyre. Nous aurions pu entretenir un lien de ce genre tous les deux, si tu n'étais pas aussi borné...

— Et toi, t'es complètement illuminé, me suis-je obstiné à lui répondre, enfoncé dans mon fauteuil. Les gens savent qui tu es vraiment ? Tes lecteurs, les médias...

— Ah ! Ah ! « Les gens » ! s'est-il moqué. Tout est dans la manière, si tu veux savoir. Les gens savent ce qu'on veut bien leur apprendre. Et ce n'est pas ma faute si, pour mener les hommes, il faut les tromper.

Frédéric a ouvert à nouveau son fameux livre pour m'en faire la lecture, comme le prêtre peut lire une prière au cours d'un enterrement.

— Selon Plotin, reprit-il, nous sommes tous des anges déchus, prisonniers de leur corps, après être tombés dans ce monde matérialiste, du côté obscur de la réalité. Mais à l'origine, nous étions là-haut, faisant partie de la grande âme du monde. La tâche du philosophe est alors de méditer pour retrouver sa vraie nature, et s'élever jusqu'au monde spirituel auquel il appartient, même s'il l'a oublié…

— Je ne comprends rien à ce que tu me dis, lui ai-je avoué.

— Nous sommes les descendants d'une race divine, Étienne, tombée sur terre par sa propre faute. Et moi, je cherche le moyen de remonter là-haut, parmi les immortels.

— Bon voyage, alors ! Tu m'écriras.

Évidemment, la sanction fut immédiate : Frédéric m'a gratifié d'une nouvelle rouste.

— Où veux-tu en venir, à la fin ? lui ai-je demandé, hors de moi.

— Je ne peux pas lui donner tort, a lancé alors la maîtresse de maison à Schwartz en se levant de son fauteuil. Venez-en au fait, Frédéric ! Vous nous avez fait perdre assez de temps comme cela, et puis, nos invités nous attendent.

— Très bien, très bien, Varvara Pétrovna ! lui a-t-il répondu, la mine renfrognée. Il se trouve que dans ses *Ennéades*, Plotin décrit des expériences de visions, disons… extatiques, qui permettent d'accéder au monde spirituel. Et j'ai pu me rendre compte que tu avais le naturel philosophe, Étienne… Que tu avais le pouvoir d'accéder à ce genre de visions. Eugène a dû déceler la même chose que moi, sinon il ne t'aurait pas mis sur le chemin de l'Atlantide. Alors, j'ai besoin que tu me montres.

— Moi ? me suis-je étonné. Mais je n'ai aucun pouvoir !

— J'espère que vous ne vous trompez pas encore, Frédéric, l'a averti Varvara Pétrovna. Vous savez que le Conseil ne vous fait plus vraiment confiance, alors, il s'agirait d'avoir des résultats.

— Nous en aurons ! lui a-t-il assuré.

Je ne croyais pas un mot de ce qu'il me racontait, et j'avais bien du mal à comprendre son délire sur les âmes déchues de je ne sais où. D'ailleurs, je me souvenais des notes que j'avais lues chez le professeur Loeve, dans le *Manuel du dirigeant*, qui se moquaient de ces élucubrations sur le monde spirituel. Mais bon, s'il y croyait, autant aller dans son sens. Tout ce qui m'importait, c'était de revoir Phalène, de la sauver, et de trouver le meilleur moyen de sortir de là.

— Si je fais ça pour toi, l'ai-je averti… Enfin… je veux voir Phalène d'abord.

Ils se sont regardés tous les deux, puis Varvara Pétrovna a agité la main d'un air las pour faire signe à Frédéric d'accéder à ma requête.

— Comme tu veux. Suis-moi, m'a-t-il proposé.

Il s'est alors dirigé vers la porte à double battant de la pièce d'à côté, et a frappé trois coups. Le Casanova lui a ouvert. Ils ont échangé quelques messes basses, et l'autre est reparti vers la porte d'entrée, Frédéric me faisant signe de le suivre. Le Casanova m'a ramené dans le vestibule, puis nous sommes sortis pour redescendre dans la cour intérieure. Ensuite, il m'a montré une petite porte en bois située sous l'escalier, au niveau du rez-de-chaussée de l'hôtel particulier. Quand je me suis approché, il a simplement ouvert le guichet placé au milieu de la porte, et d'un geste, m'a invité à regarder. Le spectacle que j'ai vu à travers le petit grillage était insoutenable. Au milieu d'une minuscule pièce aux murs blancs éclairée par un projecteur de chantier posé au sol, j'ai reconnu Phalène, attachée à une chaise, les yeux bandés, qui tournait la tête de tous les côtés comme pour essayer de se situer dans l'espace ou de percevoir un son.

— Qu'est-ce que vous me voulez ? cria-t-elle en entendant du bruit. Qu'est-ce que vous allez me faire ?

— Phalène ! lui ai-je crié à mon tour.

Mais le Casanova ne m'a pas laissé le temps d'en dire plus, et m'a assené un coup de coude dans la mâchoire.

— Étienne ! Étienne ! a hurlé Phalène, tapant des pieds, s'étouffant dans ses sanglots.

Le Casanova s'est alors empressé de refermer le guichet.

— Tu vas devoir nous aider si tu veux la revoir, m'a annoncé Frédéric qui nous avait rejoints sans que je m'en aperçoive.

— Qu'est-ce que vous lui avez fait ? ai-je demandé.

— Oh, rien, m'a assuré Schwartz. Pour l'instant… Tout dépend de toi, maintenant. Il va falloir obéir, et tiens ! Tu vas commencer par me remettre ton téléphone. Je ne crois pas que tu en auras encore besoin.

*

* *

Ils m'ont ramené à l'étage. Varvara Pétrovna avait disparu, et Frédéric m'a prié de m'asseoir avec lui à la grande table du deuxième salon, là où se trouvait la porte à double battant. Il s'est saisi d'un des livres éparpillés sur la nappe blanche.

— Je t'explique ! a-t-il commencé en posant les deux mains sur la couverture. Tu te souviens de l'allégorie de la caverne de Platon ?

J'ai soufflé d'un air blasé pour lui montrer que ses propos m'ennuyaient. Il m'a donné une tape derrière la tête, comme si j'étais un gamin.

— Cesse tes enfantillages, et écoute ! m'a-t-il averti. C'est important ! Tu veux sauver ta copine ?

— C'est bon, vas-y, me suis-je résigné.

— Bien. Souviens-toi de la caverne de Platon, alors, a-t-il repris. Tout le monde croit qu'il s'agit d'une allégorie, d'une fable qui aurait seulement un sens symbolique. Mais regarde ce livre... *L'Antre des nymphes*, rédigé par Porphyre, le fameux disciple de Plotin.

— Quel est le rapport ?

— Le rapport, c'est que ce livre évoque la caverne de Platon, m'expliqua-t-il en commençant à tourner les pages. Porphyre rappelle que le thème de la caverne ou de la grotte se retrouve chez Homère et dans de nombreux mythes, et d'après lui, il ne peut s'agir d'une simple fiction. Tu vois, là ? « *Il ne faut pas y voir une fable capricieuse*... » Et plus loin : « *Aussi semble-t-il que ceux-là négligent la vérité géographique, qui considèrent comme une pure fiction du poète l'antre et tout ce qui en est raconté.* »

— Et qu'est-ce que ça veut dire ?

— Cela veut dire, mon cher Étienne, que la caverne, la grotte ou l'antre, appelle ça comme tu veux, se trouve bien quelque part... Il y a une « vérité géographique » derrière ce mythe de la caverne.

— Quelle vérité ?

— Porphyre le dit lui-même, m'a-t-il répondu. Lis ! Chapitres 20... et 23.

Frédéric a fait glisser le livre sur la nappe pour me le mettre sous les yeux, pointant du doigt les lignes que je devais lire.

> « *Ainsi dans les temps très anciens avant l'invention des temples on consacrait aux dieux les antres et les cavernes... la grotte avait deux portes, mais... l'une était tournée du côté*

du nord et l'autre plus divine du côté du midi… c'est la route des immortels. »

« C'est à juste titre que dans le récit d'Homère l'ouverture de l'antre située au nord est assignée à la descente des hommes et que les régions du midi sont attribuées non aux dieux, mais à ceux qui montent vers les dieux. Pour cette raison le poète ne dit pas : le chemin des dieux, mais des immortels, expression qui convient aussi aux âmes qui par elles-mêmes ou par essence sont immortelles. »

— Tu vois ! s'est écrié Frédéric d'un air triomphant. La caverne constitue un passage, une porte entre le monde terrestre et le monde spirituel, celui des hommes et celui des dieux. Tout concorde ! Chez Platon, c'est le chemin qui mène du monde sensible au monde intelligible, et pour moi, c'est le lieu où les survivants de l'Atlantide se sont réfugiés.

Je dois avouer que j'étais complètement perdu dans ce gloubi-boulga ésotérique. Je croyais quand même deviner que Frédéric espérait trouver dans sa caverne une sorte de porte des étoiles vers un monde céleste ou divin. Si ça lui faisait plaisir… Moi, je devais sauver Phalène.

— Et tu veux que je fasse quoi, moi, là-dedans ? me suis-je contenté de lui demander.

— Toi, tu m'aides à localiser la caverne, m'a-t-il annoncé sans rire. Je suis certain qu'Eugène l'a trouvée. C'est pour ça qu'il s'est évaporé dans la nature. Alors, je veux que tu essaies d'entrer en communication avec lui, ou avec tout autre esprit qui se trouverait dans la caverne…

pour la retrouver. Edgar Cayce, tu connais ? m'a-t-il soudain demandé, semblant passer du coq à l'âne.

— Euh… Non. Encore un copain de ton Plotin ?

— Pas du tout ! s'exclama-t-il, agacé. C'est un célèbre médium du début du XXe siècle. Il a assuré qu'il avait pu voir, par la seule force de la pensée, les salles des archives de l'Atlantide : toutes les connaissances techniques et spirituelles des Atlantes, enfouies quelque part, dans un lieu souterrain tenu secret. Edgar Cayce a notamment évoqué des dédales complexes menant à des pièces cachées sous la terre. Je veux que tu me retrouves cet endroit.

— Et je fais comment ?

— Tu fais appel à tes visions.

— Mes visions ? ai-je rétorqué. Je ne sais même pas ce que c'est, ni d'où elles viennent. Si ça se trouve, il s'agit simplement de ces impressions de *déjà-vu* dont tout le monde a plus ou moins fait l'expérience…

— Ça ne coûte rien d'essayer, a conclu Frédéric avant de se lever de sa chaise.

Il s'est dirigé vers la porte à double battant, me faisant signe de le rejoindre.

— Je compte sur ta bonne volonté, m'a-t-il prévenu en posant sa main sur la poignée. Si tu te fous de moi, je m'occupe de ta copine.

Et il a ouvert la porte.

— Je t'en prie, entre.

*

* *

J'ai alors pénétré dans un bureau à l'atmosphère enfumée et à l'ambiance très Eyes Wide Shut. Cinq ou six silhouettes étaient assises autour d'une table ronde recouverte d'un grand drap blanc. Cinq ou six fantômes, au visage dissimulé sous un masque de théâtre, silencieux. Varvara Pétrovna semblait présider la séance. Il restait deux chaises vides, elles aussi recouvertes d'un drap blanc. Frédéric m'a « invité » à m'asseoir.

— Mesdames, messieurs, *signore e signori*, a annoncé Varvara Pétrovna, laissez-moi vous présenter notre « channel », le canaliseur dont nous vous avons parlé.

Devant ma tête ahurie, Frédéric s'est penché vers moi pour tenter de m'expliquer de quoi elle parlait.

— Le « channel », c'est toi, m'a-t-il murmuré. Ça veut dire que tu as le pouvoir d'entrer en contact avec des esprits supérieurs. Si c'est bien ce que je crois...

— Il faut excuser notre hôte ! s'est faussement amusée Varvara Pétrovna, manifestement gênée. Il découvre à peine ses pouvoirs, et semble même les ignorer. Mais je vous propose de commencer.

Elle a fait un signe à l'un des deux gardiens de la porte pour qu'il éteigne la lumière. Nous nous sommes retrouvés dans la pénombre, éclairés par des bougies rouges disposées sur les meubles qui se trouvaient autour de nous.

— À présent, fermez les yeux, a ordonné Varvara Pétrovna à toute l'assistance. Faites le vide dans votre esprit et ne pensez à rien...

Surtout vous, monsieur Van Langh, *signore*. Vous êtes le maître de cérémonie.

Nous sommes restés silencieux, sans bouger, ni parler, les yeux grand fermés – *eyes wide shut*. Du moins en ce qui concerne les autres, que je ne voyais pas à cause de leurs masques, de toute façon. Moi, je serrais très fort les paupières, tout en essayant d'entrouvrir un œil pour observer le comportement des autres, comme si j'étais la petite fille au jeu du loup-garou. J'étais incapable de me concentrer, à vrai dire, et d'entrer dans leur délire de spiritisme.

— Maintenant, posez tous un doigt sur la table, a ajouté Varvara Pétrovna au bout d'un long moment, brisant le silence. À travers l'espace et le temps, j'appelle ici et maintenant l'esprit qui se tient derrière la porte. Esprit, je te somme de venir nous rejoindre, et de parler à Étienne qui attend tes instructions.

J'avais toujours les yeux à moitié fermés, dodelinant de la tête d'ennui, et je me suis mis à pouffer tant la situation me semblait ridicule. Frédéric m'a redonné une claque derrière la tête.

— Ça suffit ! a-t-il murmuré. Concentre-toi.

Nous sommes restés encore un moment dans le silence, tout le monde attendant manifestement un signe de ma part. Alors, j'ai fait semblant.

— Je vois… Je vois… Oh ! Oui ! Je vois l'entrée d'une caverne, ouverte sur toute la longueur, ai-je tenté de décrire en me souvenant du texte de Platon. Mon Dieu !

— Quoi ? s'est extasié Varvara Pétrovna, impatiente. Qu'est-ce que vous voyez ?

— Je vois un grand tunnel et au bout, une lumière, et des gens qui courent vers la lumière.

Frédéric a fait alors glisser sa main sur ma cuisse pour venir me pincer le genou, très fort, et ça faisait vraiment mal.

— Tu vas arrêter tes conneries ! a-t-il chuchoté, la mâchoire serrée. Tu veux qu'elle meure ?

— Ça va…

J'ai refermé les yeux en tentant de faire vraiment le vide, cette fois, et d'oublier le lieu même où je me trouvais, les gens qui m'entouraient. Je me suis concentré sur le souffle de ma propre respiration… Et j'ai eu un flash. Je ne pus m'empêcher de pousser un petit cri.

— Quoi ? m'a demandé Frédéric qui me prenait désormais au sérieux.

— Je préfère ne rien dire, lui ai-je répondu.

— Dis-moi ! m'a-t-il lancé comme un ordre.

— Si tu insistes… Je t'ai vu mort, au fond de l'eau. Désolé.

— Ça t'amuse ? m'a-t-il lancé, incapable de se retenir de crier. Tu veux encore tout gâcher ?

— Non mais je te jure !

— Ça suffit maintenant ! a-t-il hurlé en se levant de sa chaise.

Il m'a attrapé par le bras pour me tirer vers la porte à double battant et me jeter contre l'un des deux gardes masqués.

— Emmenez-le rejoindre sa copine, puisqu'il n'y a que ça qui l'intéresse ! a-t-il ordonné. Ça le fera peut-être réfléchir.

Tandis que le Casanova commençait à me traîner hors de la pièce, j'ai entendu des éclats de voix.

— Je savais bien que ça ne marcherait pas, se plaignait Varvara Pétrovna. Comment voulez-vous mener une séance avec un sujet réfractaire ? Vous savez, Frédéric, je ne suis pas certaine que la vision du jeune Van Langh était si fausse... Moi aussi, je vous vois en grand danger.

— Mais je vous assure que je sais ce que je fais ! se défendait Frédéric. Si le gamin ne veut rien entendre, Eugène Loeve finira par se montrer. Après tout, c'est sa fille, et c'est bien pour ça que nous l'avons amenée ici. Il va forcément vouloir la sauver.

— Je l'espère pour vous, a fini par lui répondre Varvara Pétrovna. Dans votre intérêt. Ce serait dommage de vous retrouver un jour au fond de l'eau...

C'est la dernière phrase que j'ai entendue.

*
* *

Le gardien en noir avec un masque de Casanova m'a tiré sans ménagement hors du vestibule pour me jeter littéralement dans l'escalier de la cour intérieure. J'ai dû me rattraper à la rampe en marbre pour ne pas perdre l'équilibre, sans parvenir à éviter de me cogner. Une fois que j'ai atterri en bas, le Casanova m'a poussé par petits coups violents et inutiles jusqu'à la porte de la prison qu'il a ouverte avec une grosse clé en fer moyenâgeuse. Il m'a poussé une dernière fois pour me jeter aux pieds de Phalène, et je me suis retrouvé à moitié allongé. Quand j'ai entendu la porte claquer, j'ai bien cru qu'il était reparti. Mais en me retournant pour vérifier, je l'ai vu qui se tenait là, devant la porte fermée. Il s'est approché lentement de moi, tandis que Phalène criait mon nom, paniquée.

— Alors, m'a-t-il dit d'une voix étouffée par son masque, t'es content ? T'as retrouvé ta copine. Et ton copain reubeu, il est où ? Il est pas là ?

La voix comme les mots m'ont tout à coup paru familiers et contre toute attente, le gardien a soulevé son masque pour le ramener au-dessus de sa tête. C'était Lauric Le Guellec qui me fixait avec son rire de fou.

— Mais c'est le premier de la classe ! s'est-il moqué d'un ton geignard. C'est le petit génie, l'élève préféré de Frédéric ! Tu parles ! C'est le petit larbin, plutôt ! Moi, je n'y ai jamais cru à ces histoires de voyant. Et pourquoi il ne m'a pas choisi moi ? Je suis resté fidèle, au moins.

— C'est ça, comme un petit toutou, lui ai-je lancé en m'appuyant sur mes mains pour me remettre en position assise. C'est toi le larbin, en fait.

Lauric a immédiatement levé le bras au bout duquel il tenait un long bâton en bois légèrement recourbé, et il m'a frappé violemment. Je me suis protégé autant que j'ai pu avec mes bras. Il s'est alors mis à me cogner dessus sans répit, tandis que Phalène criait : « Arrête ! Arrête ! » J'ai fini par m'écrouler, à moitié sonné. Et il est parti, non sans me gratifier d'un dernier coup de pied dans le ventre.

— Étienne ! Étienne ! ai-je quand même réussi à entendre. C'est toi, mon amour ?

— C'est moi, mon papillon, me suis-je empressé de répondre à Phalène, avant de me redresser péniblement.

Sans même prendre le temps de lui retirer le bandeau qu'elle portait sur les yeux, j'ai pris sa tête entre mes mains, pour la toucher, la caresser, la sentir et l'embrasser sur le front. Elle a promené ses doigts sur mes joues, cherchant à reconnaître chaque trait de mon visage, comme une aveugle, puis m'a embrassé avec fougue.

— Oh ! Mon amour de ma vie ! me répétait-elle.

J'ai fini par lui enlever ce foutu bandeau des yeux, puis ses liens, pour la libérer de sa chaise. Une fois debout, elle s'est jetée sur moi pour se pendre à mon cou, et nous nous sommes enlacés, longuement.

— Oh ! Étienne, qu'est-ce qu'ils t'ont fait ? se désolait Phalène en effleurant les blessures de mon visage avec précaution, comme pour les soigner.

— C'est rien, lui assurai-je. Mais toi ?

— Moi, ça va, me répondit-elle. Ils ne m'ont pas touchée.

Elle a blotti sa tête dans mon cou. Je pouvais sentir à nouveau son parfum… Nous sommes restés ainsi un moment, profitant en silence l'un de l'autre, essayant d'apaiser notre peur.

— Qu'est-ce qu'on va faire maintenant ? a-t-elle fini par me demander en relâchant son étreinte.

— Je ne sais pas, lui ai-je avoué. Ils m'ont pris mon téléphone. À toi aussi, j'imagine…

Évidemment, puisque c'est avec ça qu'ils m'ont joint.

— Et Henri Castille ? s'est souvenu Phalène.

— Je l'ai laissé à l'appartement.

— Il a peut-être prévenu la police… Ils vont venir nous chercher, s'est-elle mise à espérer.

— Je ne compterais pas là-dessus, lui ai-je confié. Je ne me fie pas trop à lui. Il est peut-être dans le coup.

— Henri ? s'est-elle étonnée. Oh, non !

— Il s'est comporté comment quand ils t'ont enlevée ?

— Tu l'aurais vu, le pauvre ! m'a-t-elle assuré. Je l'ai vraiment vu se faire tabasser sans pitié !

— Si tu le dis, me suis-je contenté de répondre, encore sceptique. De toute façon, je lui ai bien précisé de ne surtout appeler personne. Ils m'avaient menacé de te tuer si qui que ce soit d'autre était au courant. Quel idiot !

J'ai commencé à regarder un peu l'endroit où nous nous trouvions : aucune fenêtre sur les murs blancs ; au sol, de grands carreaux carrés rougeâtres comme dans une cuisine. La petite pièce ressemblait au fournil d'une ancienne boulangerie avec son vieux four en pierre abandonné, logé au milieu du mur du fond.

— Il n'y a vraiment aucune issue, ai-je fini par admettre.

— Alors, nous sommes perdus… s'est désespérée Phalène.

À peine avait-elle terminé sa phrase que tout un pan du carrelage s'est mis à se lever en plan incliné, jusqu'à s'appuyer contre le mur. Une trappe dissimulée venait de s'ouvrir, découvrant un trou béant. J'étais sidéré ! Je n'avais pourtant rien vu sur le carrelage qui laisse supposer l'existence de cette trappe. Les carreaux rouges étaient parfaitement juxtaposés, l'armature de la trappe n'apparaissant, en dessous, que lorsqu'elle était levée.

Je m'apprêtais à aller inspecter ce trou béant quand une forme humaine a surgi de terre comme un monstre marin à la surface de l'eau. J'ai vu dépasser une tête recouverte d'une capuche vert bouteille. Phalène a poussé un petit cri au moment où l'apparition a découvert son visage.

Tahar Marih venait de faire irruption dans notre cellule.

*

* *

— Monsieur ! s'est écriée Phalène d'une voix étouffée.

— Chut ! l'a-t-il avertie. Venez !

Sans nous faire prier plus longtemps, nous nous sommes engouffrés dans la grande ouverture pratiquée dans le sol. Elle donnait sur un escalier en pierre qui descendait dans les profondeurs de la Terre. Tahar nous a laissés passer devant lui pour refermer la trappe.

L'escalier se trouvait dans une sorte de tunnel très étroit, à peine assez large pour se tenir de face. La paroi était rocheuse, mais je remarquai par endroits des pans de mur de petites briques rouges, prisonniers de la roche. Après une vingtaine de mètres de descente, nous avons débouché dans une grande cave carrée au plafond très haut, où Tahar s'est enfin décidé à faire une halte.

— Voilà ! nous a-t-il lancé. Ils ne pourront plus nous entendre, ici.

— Tahar ! a crié Phalène. Mais c'est vous ? Mais c'est fou !

— Mes chers amis ! lui a-t-il répondu avec son fameux accent qu'il faisait bon d'entendre à nouveau.

— Ça fait si longtemps ! a ajouté Phalène en se jetant dans ses bras, sans plus retenir sa joie.

— Vous n'êtes pas avec eux, au moins ? me suis-je quand même permis de lui demander.

— Étienne ! s'écria Phalène, manifestement outrée.

Il faut dire que j'avais quelques raisons de douter après toutes les mauvaises surprises que j'avais eues jusqu'ici. Mon mentor, Frédéric Schwartz, s'était avéré un gourou de secte ; mon copain Lauric était un espion à la solde du précédent ; quant à Castille qui se trouvait toujours là au mauvais moment, il m'avait paru très bizarre quand j'avais évoqué le nom de Tahar. Et maintenant, voilà que l'aubergiste philosophe sortait de terre comme le diable d'un chapeau... Il y avait de quoi voir des ennemis partout !

Tahar s'est contenté de sourire.

— Non, a-t-il fini par me répondre. Aucun danger, croyez-moi. Je ne suis pas avec cette bande de fous ! C'est notre ami Henri Castille qui m'a alerté après votre départ pour Naples... En fait, nous n'avons jamais cessé d'être en contact tous les deux depuis votre visite à Santorin. Il était inquiet pour vous et m'a demandé de le rejoindre lorsqu'il est arrivé ici. Ça fait déjà quelques semaines que je traîne dans le coin pour vous surveiller... Ou plutôt, pour vous protéger...

— Mon Dieu ! C'est donc vous que j'ai aperçu au coin de la rue...

— C'était moi, m'a-t-il confirmé. Heureusement que vous ne m'avez pas vraiment reconnu, finalement.

— Mais comment vous êtes-vous retrouvé là ? continuai-je à m'étonner. Comment avez-vous su ?

— C'est simple ! a commencé Tahar avant de se reprendre. Enfin, disons que j'ai eu de la chance. Je me trouvais justement au pied de votre immeuble lorsqu'ils ont enlevé mademoiselle. En voyant que quelque chose n'allait pas, j'ai tenté d'appeler Henri, qui ne répondait pas... Alors, j'ai téléphoné à Eugène pour lui dire ce que j'avais vu...

— Vous voulez dire que mon pè... que le professeur est vivant ? s'est empressé de lui demander Phalène.

— C'est bien votre père, mon enfant, lui a-t-il assuré. Il me l'a révélé dès qu'il l'a découvert, le jour où vous êtes tous venus à l'auberge. Et oui... il est en vie.

En entendant Tahar, j'ai compris quelque chose, enfin. Quelque chose qui m'avait un peu travaillé depuis que nous avions passé la nuit à Santorin. Je m'étais toujours interrogé sur ces regards que le professeur Loeve et Tahar avaient échangés au sujet de Phalène, à table.

— Quoi qu'il en soit, a poursuivi l'aubergiste, Eugène a deviné où ils vous emmenaient lorsque j'ai évoqué un enlèvement. Il a lui-même été souvent reçu dans cette maison à l'époque où il fréquentait La Nouvelle Athènes…

— Mais comment nous avez-vous retrouvés ? a demandé Phalène. Et mon père, où est-il ?

— Il est loin d'ici, lui a révélé Tahar. Mais il a réussi à m'envoyer par mail un plan des souterrains… *Napoli sotterranea*, comme disent les Italiens.

— Par mail ! Le professeur Loeve ? me suis-je étonné. Il sait à peine se servir d'un téléphone !

— Disons que là où il est, quelqu'un l'a fait pour lui, m'a répondu Tahar. En tout cas, j'ai pu recevoir le plan sur mon propre portable ! Eugène connaît par cœur les souterrains de Naples et surtout, il sait où se trouve la cellule où vous étiez. Il a lui-même été enfermé là il y a quelques années lorsqu'il a voulu rompre avec La Nouvelle Athènes. Il était devenu « apostat », comme ils disent… Mais il a découvert la trappe secrète, ce qui lui a permis de leur échapper…

— Et ces souterrains, où mènent-ils ? ai-je demandé à Tahar. Et là, où sommes-nous ?

— Là, nous sommes devant les vestiges d'un théâtre romain, m'a-t-il appris.

Puis il nous a montré l'une des parois rocheuses de la cave, où l'on distinguait à nouveau des pans de mur en brique qui, par endroits, formaient un arc de cercle.

— C'étaient les arcades situées à l'entrée du théâtre, nous a-t-il expliqué. La seule partie encore visible. Tout le reste est emmuré dans les fondations de la ville moderne, et repose là, comme une belle endormie… On a du mal à imaginer qu'il s'agissait du plus grand théâtre de la ville à l'époque et pourtant, l'empereur Néron lui-même venait y donner des récitals pour se mettre en valeur.

— Il y a un théâtre antique coincé là-dedans ! s'est étonnée Phalène. C'est fascinant ! Je ne m'en serais jamais doutée.

— Heureusement pour nous, lui a répondu Tahar, nos amis qui se trouvent là-haut ne s'en sont jamais doutés non plus. Ils ignorent que leur maison cache une entrée des souterrains... Mais ils ne devraient pas tarder à découvrir votre absence, alors, ne perdons pas trop de temps. Il faut partir ! Ne vous inquiétez pas, les réponses viendront.

Tahar s'est dirigé vers l'entrée d'un autre passage partant de la cave, en face de l'escalier par lequel nous étions descendus. Son téléphone à la main pour suivre le plan des souterrains, il nous a fait traverser un dédale de galeries creusées dans la roche.

— Le réseau de tunnels qui constitue la *Napoli sotterranea* a été creusé dès l'Antiquité par les Grecs, puis par les Romains pour assurer l'alimentation en eau de la ville, nous expliqua Tahar tout en nous guidant. Pendant la Seconde Guerre mondiale, il a aussi servi d'abri aux habitants.

À un moment, nous avons dû longer un petit muret élevé au bord d'une rivière souterraine, le dos collé à la paroi, pour déboucher dans une galerie bien plus large, aux murs recouverts de béton, comme à l'intérieur d'un bunker.

— Nous nous trouvons à présent en dessous du Palazzo Reale, à quarante mètres sous terre, nous a révélé notre sauveur. C'est la partie la plus moderne des souterrains construite au XIXe siècle par la famille royale pour se ménager un sauf-conduit en cas de danger.

Nous avons franchi encore quelques centaines de mètres dans un long corridor jonché de détritus, avant de nous engager dans un escalier pour remonter à la surface. Et là, j'ai eu la surprise de découvrir que nous étions à côté de l'appartement.

— Étonnant, non ? s'est amusé Tahar. Le souterrain royal débouche via Morelli ! C'est parce qu'ils devaient pouvoir rejoindre la caserne près du port, et s'enfuir par la mer. Mais nous, nous allons plutôt prendre l'avion.

Nous sommes remontés à l'appartement pour récupérer nos bagages, accompagnés de Tahar. En ouvrant la porte, nous avons eu la – bonne – surprise de retrouver maître Castille qui nous attendait.

— Eh bien ! s'est-il exclamé en levant les bras en signe de bienvenue. Vous nous les avez retrouvés !

— Henri ! s'est écriée Phalène en se jetant dans ses bras. Décidément, c'est toujours un soulagement de vous revoir.

De mon côté, je n'étais pas très fier, moi qui avais entretenu les pires soupçons à l'égard de mon professeur.

— Excusez-moi, lui ai-je lancé en lui serrant la main chaleureusement, tout en lui tapant sur l'épaule.

— De quoi ?

— Pour avoir douté de vous…

— Aucun problème, m'a-t-il assuré. Et puis, je vous ai quand même fait quelques cachotteries… Pour la bonne cause.

— Vous venez avec nous, alors ? lui ai-je demandé.

— Pourquoi ? s'est-il étonné. Où allez-vous ? Vous ne rentrez pas en France ?

— C'est vrai ça, a demandé Phalène à son tour. Tahar, où nous emmenez-vous ?

— En Grèce, à Athènes. Eugène nous attend…

— Eugène ? s'est exclamé maître Castille. Il est bien vivant ? Vous savez où il est ?

— Je ne vous l'avais pas dit ? a réagi Tahar d'un air un peu gêné.

— Alors, Henri, a lancé Phalène, vous venez avec nous ?

— Non, non, lui a-t-il répondu avec un sourire. J'ai eu assez d'émotions. Et puis, mes étudiants m'attendent. Et je sais que vous êtes entre de bonnes mains.

QUATRIÈME PARTIE

SAINT AUGUSTIN

Athènes, mai-juin 2021

« Ceux qui ignorent l'Histoire sont condamnés à la répéter. »

Churchill

17

Les migrants

Après avoir survolé la mer Ionienne, nous avons débarqué à midi à Athènes sous un soleil de plomb : 31 degrés à l'ombre en plein mois de mai. Comme l'aéroport était loin du centre, Tahar nous a proposé de prendre un bus pour rejoindre la place Syndagma, symbole d'une ville fantomatique en crise, abandonnée. Seul le long bâtiment du parlement en pierres sable, au fond, avait un peu de cachet avec ses grandes marches, son fronton et ses colonnes grecques. Sinon, la place était entourée de barres d'immeubles aux structures métalliques.

— Il nous suffit de remonter cette avenue, nous a dit Tahar en désignant le boulevard qui traversait la place. L'hôtel n'est pas très loin, à six ou huit cents mètres.

— Parce que nous allons à l'hôtel ? s'est étonnée Phalène qui semblait soulagée.

— Un hôtel quatre étoiles pour être précis, lui a répondu Tahar en roulant les « r », comme toujours.

— Tant mieux ! ai-je ajouté. Ça nous changera des cavernes et des souterrains…

— Cela dit, c'est un hôtel un peu spécial, nous a précisé notre aubergiste avec un sourire énigmatique.

Nous l'avons suivi, moi tirant ma valise, lui se chargeant de celle de Phalène qui en profitait pour regarder partout autour d'elle. Le boulevard était large, la route polluée par les voitures, le trottoir sale, la plupart des immeubles abandonnés et en travaux, mais je me sentais bien, à la fois loin de tout et près de moi-même. J'ai aimé Athènes la première fois que je l'ai vue parce que les rues sentent l'asphalte, les croissants chauds et le café turc.

— Voilà ! Nous y sommes ! nous a annoncé Tahar alors que nous arrivions au pied d'un bâtiment délabré.

Un homme, une femme et deux enfants passaient le balai sur le trottoir, devant une double porte en verre fermée par une grille de fer. Au-dessus de l'entrée, une enseigne rouillée à la peinture décrépite : « Hôtel Plaza ». En levant la tête vers le ciel, j'ai découvert une vieille barre d'immeuble de banlieue, aux multiples fenêtres et balcons chargés de linge mis à sécher.

— C'est ça, votre hôtel quatre étoiles ? a demandé Phalène, déconcertée, sur un ton d'enfant gâtée.

— Eh oui ! lui a répondu Tahar sans perdre sa bonne humeur. Ce n'est pas le grand luxe, mais cela suffit à Eugène.

Phalène m'a lancé discrètement un regard étonné, et je lui ai répondu par un haussement d'épaules. Tahar s'est dirigé vers la porte d'entrée, non sans saluer le couple et les deux enfants qui nettoyaient le trottoir. Ils étaient sans doute turcs, ou pakistanais. La femme, coiffée d'un foulard orange, d'une chemise blanche et d'une longue robe rouge, a fait une pause, pliant un bras pour poser une main sur sa taille, et tenant toujours son balai de l'autre. Elle nous a souri, puis s'est essuyé le front, manifestement fatiguée par la chaleur et le travail.

Quand Tahar a frappé à la grille, un homme de type européen lui a ouvert en le saluant. Nous l'avons suivi dans le hall. Et là, surprise ! L'intérieur n'avait rien à voir avec la façade. Le décor était luxueux, propre et luisant, avec un sol en marbre aux teintes beiges. C'était un peu comme si le temps s'était arrêté, comme si nous étions revenus des années en arrière en passant la porte. On se serait cru sur le *Titanic,* sauf qu'il n'y avait que des passagers de troisième classe. Nous avons monté quelques marches pour arriver au niveau de la réception de l'hôtel. Trois poussettes traînaient au milieu du hall, et deux femmes voilées discutaient, assises sur les chaises posées le long du mur de gauche. La jeune brune, au comptoir, parlait avec un adolescent. Des dessins d'enfants étaient affichés derrière elle.

— *Kalimèra !* nous a lancé la réceptionniste qui ne ressemblait pas du tout à une réceptionniste, avec son tee-shirt noir et sa cigarette entre les doigts. *Ti kanis* ?

Tahar s'est approché du comptoir et nous a présentés à la jeune fille, en anglais, sans doute pour que nous puissions le comprendre.

— *This is my friends* Phalène et Étienne, lui a-t-il annoncé avec un accent pire que jamais.

Elle nous a accueillis d'un sourire très amical, comme si elle nous attendait, et puis, Tahar a échangé quelques mots avec elle en grec.

— Voici Zelda, mes amis ! nous a-t-il finalement annoncé. Elle est très précieuse. C'est elle qui m'a envoyé le fameux plan par mail, de son ordinateur.

Phalène et moi avons tenté de lui montrer notre gratitude par des signes de tête et des exclamations à moitié anglaises et françaises qui voulaient dire « merci ». Puis, la jeune fille a désigné l'escalier situé à gauche du comptoir que Tahar s'est empressé d'emprunter pour nous conduire au premier étage. Des enfants s'amusaient à descendre et monter les marches.

Nous nous sommes retrouvés sur un grand palier pavé d'un carrelage en marbre beige et brun qui donnait sur trois portes ouvertes. Derrière celle du milieu, il y avait une vaste pièce sans aucun meuble remplie d'enfants qui ressemblait un peu à une salle de danse. La porte de droite donnait sur un réfectoire bondé, sans doute l'ancien restaurant de l'hôtel. Des hommes et des femmes de type indien, arabe ou maghrébin faisaient la queue devant des tables où quelques personnes leur servaient à manger. La porte de gauche donnait sur une grande salle à piliers aménagée en une sorte de café. Au milieu de la pièce, des tables avaient été disposées de façon à former un cercle, et tout le monde écoutait, attentif et studieux, un vieux monsieur qui parlait. Il était assis au milieu de tous les autres, comme s'il était l'un d'eux. Vêtu simplement d'une chemisette en lin, presque négligé, il portait une longue barbe blanche qui lui donnait l'air d'un sage hindou, au sourire serein. C'est à ses petites lunettes rondes que j'ai reconnu le professeur Loeve. Phalène a étouffé un cri en posant sa main sur sa bouche, avant de se mettre à trembler de son petit menton de papillon, laissant échapper quelques sanglots. J'ai posé le bras sur son épaule et l'ai attirée contre moi. Mais le vieux sage ne nous avait ni vus ni entendus, absorbé par ses échanges avec tous ceux qui se trouvaient là, des migrants. J'ai pu saisir quelques mots, même s'il leur parlait en anglais.

— Vous savez, ce sont les Grecs de l'Antiquité qui ont inventé la démocratie, leur disait-il. Qui peut me dire ce qu'est la démocratie ?

— Je ne sais pas, lui a répondu dans un anglais approximatif un homme de type indien avec une fine moustache qui tenait un petit garçon sur ses genoux. Mais c'est pour ça que nous sommes venus ici, pour vivre en démocratie – *This is why we came here, to live in democracy*.

Tahar se tenait toujours à côté de nous, sur le pas de la porte. Il a levé la main pour attirer l'attention du vieux sage. Le professeur continuait à parler, mais tandis qu'il tournait son regard de tous côtés pour capter l'attention de l'assistance, il a fini par remarquer son vieux complice et s'est tu immédiatement, tout en levant les sourcils en signe de reconnaissance. Le professeur a semblé chercher qui accompagnait Tahar, et c'était nous. Dès que ses yeux se sont posés sur moi, il m'a fixé d'un air serein et chaleureux. Ensuite, il a regardé Phalène, longuement, silencieusement, avant d'esquisser un petit sourire plein de tendresse. Il est resté un instant sans rien dire.

— Nous reprendrons cela plus tard, mes amis, a-t-il annoncé en anglais. Vous prenez la suite, Yannis ?

Le professeur Loeve s'est péniblement levé de sa chaise en s'appuyant sur la table, avant de se saisir de sa canne. Il s'est dirigé vers l'entrée de la salle pour nous rejoindre, l'air impassible. C'est curieux comme les clichés peuvent vous tromper. Je m'attendais à une grande scène de retrouvailles, le père et la fille se jetant dans les bras l'un de l'autre dans de longues effusions d'amour et de tendresse. Mais au lieu de ça, il s'est immédiatement instauré entre nous une émotion silencieuse et intense. Par pudeur, sans doute, le vieux père s'est retenu d'exprimer ses sentiments devant tout le monde. Une fois parvenu à notre hauteur, il s'est contenté de poser sa main sur mon épaule, avant de nous faire signe de le suivre sur le palier, à l'écart de la foule.

— Je suis tellement content de vous voir, mes enfants ! a-t-il fini par nous déclarer, une fois que nous nous fûmes isolés tous les quatre. Comment s'est passé votre voyage ? Je suis bien désolé de ne pas être venu vous chercher moi-même, mais je ne peux vraiment plus, physiquement, vous comprenez ?

— Nous aussi, nous sommes contents de vous voir ! lui ai-je répondu.

— Nous avons tellement de choses à vous dire, de questions à vous poser, a ajouté Phalène.

Elle s'est arrêtée d'un coup pour avaler sa salive, et puis, ses yeux ont commencé à briller sous les larmes qu'elle a laissées couler sur ses joues. Le professeur Loeve a alors pris sa fille dans ses bras, la laissant pleurer de longues minutes contre lui, sans prononcer un mot.

— Je comprends, a-t-il fini par lui dire. Veux-tu que nous allions prendre un peu l'air... tous les deux ?

— Je veux bien, a-t-elle murmuré, semblant s'apaiser un peu.

— Cela ne te dérange pas, Étienne ? m'a demandé le professeur.

— Bien sûr que non ! lui ai-je répondu. J'imagine que nous nous retrouverons plus tard...

— Évidemment ! m'a-t-il assuré. Je t'expliquerai tout, ne t'inquiète pas. En attendant, Tahar peut te montrer l'hôtel, s'il est d'accord.

— C'est une très bonne idée, a déclaré son vieil ami en me tapant dans le dos.

— Alors... à tout à l'heure, papillon, ai-je lancé à Phalène.

— Oui. Merci.

— Étienne ! a ajouté le professeur en se retournant une dernière fois. Je suis vraiment très content de te retrouver.

Et puis, ils sont partis tous les deux vers l'entrée de l'immeuble, le professeur s'appuyant sur sa fille. À peine s'étaient-ils mis en marche qu'ils étaient déjà en pleine conversation. À ce moment-là, je me suis rendu compte que le professeur Loeve nous tutoyait désormais, elle et moi, comme si nous étions ses enfants. Comme si ces longs mois d'éloignement nous avaient rapprochés, finalement.

*
* *

Tahar m'a d'abord emmené dans les cuisines situées au fond du restaurant, très propres et très bien tenues, où deux jeunes au look zadiste s'affairaient aux fourneaux.

— L'hôtel a fermé ses portes en 2010, m'a-t-il appris. Et dès avril 2016, il a été récupéré par des bénévoles pour servir de logement aux migrants. Le gouvernement a plusieurs fois menacé d'expulser tout le monde, mais les gens ont tenu bon, et puis… il n'avait pas vraiment le choix. Depuis que les pays européens refusent d'accueillir les migrants…

— Quand est-ce que la Grèce a été exclue de l'Union européenne, déjà ? ai-je demandé à Tahar.

— L'année dernière je crois… oui, c'est cela, mars 2020. Tu parles d'une solution ! D'abord, la Norvège et le Danemark qui ont fermé leurs frontières, puis la Hongrie qui a construit son mur, avant que la France et l'Allemagne décident de réduire le nombre de pays de l'espace Schengen pour se barricader. Résultat : la Grèce est devenue un cul-de-sac, et l'hôtel héberge à lui seul quatre cents migrants.

— Et comment le professeur Loeve s'est-il retrouvé là ? ai-je encore demandé au moment où nous reprenions les escaliers pour gagner les étages.

— En fait, cela lui trottait dans la tête depuis un moment, m'a confié Tahar. Il est venu ici donner des cours dès 2017, à l'occasion de ses séjours en Grèce. Et puis, quand il lui a fallu disparaître, c'était l'endroit idéal. Tout le monde vit ensemble sans faire de différence entre les bénévoles et les migrants. On entend parler toutes les langues, anglais, allemand, français, kurde, hindi ou persan… une vraie tour de Babel. On est bien embêtés régulièrement par des activistes d'extrême droite, mais sinon, personne ne penserait à venir chercher Eugène ici.

— Donc, vous saviez tout ? ai-je fini par comprendre.

— Oui, oui, m'a avoué Tahar. Nous avons organisé sa fuite ensemble. Je suis désolé de ne vous avoir rien dit, mais c'était ce qu'il voulait.

— Et pourquoi cette fausse disparition, alors ? me suis-je étonné.

— Oh ! Ça, il vous l'expliquera mieux que moi, s'est-il contenté de me dire.

Nous sommes finalement parvenus sur la grande terrasse qui offrait une vue dégagée sur les toits de la ville, avec au loin, une montagne. Des gens discutaient sur des chaises en plastique à l'ombre d'une pergola sous le soleil de midi, et de grandes plantes en pot longeant la palissade donnaient à l'endroit une ambiance de jardin botanique.

— Tout ce que je sais, c'est qu'Eugène se sent bien ici, a repris Tahar en inspirant un grand coup. Il a trouvé ce qu'il cherchait, je crois…

— L'Atlantide ?

— Sans doute… Enfin, d'une certaine façon, m'a-t-il répondu. Je ne sais pas bien quelle vérité il a découverte, mais cela l'a un peu changé. Alors… il a décidé de tout quitter pour venir s'installer là.

Tahar regardait la montagne à l'horizon avec un petit sourire rêveur.

— C'est l'Acropole ? lui ai-je demandé.

Il s'est mis à rire.

— Pas du tout, mon jeune ami ! L'Acropole est de l'autre côté. Non, c'est le mont Pentélique. C'est là qu'on va chercher le marbre, comme celui qui a été utilisé dans cet hôtel, par exemple.

Et puis, il est resté silencieux un moment, semblant hésiter à poursuivre la conversation.

— Vous savez, a-t-il fini par me dire, il est malade, et n'en a plus pour très longtemps...

*

* *

Nous sommes redescendus au premier étage au moment où Phalène et le professeur Loeve étaient de retour. Je ne savais pas ce qu'il lui avait raconté, mais elle semblait apaisée.

— Au fait, a-t-elle dit à son père en s'arrêtant devant la réception pour fouiller dans son sac, j'ai les clés de votre appartement !

Il lui a souri tendrement.

— Je pense que tu peux les garder, ma fille. Moi, je n'en aurai plus besoin maintenant.

Phalène m'a accueilli avec un grand sourire et m'a embrassé. Le soir, nous avons mangé tous les quatre au restaurant de l'hôtel, partageant notre table avec la famille de l'homme à moustache qui avait eu un échange avec le professeur Loeve à notre arrivée, dans la salle où il faisait sa sorte de conférence. Moudjahid, il s'appelait.

Dans un anglais approximatif, il nous a raconté son odyssée : après avoir quitté le Pakistan pour l'Iran, ils avaient rejoint la Turquie en trois jours, d'abord en voiture, puis en traversant les montagnes à pied. Ensuite, un bus les avait emmenés jusqu'en Grèce. Ils s'étaient rendus au Pirée en espérant pouvoir traverser la frontière, mais les autorités les avaient refoulés.

— *So, they told me : « No ! You can't go outside. » And some Greek friends said : « Don't worry... we will bring you to the new hotel City Plaza... »*

Tandis qu'il poursuivait son récit, je regardais Phalène, très émue, qui avait pris la main de la femme de Moudjahid.

Après le repas, nous nous sommes installés dans la salle de télé branchée sur une chaîne d'infos en continu. Apparemment, un drone avait coulé une embarcation avec plusieurs dizaines de migrants à bord. C'était cette année-là, en janvier 2021, que l'Europe avait obtenu un mandat de l'ONU pour détruire les navires des passeurs, mais pour la première fois, un engin avait causé un dommage « collatéral ». Tandis que tout le monde pleurait et criait en voyant les images de l'embarcation en flammes, à commencer par Phalène, le professeur Loeve gardait un visage imperturbable, esquissant simplement un clignement de paupières en signe de désolation.

— Je vais vous montrer votre chambre, nous a-t-il annoncé. Il y en a une de libre. Demain, je vous emmènerai voir l'Acropole, et nous pourrons discuter un peu...

— Visiter l'Acropole ? s'est étonnée Phalène. Vous ne craignez pas de nous faire remarquer ?

— Ne vous inquiétez pas, lui a répondu le professeur. Nous n'avons pas grand-chose à craindre.

18

Le cercle

Il faisait déjà chaud lorsque le professeur est venu nous réveiller tôt le lendemain matin pour rejoindre la place Syndagma. Nous en avons profité pour nous racheter des portables, Phalène et moi, et j'ai immédiatement téléphoné à Cali pour lui dire que tout allait bien, lui promettant de le rappeler un peu plus tard. Il était plus qu'étonné de nous savoir à Athènes.

— Vraiment ? me disait-il. Un hôtel plein de migrants ? La vérité !

Le professeur Loeve avait prévu de nous faire prendre le bus 250 qui menait directement à l'Acropole.

— J'aurais préféré y aller à pied, nous a-t-il précisé. Mais je me fatiguerais trop, et puis... nous aurons déjà beaucoup à marcher là-bas.

En descendant du bus, nous nous sommes retrouvés au pied d'une colline verdoyante peuplée d'arbres qui laissaient apercevoir les colonnes et les frontons de temples grecs. L'Acropole était comme une île perdue au milieu de la ville moderne, un poumon vert échappant à la pollution, au sommet duquel trônait le Parthénon.

— Nous n'allons pas y monter aujourd'hui, nous avertit le professeur. Aujourd'hui, j'ai quelque chose d'autre à vous montrer.

Il nous a menés sur un site archéologique, un champ de pierres lové au pied de l'Acropole, parsemé de colonnes et de murs en ruine à moitié envahis par la végétation. J'avais l'impression de faire un bond dans le temps et de nous retrouver comme au premier jour, en Crète, là où tout avait commencé. Le professeur Loeve nous guidait à nouveau, vêtu de sa chemise en lin blanc, la tête protégée par un panama, comme un explorateur des années 1930 tout droit sorti d'un livre d'Agatha Christie.

— Nous voici sur l'agora de l'ancienne Athènes, nous a-t-il expliqué. On ne le sait pas toujours, mais cela n'a rien à voir avec le forum romain qui se réduit à une place centrale, alors que l'agora est bien plus grande et constitue un véritable centre-ville.

— Et... La « Nouvelle » Athènes ? me suis-je permis de lui demander.

— Ah oui, ça... a-t-il commencé par me répondre, se tenant sur sa canne, une main derrière le dos, le regard vers le ciel, pensif.

À cet instant, je le retrouvai tel que je l'avais connu en Crète.

— Mon bien-aimé Tahar a dû vous parler de mes théories, a fini par reprendre le professeur. Je pensais – je pense toujours, d'ailleurs – qu'une même vérité essentielle et primordiale est partagée par tous les philosophes et qu'on la retrouve aussi dans la plupart des mythes et des religions. Inutile de vous en dire plus pour le moment, mes enfants, mais sachez simplement qu'un groupe de personnes m'a persuadé que nous avions les mêmes idées.

— Frédéric Schwartz ? ai-je glissé, alors que nous déambulions tous les trois sur un chemin de terre, entre les colonnes.

— Entre autres, m'a répondu le professeur Loeve. C'est lui qui m'a invité à me rapprocher de leur association. À l'époque, il était l'un de mes étudiants, et sans doute le plus brillant. Il semblait se passionner pour tout ce que je lui enseignais, et j'étais assez flatté… Un numéro de leur revue a été consacré à mes travaux. Ensuite, il m'a proposé de devenir membre du comité de patronage de son association et même, on m'a approché pour siéger dans ce qu'ils appelaient leur « Conseil suprême ».

— C'était à quel moment ? a demandé Phalène.

— À la fin des années 1990. Bien sûr, je ne suis pas exempt de toute critique. Comme je te l'ai confié un jour, Étienne, je ne suis pas aussi sage que j'en ai l'air. Il m'est arrivé de me perdre un peu. Tu as connu cela ?

— Ça, on peut le dire ! s'est permis de remarquer Phalène en me faisant les gros yeux.

— D'un autre côté, ce sont aussi nos errements qui nous rendent plus sages, a nuancé le professeur Loeve. Quoi qu'il en soit, je me suis vite rendu compte que mes idées avaient plutôt été détournées pour servir de caution à des thèses nauséabondes défendant l'existence d'une race pure et la haine de la démocratie. Très agacé – le mot est faible – par cette récupération, j'ai rompu avec ces gens.

— Et alors ? ai-je voulu savoir, tout à la fois intrigué et rassuré par ce récit.

— Alors, je suis devenu ce qu'ils appellent un « apostat » ! Une sorte d'hérétique d'autant plus dangereux pour eux que je savais pas mal de choses. Le problème, c'était que je leur en avais moi-même dit beaucoup, leur parlant de l'Atlantide, mon Graal, et des quelques pistes que je détenais. Et depuis, ils se sont mis dans la tête que je savais où se situait l'île engloutie et qu'ils devaient la retrouver avant moi. Allez savoir pourquoi ! Mais j'ai commencé à recevoir des menaces de mort au téléphone, à n'importe quelle heure du jour et de la nuit, et des mini-cercueils dans ma boîte aux lettres. Frédéric Schwartz a même prétendu qu'il était chargé de m'éliminer. Je lui ai répondu que cela m'était bien égal. J'avais retenu la leçon des stoïciens, et je lui ai dit : « Mais faut-il que je meure en murmurant et en gémissant ? Tu peux détruire mon corps, ma volonté m'appartient. »

— Alors, pourquoi vous être enfui ? s'est étonnée Phalène.

— Frédéric m'a menacé un jour de s'en prendre à ma fille, ce qui m'a d'abord fait sourire. « Mais je n'ai pas de fille », lui ai-je répondu trop présomptueusement… Le plus étonnant dans cette histoire, c'est que c'est Frédéric Schwartz qui m'a révélé ton existence en m'assurant que la fille de Suzanne était la mienne. Au début, je n'y ai pas cru, mais quand je t'ai rencontrée au cours de ce fameux voyage en Crète, lorsque j'ai découvert ton prénom, Phalène, lorsque j'ai vu tes yeux, aussi… Tu as le même regard que ta mère… Je n'ai plus eu de doute.

— Mais comment l'a-t-il su… Frédéric Schwartz ? a insisté mon papillon.

— Je ne sais pas vraiment. J'imagine que ta mère l'aura mis dans la confidence, malgré elle. Il lui tournait autour, à l'époque. Elle a peut-être trouvé là le moyen de repousser ses avances…

Nous étions parvenus au pied d'une grande construction qui semblait avoir résisté au temps : un très long bâtiment aux multiples colonnes, surmonté d'un toit incliné en briques rouges, en parfait état.

— Il s'agit d'une restauration, nous a appris le professeur Loeve, mais cela donne une bonne idée de ce à quoi pouvait ressembler l'agora à l'époque de Socrate, au Ve siècle avant Jésus-Christ. L'ensemble des bâtiments était un peu comme celui que vous avez devant vous, et l'on venait y faire toutes sortes de choses : du commerce, des démarches administratives… On parlait politique aussi, et même philosophie. D'ailleurs, c'est de ce genre d'édifice que les stoïciens tiennent leur nom. Ces constructions sont des portiques qu'on appelle « *stoa* », en grec. Et comme Zénon enseignait là, on les a appelés, lui et ses disciples, les « stoïciens ». D'ailleurs, Socrate aussi traînait dans les parages pour discuter avec ses concitoyens. Voilà ce que Frédéric Schwartz et toute sa clique n'ont jamais compris : la philosophie est essentiellement démocratique parce qu'elle consiste en un dialogue. Il est vrai que Platon a bien émis des critiques, mais enfin, c'était plutôt le populisme et la démagogie qu'il dénonçait… Ah ! Nous y voilà !

Le professeur Loeve nous avait entre-temps conduits devant trois pierres, ou plutôt trois rochers reposant au pied de la fameuse « *stoa* », le grand bâtiment qu'il nous avait montré.

— C'est ici que Socrate aurait été jugé et condamné à mort, nous a-t-il révélé.

Il a ensuite traversé l'agora, nous faisant signe de le suivre, pour nous mener devant des murs en ruine, les restes de trois petites pièces carrées en enfilade.

— Et c'est ici que Socrate aurait été emprisonné en attendant son exécution, nous a-t-il encore appris. Vous connaissez l'histoire ?

— Il a bu la ciguë, a répondu Phalène.

— Non, pas cette histoire-là, jeune fille, s'est amusé le professeur Loeve.

— Quelle histoire, alors ? lui a-t-elle demandé.

— Celle que raconte le *Criton*, le dialogue de Platon qui rappelle comment Socrate a préféré mourir plutôt que de renoncer à la vertu… Son disciple Criton avait trouvé le moyen de le faire échapper de sa prison en payant les gardiens, pour lui éviter d'être exécuté. Mais Socrate a refusé de le suivre, parce qu'il considérait que les lois d'Athènes avaient fait de lui l'homme qu'il était. C'était l'éducation d'Athènes qui l'avait rendu sage, ou du moins philosophe. Alors, il a refusé de se soustraire à son châtiment, même si les hommes qui l'avaient condamné étaient injustes, parce que les lois, elles, étaient justes.

*
* *

Le soir venu, à l'hôtel, nous avons appelé Cali par visiophone.

— Hey ! Ma belle ! Comment tu vas ? a-t-il lancé à Phalène en la voyant.

Alors, j'ai raconté à Cali nos mésaventures depuis la dernière fois que je lui avais parlé : la villa des Papyrus, l'enlèvement de Phalène, le palais napolitain, le théâtre souterrain, jusqu'à cet hôtel quatre étoiles pour migrants où j'avais retrouvé le professeur. Évidemment, mon ami de toujours était passionné, fasciné par tout ce que je lui révélais.

— Je n'ai pas encore le fin mot de l'histoire, lui avouai-je, mais ça ne saurait tarder.

Cali m'a demandé de le rappeler régulièrement, une heure tous les soirs, si possible, pour en savoir plus. Il voulait que je lui décrive les lieux, les personnes que j'avais rencontrées, même et surtout les mauvaises, comme cette mystérieuse Varvara Pétrovna.

Ensuite, nous sommes allés rejoindre le professeur Loeve au restaurant – à la cantine, plutôt – pour dîner avec lui. Nous nous sommes retrouvés tous ensemble à table, avec Moudjahid et sa famille, mangeant dans une bonne ambiance qui nous rappelait les repas à l'hôtel de Tahar Marih, si lointains. Mais tout à coup, le professeur s'est senti mal, semblant défaillir comme sur le bateau pour Santorin, ou à l'auberge de Matala.

— Ça ne va pas, professeur ? lui a demandé Phalène, affolée.

— Eugène ! a ajouté Tahar. Tu te sens mal ?

— Ce n'est rien, nous a-t-il assuré. Étienne va me ramener dans ma chambre… s'il veut bien.

J'ai jeté un regard à Phalène pour savoir si je pouvais accepter ou, du moins, si elle m'y autorisait.

— Évidemment, m'a-t-elle dit avant même que je prononce le moindre mot. Vas-y. Je reste ici avec Tahar.

J'ai saisi le professeur Loeve sous les bras, puis l'ai guidé jusqu'à la cage d'escalier de l'hôtel.

En arrivant dans sa chambre après avoir monté difficilement les marches, le professeur m'a laissé l'aider à s'installer sur son lit. Il s'est assis en tailleur, et m'a invité à prendre la chaise qui se trouvait sous la fenêtre pour me mettre en face de lui.

— Je ne supporterai pas ces douleurs très longtemps, m'a-t-il confié. Mais toi, Étienne, as-tu trouvé ce que tu cherchais ?

— Je ne sais pas, lui ai-je avoué. Mais j'ai l'impression de m'être trouvé un peu. Du moins, je me sens un peu plus serein.

— Tant mieux ! m'a-t-il assuré. C'est l'essentiel, et je suis vraiment content pour toi, pour vous deux. Tiens, peux-tu me donner cet ouvrage, là, derrière toi ? m'a-t-il demandé, comme s'il changeait de conversation.

Je me suis retourné pour découvrir sur la table en acajou un gros livre avec, sur la couverture, le portrait d'un homme en prière qui ressemblait à un saint ou à un apôtre. J'ai tendu le livre au professeur Loeve, qui l'a posé sur ses genoux et l'a ouvert.

— Les œuvres de saint Augustin, m'a-t-il précisé. Tu connais, j'imagine…

— Un peu, oui, lui ai-je répondu. J'ai eu l'occasion de le rencontrer au cours de… mes recherches. Je suis tombé sur ce fameux ouvrage de rhétorique qui cachait une lettre de Cicéron. D'ailleurs… Enfin, est-ce que je peux vous demander… Comment avez-vous su ? Comment avez-vous su que le *Rhetorica* de saint Augustin cachait un palimpseste ?

— Pétrarque… me répondit laconiquement le professeur.

— Pétrarque ?

— Pétrarque, le poète, l'humaniste florentin de la Renaissance. Tu dois savoir que le manuscrit de Genève est passé entre les mains de Pétrarque… On y a retrouvé ses annotations. Et si Pétrarque peut être qualifié d'humaniste de la Renaissance, c'est parce qu'il a toute sa vie recherché les textes perdus de l'Antiquité. Il se plaignait de son époque et n'appréciait pas beaucoup le monde dans lequel il vivait : « Il a laissé perdre les livres nés des veilles de nos ancêtres, disait-il, et le fruit de leur génie. Cette époque, qui n'a rien produit, n'a pas craint de gaspiller l'héritage paternel. »

— Et il a réussi à en retrouver… des livres ? ai-je demandé au professeur.

— Plein ! m'assura-t-il. Mais son principal fait d'armes est quand même d'avoir découvert en 1345 des centaines de lettres écrites par Cicéron à son ami Atticus, dans la bibliothèque de Vérone. Il faut dire que dans sa passion pour les auteurs antiques, Pétrarque avait une tendresse particulière pour Cicéron. C'est comme ça que j'ai su...

— Que vous avez su quoi ?

— Le mot est un peu fort, me concéda Eugène Loeve. Disons qu'il s'agit plutôt d'une déduction. En étudiant le parcours des œuvres que Pétrarque conservait dans sa bibliothèque, en relisant ses lettres aussi, je me suis dit qu'il n'avait pas dû se procurer ce fameux manuscrit de Genève pour rien. Veux-tu savoir la meilleure ? Un matin de juillet 1374, les amis de Pétrarque le retrouvèrent mort, le front appuyé sur un ouvrage ouvert devant lui... Le *De rhetorica* de saint Augustin. Il avait dû lire quelque chose de bien étonnant pour en avoir fait une crise cardiaque, lui, l'humaniste amoureux de Cicéron, soucieux de retrouver la culture perdue de l'Antiquité...

Le professeur Loeve avait fini son récit dans une sorte de transe, le regard tourné vers le plafond. Puis, comme s'il revenait à lui-même, il a baissé les yeux, semblant redécouvrir tout à coup le livre qu'il tenait dans les mains.

— Mais revenons à notre saint Augustin, justement ! reprit-il.

— Un philosophe chrétien du Moyen Âge, c'est ça ? ai-je demandé.

— En fait, il n'est pas vraiment du Moyen Âge, a corrigé le professeur. Tu sais peut-être que saint Augustin a vécu au IVe siècle après Jésus-Christ, une période indéfinissable de la fin de l'Empire romain. Mais la tradition le classe plutôt dans l'Antiquité... En tout cas, c'est un philosophe chrétien, quoique... il s'est converti assez tard finalement, pour devenir évêque et faire la chasse aux hérétiques alors que lui-même avait appartenu pendant dix ans à la secte des manichéens, fondée par Mani. Mais que veux-tu, les convertis sont toujours les plus dangereux. Saint Augustin le reconnaît bien volontiers, d'ailleurs, et le raconte dans ses fameuses Confessions.

— Et tout cela est-il censé avoir un rapport avec… l'Atlantide ?

— J'y viens, j'y viens… Dans ses *Confessions*, saint Augustin écrit de très belles pages sur le temps, et sans doute les plus profondes qu'on lui ait jamais consacrées… « Qu'est-ce que le temps ? Quand personne ne me le demande, je le sais ; dès qu'il s'agit de l'expliquer, je ne le sais plus. » Ensuite, il finit par montrer que le temps est une vue de l'esprit dans la mesure où le passé n'existe qu'à travers nos souvenirs et le futur, dans nos projets.

Tout d'un coup, le professeur Loeve a fermé son livre pour me regarder droit dans les yeux.

— Je t'ai souvent répété que la vraie question n'était pas de savoir où avait disparu l'Atlantide, mais *quand*. T'en souviens-tu, Étienne ?

— Oui… oui je m'en souviens très bien, ai-je assuré. D'ailleurs, je me suis longtemps demandé ce que ça signifiait. Des problèmes de dates, vous aviez dit… Platon évoque neuf mille ans avant Jésus-Christ, je crois.

— En fait, ce n'est pas vraiment ce que je voulais dire, a protesté le professeur. Nous avons vu aussi, toi et moi, que le récit de l'Atlantide reprenait le mythe du Déluge. Ça aussi, tu t'en souviens.

— Oui, très bien. Vous me parliez du châtiment, de la punition infligée aux hommes qui se prennent pour des dieux.

— C'est à peu près cela, me concéda-t-il. Mais vois-tu ce que représente le mythe du Déluge, au fond ?

— Pas vraiment, lui ai-je avoué.

— C'est le mythe du recommencement, a-t-il fini par m'expliquer. Rien à voir avec l'Apocalypse ou la fin du monde, même si les gens ont tendance à confondre. Parce qu'il y a eu des déluges à toutes les périodes de l'Histoire, dans toutes les religions, et nous sommes encore là ! Ça veut dire qu'à chaque fois, on prend les mêmes et on recommence. Après tout, dans la Bible aussi, il y a des survivants après le Déluge, grâce à Noé…

— Ce serait un peu comme *un reboot*, ai-je tenté de comprendre. Quand un film est raté, on tourne une nouvelle version. Et quand une box ne fonctionne pas, on fait un *hard reboot*. On la débranche pour la faire redémarrer. Un genre de réinitialisation du programme.

— Je ne connaissais pas le mot « *reboot* », je dois bien l'avouer. Mais c'est exactement cela.

— Mais qu'est-ce que vous essayez de me dire ? me suis-je impatienté.

— Le temps est cyclique, Étienne, m'a-t-il expliqué d'une voix sereine, mais sur un ton grave. Il faut se demander quand l'Atlantide a disparu, parce que l'Atlantide n'est pas à chercher quelque part dans l'espace, mais dans le temps. Platon évoque la disparition de notre civilisation qui a déjà eu lieu, et qui va de nouveau se produire.

— Comment ça ? Vous voulez dire que l'Atlantide serait une sorte de métaphore, d'avertissement pour notre civilisation ?

— Pas du tout, me répondit le professeur. Il ne s'agit pas du tout d'une métaphore. C'est la réalité ! D'ici quelque temps, comme cela a déjà été le cas, notre civilisation sera emportée par un déluge, toute l'Histoire recommencera depuis le début, et Platon racontera de nouveau le souvenir obscur de cette grande civilisation ayant disparu. C'est l'intuition que j'ai toujours eue, en tout cas.

— Et comment en êtes-vous arrivé à cette idée ? lui ai-je demandé, incrédule.

— Ah ! Comment en suis-je arrivé là ? s'est-il un peu amusé en posant son livre à côté de lui, toujours assis en tailleur sur son lit. Si je me souviens bien, c'est en partant de l'image d'une civilisation très avancée d'un point de vue scientifique et technique. Si évoluée que certains imaginaient volontiers qu'elle connaissait l'électricité, et même la bombe nucléaire. Alors je crois que je me suis dit : s'il s'agit d'une civilisation aussi évoluée que la nôtre, la seule explication, c'est qu'il s'agit effectivement de la nôtre. Après, je pourrais te parler de tous ces passages du *Critias* qui font ressembler l'Atlantide à notre société actuelle...

— Quels passages ? ai-je insisté, même si je voyais le professeur Loeve grimacer légèrement de douleur.

— Par exemple, Platon évoque un empire colonial et commercial qui peut faire penser à l'Occident, a-t-il réussi à me dire. Et puis, il y a l'orichalque, « le métal le plus précieux après l'or », « qui avait des éclats de feu ». Platon n'en dit pas plus, mais j'imagine qu'il peut s'agir de l'uranium. Enfin, il y a ces fameux tremblements de terre et ces cataclysmes qui s'abattent comme un châtiment. Tout cela me fait penser au réchauffement climatique et à tous les dérèglements produits par l'Homme, sans parler de la menace nucléaire qui pourrait bien voir les Atlantes que nous sommes se détruire eux-mêmes. Je vois aussi ces milliers de migrants repoussés loin de chez eux par toutes ces crises, réfugiés de guerre ou climatiques, refoulés par des pays qui ferment leurs frontières pour survivre, et se lassent de la démocratie pour instaurer des régimes autoritaires. Je vois enfin que le lointain passé rapporté par Platon ressemble beaucoup à notre avenir.

— Je suis un peu gêné, professeur, lui ai-je objecté, doutant pour la première fois de sa sagesse. Tout ce que vous dites me fait penser à ces discours religieux ou « millénaristes », comme on dit, qui annoncent la fin du monde.

— Je te comprends, Étienne, m'a-t-il dit, tout en commençant à s'allonger. Mais loin de moi cette idée. Je ne te dis pas que le monde est décadent et que c'était mieux avant. Je ne rêve pas d'un âge d'or ou d'un paradis perdu au nom duquel il faudrait condamner les époques modernes. On fait ça depuis la nuit des temps. Sur une poterie d'argile vieille de trois mille ans retrouvée dans les ruines de Babylone, on a découvert un texte qui disait à peu près : « Cette jeunesse est pourrie depuis le fond du cœur, les jeunes gens sont malfaisants et paresseux. Ils ne seront jamais comme la jeunesse d'autrefois. Ceux d'aujourd'hui ne seront pas capables de maintenir notre culture... » Alors tu vois, Étienne, il n'y a pas d'âge d'or. C'est simplement qu'on croit toujours que c'était mieux avant, et que la jeunesse n'est plus ce qu'elle était. Mais le passé n'était pas meilleur que le présent, pas plus que le présent n'est pire que le passé. Tout est bien. Il se trouve simplement que le temps est cyclique, et produit un éternel retour, comme un cercle.

— Ah oui ! me suis-je tout d'un coup souvenu. J'ai vu le dessin de ce cercle... sur votre bureau. « *Alètheia !* », aviez-vous écrit, c'est ça ?

— C'est cela, oui. Mais je crois que j'ai vraiment besoin de me reposer. J'ai trop présumé de mes forces. Nous reparlerons très vite de ces choses, il faut que tu les entendes.

J'ai laissé le professeur, qui fermait déjà les yeux, pour rejoindre Phalène, un peu perdu et troublé par tout ce que je venais t'entendre. À ce moment-là, pour tout dire, je n'y croyais pas beaucoup. J'y voyais une série d'élucubrations qui n'avaient rien à envier aux délires de Frédéric Schwartz, et j'étais bien décidé à ne pas me laisser entraîner dans des extravagances que je mettais sur le compte des faiblesses d'un chercheur passionné et obsédé par sa quête, parvenu à la fin de sa vie.

*
* *

Le professeur Loeve est resté au lit pendant les deux jours suivants, se tordant parfois de douleur, et très affaibli. Phalène s'est installée à son chevet deux après-midi de suite, profitant – elle aussi – de moments privilégiés avec ce père qu'elle venait tout juste de retrouver. Un matin, c'est Tahar qui nous a quand même accompagnés tous les deux pour visiter l'Acropole, sous un soleil de plomb encore, dès 10 heures. Phalène traînait des pieds et tirait la langue. Le soir, j'ai appelé Cali pour lui raconter mes histoires, sans lui révéler ce que le professeur m'avait dit, parce que je n'y croyais pas moi-même.

Le troisième jour, pourtant, Phalène a débarqué en trombe au bar de l'hôtel, où je faisais une partie d'échecs avec Moudjahid.

— Il veut te voir ! m'a-t-elle presque crié, l'air joyeux.

— Tout de suite ? me suis-je étonné. Il va mieux ?

— Oui ! m'a-t-elle assuré. Vas-y, je crois que c'est important. Je te remplace si tu veux.

— Ah bon ? Tu…

— Eh bien, je sais jouer aux échecs, qu'est-ce que tu crois ! m'a-t-elle lancé, un peu vexée.

Quand je suis arrivé devant la chambre du professeur Loeve, il avait quitté son lit. Assis à la table en acajou, l'air très occupé, il griffonnait sur un papier. J'hésitai à entrer, me contentant de rester debout, l'épaule appuyée contre l'encadrement de la porte.

— Vous voulez me voir ? lui ai-je demandé.

— Oui, Étienne, entre ! m'a-t-il plus ou moins ordonné d'un air pressé. Nous n'avons pas beaucoup de temps.

— Pourquoi ? Vous allez me dire que je ne dois pas craindre la mort, que vous connaissez le secret du bonheur et de l'immortalité ?

— Rien de tout cela, rassure-toi, m'a-t-il répondu, l'air d'avoir bien cerné mes états d'âme. La mort fait partie de la vie, il n'y a pas d'immortalité et puis, comme je te l'ai déjà dit, la philosophie ne mène pas au bonheur, mais à la sagesse... Même si le vrai sage ne peut jamais être tout à fait malheureux. Mais je t'en prie, entre... Et ferme la porte. Je te le répète : nous n'avons pas beaucoup de temps.

— Si vous voulez, ai-je fini par accepter, plus par politesse que par conviction.

Dès que j'ai eu fermé la porte, le professeur Loeve a lâché son crayon et fait pivoter sa chaise pour se tourner vers moi, croisant les bras, la tête haute.

— Il faut que nous parlions de tes visions, m'a-t-il annoncé sur un ton grave.

— Mes visions ? me suis-je étonné, me demandant encore où il voulait m'emmener.

Je continuais à me méfier, parce que j'avais une impression de *déjà-vu*. Rien à voir avec ces fameuses visions, justement. Mais je me rappelais que les conversations avec Frédéric Schwartz avaient toujours commencé de cette manière, et j'espérais ne pas être à nouveau influencé.

— Qu'est-ce que vous voulez que je vous dise, ai-je repris, sceptique.

— Tu n'as jamais cherché à savoir ce que ces visions signifiaient ?

— Si... un peu, ai-je hésité à répondre. Frédéric Schwartz m'a monté tout un bateau...

Il m'a même fait subir une séance de spiritisme.

— Je vois, s'est amusé le professeur. Rassure-toi, je ne compte pas te soutirer une quelconque information, au contraire. Je vais essayer de te montrer un peu la voie.

— La voie ? ai-je encore hésité. La voie de quoi ?

— Toi, qu'est-ce que tu en penses, de ces visions ? s'est-il contenté de me dire en guise de réponse.

— Eh bien, je ne sais pas, lui ai-je avoué. Ça ressemble à des impressions de *déjà-vu*. Quand on a le sentiment de revivre une scène et, du coup, pendant un quart de seconde, on peut prévoir ce qui va se passer.

— C'est exactement cela.

— Mais tout le monde a déjà ressenti ça, non ?

— Oui, tout le monde, m'a-t-il assuré. Après, il faut savoir l'exploiter.

— Alors, qu'est-ce que c'est ?

— Comme je te l'expliquais la dernière fois, le temps est cyclique. Et si tu peux avoir cette impression de revivre une scène, c'est peut-être parce que tu l'as déjà vécue, au cours du cycle précédent. L'Histoire est un éternel recommencement, et toi, tu le sais mieux que d'autres. Tu as sans doute eu l'impression de me reconnaître la première fois que tu m'as vu, eh bien moi aussi j'ai pensé te reconnaître. Pourquoi ? Parce que tout simplement, nous nous sommes connus. Il y a très longtemps.

— Vous voulez dire que nous avons déjà vécu ce même moment ? me suis-je étonné. Que nous sommes condamnés à revivre exactement les mêmes choses, encore et encore ?

— Pas tout à fait, a précisé le professeur Loeve. Du moins, je l'espère... J'espère que d'un cycle à l'autre, les hommes apprennent un peu de leurs erreurs passées. Alors... les circonstances ont pu être légèrement différentes, et le seront encore la prochaine fois. Mais oui, nous nous sommes déjà vus, et nous nous reverrons, je pense. Après le prochain déluge, les peuples de l'Antiquité retrouveront nos traces, Platon aussi, et nous, nous nous retrouverons une nouvelle fois.

— Vous savez, lui ai-je confié, j'ai toujours du mal à croire à ces histoires de temps cyclique qui se répète. Que notre civilisation serait l'Atlantide qu'on retrouvera dans le récit de Platon, et tout ça... Comme vous me l'avez dit vous-même, ce ne sont que vos intuitions. Comment savoir ?

— Je sais ! m'a-t-il répondu joyeusement. C'est bien pour cela que j'ai passé tant de temps à chercher une preuve à travers tous ces manuscrits ! Et je l'ai trouvée... Enfin, j'en suis presque sûr.

— Une preuve ? Où est-elle ?

— Pas très loin d'ici, m'a-t-il assuré. Je compte bien t'y emmener, mais je dois te préparer d'abord, parce que j'ai l'intuition que nous aurons à combattre. Je peux te donner une formation de base pour parer au plus pressé. Il t'appartiendra d'approfondir tout cela seul et par toi-même.

Là, j'étais sûr qu'il divaguait – le pauvre. Combattre ? Combattre qui ? Me former à quoi ? J'étais affligé de voir cet homme si sensé, si sage et si admirable, perdre ainsi la raison au seuil de la mort. Alors, dans un élan de pitié que je croyais louable, j'ai décidé de jouer le jeu.

— Et je commence quand ?

— Maintenant ! Il n'y a pas de temps à perdre. Regarde !

Le professeur m'a prié de m'approcher pour me montrer la feuille sur laquelle il avait griffonné.

— Tu le reconnais ? a-t-il commencé par me demander tandis que je me penchais au-dessus de la table.

— Ah oui ! C'est le fameux cercle avec les rayons. Et ces rayons, c'est quoi ? On dirait une roue de vélo.

— C'est ce que j'ai dessiné après avoir eu l'une de ces visions, ce fameux état que tu atteins parfois toi-même. Platon et Aristote appellent cela la contemplation. Plotin décrit un état extatique, Spinoza parle de la connaissance du « troisième genre », les bouddhistes, de l'Éveil et les maîtres de sabre japonais, même, évoquent le *yomi*.

— Et cet état, c'est quoi ?

— Eh bien vois-tu, le cercle représente le temps qui passe. Ou plutôt, le temps qui avance et qui tourne pour revenir à son point de départ dans une course sans fin. On pourrait placer sur ce cercle tous les points correspondant aux différents moments de l'Histoire : nous qui sommes là tous les deux, la naissance de Platon, la fin de l'Empire romain et que sais-je encore… Chacun croit sans doute être « bloqué », enfermé dans l'instant présent dont il ne peut sortir, et c'est en partie vrai. Mais si tu suis l'un des rayons pour rejoindre le centre du cercle, tu auras une vue d'ensemble. Le centre, comprends-tu, correspond à cet état à partir duquel tu peux voir n'importe quel point du cercle, et donc, n'importe quel événement situé dans le temps. Un point de vue à 360 degrés, en somme, qui est comme un poste d'observation sur tous les événements. C'est en atteignant ce point que tu revois notamment le passé, et donc les visages de ceux que tu as connus au cours du cycle précédent.

— C'est très compliqué ! ai-je un peu ronchonné.

— Je sais, a admis le professeur. Mais tout ce que tu as à savoir, c'est que les différents moments du temps sont accessibles par une vue de l'esprit, comme nous le révèle saint Augustin. Tout le monde a déjà eu cette impression de *déjà-vu* qui est une sorte de flash sur un même moment vécu dans le cycle précédent. La différence, c'est que tu as un peu développé ces visions, toi, Étienne. Et je peux t'aider à les contrôler. D'autant qu'elles peuvent te servir, en particulier lorsque tu te trouves face à un adversaire, que ce soit au combat ou dans une discussion.

— Ça, ça me dit ! ai-je fini par admettre.

C'est ainsi que j'ai passé les jours suivants à en apprendre un peu plus sur ces fameuses « vues » de l'esprit. Je partageais mon temps entre les « leçons » du professeur Loeve, les échanges avec les résidents de l'hôtel, les promenades avec Phalène, en amoureux ou accompagnés par nos deux vieux sages. Tous les soirs, j'appelais Cali qui prenait beaucoup de notes et ensuite, je rejoignais le professeur dans sa chambre pour ma formation. Il m'a notamment appris comment décaler, voire décoller mon esprit par rapport au moment présent, pour prévoir les réactions d'un adversaire, et pouvoir ainsi parer ses coups. Ou bien, pour affronter des situations difficiles, après avoir imaginé leur possible déroulement.

— Dans le fond, c'est ça qu'on appelle l'intelligence, m'enseignait-il. Savoir s'adapter aux circonstances.

Il s'agissait en somme d'anticiper l'avenir, ou de revoir le passé, ce qui revient à peu près au même, puisque le temps est cyclique. Du moins, c'est ce que le professeur continuait à me soutenir, même si j'avais des doutes, malgré les quelques visions que j'avais pu développer.

— Et cette fameuse preuve, alors ? ai-je insisté au bout d'une semaine. J'aimerais bien la voir.

— D'accord, a-t-il fini par m'annoncer. C'est sans doute le moment d'y aller.

— Seul ?

— Pas forcément, m'a-t-il répondu. Tu sais, je n'ai aucune intention de te couper du monde, moi… Nous avons besoin de Tahar pour nous conduire, de toute façon. Et bien sûr, Phalène peut venir avec nous, enfin… elle doit venir avec nous.

— Et où nous emmenez-vous, alors ?

— Oh ! Tu dois t'en douter, m'a répondu le professeur. Avec Platon, c'est toujours la même histoire. Je vous emmène dans une caverne…

19

Que philosopher, c'est apprendre à mourir

L'un des bénévoles du Plaza, Yannis, nous a prêté sa voiture pour nous rendre là où le professeur Loeve voulait nous emmener. Une vieille Seat était garée dans une petite rue derrière l'hôtel. Tahar a pris le volant, tandis que Phalène et le professeur sont montés à l'arrière, me laissant la place à droite du conducteur parce qu'ils savaient tous les deux que je préférais me mettre devant. Sur ses genoux, le professeur Loeve avait posé une petite boîte en bois qui ressemblait à une mallette de peintre.

— C'est pour quoi faire ? lui ai-je demandé. On va peindre le paysage ?

— Non ! s'est-il amusé. Tu verras.

Nous avons quitté le centre-ville pour partir en direction de cette montagne, le mont Pentélique, que j'avais aperçue, au loin, depuis la terrasse de l'hôtel.

— C'est là qu'on va ? ai-je demandé à qui voudrait bien me répondre.

— C'est là, m'a confirmé le professeur Loeve.

Nous avons parcouru une dizaine de kilomètres à travers les quartiers périphériques de la ville, avant de passer dans des petits villages, pour finir par nous garer au pied de la montagne, là où commençait un chemin de terre.

— Ce n'est pas très loin, nous a informé le professeur en remettant son panama après être descendu de voiture. Il faut monter quoi... un kilomètre ?

Nous nous sommes ainsi offert une petite promenade sur le sentier longé par les pins. Le professeur Loeve ouvrait la marche, même s'il n'avançait pas très vite avec sa canne dans une main et sa petite mallette en bois de l'autre, ce qui convenait plutôt à Phalène qui était déjà fatiguée par la chaleur.

— C'est encore loin ? se plaignit-elle au bout d'un moment.

— Je te rassure, ma fille, lui a répondu le professeur, nous arrivons.

Nous sommes en effet bientôt parvenus au sommet de la montagne. Le spectacle était fascinant. Et puis, j'ai vu l'entrée de la caverne. Le petit chemin de terre, bordé de pierres et de végétation, menait à un trou béant, creusé au pied d'une paroi rocheuse grisâtre aux reflets roses qui s'élevait à une vingtaine de mètres. L'entrée de la grotte était si large et si haute qu'une petite église y avait été construite, coincée dans la roche comme une maison troglodytique. L'édifice religieux se caractérisait par sa rotonde en pierre, surmontant une façade avec une petite porte et deux fenêtres en arcade qui évoquaient une église romane.

— Qu'est-ce que c'est ? ai-je demandé au professeur Loeve.

— Une chapelle byzantine. Construite au XIIIe siècle.

— On se demande bien comment ils ont réussi à la caser dans l'ouverture, à l'entrée de la grotte, a ajouté Phalène, tandis que Tahar restait en retrait, s'amusant de nos réactions.

— C'est qu'à l'intérieur, la grotte est bien plus grande qu'il n'y paraît, ma fille, lui a répondu le professeur. Vous allez voir.

Il s'est avancé sur le sentier qui menait tout droit au trou béant au pied de la paroi rocheuse. Nous l'avons suivi, et nous sommes arrivés juste à côté de la chapelle, découvrant avec émerveillement et stupeur l'entrée de la grotte que le professeur et Tahar éclairaient avec leurs lampes torches. L'intérieur était immense. Une vaste cavité à la forme arrondie, couverte de stalactites et de stalagmites. Mais il y avait surtout la pente. Dès l'entrée de la grotte, le sol formait une grande et longue descente qui s'enfonçait dans la terre. Décidément, j'avais l'impression de connaître cet endroit, même si je n'y étais jamais venu. Rien à voir, cette fois, avec ces prétendues visions : j'ai trouvé que cette grotte correspondait étrangement à la description de Platon : « Une demeure souterraine en forme de caverne, ayant sur toute sa largeur une entrée ouverte à la lumière », et cette « route élevée » qui permet au prisonnier libéré de monter du monde sensible vers le monde intelligible.

Quand le professeur Loeve nous a fait descendre et que nous nous sommes retrouvés au fond de la caverne dont le sol était plat, j'ai même reconnu « le feu » de l'allégorie qui projette les ombres sur la paroi. Le feu, ou plutôt ce qu'il en restait. Parvenu au niveau inférieur de cette vaste grotte, j'ai effectivement remarqué qu'elle donnait sur plusieurs cavités plus petites, comme des niches, et dans l'une d'elles subsistaient les restes d'un feu, un tas de cendres garni de quelques bûches noircies.

— Les gens viennent parfois la nuit dans cette grotte pour des activités diverses et variées, nous a expliqué le professeur. Des bandes de jeunes, qui font des feux de camp, qui jouent à se faire peur, aussi, parce que tout un tas de légendes circulent.

— Ah ? Quel genre ? ai-je demandé.

— En fait, s'est empressé de me répondre Tahar, la grotte a servi de repaire à un brigand du nom de Davelis au XIXe siècle. Il a commis pas mal d'enlèvements et séquestré ses victimes ici… Des petites filles en général. D'où la réputation sulfureuse de l'endroit, et son nom : on l'appelle la grotte de Davelis. À partir de là, on a inventé plein d'histoires à dormir debout.

— Mais ce sont des histoires, bien sûr, a ajouté le professeur. Dans l'Antiquité, la grotte a surtout fait office de temple et de sanctuaire dédié au dieu Pan… celui avec les cornes et la fameuse flûte…

— Et sinon, a demandé Phalène, elle date de quand, cette caverne ? À moins que ce ne soit une grotte naturelle… ?

— Pour autant que je le sache, ma fille, elle a été creusée et occupée dès l'époque néolithique, autour de neuf mille ans avant Jésus-Christ…

À peine le professeur Loeve lui avait-il répondu que nous avons entendu une voix.

— Bonjour la compagnie ! Quel plaisir de vous revoir réunis en un lieu si chargé d'histoire et d'émotion !

Nous nous sommes tous les quatre retournés vers l'entrée de la grotte située en haut de la pente. Une silhouette se tenait là, droite, entourée de trois autres personnes.

Frédéric Schwartz venait de nous retrouver.

*

* *

Dès que Phalène a reconnu son geôlier, elle a plaqué les deux mains sur sa bouche pour étouffer un cri, avant de se coller derrière moi en m'agrippant le bras. Entouré de ses trois acolytes, Frédéric Schwartz a commencé à descendre lentement la pente avec un sourire carnassier.

— Voyons voir, disait-il tout en marchant sans se presser. Qui avons-nous là ? Le vieux sage et son petit protégé. Et... Oh ! Mais qui se cache derrière ? Bon sang mais c'est bien sûr ! La fille à son papa ! Quant au dernier, je ne le connais pas... Votre chauffeur, sans doute ? Un immigré que vous avez débauché dans votre trou à rats...

— Inutile, mon ami, a lancé le professeur Loeve à Tahar en tendant le bras pour le retenir.

Frédéric Schwartz nous faisait face, à présent. Les trois gardes qui le protégeaient portaient une espèce de kimono noir, mais n'avaient pas de masque. Deux d'entre eux avaient les cheveux coupés à ras, à l'exception d'une petite tresse derrière la tête. Le dernier était Lauric, avec sa longue chevelure de baba cool. Ils tenaient tous les trois un de ces grands bâtons légèrement recourbés que j'avais déjà vus. Comme celui dont Lauric s'était servi pour me frapper dans la cellule où Phalène était retenue.

— Ça fait tout drôle de se revoir, hein, Eugène, vieille branche ! a repris Frédéric sur un ton provocateur. J'ai bien cru ne jamais te retrouver.

— De toute façon, je crois que cela fait longtemps que tu t'es perdu, mon pauvre, lui a répondu le professeur Loeve.

— Et comment tu nous as retrouvés, nous ? ai-je demandé à Frédéric en essayant de maîtriser ma peur et ma colère.

— Oh ! Ça, ce n'était pas très compliqué, m'a-t-il assuré. Mes amis ici présents ont eu la bonne idée de placer un petit mouchard dans le papillon blanc de mademoiselle en venant la chercher à l'appartement. Les Smartphones, c'est tellement dépassé ! Vous nous excuserez d'avoir traîné un peu pour la sauterie, mais apparemment, votre copain prof d'histoire nous a envoyé la police à Naples. Alors, il a bien fallu parlementer…

— Bien, l'a interrompu le professeur Loeve, alors que nous nous étions tous les quatre regroupés. Sais-tu au moins ce que tu es venu faire ici, Frédéric ?

— Oh moi, rien, lui a répondu Schwartz sur un ton ironique. Je passais dans le coin, j'ai vu de la lumière. Non, je rigole… vous ne trouvez pas ça drôle ? Plus sérieusement, j'espérais bien trouver la caverne grâce à toi. Et nous voilà !

Frédéric a porté son regard tout autour de lui, comme pour avoir une idée d'ensemble de la grotte. Et puis, il s'est mis à faire le tour des lieux comme un touriste à la traîne au cours d'une visite guidée, tandis que ses trois sbires nous tenaient plus ou moins en respect.

— Bien sûr ! s'est-il écrié. Ça ne peut être que là ! Une grotte ayant servi de temple aux dieux de l'Antiquité. C'est tout à fait comme l'écrit Porphyre. Et cette caverne ressemble tellement à la description de Platon ! Ça, il n'y a pas à dire, c'est encore mieux que je l'espérais. Je me demande même comment j'ai fait pour ne pas la trouver tout seul, a lancé Frédéric en se retournant d'un coup vers Eugène Loeve.

— Parce que... je ne suis pas sûr que tu sois capable de faire quoi que ce soit tout seul, mon pauvre ami, lui a rétorqué le professeur.

— Mmh, a semblé réfléchir Frédéric. Et peux-tu me dire ce qui ne va pas chez moi ? Tu vois, ça m'intéresse beaucoup d'avoir l'avis d'un vrai philosophe...

— Un vrai philosophe ? s'est permis de lui répondre le professeur. Je ne sais pas si j'en suis un, mais ce qui est sûr, mon ami, c'est que ce n'est pas ton cas. Dans le fond, tu n'es qu'un sophiste, accumulant des connaissances qui ne te servent qu'à manipuler les autres. Pas une once de sagesse...

— Charmant ! s'est un peu vexé Schwartz. Tu avoueras néanmoins que je suis le plus intelligent. C'est quand même moi que tu as choisi pour disciple.

— Il est vrai que tu sais beaucoup de choses, admit le professeur. Mais le savoir n'est pas la sagesse. À quoi bon accumuler des connaissances, si on ne change pas soi-même pour devenir meilleur ? La vérité t'importe peu, et tu te sers de tes trucs pour manipuler les autres. Tu es ce que Platon appelle un sophiste et ce que Pascal appelle un « demi-savant », coincé au milieu de la caverne, entre l'ignorance et la connaissance. Tu crois savoir plein de choses, alors que tu ne sais rien !

— Arrête avec tes sermons à la con ! s'est impatienté Frédéric. Dis-moi plutôt où ça se trouve !

— « Ça » quoi ? Que comptes-tu trouver dans cette caverne ?

— À toi de me le dire, lui répondit Schwartz en s'avançant à nouveau vers son ancien maître. Mais j'imagine que toi-même, tu n'es pas venu là pour rien.

— Je ne suis pas certain que nous cherchions la même chose, lui dit le professeur. Par conséquent, je ne suis pas sûr que nous voyions la même chose. Même si je te montrais ce qui se cache ici, tu n'arriverais pas à le voir, aveuglé que tu es par tes rêves de fou.

— Mais tu as tout à fait raison, Eugène ! acquiesça Frédéric sur un ton ironique. C'est justement pour ça que je vais demander à ton nouveau disciple de m'aider.

À ce moment-là, les trois gardes se sont jetés sur nous. Tout est allé très vite. L'un d'eux s'est saisi de Tahar pour le maintenir par-derrière en lui serrant la gorge avec son bras. L'autre a balayé la canne du professeur Loeve qui est tombé au sol, et sa mallette aussi. Quant à Lauric, il m'a frappé sur les jambes par surprise pour me faire tomber, avant d'empoigner Phalène.

— Maintenant, Étienne, tu vas me trouver ce que je suis venu chercher, m'a lancé Frédéric. Si tu ne veux pas que je fasse du mal à tes amis...

— Mais qu'est-ce que je suis censé trouver ? lui ai-je répondu. Qu'est-ce que tu cherches ?

— Le passage, bien sûr ! déclara-t-il en s'approchant de moi. La porte vers le monde spirituel. Tu ne comprends pas ? C'est dans Porphyre, *L'Antre des nymphes*... « L'ouverture qui monte vers les dieux ».

— C'est toi qui ne comprends pas, est intervenu le professeur en commençant à se relever péniblement. Tu ne trouveras aucune porte ici.

— Mais elle est forcément là, quelque part ! s'est énervé Frédéric en perdant son sens de l'humour. Sinon, pourquoi serais-tu venu ici ?

— Je te l'ai dit, lui répondit le professeur Loeve. Nous ne cherchons pas la même chose. Pourquoi cherches-tu l'Atlantide ? Tu crois sans doute découvrir une sorte de grand secret ? Un genre de savoir absolu qui te donnerait je ne sais quel pouvoir ?

— Tu dis ça parce que tu veux tout garder pour toi ! lui a reproché Frédéric sur un ton de sale gosse. C'est le chemin vers l'immortalité que je veux, et tu vas me le révéler !

À ces mots, il a donné une grande gifle au professeur Loeve qui est tombé à terre.

– Non ! Non ! Je vous en prie ! a crié Phalène.

— C'est bon ! l'ai-je supplié à mon tour, laisse-le tranquille. Je vais te la trouver, ta prétendue porte des étoiles.

*
* *

— Je préfère cela, a déclaré Frédéric qui s'est tout d'un coup tenu très droit, comme s'il était un homme sage et raisonnable.

J'ai commencé à me diriger vers l'une des petites cavités de la grotte pour chercher vainement une fissure ou une pierre que je pourrais déplacer, mais rien. Rien que les restes d'un feu de camp consumés. Je suis allé fouiller la suivante. Malgré les nombreux recoins, les trous et les cavités, je ne parvenais pas à dénicher le moindre indice, jusqu'à ce que je remarque enfin une pierre contre l'une des parois qui semblait avoir été déplacée. Mais peut-être était-elle simplement tombée. J'ai essayé de la pousser, mais elle était trop lourde.

— Qu'est-ce que vous faites ? Aidez-le, vous deux ! a ordonné Frédéric à ses sbires, tandis que Lauric maintenait toujours Phalène.

À nous trois, nous avons finalement réussi à déplacer la pierre, pour découvrir une galerie dissimulée qui remontait en pente douce. Mais il faisait noir, et je n'en voyais pas le bout.

— Pousse-toi ! m'a crié Frédéric en venant se mettre à ma place, excité, les yeux exorbités. C'est là ! C'est forcément là ! Alors, Eugène, on fait moins le malin ! Tu croyais me cacher ça ?

J'ai regardé le professeur Loeve, dont j'étais incapable d'interpréter les émotions, tant il était impassible.

— Donnez-moi une torche ! a demandé Frédéric à ses gardes. Et surveillez-les !

Puis il s'est glissé dans le tunnel que je venais de découvrir.

— Il y a une lumière au fond ! nous cria-t-il.

Tout d'un coup, j'ai entendu un grondement, et de nombreuses pierres sont tombées à l'intérieur de la galerie, qui a fini par être entièrement engloutie sous les gravats.

— Mais qu'est-ce qui se passe ? hurlait Frédéric de l'autre côté. Venez m'aider ! Sortez-moi de là...

J'ai regardé les deux types accroupis à côté de moi qui ont mis un instant à se rendre compte de ce qui était arrivé. Il n'y avait plus que nous. Sans réfléchir, j'ai donné un violent coup de coude à celui qui était à ma gauche pour le faire tomber. L'autre a voulu se jeter sur moi, et je l'ai repoussé d'un coup de pied, avant que Tahar ne réagisse à son tour pour venir m'aider.

La situation était assez confuse. Le professeur Loeve était assis par terre, la main posée sur le sol pour s'appuyer sur son bras, Lauric maintenait toujours Phalène sans trop savoir ce qu'il devait faire, et nous nous battions, Tahar et moi, avec les deux autres. À un moment, j'ai réussi à me saisir du bâton de mon adversaire qui s'est retrouvé les mains nues. Il a tenté de se défendre, mais en reculant, il a trébuché sur une pierre, est tombé en arrière, s'est cogné la tête, et s'est écroulé au sol, inanimé. L'autre avait eu évidemment le dessus sur Tahar, et il était en train de lui taper dessus sans arrêt. Je me suis retourné vers lui pour le frapper avec mon bâton. Il s'est retourné à son tour avant que nous engagions une sorte de combat. Au début, j'essayais de parer grossièrement ses assauts, puis j'ai entendu le professeur Loeve crier :

— Étienne ! Souviens-toi de ce que je t'ai enseigné !

Soudain, je me suis rappelé comment il m'avait appris à décoller mon esprit du temps présent pour anticiper l'avenir. J'ai arrêté de gesticuler pour faire une pause, et nous nous sommes regardés un moment avec mon adversaire. À un certain moment, j'ai bien cru le voir me frapper, mais il n'avait pas vraiment bougé. Et je me suis rendu compte que j'avais paré son coup avant même qu'il ne le lance. J'ai commencé à anticiper tous ses gestes, si bien qu'il ne pouvait jamais m'atteindre, tandis que je le frappais à chaque fois. À la fin, il s'est retrouvé à terre, manifestement sonné.

— Ça suffit ! m'a hurlé Lauric, qui maintenait toujours Phalène, au moment même où je me tournais vers eux. Tu lâches ça, où je la cogne.

— Pourquoi ? Tu ne peux pas te battre tout seul, comme un grand garçon ? lui ai-je lancé.

— C'est ce qu'on va voir, m'a-t-il répondu.

Lauric a repoussé violemment Phalène, qui est tombée par terre. Ensuite, il a saisi son bâton en bois à deux mains avant de les écarter, laissant apparaître un sabre katana glissé à l'intérieur du bâton. Espérant tenir une arme du même genre, j'ai tenté de dégainer pour découvrir avec soulagement que j'avais aussi un sabre dissimulé à l'intérieur de mon bâton. Miracle !

J'ai fait face à Lauric tandis que tout le monde était à terre. Je l'ai fixé droit dans les yeux. La première chose que j'ai ressentie, c'est son envie de me tuer. La deuxième, la première attaque qu'il avait prévue. Nous avons ferraillé ainsi pendant quelques minutes. Je ne savais pas vraiment ce qui m'arrivait, mais je parvenais à voir tout ce qu'il allait faire et à l'esquiver. J'anticipais aussi le moindre de ses déplacements, tout en bougeant moi-même assez vite. Finalement, il n'a pas pu éviter mon dernier coup de sabre qui lui a déchiré le bras sur toute la longueur, depuis l'épaule jusqu'au poignet. Ce bras surpuissant qui lui servait pour l'escalade… Il s'est effondré à terre en hurlant, et je lui ai donné un dernier coup de pied dans le thorax pour le repousser en arrière. Il a percuté la paroi, et quelques pierres lui sont tombées dessus et l'ont assommé.

J'ai pris une grande inspiration en fermant les yeux.

Quand j'ai regardé les autres, debout, le sabre à la main, Tahar se relevait tout juste, un peu sonné, le professeur Loeve me souriait, et Phalène me fixait avec de grands yeux.

— Étienne ? m'a-t-elle lancé. Mais je ne savais pas que tu pouvais faire ça !

— Moi non plus.

*

* *

Phalène s'est alors précipitée auprès du professeur Loeve pour l'aider à se relever.

— Ça va ?

— Oui, ma fille, lui a-t-il assuré. Tu es gentille.

Nous formions à présent presque un cercle au milieu de la grotte, entourés par les corps meurtris de nos ennemis qui jonchaient le sol, et la voix de Frédéric Schwartz qui continuait à hurler, enseveli et emmuré dans son souterrain.

— Bon, alors, qu'est-ce qu'on fait maintenant ? ai-je demandé.

— Nous ferions mieux de ne pas trop traîner, m'a répondu le professeur.

— Moi je veux bien, lui ai-je objecté. Mais qu'est-ce qu'on est venus faire là, alors ?

— Oui, professeur, a ajouté Phalène. Finalement, qu'est-ce qu'il y avait à trouver dans cette grotte ?

— Aucune porte en tout cas ! nous a-t-il assuré.

— Mais quoi alors ? ai-je insisté.

— Oh ! Je crois que tu le sais très bien, Étienne.

J'ai réfléchi une seconde, retraçant le fil des événements, ou plutôt les plans de la grotte. Je suis donc retourné voir la première cavité creusée dans l'une des parois, celle où j'avais vu les restes d'un feu : un tas de cendres, et quelques bûches calcinées. Je me suis agenouillé pour mieux regarder, me souvenant de ces formules lancinantes qui me trottaient dans la tête : « Les gens pensent voir ce qu'ils ne voient pas », « Les sens sont trompeurs » ou encore, « Le monde qui nous entoure est une illusion. »

Je me suis penché encore un peu plus pour observer les six petits morceaux de bois calcinés qui restaient au milieu des cendres. En examinant l'extrémité de l'un d'eux, j'ai remarqué qu'elle formait une sorte de spirale, comme un papier enroulé. J'ai pris avec mille précautions cet étrange objet, et je me suis relevé pour aller demander confirmation au professeur, qui m'attendait avec Tahar et Phalène au milieu de la grotte. Avant même que je les rejoigne, le professeur me tendait déjà sa petite mallette de peintre en bois.

— Ce ne sont pas les restes d'un feu, lui ai-je suggéré.

— Non ! m'a confirmé le professeur Loeve.

— Ce sont les papyrus ?

— C'est cela, m'a-t-il répondu, me tendant toujours la mallette.

Une fois revenu à mon feu de camp, je me suis agenouillé pour poser la mallette par terre, devant moi, puis je l'ai ouverte. J'y ai déposé un à un les six rouleaux de papyrus camouflés dans les cendres, avant de refermer la boîte, et de rejoindre les autres.

— Ne traînons plus maintenant ! nous a répété le professeur Loeve.

— Mais c'était quoi alors ? a voulu savoir Phalène alors que nous rebroussions chemin pour retourner à la voiture, avec Athènes droit devant nous.

— Les papyrus, mon papillon... Donc, c'est vous qui les avez pris dans la villa Pison, professeur ? C'est vous qui avez ouvert la porte pour les récupérer dans le buste de Platon ?

— C'est moi, m'a-t-il confirmé avec un petit sourire en coin. Pourquoi croyez-vous que je vous ai fait faux bond à Santorin ? C'était pour venir chercher les papyrus avant que les méchants ne les retrouvent.

— Justement, est intervenue Phalène. Est-ce qu'on ne devrait pas accélérer un peu ? Et puis, Frédéric Schwartz a parlé de notre hôtel. Ils vont forcément nous retrouver !

— Ne t'inquiète pas, Phalène, lui a assuré le professeur. Je pense que nous n'avons plus grand-chose à craindre de Frédéric Schwartz. À mon avis, il a au moins compris que ce qu'il cherchait n'existait pas. Et s'il n'abandonne pas par lui-même, je pense que ses « amis » lui suggéreront gentiment de passer à autre chose. Gentiment… Ou pas.

Nous sommes sortis de la grotte pour redescendre jusqu'à la voiture.

— Mais qu'y avait-il de particulier dans cette caverne ? ai-je fini par demander au professeur Loeve sur le chemin. Je veux dire… pourquoi avez-vous caché les papyrus ici plutôt qu'ailleurs ?

— Comme ça, me répondit-il simplement. J'ai trouvé cette grotte par hasard, mais j'aurais très bien pu en choisir une autre…

*

* *

— Il t'a dit quoi ? s'est écrié Cali, stupéfait, de l'autre côté de l'écran.

Nous l'avions appelé par visiophone, Phalène et moi, en rentrant le soir dans notre chambre.

— Que l'histoire humaine était un éternel recommencement… Un éternel retour, lui ai-je répété.

— Mais qu'est-ce que ça veut dire ? a insisté mon ami.

— C'est vrai, mon chou, a ajouté Phalène pour lui emboîter le pas. Je n'arrive pas bien non plus à comprendre.

— Eh bien en fait, leur ai-je répondu, je ne sais pas si j'ai moi-même tout saisi. Mais ça voudrait dire que tout se répète… Il y a eu les Minoens, et ensuite, Platon, le Moyen Âge, et puis nous maintenant. D'après ce que j'ai compris, notre civilisation va disparaître dans un grand cataclysme, et tout recommencera depuis le début : les Minoens, Platon, le Moyen Âge… et puis re-nous.

— Comment ça, « re-nous » ? m'a demandé Cali.

— « Re-nous », la civilisation occidentale, ai-je précisé.

— Et re-nous, alors ? m'a dit Phalène, qui semblait comprendre un peu mieux. Re-nous deux, mon amour ?

— Ça, je ne saurais le dire, lui ai-je avoué. D'après ce que m'a dit le professeur, tout ne se déroule pas à chaque fois exactement de la même manière. Les circonstances changent un peu, le cours des événements peut-être, et les histoires d'amour aussi. D'après lui, ce serait trop bête si rien ne changeait. Mais je suis sûr qu'on s'est déjà rencontrés dans une autre vie.

— Attends, attends ! m'a arrêté Cali à l'autre bout de l'image. Je veux être sûr de bien suivre… La vieille histoire de l'Atlantide racontée par Platon, la civilisation qui aurait vécu neuf mille ans avant lui, ce serait la nôtre, en fait ? La nôtre qui aurait déjà disparu, avant de renaître, avec le même destin tragique ? Et c'est pour quand, cette fin du monde ?

— Là, tu m'en demandes trop…

— Bon. Et après le grand cataclysme, alors, on remettra ça et on repartira en 10000 avant Jésus-Christ ? a-t-il ajouté.

— Voilà ! lui ai-je confirmé. Ce qui fera que notre civilisation actuelle ne sera à nouveau pour Platon qu'un lointain souvenir.

— Moi, je trouve ça vraiment tordu ! a tranché Phalène d'un petit ton supérieur.

— Et les papyrus que vous avez rapportés, ce serait une preuve ? m'a relancé Cali. Genre quoi ?

— Je ne sais pas. Il ne nous a pas encore dit ce qu'il y avait dedans.

— Mais toi, t'en penses quoi ? a insisté Cali. Tu crois que ce serait le texte du *Critias* avec une grande révélation à la fin, du genre : « l'Atlantide était une civilisation très avancée avec les États-Unis, l'ONU, etc. » ? Peut-être que Platon donne des noms, des lieux et des dates ? Comme ça, on serait sûr qu'il parle bien de nous.

J'ai esquissé une moue dubitative tandis que Phalène haussait les épaules, plutôt agacée par nos propos.

— Ça m'étonnerait que Platon soit aussi précis, ai-je répondu. Ce n'est pas non plus Nostradamus.

— Alors quoi ?

— Je ne sais pas… On verra.

— On ne verra rien du tout ! s'est écriée Phalène. Non, mais vous vous entendez, là ? On nage en plein délire ! Tout ça n'est vraiment pas rationnel.

— L'écoute pas ! m'a dit Cali. Elle a été séquestrée par un Casanova dans un palais napolitain, mais elle continue à penser que tout est normal, alors...

J'ai vu qu'il avait réussi à faire sourire Phalène, en tout cas.

— Et le professeur, il ne veut rien te dire ? a-t-il repris.

— Oh, tu sais, il a d'autres problèmes depuis que nous sommes rentrés de la grotte, lui ai-je répondu.

J'ai tourné la tête pour regarder Phalène qui avait les larmes aux yeux.

— Mon père est en train de mourir, Cali.

*

* *

Le dernier soir, nous sommes restés au chevet du professeur Loeve, dans sa chambre. Pourtant, il semblait plutôt en bonne forme au cours du repas, dialoguant et plaisantant avec tout le monde. Et puis, quand il s'est levé de sa chaise, je l'ai vu tituber comme s'il était ivre, avant que ses jambes se dérobent et qu'il s'écroule.

Tahar et moi l'avons soutenu pour lui faire monter les escaliers tandis que Phalène nous suivait, angoissée. Nous l'avons aidé à se mettre au lit. Il a ouvert un peu les yeux.

— Ça va ? s'est inquiété Phalène. Vous avez envie de quelque chose ?

— De l'eau, ma fille. Si tu veux bien m'apporter de l'eau, tu seras gentille.

Elle s'est précipitée pour redescendre à la cuisine. Je regardais le visage torturé de douleur du professeur Loeve qui était devenu très pâle.

— Vous avez mal ? lui ai-je demandé.

— Pas vraiment, m'a-t-il assuré. Je ne sens plus grand-chose. En vérité, cela fait déjà un bon moment que je n'ai plus guère de liens avec mon corps. Tu dois comprendre cela, Étienne.

— Et vous n'avez pas peur ?

— Peur ? Et de quoi aurais-je peur ? Je ne prétends pas savoir ce que je ne sais pas, et je ne sais pas ce qu'il y a après, alors... inutile d'avoir peur de ce qu'on ignore. En revanche, je m'inquiète un peu pour vous deux... Pour elle, surtout. Mais quand ce sera fini, il faudra que tu lui dises, Étienne, que le corps qu'elle aura devant elle ne sera plus vraiment moi. Parce que le corps n'est plus rien quand l'âme est partie.

Phalène est revenue avec un verre d'eau, une carafe, même, posée sur un plateau.

— Eh bien, si je meurs, ce ne sera pas de soif au moins, s'est amusé le professeur.

— Mais vous n'allez pas mourir, n'est-ce pas ? s'est inquiétée Phalène qui espérait bien être rassurée.

Sans lui répondre, le professeur Loeve a porté le verre d'eau à sa bouche, mais il semblait souffrir le martyre en déglutissant. Une nouvelle grimace, et puis, ses bras ont commencé à produire des mouvements brusques, avant qu'il soit saisi de convulsions, et tous les traits de son visage se creusèrent. Ses yeux s'enfonçaient, tandis que ses pommettes apparaissaient de plus en plus saillantes, comme s'il était en train de se transformer en squelette. J'ai vraiment cru percevoir cette vie, ce souffle, cette âme, appelez cela comme vous voulez, qui était en train de quitter ce corps, enfin libérée de son ennemi intime.

Et puis, plus rien. Le professeur Loeve était étendu là, immobile. La tête légèrement inclinée vers l'arrière, les yeux mis-clos.

— Professeur ! Professeur ! Papa ! Vous n'allez pas me faire ça ! Vous n'allez pas m'abandonner encore une fois ! a crié Phalène.

Elle s'est écroulée sur lui, cachant sa tête dans ses mains, et elle s'est mise à caresser les cheveux blancs de son père, tout en pleurant à chaudes larmes dans son cou.

Moi, c'était la première fois que je voyais un corps mort. Comment vous décrire cette vision, cette expérience même, proprement incommunicable. C'est très ambivalent en fin de compte. La position du corps, droit, immobile, comme celle d'un gisant... Il n'y avait rien de commun entre l'être vivant, la personne que j'avais connue, avec laquelle j'avais parlé, communiqué, et ce visage qui semblait avoir été sculpté dans le marbre. Les paupières étaient à moitié fermées, mais je voyais malgré tout que ses yeux avaient perdu leur éclat. Les poils, les sourcils et les cheveux donnaient quand même l'impression qu'il vivait encore. En fait, malgré la rigidité du corps à peine froid, j'avais le sentiment qu'il pouvait se réveiller d'un instant à l'autre. Comment dire ? Ce corps ressemblait à une statue hyperréaliste qui aurait l'aspect d'un être vivant, sans parvenir à le reproduire tout à fait. Il manquait quelque chose, mais quoi ? C'était lui, et en même temps, ce n'était plus tout à fait lui. Il manquait ce souffle de vie, et dans l'œil désormais éteint, la lumière que certains appellent l'âme.

Moi qui avais craint la mort si longtemps, je me suis senti consolé, apaisé par la vision de ce corps, et je n'avais plus peur de rien. Le professeur me laissait peut-être là sa dernière leçon de vie, comme le degré ultime de la formation, de l'initiation même qui devait me conduire à plus de sagesse, ou du moins, à la sérénité.

Un peu plus tard, Tahar nous a fait part des dispositions qu'il avait prises.

— Je le ramène avec moi à Santorin. C'est là qu'il voulait être enterré, nous révéla-t-il. Il y a un petit cimetière, sur le chemin qui longe la falaise, entre les villages d'Imerovigli et d'Oia, là où la falaise tombe dans la mer, offrant une vue imprenable sur la caldeira. Je sais qu'il sera bien là-bas. Et puis, je ne serai jamais loin de lui.

20

Alètheia

Nous sommes rentrés à Naples, Phalène et moi, pour apporter à Marcello Dante les six rouleaux de papyrus conservés dans leur fameuse mallette de peintre. Nous avons fait nos adieux à Tahar qui devait retourner à Santorin, lui promettant de venir le voir aussi vite et aussi souvent que possible ; l'occasion pour Phalène, surtout, de rendre visite à son père.

— Vous serez toujours les bienvenus ! nous a-t-il assuré. Mais il n'est pas impossible que je vienne moi-même en France un jour ou l'autre.

Quand nous avons débarqué à Naples, Marcello nous attendait à l'aéroport, accueillant, volubile, fidèle à lui-même. Il a levé les bras en nous voyant, nous témoignant une affection sincère par des poignées de main et des paroles chaleureuses. Phalène et moi étions très heureux de le revoir.

Dès le lendemain matin, il est venu à l'appartement de la via Morelli, impatient de découvrir les précieux rouleaux rapportés d'Athènes.

— Alors voilà les fameux papyrus qui nous ont filé entre les doigts à la villa ! s'est-il émerveillé tout en me tapant dans le dos d'un geste amical. Je suis désolé, au fait… pour le professeur Loeve, a-t-il ajouté d'un air plus sérieux. Mes condoléances, signorina.

— Merci, Marcello, lui a répondu Phalène.

— Reste à savoir ce qu'il y a là-dedans, ai-je repris en posant mon bras sur les épaules de Phalène

— *Si !* a confirmé Marcello. Mais ça risque d'être très compliqué. Comme je vous l'ai déjà dit, il est très difficile de déchiffrer ces papyrus, et la plupart des techniques employées se sont avérées catastrophiques. Les rouleaux se cassent et se détruisent quand on essaie de les dérouler…

— Il n'y a rien à faire ?

— Tout ça pour ça ? s'est désespérée Phalène.

— *Si, si !* nous a rassurés Marcello. Depuis cinq ans, l'ESRF de Grenoble développe une technique de rayonnements par synchrotron qui permet de lire les papyrus sans les dérouler.

— C'est quoi… synchrotron ? lui ai-je demandé, un peu perdu.

— Oh là ! s'est amusé Marcello. Je ne saurais pas vraiment vous expliquer. Mais il s'agit de bombarder des objets avec des rayons X surpuissants. Dès 2015, on a réussi à déchiffrer une partie des papyrus di Ercolano. Je connais bien Laurent de Tassigny, le Français qui s'occupe de ce programme *internazionale* ! Je vous le présenterai. Car nous devons nous rendre là-bas, bien sûr.

Après une seconde soirée passée chez Sorbillo, nous sommes finalement rentrés en France avec Marcello fin juin. En descendant de l'avion, nous avons eu la bonne surprise de retrouver un visage familier. Marcello avait prévenu maître Castille, qui nous attendait. Phalène a retenu ses larmes pour lui lancer un sourire de gratitude. Il était accompagné de Cali. J'avais bien entendu donné rendez-vous à mon meilleur ami qui s'était empressé de faire la route pour nous rejoindre à l'aéroport. Quand je l'ai vu, j'ai failli pleurer moi aussi. Une émotion indicible et évidente nous liait immédiatement les uns aux autres, désormais, et nous étions tous heureux de nous revoir. Ça faisait tellement de temps. En apercevant Cali au loin, je me suis mis à faire de grands bonds, comme un enfant, jusqu'à ce que nous tombions dans les bras l'un de l'autre. Je lui ai présenté Marcello.

— Il est marrant, ce type, m'a confié Cali. Un vrai personnage de roman ! On dirait Lucky Luciano.

Nous sommes partis tous les cinq d'Orly pour aller gare de Lyon, et sauter dans le premier train pour Grenoble. Dès notre arrivée, j'en ai profité pour appeler mon père, que je n'avais pas vu depuis un an, en espérant bien qu'il pourrait nous loger. Il dirigeait des centres de formation pour les travailleurs sociaux dans la banlieue de la ville, à Échirolles, où il avait la réputation d'être un homme très engagé, avec le cœur sur la main. Mais il n'avait pas le temps de me voir.

— Tu sais mon chéri, m'a-t-il dit au téléphone, je suis un peu débordé avec mon travail. Mais je te rappelle dès que mon emploi du temps se dégage un peu.

Nous nous sommes réfugiés à l'hôtel Suisse et Bordeaux en face de la gare, un deux-étoiles un peu spartiate. Marcello Dante nous avait organisé pour le lendemain une rencontre avec Laurent de Tassigny, son collègue.

*

* *

Laurent de Tassigny était un chercheur au crâne dégarni et à l'humour pince-sans-rire.

— Le synchrotron est un genre de super-microscope, nous a-t-il expliqué.

Puis il nous a fait entrer dans une pièce qui ressemblait un peu au local technique d'un studio de radio. Une longue table couverte d'ordinateurs était installée devant une baie vitrée qui donnait sur une grande salle pleine de machines, de câbles et d'appareillages électroniques. Laurent de Tassigny a ouvert notre mallette de peintre pour en sortir l'un des papyrus, et est allé le placer avec d'infinies précautions au milieu du laboratoire géant, sur une petite plaque en fer posée juste devant une sorte de grosse lentille. Revenu dans le local technique, il a pianoté sur ses ordinateurs.

— Et maintenant, regardez !

Un rayon vert lumineux est sorti de la lentille pour aller frapper le morceau de papyrus. Mais l'opération prenait au moins cinq heures, alors, Marcello nous a fait visiter le centre de recherche en attendant. Maître Castille avait l'air d'un étudiant, avide de savoir, heureux de se laisser guider pour une fois.

— Je n'ai pas pu voir grand-chose, nous a prévenus Laurent de Tassigny à notre retour. Les premières lettres d'un texte latin...

— Latin ? s'est étonné maître Castille. Ça ne devrait pas être du grec ?

— Normalement... s'est contenté de répondre Marcello qui semblait tout aussi perdu. Cela dit, le papyrus se trouvait dans une villa romaine, alors... Il s'agit peut-être d'un texte latin.

— Mais le livre que cherchait le professeur Loeve ne venait-il pas de l'Académie de Platon ? ai-je ajouté. S'il s'agit du *Critias*, ça devrait être en grec, non ?

— Une traduction latine, suggéra Marcello. Peut-être de Cicéron lui-même. Il faut savoir qu'il a beaucoup contribué à diffuser la pensée des philosophes grecs en les latinisant. En fait, c'est à lui qu'on doit la plupart des versions latines de termes grecs.

— Et s'il s'agissait tout bonnement d'un autre texte, a proposé Phalène. Mon père a pu se tromper. Ou peut-être qu'il ne cherchait pas le *Critias* finalement. Après tout, c'est toi qui t'es mis ça dans la tête.

— En tout cas, a fini par lancer Laurent de Tassigny, j'ai découvert du métal dans l'encre utilisée, comme sur les autres papyrus de la villa dont nous disposions déjà.

— Mais c'est du latin ? a insisté Marcello.

— Regardez vous-mêmes... Vous voyez, là ? nous a dit Laurent de Tassigny en nous montrant l'image qui apparaissait à l'écran. Des lettres rouges sur fond noir : « ANIMADVERTI ».

— Qu'est-ce que ça veut dire ? ai-je demandé.

— « J'ai remarqué », s'est empressé de traduire maître Castille alors que nous étions tous penchés sur l'écran, agglutinés comme des abeilles. Ça veut dire « J'ai remarqué. » Cicéron commençait souvent ses discours par ces mots. Ceux que j'ai pu lire, en tout cas…

— Donc, ce n'est pas le *Critias* de Platon ? me suis-je un peu lamenté.

— Qu'est-ce que tu croyais ? m'a lancé Phalène pour me remettre les pieds sur terre.

— De toute façon, il manque la page de garde, nous a précisé Laurent de Tassigny. On n'a ni le titre ni le nom de l'auteur.

— *Ma,* tu as quand même la suite ? lui a demandé Marcello.

— Seulement quelques mots, lui a répondu son collègue en pianotant sur son clavier d'ordinateur.

Au fur et à mesure que les lettres apparaissaient, Marcello tentait de déchiffrer le texte et d'en faire la traduction pour tout le monde.

— « *Animadverti* » pourrait aussi signifier « J'ai veillé » ou « J'ai fait attention », nous précisa le directeur de l'office des papyrus. « *Jam* »… ça veut dire « déjà » ou « à l'instant », attendez, non ! « *Jam ante aliquot* »… « Déjà avant »… « *annos quam* »…

— Eh ben, on n'est pas près de le trouver, le secret de l'Atlantide, m'a murmuré Cali.

— Mais… est-ce que la fin du *Critias* se trouve dans ce manuscrit ? ai-je insisté, un peu lourd, sans vouloir comprendre les difficultés de nos experts.

— De toute façon, il va falloir attendre d'avoir tout le texte pour se lancer dans une vraie traduction, m'a répondu Marcello dans une sorte de renoncement.

— Pour ça, il faudra être patient, mes amis, nous a avertis Laurent de Tassigny.

— Patients comment ? a demandé Cali. Genre... encore cinq heures ?

— Je crains que ce ne soit beaucoup plus long, lui a répondu le physicien. Nous avons de nombreux réglages à faire pour rendre le synchrotron tout à fait opérationnel. Donc, je dirais... cinq mois plutôt, peut-être six.

— Cinq mois ? nous sommes-nous écriés en chœur, Phalène, Cali et moi.

Marcello est resté à Grenoble pour assister Laurent de Tassigny jusqu'à la rentrée, au moins. Maître Castille est retourné à Paris, et Cali à Rouen. Mais Phalène et moi ne sommes pas repartis tout de suite. Mon père s'était décidé à me rappeler, et nous avons passé trois jours chez lui, à Grenoble. Il était content de rencontrer Phalène, même s'il surjouait un peu le père idéal devant elle, pour lui faire bonne impression. Nous avons fini par remonter à Paris, nous préparant à prendre notre mal en patience. Mais nous n'avons pas même eu à attendre la fin de l'été pour avoir des nouvelles.

*

* *

À peine deux mois plus tard, j'ai reçu un appel de Marcello.

— Nous en avons déchiffré assez ! m'a-t-il annoncé. *Ma non è possibile ! Incomprensibile !*

Viens, Étienne, c'est très urgent ! a-t-il ajouté en me tutoyant à l'italienne.

— Ah... me suis-je un peu étonné. Je peux venir avec Phalène... et Cali ?

— *Nessun problema !* J'ai déjà prévenu Henri, aussi. Arrangez-vous pour venir ensemble.

Quand nous sommes arrivés dans le laboratoire de Grenoble, Marcello nous a accueillis d'un air contrarié, troublé.

— Suivez-moi, nous a-t-il dit, évasif.

Il nous a conduits jusqu'à la salle de contrôle où Laurent de Tassigny nous attendait, déjà affairé. Sur l'écran noir de l'un de ses ordinateurs, nous avons vu des lettres rouges apparaître.

— Comment avez-vous fait pour décrypter le texte aussi vite ? s'est étonné maître Castille.

— Bah oui ! a ajouté Cali. Je croyais que ça devait prendre cinq mois ?

— C'est que nous n'avons pas eu besoin de regarder l'ensemble des six rouleaux pour comprendre de quel texte il s'agissait.

— Il s'agit du *Critias* ? ai-je presque supplié, tandis que Phalène, à côté de moi, poussait des soupirs d'exaspération.

— Si tu prononces encore une fois le mot « Critias », je te quitte ! me lança-t-elle.

— Le papyrus ne contient pas le *Critias,* m'a annoncé Marcello. *Che scemo !* J'aurais dû le reconnaître dès la première phrase !

— Reconnaître quoi ?

Il a posé des feuilles de papier noircies de petites lignes griffonnées sur la table.

— Ce sont les *Méditations métaphysiques* de Descartes ! nous a annoncé Marcello, tout à la fois fier et incrédule devant sa propre découverte.

— Comment ça... Les *Méditations métaphysiques* de Descartes ? s'est écriée Phalène.

— Il n'y a aucun doute, lui répondit Marcello. « *Animadverti jam ante aliquot annos quàm multa, ineunte aetate, falsa pro veris admiserim* » : « Il y a déjà quelque temps que je me suis aperçu que dès mes premières années, j'ai reçu quantité de fausses opinions pour véritables. » Et le texte du papyrus se poursuit, le même que celui de Descartes. C'est fascinant !

— 'Scusez-moi, m'sieur, est intervenu Cali. Je ne suis pas une brute en philo, mais Descartes, c'est pas un philosophe du XVIIe siècle ?

— *Assolutamente !* lui confirma Marcello. Et les *Méditations* datent de 1641. La version latine que nous avons devant nous, en tout cas.

— Qu'est-ce qu'un texte de Descartes ferait dans la villa des Papyrus ? a demandé Phalène.

— Vous m'arrêtez si je me trompe, hein ! nous a lancé Cali. Cicéron a récupéré un livre qui sc trouvait à l'Académie de Platon depuis le IVe siècle avant Jésus-Christ. Il l'a caché dans la villa des Papyrus qui a brûlé en 79, et ce livre... c'est les *Méditations* de Descartes !

— C'est ça, lui ai-je répondu calmement.

Enfin, calmement... façon de parler. J'étais sidéré ! Toutes les intuitions et les démonstrations du professeur Loeve sur le temps cyclique et l'éternel retour des civilisations disparues me revenaient en mémoire. J'avais pris les mots du vieux sage pour un délire de mourant, mais la preuve qu'il ne s'était pas trompé était là, sous nos yeux.

Tout le monde ne partageait pas mon enthousiasme.

— Mais oui, c'est ça ! lança Phalène, à la fois très agacée et très ironique. Il est évident que ce manuscrit ne vient pas de l'Académie de Platon ! Un livre écrit au XVIIe siècle ne *peut pas* s'être trouvé dans une bibliothèque de l'Antiquité, enfin !

— Alors, tu expliques ça comment, madame Je-sais-tout ? lui rétorqua Cali.

— Je ne sais pas, hésita-t-elle. Si mon père l'a bien trouvé dans la villa des Papyrus, c'est peut-être que quelqu'un l'y aura déposé entre-temps... Entre le XVIIe siècle et maintenant, je veux dire. Au cours des premières fouilles d'Herculanum par exemple, au XVIIIe siècle. Et là, ça devient cohérent !

— Impossible ! a aussitôt objecté Marcello. La bibliothèque de la villa où se trouvait le manuscrit n'a pas été mise au jour avant cette année... Par le professeur Loeve, sans doute.

Un lourd silence s'est installé, qui traduisait notre gêne à tous.

— Est-on vraiment certain que ce papyrus vient d'Herculanum ? a fini par suggérer maître Castille. Enfin... s'agit-il bien d'un manuscrit de l'Antiquité ?

— Difficile d'en être sûr, lui a répondu Laurent de Tassigny. Difficile à dater... Comme je vous l'ai déjà dit, ce manuscrit a bien les mêmes caractéristiques que tous les autres papyrus découverts à Herculanum. Pour ce qui est de l'encre utilisée en tout cas… Après, on peut toujours fabriquer des faux, j'imagine…

— Et que voulez-vous insinuer, vous deux ? s'offusqua Phalène.

— Nous essayons de comprendre, Phalène, lui répondit maître Castille. Après tout, vous avez trouvé ce manuscrit dans la grotte près d'Athènes. Étienne, c'est ça ?

— C'est ça, lui ai-je confirmé.

— Alors, comment en connaître l'origine ? a poursuivi maître Castille. Qui vous dit que ce papyrus vient d'Herculanum ?

— Mon père ! s'écria Phalène. C'est mon père qui l'a trouvé à Herculanum.

— Et qui vous dit qu'Eugène l'a vraiment trouvé là, dans la villa des Papyrus ? insista maître Castille.

— Et pourquoi aurait-il menti ? a rétorqué Phalène. Mon père était honnête. Ce n'était pas un faussaire, vous le connaissiez, Henri !

Maître Castille est resté muet, se retenant bien de répondre quoi que ce soit après avoir touché cette corde trop sensible.

— Étienne, m'a demandé Phalène. Tu y comprends quelque chose, toi ?

— Je crois, lui ai-je répondu. Ton père m'a souvent répété cette phrase : « Platon a lu Descartes. » Je croyais que c'était une façon de parler, une manière de dire que Platon en savait presque autant sur les choses de la vie que les hommes du XVIIe siècle. Mais non ! C'était déjà l'idée qui lui trottait dans la tête depuis longtemps, à savoir que tout était un éternel recommencement et que Platon, dans l'histoire de l'Atlantide, racontait à la fois le passé et l'avenir de l'humanité ! Et en même temps, le choix de Descartes, pour illustrer sa pensée, n'était qu'une géniale intuition ! Comme s'il avait deviné, sans le savoir, ce qu'il cherchait comme preuve. Et la preuve, elle est là ! C'est un fait, Platon a lu Descartes. Si le temps est cyclique, si la fin de notre civilisation doit nous ramener au commencement de l'humanité, elle laissera des traces après sa disparition, comme ce manuscrit découvert par Platon. Il faut bien se rendre à l'évidence : c'est la preuve que le temps est cyclique... La preuve que cherchait le professeur Loeve.

— Vous délirez, ma parole ! s'écria maître Castille. Marcello ! Dites-leur que tout cela ne tient pas debout !

— À vrai dire, Henri, je ne suis pas loin de partager les vues d'Eugène Loeve, lui répondit le directeur de l'office des papyrus. Je me suis souvenu de ce que j'avais lu dans un texte de Cesare Vanini, un philosophe du XVIe siècle. Pas très connu... Napolitain, comme moi. En 1615, il a publié un dialogue, *Sur les merveilleux secrets de la nature*, avec cette phrase qui m'a longtemps marqué : « Achille assiégera Troie de nouveau ; les mêmes religions, les mêmes cérémonies renaîtront ; l'histoire humaine se répète ; il n'est rien qui n'ait déjà été »...

— Un philosophe ! lui rétorqua maître Castille. Mais nous, nous sommes historiens ! Nous ne regardons que les faits ! Les documents, les preuves... Peu importe les théories philosophiques.

— Eh bien, vous devriez être content, Henri, lui objecta Marcello. Vous en avez une, de preuve, là, devant vous. Mais vous ne voulez pas la voir !

— C'est vrai ! acquiesçai-je. Nous avons devant nous la preuve que cherchait le professeur. La preuve de l'éternel retour... La fin de notre civilisation marquera le retour au début de l'Histoire, et tout recommencera. Manifestement, l'Atlantide qui a disparu il y a plus de dix mille ans n'est rien d'autre que notre civilisation qui ne va pas tarder à disparaître.

— Disparaître comment ? m'a demandé Cali.

— Je ne sais pas, ai-je admis. J'imagine que Platon, l'Atlantide et tous les autres mythes du même genre nous donnent des indices... des avertissements. Du moins, quand ils racontent comment les hommes ont été punis en voulant se hisser au niveau des dieux. Le mythe de Prométhée que le professeur m'avait raconté insiste sur les dangers de la technique. Alors, ce sont peut-être nos progrès scientifiques et technologiques qui nous mèneront à notre perte. Et le déluge qui a emporté l'Atlantide – qui nous emportera – sera peut-être une explosion nucléaire...

— Mais c'est désespérant ! s'est écriée Phalène.

— Un peu, lui ai-je concédé.

— Et voilà ! s'est écrié maître Castille. Tout de suite, la science et la technique. La haine de l'homme et du progrès. Le mythe de l'âge d'or et du paradis perdu. Ah ça, c'est sûr, c'était mieux avant ! Quand on vivait dans des grottes et qu'on marchait à quatre pattes ! Je ne sais pas si vous êtes tout à fait sorti de la caverne de votre gourou, Étienne. L'autre, là... Frédéric Schwartz. Vous parlez comme lui, comme eux. Vous savez pourtant ce que représente l'Atlantide pour ces gens-là : le berceau de l'humanité, une civilisation prétendument supérieure et de race « pure ».

— Je ne dis pas du tout que notre civilisation est en pleine décadence, Henri... monsieur, me suis-je permis de lui expliquer. Le déluge qui engloutit l'Atlantide est aussi le mythe du recommencement, du « *reboot* », comme je le répète souvent. Ça veut dire qu'on a une chance... Une chance de tout reprendre à zéro pour améliorer les choses.

— Et qu'est-ce qu'on peut faire, alors ? se désespérait Phalène.

— Rien du tout ! lui répondit maître Castille avec un rire jaune. Vous l'avez entendu : le temps est cyclique, l'histoire humaine est un éternel recommencement, et tout ce qui nous arrivera est déjà écrit dans le récit sur l'Atlantide de Platon.

— Trop cool... murmura Cali pour lui-même.

— Sortez-nous de là, Laurent ! s'écria maître Castille, qui ne savait plus à quel saint se vouer.

— C'est vrai, monsieur, ajouta Phalène. Vous êtes un scientifique, vous, un physicien. Qu'est-ce que vous dites de tout ça ?

— Eh bien, vous savez que la science a pas mal évolué au cours du XXe siècle, commença Laurent de Tassigny, manifestement un peu gêné. Avec la physique quantique et la théorie de la relativité, la conception du temps a un peu changé...

— Dans quel sens ? lui a demandé maître Castille.

— Je ne vais pas rentrer dans les détails. Mais Einstein a laissé une lettre... Le 21 mars 1955, un mois avant sa propre mort, il a envoyé un mot de condoléances à la famille de Michele Besso, l'un de ses meilleurs amis, avec cette phrase déroutante : « Il m'a de nouveau précédé de peu en quittant ce monde étrange. Ce n'est pas important. Pour des gens comme nous qui croient en la physique, la distinction entre passé, présent et futur n'est qu'une illusion. »

— Qu'est-ce que ça veut dire ? s'étonna maître Castille.

— C'est la relativité ! lui assura Laurent de Tassigny. Vous connaissez sans doute le paradoxe des jumeaux. Si l'un d'eux voyage dans l'espace à la vitesse de la lumière pendant que l'autre reste sur terre, le premier aura tout juste vécu une demi-journée, tandis que l'autre sera mort depuis des millions d'années.

— Ah ouais ! s'enthousiasma encore Cali. Comme dans *Interstellar* !

— C'est à peu près cela ! acquiesça Laurent de Tassigny avec un sourire. L'écoulement du temps est très variable, en fait. Et pour Einstein, ce n'était pas loin d'être une simple vue de l'esprit.

— De toute façon, peu importe ce qu'est le temps ou ce qu'il n'est pas, me suis-je permis d'intervenir. Tout n'est peut-être pas perdu, à commencer par le paradis. En fait, rien n'indique que l'âge d'or soit déjà arrivé – d'autant plus si la distinction entre passé, présent et futur n'est qu'une illusion. Notre civilisation décadente ? Et pourquoi ? Peut-être le meilleur reste-t-il à venir ? Qui sait à quelle époque la société idéale, sage, bienheureuse et développée, est censée avoir existé ? Si tant est qu'elle ait existé un jour… Si ça se trouve, l'âge d'or n'est pas ce que nous avons perdu, mais plutôt ce qu'il nous reste à construire, comme une sorte d'idéal que Platon nous propose d'atteindre quand il décrit l'île de l'Atlantide, paradisiaque. Peu importe la nature du temps, en fait. Que le futur soit le passé, et le passé, notre futur. Peu importe qu'on nous annonce que tout doit recommencer. En attendant, nous sommes là, présents, et c'est à nous de choisir comment nous pouvons occuper ce temps. Tous les mythes et toutes les prévisions du monde n'empêchent pas que les hommes tiennent en main leur propre destin.

— Est-ce qu'on ne peut pas laisser un message à ceux qui nous succéderont, proposa Phalène… Pour les mettre en garde ?

— Eh ! Je pourrais même me laisser un message à moi-même… Pour le prochain cycle, je veux dire ! s'est imaginé Cali.

— Platon a essayé de nous mettre en garde, manifestement, a objecté Marcello. Et pourtant, nous reproduisons toujours les mêmes erreurs, incapables que nous sommes de sortir de la caverne.

— En même temps, lui ai-je rétorqué, si Platon lui-même a tenté de nous avertir, c'est bien qu'il pensait pouvoir changer quelque chose. D'après ce que m'a dit le professeur Loeve, rien n'indique que toute l'Histoire se reproduise exactement de la même manière.

Il y a sans doute quelques changements d'un cycle à l'autre, alors… On pourra peut-être faire quelques progrès. Si ça se trouve, nous en avons déjà fait depuis les cycles précédents. Après tout, on ne sait pas combien de cycles se sont ainsi répétés…

— Mais j'y pense ! lança Phalène, prise d'une sorte d'illumination. Si Platon où je ne sais qui a retrouvé ce manuscrit comme trace de notre civilisation, il doit bien y en avoir d'autres, non ? Ça ne peut pas être le seul vestige que nous laisserons.

— Hé, mais ouais ! s'est excité Cali. Ils l'ont trouvé où ce livre de Descartes, les gars de l'Antiquité ? Si ça se trouve, Platon a découvert un genre de salle des archives. Tu sais, Étienne, comme les archives des Atlantes qui conserveraient toutes les traces du passé. Vous imaginez si on la retrouve aussi, nous, cette salle ? On pourra peut-être savoir ce qui nous est arrivé, enfin… ce qui nous arrivera. Et comme ça, on saura quoi faire pour l'éviter.

— On peut toujours rêver, ai-je conclu.

*

* *

En attendant, il a bien fallu rentrer chez nous pour vivre avec le poids de cette vérité, nous demandant toujours comment nous pourrions essayer de changer les choses, alors que personne ne nous croirait, sans doute.

En novembre, j'ai appris la mort de Frédéric Schwartz, assassiné de deux balles dans la nuque sur les quais de Rouen, alors qu'il faisait son jogging. Exécuté, sans doute, par ses « amis » qui ont dû le juger inutile, peu fiable ou encombrant. Du coup, le danger a semblé s'éloigner pour nous, et nous avons pu revivre, au moins. J'ai quitté Rouen pour aller m'installer à Paris, rue Lamarck, avec Phalène. Grâce à l'appui de maître Castille, je me suis inscrit en troisième année de licence à la Sorbonne, mais en philosophie, cette fois. Phalène a eu le concours d'entrée à l'école du Louvre et suivait ses cours tout en poursuivant ses piges d'apprenti journaliste. Nous ne manquions plus de rien, puisque le professeur Loeve lui avait légué tout ce qu'il possédait, à commencer par l'appartement de la via Morelli. Quant à Cali…

Ah ! Cali a déménagé aussi. Il a trouvé un poste aux Impôts à Paris, près de la gare du Nord, et a pris un appartement dans le quartier de la Goutte-d'Or, pas très loin de chez nous. Cette histoire l'aura fait changer lui aussi, finalement. Un peu moins crédule, un peu plus raisonnable, il aura surtout appris à développer le meilleur de lui-même. Pour la première fois, il a fini quelque chose, ce qui lui a permis de commencer une carrière d'écrivain. C'est à son premier livre qu'il travaillait déjà, en secret, pendant que nous étions à Naples, Phalène et moi. Et c'est la raison pour laquelle il m'avait souvent demandé tous ces détails et ces descriptions au téléphone. Pendant plusieurs mois, nous avons travaillé ensemble pour passer notre message, ou du moins, faire le récit de nos aventures. C'est lui qui m'a prêté sa plume, si j'ose dire, pour coucher sur le papier tout ce que je lui ai raconté. C'est Cali qui a écrit mon histoire, parvenant à décrire la manière dont j'avais vécu tous ces événements étranges. Je savais bien que mon meilleur ami avait un talent fou.

Ce sont les mots de Cali que vous avez lus.

Moi, je n'ai jamais été très doué pour écrire, de toute façon.

Table des matières

12390

Composition
PCA

Achevé d'imprimer en Slovaquie
par NOVOPRINT SLK
le 14 mai 2019.

Dépot légal : juin 2019
EAN 9782290170014
OTP L21EPNN000450N001

ÉDITIONS J'AI LU
87, quai Panhard-et-Levassor, 75013 Paris

Diffusion France et étranger : Flammarion